Megan Maxwell

Bienvenida al club. Cabronas sin Fronteras

Esencia/Planeta

Avinguda Diagonal, 662, 6.ª planta. 08034 Barcelona (España)
www.esenciaeditorial.com
www.planetadelibros.com

Diseño de la cubierta: Booket / Área Editorial Grupo Planeta
Primera edición en Colección Booket: junio de 2020

Depósito legal: B. 9.764-2020
ISBN: 978-84-08-23055-7
Impresión y encuadernación: CPI (Barcelona)
Printed in Spain - Impreso en España

Biografía

Megan Maxwell es una reconocida y prolífica escritora del género romántico que vive en un precioso pueblecito de Madrid. De madre española y padre americano, ha publicado más de treinta novelas, además de cuentos y relatos en antologías colectivas. En 2010 fue ganadora del Premio Internacional Seseña de Novela Romántica, en 2010, 2011, 2012 y 2013 recibió el Premio Dama de Clubromantica.com. En 2013 recibió también el AURA, galardón que otorga el Encuentro Yo Leo RA (Romántica Adulta) y en 2017 resultó ganadora del Premio Letras del Mediterráneo en el apartado de novela romántica. *Pídeme lo que quieras*, su debut en el género erótico, fue premiada con las Tres plumas a la mejor novela erótica que otorga el Premio Pasión por la novela romántica.

Encontrarás más información sobre la autora y su obra en: <www.megan-maxwell.com>.

Para mis guerreras y guerreros, con amor.
Recordad: amigo o amiga no es quien te limpia las lágrimas,
sino más bien quien evita que las derrames y, en ocasiones,
cuando estás mal, busca soluciones por y para ti.
Mil besotes,

MEGAN

1

El día amaneció horroroso...

El día era lluvioso...

El día era rarito...

Diluviaba que daba gusto, y la boda de Venecia y Jesús era todo un hecho.

Habían comenzado a salir con diecisiete años, un amor adolescente que fue madurando con el paso del tiempo, y ahora, veinte años después, por fin se habían decidido a dar el gran paso y a unir sus destinos para siempre.

En el coche, que conducía Pedro, viajaban Venecia y Fernando, su padre. La novia observaba por la ventanilla y admiraba como siempre el Madrid de los Austrias, a pesar de la incesante lluvia de enero.

¡Qué precioso era Madrid!

Por la radio comenzó a sonar una canción y ella le pidió a Pedro que subiera el volumen.

Dos segundos después, la melodía de *Lo nuestro* inundó el coche.

—Qué bien canta este muchacho... —comentó Fernando—. ¿Cómo se llamaba?

—Pablo Alborán.

Él asintió y Venecia sonrió.

Ver a su padre centrado y feliz aquella mañana, a pesar de su enfermedad, le resultaba increíble.

Con disimulo, metió la mano dentro del bolsillo de su pomposo vestido de novia y sacó su móvil, que vibraba. Un wasap. Al ver que era de su madre, lo abrió:

¿Todo en orden?

Venecia miró a su padre. Por desgracia, la demencia vascular que padecía lo estaba haciendo perder el control y provocando que olvidara.

El médico les había desaconsejado que actuara como padrino en la boda, puesto que su estado podía variar de un momento a otro, pero Venecia se había negado. ¿Cómo no darle ese gusto a su padre, cuando se casaba por él?

Y, con disimulo, tecleó:

Tranquila, mamá. Todo bien.

Con el móvil en la mano, envió el mensaje y luego éste se apagó.

Como necesitaba ver la foto que tenía de fondo de pantalla, encendió de nuevo el iPhone y contempló la imagen de ella, Jesús y *Traviata*, sonriendo en la playa de Conil.

Jesús. Su chico. Su cómplice. Su novio. Su mejor amigo y el hombre con el que iba a casarse.

Jesús. El niño que había conocido siendo ella una niña también. Juntos se habían convertido en hombre y mujer.

Jesús... El cabronazo de Jesús...

Tras quince segundos, la pantalla del iPhone se apagó de nuevo y un escalofrío le recorrió el cuerpo, cuando sus labios murmuraron siguiendo la canción que sonaba en la radio: «... fuimos todo y más».

¡«Fuimos»..., en pasado!

¿Qué debía hacer?

¿Debía dejarse llevar por el corazón?

Venecia se tocó su precioso moño italiano y cerró los ojos. Ella no era como su padre y su hermano, que decidían las cosas en dos segundos, con celeridad. Ella lo meditaba todo muy bien antes de hacerlo, con sus pros y sus contras y, si había llegado a ese momento, si estaba vestida de novia y estaba sentada en ese coche, era porque así debía ser. Su boda era inevitable.

Como si el móvil le quemara en la mano, lo volvió a encender para mirar de nuevo la foto, pero pasados unos segundos sintió la necesidad de ponerse en contacto con sus amigas. Tenía que hablar con ellas. Y, abriendo WhatsApp, buscó el grupo llamado «Las más mejores», y entonces oyó a su padre protestar:

—Pero, hija, ¿mirando... *eso* el día de tu boda?

«Eso...» Esa palabra significaba que Fernando había olvidado que se llamaba *teléfono*.

Venecia se apresuró a bloquear la pantalla.

Pero ¿qué estaba haciendo?

Sin dudarlo, lo volvió a guardar en el bolsillo de su bonito vestido de Rosa Clará y, suspirando, afirmó tocándose su perfecto moño:

—Tienes razón..., lo dejo.

Padre e hija se miraron, entre ambos existía una unión muy especial, y él sonriendo comentó:

—Como dice el refrán, «boda lluviosa, novia dichosa».

Oír eso la hizo sonreír, aunque, para ser sincera, era lo último que le apetecía, y al ver a su padre pasarse un pañuelo por la frente preguntó:

—¿Te encuentras bien, papá?

Fernando asintió y, despacito, respondió:

—Sí, hija. Estoy... estoy bien. Nervioso..., pero bien.

Por desgracia, tras varios microinfartos que le habían afectado al habla y a la concentración, Fernando había sido diagnosticado por su neurólogo de demencia vascular, una enfermedad parecida al alzhéimer, pero que avanzaba con mayor rapidez. Saber aquello provocó que se adelantara la boda, pues Venecia quería que su padre viviera aquel día tan ansiado para él.

Fernando era un luchador, un guerrero y, a pesar de saber que la batalla la tenía perdida porque su cuerpo deteriorado le fallaba, hacía todo lo humanamente posible para seguir adelante, a pesar de sus cambios de humor, sus olvidos o su desorientación.

Estaba muy orgulloso de su hija, de su niña, y, cogiéndole las manos, declaró despacio:

—No voy a permitir que esta... esta maldita enfermedad me... me prive de verte casada y feliz. Por Dios, ¡veinte años!, han tenido que pasar veinte años para ver este momento.

Venecia asintió con cierto resquemor, y no sólo por la enfermedad. Y su padre, que la conocía muy bien, al ver que se rascaba tras la oreja con el dedo índice, preguntó:

—¿Nerviosa?

—Sí. —Y, dejando de rascarse, añadió—: Un poco, papá.

Fernando sonrió. Que su hija se casara era un acontecimiento muy especial para él y su mujer, llevaban demasiado tiempo esperando el gran día.

—¿Y por qué esos nervios? —insistió mirándola.

Venecia suspiró e, ignorando lo que merodeaba por su interior, miró a su padre, que, junto a su madre y sus suegros, había organizado el bodorrio del siglo, con más de cuatrocientos invitados.

—Por tonterías, papá —contestó, tratando de buscar una respuesta original—. No todos los días se casa una.

Fernando soltó una carcajada.

Estaba encantado por el enlace de su hija con Jesús, aquel muchacho al que conocían de toda la vida, tan serio, juicioso y responsable. Notario e hijo de un reputado banquero, sin duda cuidaría de su niña como ella se merecía.

—A ver, cariño. Ya sé que te habría gustado una... una boda diferente, pero...

—Papá..., no te preocupes.

Fernando meneó la cabeza. Venecia se parecía a su madre más de lo que nunca podría haber imaginado, e insistió:

—Siento que por mi... mi prisa por verte casada antes de que...

La novia dejó de escuchar mientras su padre hablaba y hablaba despacio.

Su boda ideal habría sido en verano, en la playa, y rodeada tan sólo de las personas que la querían. Pero no. En lugar de ello, se casaba rodeada de cientos de personas a las que no conocía, ataviada con un bonito vestido y llena de dudas.

Sin embargo, tenía que hacerlo por su padre. Se lo debía. Él quería ver a su hija casada antes de que la maldita enfermedad se lo impidiera.

Venecia se sintió agobiada. Se dio aire con las manos y cerró los ojos. Lo que pensaba, lo que merodeaba por su cabeza, no era bueno. No podía hacerle eso a su padre.

Sin embargo, estaba enfadada, decepcionada, incómoda y, como necesitaba hablar, murmuró:

—Papá...

—... Y luego está tu madre. Lleva sin dormir me... meses organizando con tu suegra *esto* para que todo salga como tiene que salir... ¡Ya la conoces, hija! Como esto no salga bien, terminamos en la uci con ella.

Asintió, sabía que su padre llevaba razón.

Aurora, su madre, se había dejado la vida y casi la salud en organizar aquel bodorrio. Quería estar a la altura de la familia adinerada del novio, y todo debía salir a la perfección o, sin duda, acabaría dándole un infarto.

Pero Venecia estaba terriblemente confundida.

¿Debía dejarse llevar por el corazón?

¿Cómo iba a hacerles a sus padres lo que le estaba rondando por la cabeza?

¿Es que se había vuelto loca?

—Y... y... *esto*... es... *eso*...

Al oír esas palabras y su tono titubeante, miró a su padre y enseguida comprendió lo que ocurría. Cada vez eran más frecuentes aquellos desconcertantes momentos de pérdida de memoria y situación, y, cogiendo con delicadeza su mano, murmuró como les había enseñado Pedro:

—Papá...

Fernando miró afuera por la ventanilla. Su mirada vacía le partió el corazón a su hija, que se apresuró a llamar al chófer:

—Pedro...

Éste, que era también el cuidador de Fernando, echó un vistazo por el retrovisor.

—Tranquila, Venecia... —pidió—, tranquila...

La joven asintió.

¿Cómo su padre podía desconectar del mundo en un segundo? ¿Qué pasaba por su cabeza en esos instantes?

Y, manteniendo la calma, tal como Pedro le pedía, comenzó a tararear mirándolo a los ojos: «¿Puedes oír..., Fernando?».

Nadie sabía bien por qué, pero era oír aquella canción del grupo ABBA titulada *Fernando*, que tan especial era para su padre y que tantas veces le había contado en su infancia que su madre le cantaba, y, en sus momentos de olvido y confusión, el hombre prestaba toda su atención.

Tragando el nudo de emociones que sentía al conectar con la mirada perdida de su padre, Venecia prosiguió tarareando aquella melodía tan especial para él. En ese instante no importaba nada en el mundo excepto él. Cantó. Entonó. Repitió las estrofas, hasta que él parpadeó, se tocó el ojo y ella, dejando de cantar, dijo:

—Papá, soy Venecia, tu hija... ¿Me recuerdas?

Tras unos segundos de confusión, Fernando la miró. De nuevo había ocurrido aquello que tanto odiaba, y con los ojos llorosos afirmó:

—Me gusta cuando cantas esa canción, cariño.

Al oír eso, ella asintió emocionada y sonrió a Pedro, que los observaba por el retrovisor mientras continuaba conduciendo.

Durante unos minutos, cogidos de la mano, permanecieron callados, hasta que una moto roja de gran cilindrada los adelantó a toda velocidad y su padre gruñó al reconocerla:

—Ahí va tu hermano. Como siempre, con prisas, ¡y lloviendo! Tu... tu madre estará histérica por no tenerlo a su lado en la iglesia. ¡La madre que lo parió! Mira que le dije que hoy lo necesitábamos al cien por cien. Pero noooooo, ¡él, como siempre, a lo suyo!

Venecia sonrió. Ése era su padre, el gruñón y cascarrabias

que la hacía reír. Y el de la moto era su hermano Álex, un caso aparte.

—Papá...

—Y esta mañana tu madre me ha dicho que tu hermano vuelve a marcharse de viaje por trabajo. ¡No para..., ese chico es un culo de mal asiento!

Venecia asintió. Por su trabajo como comercial para una famosa marca de coches, Álex viajaba a menudo. Entonces, intentando que su padre dejara de protestar por su hermano, preguntó:

—¿El vuelo de tía Fiorella ha llegado ya?

Fernando la miró con cariño y le hizo un gesto con la mano. Después se sacó del bolsillo una pequeña agenda de la que no se separaba y, tras ojearla, asintió.

Tía Fiorella era la hermana de corazón de Mariella, la madre biológica de Venecia, y la mujer que en su momento la ayudó a no hundirse en el fango y a tirar para adelante.

Mariella, una guapa italiana, había sido una mujer cariñosa, independiente, trabajadora, que se crio por avatares del destino en una casa de acogida junto a Fiorella. Dos pequeñas sin hogar. Mariella era pintora. Se dedicaba a pintar retratos a los turistas frente a la basílica de San Marcos, en Venecia. Allí la conoció Fernando, en un viaje de placer que éste hizo junto a su buen amigo Carlos. Mariella se ofreció a pintarle un retrato y Fernando aceptó sin dudarlo.

Durante la hora que duró el proceso del retrato, Fernando se enamoró de aquella joven italiana, que, al saber que se llamaba Fernando, comenzó a tararear la canción de ABBA. Se enamoró de su sonrisa, de sus ojos, de su manera de inclinar el cuello cada vez que lo miraba. Y, una vez acabado el retrato, la invitó a tomar un café y, a partir de ese instante, ya no se separaron.

Estuvieron juntos la semana que Fernando pasó en Italia y, cuando él regresó a España, su vida ya no fue igual. Le faltaba ella, la mujer impulsiva que lo había hecho sonreír como nadie en su vida y que lo había dejado totalmente noqueado. Por ello, decidió regresar a Venecia, donde, al encontrarla frente a la basílica de San

Marcos pintando un retrato a otro turista, se le acercó y, sin más, le pidió matrimonio. Mariella, una mujer impulsiva y enamorada, aceptó sin dudarlo y volvió a cantarle su canción, *Fernando*.

Fiorella y Carlos hicieron las veces de padrinos en la boda que se celebró sin invitados en el barrio de Cannaregio, en la iglesia de Santa Maria dei Miracoli, lugar donde fue abandonada Mariella siendo un bebé y que para la italiana tenía un significado muy especial. Como ella decía, allí comenzó su vida y allí debía proseguir.

Al regresar a España, la humilde familia de Fernando puso el grito en el cielo. Su hijo se había casado con una artista italiana sin oficio ni beneficio. Pero, meses después, todos aquellos que en un principio la criticaron ya la querían. Era imposible no querer a Mariella.

Al año fueron bendecidos con la llegada al mundo de Venecia Mariella del Carmen Fiorella, una preciosa niña morena y de carácter sonriente y vivaracho como su madre. No obstante, una maldita e imprevista enfermedad cuando Venecia tenía ocho meses dejó a la pequeña huérfana de madre y a Fernando con el corazón destrozado.

Como le había prometido a Mariella, llegado el momento él trasladó su cuerpo de nuevo a Venecia, donde se ofició un funeral en el barrio de Cannaregio, en la iglesia de Santa Maria dei Miracoli. Y, como ella había pedido, su vida comenzó y acabó allí.

El regreso a España no fue fácil para Fernando. Durante meses, la soledad y la añoranza lo hicieron entrar en un bucle de autodestrucción del que se negaba a salir. Olía la ropa de Mariella. Se pasaba el día escuchando a ABBA o a Barbra Streisand y se destrozaba cuando sonaba la canción *Fernando* y recordaba a aquella mujer cantándosela llena de vida y amor.

Día a día, Fernando creyó morir mientras el corazón se le congelaba sin Mariella. Ella era la razón de su vida, de su sonrisa, de su alegría. Pero, gracias a la fuerza, al ímpetu y, por qué no, también a la locura de Fiorella, recordó que tenía una preciosa hija a la que cuidar y querer y que, por Mariella, tenía que hacerla feliz.

Cuando Venecia tenía tres años, Fernando conoció a Aurora en la boda de su amigo Carlos. Era una muchacha encantadora, hija de unos charcuteros amigos de sus padres, que con su sonrisa y su cariño le descongeló el corazón. Y, cuatro meses después, ante la sorpresa de todos, aquella joven se convirtió en su mujer.

Como siempre, Fernando se dejó llevar por el corazón. Si quería algo iba a por ello, y más al ver lo corta que podía ser la vida tras lo ocurrido a Mariella.

Aurora le dio un hijo, al que pusieron de nombre Alejandro y, lo mejor, quiso desde el primer instante con locura a Venecia. Era una buena mujer. Sentía predilección por algunas cosas banales, pero hacía felices a sus hijos y también a él, y a Fernando le valió con eso. No obstante, Mariella nunca abandonó su corazón, cosa que Aurora aceptó.

Al ver el gesto soñador de su padre al hacerlo recordar, Venecia supo en lo que pensaba y, tocando con mimo la rodilla de aquél, al que adoraba, murmuró:

—Ella está aquí con nosotros.

Fernando afirmó con la cabeza.

—Sólo me bastaron unos segundos para enamorarme y saber que quería casarme con ella —farfulló.

Venecia asintió. Últimamente, aquellos recuerdos que atesoraba su padre afloraban con más frecuencia. Y, cuando iba a contestar, él sacó un pañuelo de su bolsillo y afirmó secándose los ojos:

—Mariella no se perdería este momento por nada del mundo, cariño —y, recomponiéndose, añadió mientras miraba de nuevo su libreta—: El vuelo de Fiorella ha llegado hace treinta minutos. Pedro lo ha apuntado aquí. Ha hablado con ella y le ha contado que habían tenido problemas para aterrizar por la lluvia, pero le ha dicho que iría directa desde el aeropuerto.

Venecia sonrió. Su tía Fiorella era increíble. A sus sesenta años y tras dos divorcios sin hijos a sus espaldas, era una mujer llena de positividad y vitalidad. Con esfuerzo y ayudada por su padre, en su juventud había conseguido sacarse la carrera de periodismo y trabajaba para una gaceta importante en Nápoles.

Muchas habían sido las veces en las que Venecia había cogido un vuelo a Nápoles para estar con ella. Cuando estaba con Fiorella y respiraba su vida, su independencia y su positividad, algo en su corazón le hacía saber que así había sido también su madre. Loca. Divertida. Independiente.

Cuando iba a decir algo, Fernando cuchicheó:

—Espero que la hippie de tu tía venga vestida para la ocasión o a tu madre le dará uno de sus ataques. Ya la conoces.

Venecia sonrió y, pensando en Fiorella, aseguró:

—Vendrá preciosa.

Ambos sonrieron. No les cabía la menor duda.

Y allí estaban padre e hija, llegando ya a la antigua iglesia de los santos Justo y Pastor, que ahora se llamaba oficialmente basílica pontificia de San Miguel, ubicada en el corazón del Madrid de los Austrias, lugar donde se casaron los suegros de Venecia y donde, por supuesto, ella debía casarse con Jesús.

Según se acercaban a la basílica y Venecia comenzó a ver a la gente vestida con elegancia para el evento bajo sus paraguas, sus nervios se acrecentaron, pero sonrió al divisar a sus compañeros de la revista. Estaban guapísimos.

Al verla sonreír, su padre la asió de la mano, se la besó con mimo y murmuró:

—Qué feliz estoy.

Venecia asintió. Sabía lo importante que era para él aquella boda, aquel momento, y murmuró sintiéndose mal:

—Me gusta verte sonreír, papá.

El coche se detuvo por fin. Pedro bajó, sacó la silla de ruedas de Fernando y, una vez que lo tuvo sentado en ella, tres mujeres se les acercaron y una de ellas comentó, entregándole su paraguas:

—Por favor, don Fernando Monastegui..., ¿se puede estar más guapo?

—Y elegante —afirmó otra de las mujeres.

Fernando sonrió. Frente a él tenía a las amigas de toda la vida de su hija, pero de las que no recordaba el nombre, y, mirándolas, indicó:

—Vosotras sí que estáis preciosas.

Dicho eso, Fernando y Pedro, su cuidador, comenzaron a hablar bajo el paraguas mientras las tres jóvenes se metían en el vehículo.

—¡Estás espectacular!

—Oh, Dios, Venecia, ¡el *gloss* que compramos te queda genial! —afirmó Elisa.

—Flor..., ¡estás pibonazo..., pibonazo! —afirmó Silvia sonriendo.

—Oy..., oy..., oy... Qué bonicaaaaaaaa... —cuchicheó Rosa emocionada.

La novia sonrió y, entonces, al ver el gesto de aquélla, preguntó:

—¿Qué te pasa?

Tragando las emociones de su garganta con un puchero, Rosa murmuró:

—¡Que estoy emocionada! ¡Te casas y es todo tan bonito...! ¡Estás tan guapa...!

—Ea..., a llorar —se mofó Silvia.

Elisa le dio un codazo a Silvia. Rosa era, y estaba, muy sensible, y Venecia, tocando con mimo la barriguita de su amiga, musitó:

—No llores, tonta. ¿Estás hoy mejor?

Rosa suspiró; su último embarazo le estaba dando más guerra de lo normal.

—Sí. Espero que a nuestro amiguito o amiguita no le dé por portarse mal. ¿Y tu padre, está bien?

Todas miraron a don Fernando, que hablaba con su cuidador, y Venecia, omitiendo lo ocurrido, contestó:

—Sí. De momento, parece que sí.

Todas sonrieron con cariño y Venecia abrazó a Rosa.

Adoraba a aquellas tres amigas que hacía muchos años el destino había puesto en su vida y que se habían convertido en una prolongación de su familia.

Como mujer, lejos de ser perfecta, Venecia sabía cuál era su potencial. Era de tez clara, ojos oscuros y algo achinados, y pelo largo y negro como buena italiana. Pero su fuerte no era su físico. Su fuerte era su sonrisa y su personalidad, que terminaban hechizando a quien ella se propusiera. Como decía su padre, ¡era arrolladora como Mariella!

Venecia no era muy alta y tampoco le hacía falta usar la talla 38 para ser feliz, a pesar de ser de cadera ancha, como decía su madre. Eso ahora la hacía sonreír. Y, aunque en el pasado aquellas caderas le habían ocasionado algún que otro disgusto en el colegio y posteriormente en la universidad, con el paso de los años aquella inseguridad se había esfumado y estaba feliz consigo misma. Había aprendido a aceptar su cuerpo tal como era y reivindicaba su talla con orgullo, y quienes no quisieran mirarla que no la mirasen. Sobraban en su vida.

—Estoy atacada —musitó a sus amigas.

Rosa sonrió; Venecia estaba preciosa con aquel vestido de novia, y, mirando a lo lejos, donde su marido bregaba con sus dos hijos de seis y ocho años, afirmó:

—Es normal..., ¡te vas a casar!

—¡Hagámonos un selfi! —propuso la novia sacando su móvil.

Foto por aquí, foto por allá... Y, cuando terminaron, estuvieron charlando del bonito vestido, del drapeado, de los pendientes que llevaba, de su pelo recogido en un moño italiano, hasta que Elisa comentó:

—Rosa, tus niños son unos demonios.

—¿Por qué dices eso?

Las cuatro amigas miraron hacia el lugar donde señalaba Elisa y, al ver al marido de Rosa con el novio de ésta discutiendo con los niños para que no corrieran bajo la lluvia, Silvia dijo:

—Y luego me preguntáis por qué no tengo pequeños demonios...

Las amigas sonrieron y Rosa, suspirando, murmuró encantada:

—Mi cariñito está guapísimo con su esmoquin, ¿verdad?

Todas asintieron, Pablo era un tipo muy atractivo y aquel esmoquin le sentaba muy bien.

—¿Y mi chico? —añadió Elisa—. ¿Cómo está Lorenzo con su esmoquin?

Las chicas miraron al tío con el que su amiga estaba desde hacía ocho años y que, se pusiera lo que se pusiese, lo llevaba siempre con un estilazo que dejaba a todo el mundo boquiabierto. Lorenzo era educado, elegante y, sobre todo, un tío muy agradable.

—Muy guapo también —afirmó Venecia.

—Por cierto —insistió Elisa emocionada—, cada vez que veo el tatuaje que se ha hecho sobre el corazón, con mi nombre en chino, ¡me emociono!

—¡Qué detallazo! Y que conste que a mí los tatuajes no me van —comentó Rosa encantada.

Las amigas de Venecia estaban enamoradas hasta las trancas de sus chicos. Formaban unas parejas muy bien avenidas y ella siempre había querido parecérseles en el futuro.

—Tu hermano sí que está guapo —cuchicheó Silvia, la más distinta de todas ellas—. Cuando lo he visto llegar en su moto..., ¡por favorrrrr!, casi tengo que ir a cambiarme de bragas.

—¡Silvia! —la regañó Rosa.

En el coche se oyó entonces el sonido de la recepción de varios wasaps. Silvia se sacó el móvil del bolsillo de su mono e iba a hablar cuando Elisa preguntó mirándola:

—¿Ése es tu teléfono o la *chorboagenda*?

Silvia soltó una risotada. La *chorboagenda* era su segundo teléfono, que utilizaba exclusivamente para sus ligues, y contestó:

—Estando con vosotras, el oficial lo he dejado en casa y sólo me he traído la *chorboagenda.* —Y, mirando los mensajes recibidos, exclamó—: ¡Madre mía..., qué cosas me dice Paul!

Elisa y Venecia rieron, y Silvia, sin importarle la cara de Rosa, comentó:

—No he visto a Fiorella; ¿no viene?

Venecia suspiró.

—Su vuelo iba con retraso por la lluvia, pero ya está aquí y viene de camino.

—¡Me muero por verla! Me hará la boda más amena —aseguró Silvia sonriendo.

—Qué bien me vinieron los vídeos que me recomendó de YouTube para ordenar los armarios —cuchicheó Elisa—. ¡La de espacio que tengo ahora! Lo que Fiorella no descubra ¡no lo descubre nadie!

—Y tanto... —afirmó Rosa.

De nuevo, todas sonrieron, y entonces Silvia, tras soltar un silbido, preguntó:

—¿Y ese chulito piscinas que parece que perdona la vida de todo el que se cruza con él quién es?

De nuevo dirigieron los ojos hacia el tipo que su amiga indicaba y Venecia musitó al reconocerlo:

—Es Jacobo, un amigo de Jesús que ha venido desde Murcia.

Silvia sonrió y, a continuación, murmuró con sorna:

—Jacobo de mi vida..., eres mi siguiente víctima.

—Por favor —gruñó Rosa al oírla—, ¡no empieces ya!

—Silvia..., estamos de boda —añadió Elisa.

Venecia sonrió. Silvia siempre la hacía sonreír con sus comentarios jocosos, y ésta, al ver que todas la miraban, afirmó:

—Tranquilitas, flores. A vuestros mariditos ya sabéis que no los toco ni con un palo, pero a san Jacobo, esta noche me lo como.

—¡Serás capaz! —replicó Elisa.

—Y tan capaz..., ¡ya verás qué atracón me voy a dar! —se mofó ella.

—¡Por favor, Silvia! —cuchicheó Rosa.

Y, dicho eso, todas comenzaron de nuevo a hablar a la vez, hasta que Venecia, fijándose mejor en Rosa, exclamó:

—¡¿En serio?!

—Hombre..., ¡por fin!, no soy la única que se ha dado cuenta —murmuró Elisa.

—¿Qué pasa? —preguntó Silvia.

Rosa suspiró al tiempo que se tocaba los párpados.

—Vale —musitó—. Lo admito, me he puesto un poquito de colágeno. Pablo me lo recomendó y...

—¡Estás embarazada! —gruñó Venecia, rascándose con el índice tras la oreja.

—No pasa nadaaaa —musitó Rosa mirándola.

—Joder, con el *cariñito* —lo cortó Elisa—. Pero ¿es que vas a hacer siempre todo lo que tu marido te recomiende? Y si mañana te pide que te pongas tres orejas, ¿te las pondrás?

—¿Acaso lo dudas? —se mofó Silvia.

—A ver..., no empecemos, que os ponéis muy cansinas —replicó Rosa.

De todas era sabido que Pablo, el marido de Rosa, era un exigente y adinerado cirujano plástico de renombre. El típico guaperas que a sus cuarenta y cinco años se machacaba en el gimnasio, comía pollo con arroz y se cuidaba con más cremas que su mujer.

Rosa y Pablo se habían conocido en una convención organizada por la clínica de él en Madrid, a la que ella asistió acompañando a una amiga.

Rosa era una chica normal y humilde, de padre catalán y madre madrileña, que trabajaba como fisioterapeuta en un hospital público hasta que Pablo la conoció y quedó totalmente prendado de ella.

Al final, Rosa, enamorada de aquel médico tan adinerado, dejó su trabajo en la sanidad pública y comenzó a trabajar en la clínica privada del cirujano, que la quería cerca.

Un año después, dejó su empleo animada por Pablo.

¿Para qué trabajar si él ganaba suficiente para los dos?

Y Rosa, alentada por él, entró en quirófano para aumentar dos tallas de pecho y hacerse un pequeño arreglillo en la nariz. Al año siguiente se casaron y, tras tener a los dos niños, no dudó en hacerse una lipoescultura. Quería estar guapa, tan perfecta como su marido.

Estaban todas mirándola cuando ella, para desviar el tema, preguntó al ver que la novia se mordía las uñas:

—¿Y a ti qué te pasa?

Ese comentario hizo que todas se olvidaran de Rosa, y Venecia, mirándolas, iba a contestar cuando Silvia susurró al ver su gesto:

—Creo que nos vamos a cabrear.

—Oy..., oy..., no me des un disgusto —murmuró Rosa.

Venecia resopló.

Sus amigas la conocían demasiado bien; sin poder evitarlo, se tocó el móvil que llevaba en el bolsillo oculto de su vestido y señaló:

—Es... por... por Sofía.

—¡¿Sofía?! —dijeron las tres al mismo tiempo.

Sin más dilación, Venecia se sacó el teléfono, lo encendió y, tras buscar un mensaje, indicó mostrándoselo:

—Leedlo.

En silencio, las tres miraron la pantalla y leyeron:

Sofía, eres la mujer que siempre soñé tener a mi lado. Me vuelvo loco cada vez que te beso y te hago el amor, pero he de casarme con Venecia, lo quiera yo o no, por el problema de su padre. Es importante para ella y no puedo fallarle.

Sin dar crédito, las chicas volvieron a leer el mensaje.

—*Mare de Déu!* —exclamó Rosa.

Elisa meneó la cabeza, todas sabían de la enfermedad de Fernando, y, mirando a Venecia, preguntó sorprendida:

—¿Que se casa contigo por el problema de tu padre?

—Al parecer, sí —afirmó la novia.

—¡Será cabrón! —gruñó Silvia.

—No digas palabrotas, Silvia. Eso no soluciona nada —protestó Rosa.

—A ese mierda le parto ahora mismo las piernas —insistió Silvia.

Y se disponía a bajar del coche cuando Venecia la detuvo.

—Como se te ocurra hacer una tontería, tú y yo la vamos a tener.

Silvia maldijo y siseó con gesto de enfado:

—Cuando la vamos a tener es como se te ocurra casarte con alguien que está *enconejado* de otra que no eres tú. ¿En serio, Venecia? ¡¿En serio?!

La aludida resopló. Sabía que sus amigas tenían razón, pero, cuando iba a responder, su padre, acompañado por su cuidador, abrió la puerta del coche y dijo:

—Chiquillas, ha dejado de llover y ha llegado el momento de... de comenzar... esto.

Esto..., eso..., cuando su padre utilizaba esas palabras significaba que no estaba bien al cien por cien; Venecia estaba observándolo cuando Silvia le preguntó:

—¿Quieres decir algo?

Ella la miró, pero no respondió, y Silvia insistió en un hilo de voz:

—Venecia, me cago en la leche..., ¡reacciona!

La novia se dio aire con la mano mientras sus amigas la observaban. Luego inspiró hondo y pidió:

—Ayudadme a salir del coche. ¡Ya!

Sin más dilación, las mujeres bajaron del vehículo mientras Elisa le preguntaba con disimulo:

—¿Qué piensas hacer?

—No lo sé —murmuró ella agobiada rascándose tras la oreja.

—Sabes que no me gusta emplear la fuerza bruta —cuchicheó Elisa—, pero si es necesario, la que le partirá las piernas a Jesús seré yo.

Venecia sonrió. Elisa era profesora de kárate en una academia y una defensora al cien por cien de los derechos de las mujeres.

—No digas tonterías —replicó.

—La tontería es que te cases. Piénsalo —insistió aquélla.

Venecia no contestó, su padre podía oírlas, y, mientras se sujetaba con las manos su pomposa falda para que no se mojara, le dirigió un gesto a su amiga para que se callara.

El vestido de novia que llevaba era una auténtica maravilla, estaba preciosa, y Silvia musitó mirándola:

—Porque me pierden los tíos, si no, mi cena esta noche serías tú.

Al oír eso, Fernando la miró boquiabierto. Aquella mujer era una descarada. Entonces Elisa, para quitarle hierro al asunto, soltó una carcajada y exclamó:

—¡Pero qué guasona es nuestra Silvia!

—Y tontaaaaaaaaa —añadió Rosa, a la que le había dado uno de sus ataques de risa.

Venecia sonreía por las reacciones de aquellas dos cuando de pronto oyó el claxon de un coche. Al levantar la vista, su rostro se iluminó y, divertida, exclamó al ver bajar de él a una mujer:

—¡Tía Fiorellaaaaaaaaaaaa!

Soltándose de la mano de su padre, la joven, rodeada de tul blanco, corrió a abrazarla. Aquella mujer la entendía como nadie.

—Qué bien que ya hayas llegado —murmuró mirándola—. Estaba preocupada por ti.

Fiorella besó encantada a la que era su niña y, separándola de ella, exclamó:

—*Mamma mia, sei bellissima!*

Venecia no sonrió y, colocándole el tocado exigido para la ceremonia por su madre, afirmó:

—Tú sí que estás preciosa.

Complacida, tras pagar al taxista para que le llevara la maleta al hotel, Fiorella comentó en español:

—Me he cambiado en el taxi... Espero no haberme puesto la falda del revés.

—¡Oh, Dios! —musitó Fernando divertido al oírla.

Fiorella se acercó entonces a él y, tras abrazarlo con afecto, indicó:

—Con las ganas y el empeño que puso tu madre en concebirte y lo soso que te has vuelto.

—Ya llegó la pesada de Fiorella... —se mofó él.

Venecia y sus amigas soltaron una risotada al oírlos, mientras que el padre y la mujer sonreían y ésta preguntaba con cariño:

—¿Cómo está mi español favorito?

Consciente de por qué se lo preguntaba, Fernando sonrió.

—Feliz de ver a mi hija tan guapa el día de su... su...

—Boda —finalizó Venecia.

Fiorella asintió. Sabía que a él no le gustaba hablar de su enfermedad y, tocándole la barriga, añadió:

—Creo que Aurora te ceba en exceso. Pero ¿tú has visto qué tripa tienes?

Venecia sacudió la cabeza divertida y, antes de que aquéllos comenzaran a soltarse pullitas, indicó, mirando a sus amigas:

—Que Fiorella se siente con vosotras en la iglesia.

—Venecia... —musitó Silvia—, no puedes casarte. —Y, dando un codazo a Elisa, gruñó—: *Sensei*, ¡dile algo!

Su amiga llamaba de ese modo a Elisa porque era profesora de kárate.

—Te he dicho mil veces que no me llames así —replicó. Silvia sonrió y Elisa, mirando a Venecia, insistió—: ¿Y tú qué narices vas a hacer?

Al ver el gesto de sus amigas, ella suspiró y, sin querer extenderse, susurró:

—Dejadme pensar..., ¡estoy bloqueada!

—Pero, Venecia, que vas a entrar ya en la iglesia —cuchicheó Rosa, consciente de la cruda realidad—. ¿A qué esperas para desbloquearte?

—¡No me agobiéis vosotras también! ¡Joder!

Al oír eso, las tres amigas se miraron, y la novia insistió:

—Vamos, llevaos a Fiorella.

Ellas no se movieron.

Venecia tenía un buen problema, y cuando Elisa fue a hablar, Fiorella comentó:

—Por todos los santos, Rosa..., ¿otra vez embarazada?

La joven sonrió, y la mujer preguntó:

—¿De cuánto estás?

—De siete meses. Y espero que sea tímida, porque no se deja ver —afirmó aquélla, tocándose con mimo su prominente barriga.

Fiorella asintió y, tras intercambiar una mirada con Silvia, añadió:

—Con ésta y su marido, el mundo desde luego no se extingue.

Todas rieron a continuación; la italiana, que se había percatado de los cuchicheos de las chicas y de la expresión de su sobrina, la llamó:

—Venecia, vieni qui.

—Tía...

—Mírame a los ojos un segundo, cariño.

Venecia maldijo. Aquello, que su tía le hacía desde pequeña, era una encerrona, e intentando evitarlo musitó:

—Tía..., llevamos prisa.

—Venecia Mariella del Carmen Fiorella..., he dicho que me mires.

La enfermaba oír todos los nombres que sus abuelos paternos se habían empeñado en ponerle el día de su bautismo para diferenciarla de otros niños, y cuando fue a protestar, su tía declaró mirando a Fernando, que sonreía:

—Sigo enfadada porque mi nombre fuera el último, cuando es el más bonito y elegante de todos. Pero bueno..., mejor me callo.

—Fiorella, ¡por favor! —se mofó Fernando comenzando a sudar.

Ese comentario hizo sonreír a Venecia, que clavó la vista en su tía. Ambas se miraron directamente a los ojos. No hacía falta hablar. No hacía falta nada. Sólo había que mirarse a los ojos. Y cuando Fiorella así lo decidió, preguntó en italiano.

—*Cosa ti succede?*

A Venecia siempre le sorprendía la intuición de aquélla; como no respondió, insistió, esta vez en español:

—¿Qué te ocurre para que la felicidad no inunde tu mirada en un día tan especial como el de hoy?

Las amigas se miraron y Fernando, al que el sudor comenzaba a cubrirle la frente de ver a su mujer asomarse y hacerle gestos para que entraran, gruñó:

—Por el amor de Dios, ¡va a empezar a llover otra vez, debemos entrar ya!

Pero Fiorella no dejaba de mirar a su pequeña, y su pequeña a ella, y viendo que ésta no decía nada, la italiana abrió su bolso violeta, sacó de él una bolsita de color rojo y dijo enseñándosela:

—Iba a dártelo después de la ceremonia, pero algo me dice que es mejor que te lo dé ahora.

Cogiendo la bolsa que su tía le tendía, Venecia la abrió y, al ver su contenido, cerró los ojos y murmuró emocionada:

—No, tía..., esto no.

Fiorella asintió y, tras mirar a Fernando, que al reconocer aquello también se emocionó, afirmó:

—Sí, mi vida..., esto sí.

Venecia tenía en las manos la pulsera de plata que había pertenecido a su madre. Por ello, Fiorella, quitándosela de entre los dedos, se la colocó en la muñeca y, mirándola, dijo:

—Como sabes, esta pulsera era de tu *mamma*. Era su talismán, su fuerza. Tu padre me la regaló a mí hace muchos años, pero ha llegado el momento de que regrese junto a su verdadera dueña. Tú.

—Tía...

—Algo me dice que necesitas este talismán y su fuerza en estos momentos.

Emocionada, Venecia contempló la pulsera en su muñeca. Tener aquello de su madre era algo muy especial. Y, mirando a su tía, no supo qué decir, pero ella se le adelantó:

—No sé qué ocurre, pero la tristeza de tu mirada te delata. Sólo recuerda: ¡tú decides! Es tu vida. Nunca lo olvides.

—Lo sé, tía. Lo sé... —afirmó Venecia.

Sus miradas hablaban por sí solas. Se entendían sin pronunciar una palabra.

Entonces Fiorella, señalando el grabado de la pulsera, indicó:

—Léelo.

Sin necesidad de leer aquello que se sabía de memoria, Venecia dijo:

—«Un deseo no cambia nada, pero una decisión lo cambia todo.»

—Eso es, cariño —afirmó su tía—. Tú, y sólo tú, decides. No lo olvides.

Como siempre, las palabras de Fiorella y de su madre, por pocas que fueran, eran las acertadas. La ayudaban. Y, tras mirar a su padre, que estaba al borde del infarto, Venecia sonrió y pidió, dirigiéndose a sus amigas:

—Id con Fiorella al interior.

Rosa, Elisa y Silvia la miraron y, sin poder evitarlo, la última preguntó:

—Ay, no sé..., ¿estás segura?

Venecia asintió tomando aire y, sonriendo a aquéllas, a las que adoraba, afirmó:

—Segurísima.

Cuando las cuatro se alejaron, Pedro y un par de hombres más ayudaron a Fernando a subir la escalera. A continuación, una vez que volvió a sentarse en su silla de ruedas, miró a su hija y preguntó:

—¿Te ocurre algo, cariño?

Le ocurrían muchas cosas, demasiadas, y besando a su padre afirmó:

—Me voy a tatuar esa frase.

—Por el amor de Dios, Venecia, ¡pero ¿qué tontería dices?! No me gustan los tatuajes y menos en mujeres. Seguro que a Jesús tampoco le gustan. ¡Ni se te ocurra!

Ella sonrió y, sin apartar los ojos de aquel hombre, al que adoraba, preguntó:

—Papá, ¿me vas a querer siempre?

Sin dar crédito a lo que oía, Fernando dio un respingo y replicó:

—Por supuesto que sí, hija, pero ¿qué... qué tontería preguntas?

Venecia asintió y, al ver cómo él la miraba sin comprender, le dio un beso en la mejilla y afirmó segura de sí misma:

—Nunca olvides que te quiero, ¿vale? —Y, al saber lo que su padre pensaba, añadió—: Y cuando lo olvides, prometo recordártelo todos y cada uno de los días.

Tres minutos después, antes de entrar en la basílica, comenzó a sonar el famoso Coro nupcial de Wagner, y Fernando, mirando a su hija con orgullo, murmuró al tiempo que se levantaba de la silla para apoyarse en un bastón.

—Según tu madre, no podía faltar la pieza... la pieza...

De pronto, se le olvidó el título de la marcha nupcial y Venecia, al ver su gesto desorientado, añadió:

—*Aquí viene la novia*, papá. Así se llama.

Rápidamente, Fernando asintió.

—Ésa...

Ella miró entonces la pulsera de su muñeca y, agarrada del brazo de su padre, comenzó a entrar en la basílica.

¡La que se iba a liar!

2

Un pasito...

Otro...

—Mi niña.

La voz de Aurora, su madre, la hizo mirar hacia la derecha. Allí estaba ella, tan alta, tan guapa, tan elegante y espigada, con su carísimo traje de Prada y su tocado perfectamente prendido en el cabello.

Ella siempre la había querido, mimado, cuidado. Había sido una madre pato para Venecia y para Alejandro. Nunca les había fallado, a pesar de que en muchas cosas no pensaran igual.

Aurora estaba emocionada, su niña, su preciosa niña, se casaba y, acercándose a ella, murmuró antes de recorrer el pasillo con aquélla y su marido:

—Ay, Dios..., el bajo del vestido está empapado y sucio.

—No te preocupes, mamá. Ahora se secará.

Aurora asintió. Llevaba mucho tiempo esperando ese día, y sonriendo dijo:

—Más bonita no puedes estar, mi amor.

—Gracias, mamá.

Ambas sonrieron, y a continuación Aurora, mirando a su marido, preguntó consciente de lo que había ocurrido en el coche y preocupada porque no se cayera.

—¿Estás bien, Fernando?

El aludido asintió y afirmó intentando sonreír:

—¡Mejor que nunca, Aurorita!

Venecia, emocionada por el modo en que sus padres se miraban, cerró los ojos, pero de pronto él soltó, cambiando su tono de voz:

—¿Cómo se le ocurre al descerebrado de Alejandro venir hoy en moto, con el día que hace?

Al oír eso, Aurora lo miró y, suspirando, respondió:

—No lo sé. Pero ya está esperando en el altar junto a Jesús.

—Habrá venido solo, ¿verdad? —preguntó Fernando.

—Papáaaaa —musitó la novia.

Sin cambiar el gesto, Aurora asintió. Había cosas que su marido no olvidaba. Y, evitando responderle, se dirigió de nuevo a su hija:

—Al final, gracias a tu suegra, el arzobispo don Tomás Alpudia Wellington ha venido desde Burgos y oficiará la ceremonia. ¿No es ideal?

—¡Tremendamente ideal! —se mofó Venecia.

Aurora se fijó entonces en la pulsera de plata que aquélla llevaba en la muñeca y que desentonaba con el vestido y, horrorizada, preguntó:

—¿Y eso?

—Era de la *mamma*.

Aurora asintió. Siempre había respetado a la madre biológica de Venecia, y con amor cuchicheó:

—De acuerdo, cariño.

Por último, la joven, asida del brazo de sus padres, porque así se lo habían pedido para estar plenamente presentes en la ceremonia, comenzó a recorrer el pasillo de la basílica mientras Wagner sonaba por los altavoces y la lluvia arreciaba.

Una sonrisa a la derecha...

Otra sonrisa a la izquierda...

Saludar con elegancia y pomposidad mientras se camina hacia el altar era algo que a Venecia su madre y su abuela Catalina le habían enseñado desde pequeña.

Había que ofrecer una ligera sonrisa e inclinar el cuello con estilo mientras se saludaba.

Había que mostrar a los invitados lo feliz que una estaba por el momento que vivía, y lo feliz que la hacía que aquéllos estuvieran allí junto a ella.

Venecia temblaba. Sabía que tras toda aquella parafernalia algo no muy bonito iba a pasar. Y se reafirmó al ver al novio al fondo, esperándola.

Jesús estaba guapo, guapísimo, con aquel esmoquin confeccionado a medida para él. Era un hombre clásico vistiendo. Algo tacaño con el dinero y rarito en ocasiones, pero eso a Venecia nunca le había importado. Siempre le había gustado él.

A pesar de sus cosillas, Jesús era un tipo excepcional. Un tipo que había luchado por ella, como en su momento luchó su padre por Mariella. Venecia provenía de una casa humilde, normal, a diferencia de Jesús, que pertenecía a una familia adinerada de banqueros.

Sus miradas se encontraron y ella, al ver el sudor en su frente y su gesto nervioso, intuyó lo mal que lo estaba pasando. Se conocían demasiado bien.

Jesús intentó sonreír, pero ni la sonrisa le salía, y Venecia lo confirmó: ¡tenía que hacerlo!

Una vez que sus padres y ella llegaron al altar y Fernando le retiró el velo, tanto su madre como éste le dieron un beso y él, mirando a Jesús, dijo:

—Muchacho, en tus manos dejo lo... lo que más quiero en la vida.

—Gracias, Fernando —musitó Jesús sudoroso.

—Venecia, ¡estás muy mona! —comentó con cierto retintín malévolo su suegra, que ejercía de madrina.

—Gracias, Consuelo. —La joven sonrió.

Frente al altar, Jesús y Venecia se miraron y éste dijo:

—Estás preciosa, cariño.

—Y tú, muy guapo —afirmó ella.

Y a continuación ambos sonrieron con gesto nervioso. Si algo tenían Venecia y Jesús era una excelente relación. Eran la pareja perfecta. Los amigos perfectos. Por eso él, al ver su expresión, preguntó, cogiéndola de la mano:

—¿Estás bien?

—¿Y tú?

Jesús asintió sin pensar. Mejor no hacerlo. Se limpió el sudor de la frente con un pañuelito blanco que se sacó del bolsillo y entonces el arzobispo don Tomás dio inicio a la ceremonia.

En un par de ocasiones, los novios se miraron.

Esas miradas entre ellos decían mucho.

Querían comunicarse. Lo necesitaban, a pesar de saber que el sitio en el que estaban no era el más propicio para ello.

La tos fingida de Silvia, que retumbaba en toda la iglesia, le hizo saber a Venecia que, a su manera, le estaba diciendo que hiciera algo. Que no fuera tonta.

Pero no. No podía interrumpir la boda. No debía hacerles eso a sus padres. ¡Era una locura! No se lo perdonarían y su madre acabaría en la uci.

Miró al suelo y, de camino a él, su vista tropezó con la pulsera que había pertenecido a su *mamma*, y volvió a leer: «Un deseo no cambia nada, pero una decisión lo cambia todo».

Cerró los ojos. Mariella tenía razón, y a su manera le estaba indicando que decidiera ella, sólo ella. Así pues, dispuesta a acabar con aquello, tomó aire y, mirando al que aún era su novio, murmuró:

—Jesús...

Sus ojos conectaron, y Venecia musitó:

—¿No crees que tenemos que hablar?

Entre sudores, Jesús asintió y, mirando al arzobispo, pidió:

—Don Tomás, ¿podría darnos un segundo, por favor?

—¡¿Ahora?! —preguntó aquél, ofendido por haber sido interrumpido.

—Sí..., ahora —afirmó Venecia con seguridad.

Sorprendido, el arzobispo dejó de hablar, y ella, ignorando a todos los que los rodeaban, soltó mirando a los ojos a Jesús:

—¿Qué estás haciendo, *idiota*?

Su voz resonó amplificada por toda la iglesia a través del micrófono y todo el mundo murmuró, hasta que Fernando, el padre de la muchacha, gruñó mirándola:

—¡Venecia!

—Pero, Jesusín, ¡¿qué ocurre?! —preguntó sorprendida la madre de aquél.

Él, con tan sólo mirar a Venecia, ya sabía a lo que se refería. Y, apartando el micrófono, se le acercó y susurró:

—Como siempre, eres más valiente que yo.

—Jesús..., ¿qué estamos haciendo?

El joven notario suspiró. Sin duda su chica pensaba como él y, decidido a encarar el problema antes de que éste fuera mayor, afirmó:

—Sí, cariño. Debemos hablar.

—¡Pero ¿qué pasa?! —farfulló la madrina incómoda.

Fernando, el padrino, fue a acercarse a su hija, y ella, al verlo, lo miró y con voz segura, a pesar del disgusto que le iba a dar, dijo tras pedirle ayuda a su cuidador:

—Papá..., si no te importa, esto es entre Jesús y yo.

—Pero...

—¡Papá!

La seguridad de Venecia detuvo a Fernando. Conocía a su hija muy bien, y no se movió del sitio. Por su parte, ella, consciente de la cruda realidad y de que si su padre supiera la verdad le rogaría que parara aquello, ignoró su gesto desconcertado y repitió, dirigiéndose al novio:

—Jesús..., ¿qué estamos haciendo?

—Casaros, ¿qué vais a estar haciendo? —apostilló la madre de aquél inmiscuyéndose en la conversación.

—Mamá, por favor —gruñó él.

—Pero... pero, hijo, por el amor de Dios, ¿qué pasaaaaaaaaaaa?... Ay, Dios..., si ya te dije yo que esta boda no era santo de mi devoción.

—¡Mamá! —volvió a protestar él.

Venecia, que no deseaba seguir escuchando a la que tenía que ser su suegra, agarró al novio de la mano y, sin importarle los cientos de miradas que los seguían, se lo llevó a un lateral de la iglesia ante el asombro de todo el mundo. Una vez allí, volvió a intercambiar una mirada con su tía y sus amigas y, resoplando, cuchicheó:

—Vamos a ver...

—Venecia...

—Mira, Jesús, no sé si matarte, descuartizarte o...

No pudo continuar. La joven calló y él dijo:

—Soy un gilipollas.

—Lo corroboro —afirmó molesta, rascándose con el índice tras la oreja. Luego, tras tomar de nuevo fuerzas, prosiguió—: Llevamos veinte años juntos.

—Sí.

—Nos conocemos perfectamente.

—Sí.

—Eres mi mejor amigo.

—Y tú mi mejor amiga.

—¡Joder, Jesús! ¿Acaso no tienes algo que contarme?

—No.

—¡Serás cobarde!

—Venecia...

—¿De verdad te vas a casar conmigo queriéndola a ella? ¿En serio me vas a hacer esa putada, joderrrr?

—Esa boquita, muchacha. Estamos en la casa de Dios —protestó el arzobispo.

Sudoroso y confundido, el novio se sacó un pañuelo del bolsillo del pantalón, se limpió el sudor que le corría por la frente y murmuró:

—Venecia, eres mi chica... y...

—No, Jesús —lo cortó—. Yo no soy tu chica. Tu chica es ¡Sofía!

Se miraron.

En esos veinte años que llevaban juntos, en varias ocasiones, tanto él como ella habían conocido a otras personas que tan sólo habían pasado por sus vidas. Rollos esporádicos que, incomprensiblemente, se perdonaban como buenos amigos, hasta que apareció

Sofía. La llegada de Sofía y un proyecto en Australia lo cambió todo. Y Venecia, incapaz de continuar con aquello, insistió:

—Vamos a ver, Jesús. ¿Qué hacemos aquí, vestidos de novios?

—Dímelo tú.

—¡¿Yo?!

—Sí, tú. Estamos aquí por tu padre. Para que él te vea casada antes de que pierda la memoria. Y luego... luego está el dineral que me he gastado en la boda y...

—¡Cállate! —exigió molesta al oírlo. Él y el maldito dinero. Y, sacando su vena italiana, que unida a la española era muy brava, soltó—: O te juro que, aunque estén tus padres, los míos, medio Madrid, el arzobispo y Dios, te comes el ramo de novia. —Él no respondió, y ella murmuró—: ¡Joder, Jesús!

—Muchacha..., por todos los santos, ¡ese lenguaje! —gruñó de nuevo el arzobispo.

Pero Venecia ya no escuchaba a nadie y, sin importarle nada, insistió, notando una punzada en el corazón.

—La quieres a ella y no a mí. Lo que estamos a punto de hacer es una cagada y lo sabes tan bien como yo. Nos hemos dejado llevar por... por..., ¡y estamos ante el altar!

—Pero yo te quiero.

—No.

—Sí, Venecia.

—No. No me quieres. Como sabes que yo no te quiero a ti.

—¡Sí! —gritó Silvia entonces, levantando las manos.

—*Brava! Questa è la mia ragazza!* —exclamó Fiorella en italiano.

Un multitudinario y sorprendido «¡Ohhhhh!» resonó en el interior de la basílica, y Jesús preguntó mirándola:

—¿No me quieres?

Venecia maldijo y, consciente de que la gente se estaba enterando de todo, indicó:

—Vamos a ver..., claro que nos queremos, pero no como deberíamos. Nos queremos como hermanos, como amigos, como colegas, y lo sabes tan bien como yo. Nos hemos dejado llevar por el problema de mi padre y... y... ¡Joder, Jesús! ¡Que tú quieres a Sofía!

—¡¿Sofía?! ¿Quién es Sofía? —preguntó Aurora boquiabierta.

—¡Bendito sea Dios, Jesusín, ¿acaso eres un gigoló?! —exclamó la madre del novio, que, horrorizada, se daba aire con la mano.

Él cerró los ojos. Una vez más, la fortaleza de Venecia podía con él, y cuando los abrió, afirmó:

—De acuerdo. La quiero a ella. Pero también te quiero a ti, y a tu padre y...

—Lo sé, Jesús, lo sé... Pero son nuestras vidas, no la de mi padre, las que vamos a mandar a la mierda.

En silencio, se miraron, se entendieron, y de pronto sonrieron ante el desconcierto de todo el mundo. Aquello era de locos. Entonces Venecia, segura de sí misma, afirmó:

—La que estamos liando por no haber parado esto a tiempo. ¡Jesús, joder!

—Vuelves a tener razón —afirmó él agobiado.

Venecia asintió. Estaba claro que o lo decía ella o todo seguiría adelante, por lo que musitó:

—Debemos anular la boda.

—Está todo pagado —repuso él mirando a su madre.

—¡Que le den al dinero!

—Venecia...

—Jesús, por Dios..., el dinero es algo material, pero nuestras vidas no. Si quieres a Sofía, ¡cásate con ella y no conmigo! Seamos honestos con nosotros mismos. Lo nuestro fue algo bonito, pero... pero... pero... ¡ya no existe!

Consuelo, que estaba a un lado, se acercó a ellos y, dándose aire con la mano, gruñó:

—Por el amor de Dios..., pero ¿de qué estáis hablando? ¿Quién es Sofía?

—¡Mamá!

—Bajad la voz, insensatos. Los trapos sucios se lavan en casa

—insistió la mujer encolerizada—. Continuemos con la boda y, en cuanto acabe, habláis de lo que tengáis que hablar ¡en privado!

—¡Mamáaaaaaaaaaaaa! Pero ¿qué dices? —replicó Jesús.

La mujer, horrorizada por lo que veía que se le venía encima, insistió en un hilo de voz:

—No podéis anular la boda ahora.

—Me temo que sí —afirmó Venecia mirando a su desconcertado padre.

—Por el amor de Dios, ¡qué vergüenza! ¡Qué vergüenza! Todo es culpa tuya —gruñó la mujer señalando a la novia, que, sin poder evitarlo, sonrió—. Nunca debimos acceder a que entraras en nuestra familia. ¡No eres digna!

—Mamáaaaaaaaaaaaaa —repitió Jesús.

—Te lo dije, Jesusín. Llevo veinte años diciéndote que esta chica no era para ti. Pero nada, ¡tú ni caso!

—Mamá, ¡vale ya!

Venecia resopló, sabía que nunca había sido la nuera perfecta para aquella familia, y, mirando al que ya no iba a ser su marido, murmuró:

—Tranquilo. Cargaré con la culpa del desastre. Ya sabes que nunca he sido santo de devoción de tu madre. No hay ningún problema.

—De eso nada —repuso Jesús y, mirando a su madre con gesto duro, indicó—: Si alguien tiene la culpa de lo que está ocurriendo aquí soy yo, ¿entendido, mamá?

Consciente del mal trago que sus padres y los de aquél estaban pasando, Venecia miró entonces a Aurora, que la observaba en silencio, e indicó, temiendo que acabaran en la uci esa noche:

—Mamá, lo siento.

—¡Ay, hija...! —musitó ella.

—Mamá, no te pongas mal, por favor..., por favor..., que esto no te lleve a la uci —rogó la joven—, pero la boda tiene que anularse.

Aurora, pálida, se sentó en el banco de la iglesia y no dijo más. No podía.

¡Aquello era un auténtico desastre!

De pronto, Alejandro, que todavía no se había pronunciado, miró a su hermana y afirmó:

—Tú, como siempre, ¡a lo grande!

Sin dejar de mirar a su horrorizada madre para comprobar si estaba bien, Venecia asintió y Álex añadió sonriendo:

—Tranquila, Chia. Te quiero, haz lo que tengas que hacer.

Tener también la aprobación de su hermano a Venecia le dio aún más fuerzas; en ese momento Fernando, mirándolos desde su silla de ruedas, se levantó y gritó a pesar de las palabras de su cuidador:

—¡Pero, muchachos, ¿qué locura es ésta?!

Venecia rápidamente lo miró y, cogiéndolo del brazo, declaró:

—Lo siento, papá, pero no puedo casarme con Jesús.

Fernando clavó los ojos en ella y, en un hilo de voz, musitó:

—Pero, hija, ¿qué dices?

Pedro, el cuidador de su padre, al oír aquello y ver el gesto del hombre, se acercó a ellos y, asiéndolo del brazo, dijo con voz pausada:

—Vamos, Fernando, salgamos a tomar el aire.

Fernando no se movió. Quería hablar con su hija. Aquello no podía estar ocurriendo, pero Venecia le imploró:

—Por favor, papá. Prometo explicártelo todo, pero ahora confía en mí y vete con Pedro.

El hombre asintió, se sentó en la silla de ruedas y cuando se marchó con Pedro, Consuelo, la madre de Jesús, gritó dirigiéndose a su hijo:

—¡Nooooooooooooooo! Jesusín, no puedes hacernos esto. Seremos el hazmerreír de Madrid.

Los novios, haciendo caso omiso de la que habían liado, se miraron, y Jesús, convencido, preguntó acercándose de nuevo a Venecia:

—¿Tus padres estarán bien?

Agobiada por todo, ella negó con la cabeza, pero respondió:

—Lo hecho, hecho está. Ahora sigamos adelante.

Jesús asintió y musitó:

—Tú y yo queremos pasión, locura, vida..., ese algo especial que debería existir en una pareja y que entre nosotros ya no existe desde hace mucho tiempo.

—¿Y por qué no lo habías dicho?

—¿Y por qué no lo habías dicho tú? —preguntó él. Y, al ver la expresión de la joven, insistió—: Traté de hacer lo correcto. Intenté darte el gusto por lo de tu padre y...

Ver el gesto de ella le dolió. Él la quería. Claro que la quería, pero consciente de la realidad, insistió:

—Venecia, me equivoqué. Nos equivocamos. Y siento si te fallé al encontrar esa pasión en otra persona. Ahora sólo deseo que la encuentres tú también. Te lo mereces.

Aquellas palabras en cierto modo le rompieron el corazón a la muchacha, que murmuró:

—Lo último que quiero ahora mismo es eso..., pasión. —Y, sin importarle quién los observara, añadió—: Estoy muy dolida contigo. Me has fallado.

—Lo sé...

—Me has mentido en lo referente a Sofía cuando dijimos que nunca nos mentiríamos en el tema del amor. ¡Has faltado a nuestra primera regla, Jesús! ¡A nuestro primer código! Y estoy muy cabreada contigo por haber sido incapaz de ser claro y...

—Venecia...

Se miraron unos segundos en silencio, y ella prosiguió:

—¿Te has dado cuenta de que íbamos a hacerlo por mi padre y no por nosotros? —y, al ver cómo él la miraba, dijo, sacando su móvil del bolsillo oculto de su vestido de novia—: Anoche Sofía me mandó una conversación vuestra por WhatsApp y...

—¿Que Sofía te...?

—Sí —lo cortó, guardándose el teléfono de nuevo en el bolsillo—. Y aunque me cabreó recibirlo, reconozco que en el fondo me hizo darme cuenta de la realidad de lo nuestro. Por tanto, ¿qué te parece si ponemos fin a esta locura e intentamos ser amigos por todos los buenos momentos que hemos vivido?

Entonces Jesús sonrió, miró a la que había sido su chica los últimos veinte años y dijo:

—Mi mayor error será perderte.

—¡Lo sé! Pero es que no me mereces, cariño —se mofó ella.

Durante unos segundos, mientras todo el mundo se volvía loco a su alrededor, Venecia y Jesús se abrazaron. Estaba claro que entre ellos sobraban las palabras. Finalmente, él la cogió de la mano y afirmó:

—Hagámoslo.

Y, sin importarles nada ni nadie más, dieron media vuelta y Jesús, cogiendo el micrófono, anunció:

—Don Tomás, familia, amigos... Gracias por haber venido, pero Venecia y yo acabamos de decidir que... que...

—No habrá boda —continuó la novia arrebatándole el micrófono—. La boda se anula.

—¡Síiiii! —aplaudieron Fiorella y Silvia ante el estupor de Elisa, Rosa y todo el mundo.

Acto seguido, la madre de Jesús se desmayó. Por suerte, su hijo la cogió a tiempo y, una vez que su padre se hizo cargo de ella, miró a Venecia y dijo:

—Eres la mujer más increíble que hay sobre la faz de la Tierra.

—Y tú eres el hombre más tonto e inseguro que estoy convencida de que conoceré en mi vida. Y cuidado con Sofía, porque ella no es como yo. —Venecia sonrió sin importarle nada más.

—¡Tú, gilipollas!

Y, antes de que nadie pudiera remediarlo, Alejandro, el hermano de Venecia, le propino a Jesús tal puñetazo en la mejilla que lo hizo caer al suelo, llevándose de paso varios centros de flores y el atril con la biblia de don Tomás.

—Por el amor del Señor, ¡que estamos en la casa de Dios! —gritó el arzobispo horrorizado ante lo ocurrido.

Boquiabierta, la novia paró a su hermano, mientras Jesús se levantaba del suelo con sangre en la boca; entonces Alejandro gritó ignorando al cura:

—Ten por seguro, pedazo de mierda, que no sabía que se la pegabas a mi hermana con esa tal Sofía, porque si me llego a enterar antes, antes te habrías tragado los dientes.

—¡Que estamos en la iglesiaaaaaaaa! —voceó el arzobispo escandalizado por aquel desastre.

Jesús asintió dolorido. Se merecía todo lo que le dijeran. No había procedido bien.

Una vez que Venecia consiguió contener a su hermano, lo agarró y lo llevó aparte.

—Álex..., ¡cállate!

—Pero él...

—¡Álex!

—¿Lo defiendes? Te está engañando con otra... Pero ¿tú estás tonta?

Venecia suspiró. Su hermano tenía razón. Estaba tonta. Pero, aun así, musitó:

—He dicho que te calles y no la líes más. Y ahora haz el favor de ayudarme con papá y mamá. ¡Por favor! Pedro está fuera con papá. Y, Dios..., ¡no sé cómo puede afectarle esto!

Alejandro sacudió la cabeza y pensó en lo que ella le pedía.

—Está visto que tú y yo no somos los hijos del año —señaló.

Ambos sonrieron.

Dos años antes, durante una cena, Alejandro confesó su homosexualidad a sus padres, cosa que Venecia sabía desde su adolescencia porque su hermano se lo había contado, y ella lo aceptaba.

Durante años, Alejandro había ocultado su condición porque sabía que aquello les ocasionaría un problema a sus padres, hasta que se enamoró y decidió dar el paso. Estaba enamorado de un sevillano llamado Rafael, con el que mantenía una relación desde hacía tres años, y estaba cansado de esconderse. Y, como siempre le había dicho a su hermana, quería que su padre supiera quién era él en realidad antes de que lo olvidara.

Aquella revelación hizo que pasaran la noche en el hospital con su exagerada madre y que Fernando sufriera mucho.

Sonriendo, los hermanos se abrazaron y luego él preguntó:

—¿Estás bien, Chia?

Venecia, dejándose abrazar por él, que la seguía llamando como cuando eran unos niños, asintió.

—Sí, Álex. No te preocupes. ¿Ha venido Rafael?

Él negó con la cabeza.

—Ya te dijo que no vendría. No quería darle el día a papá.

Ambos asintieron, y él preguntó mirándola:

—Pero ¿cómo no me lo habías contado? —Ella no respondió, y él insistió—: ¿Cómo lo has consentido? ¿Cómo has podido llegar hasta aquí?

Venecia suspiró y, mirándolo a los ojos, cuchicheó:

—Escucha, Jesús y yo nos hemos consentido y perdonado muchas cosas. Teníamos una relación relativamente abierta y...

—Pero ¿qué me estás contando?

Al ver la cara de guasa de su hermano, Venecia matizó:

—A ver..., no abierta en el sentido que te imaginas, pero sí es cierto que en estos años tanto él como yo nos hemos perdonado infinidad de errores, sin darnos cuenta de que nuestra relación era más de hermanos que de pareja. Y, en cuanto a cómo hemos llegado hasta aquí, tan sólo nos dejamos arrastrar por el problema de papá y ninguno de los dos supo parar esta locura a tiempo hasta el día de hoy.

—Has tomado tú la decisión aquí y ahora, ¿verdad? —Venecia asintió, y él indicó abrazándola de nuevo—: Hermanita, lo tuyo es hacer siempre las cosas a lo grande.

—Como tú —afirmó ella, viendo a la gente cuchichear mientras los hijos de Rosa correteaban por la iglesia.

Álex asintió y, tomando aire, musitó:

—Chia, tengo que comentarte algo...

Pero ella miró a su alrededor y murmuró:

—Ahora no, Álex. No tengo la cabeza para nada.

—Pero...

—Álex, por favor —gruñó.

El aludido asintió. Era muy importante lo que le quería comentar, pero sin duda no era un buen momento.

—De acuerdo. Cuando regrese de mi viaje a Canadá, hablamos.
—De acuerdo —asintió ella sin darle importancia.

Entonces se oyó a Silvia aplaudir para horror de quienes la rodeaban:

—¡Bravo! ¡No hay boda!

Todo el mundo cuchicheaba, hablaba, cotilleaba. Aquello era un escándalo. Y, mirando a su hermano, Venecia pidió:

—Ahora, por favor, ve y ayuda a calmar a papá.

Una vez que él se hubo alejado, Venecia buscó con la mirada a sus amigas, que la observaban boquiabiertas, excepto Silvia, que aplaudía encantada. De inmediato buscó también a su tía. ¿Dónde estaba? Y, al verla sentada junto a Aurora, supo que tenía que tranquilizarse y pensar.

El barullo que se había organizado en la basílica era de órdago, y el arzobispo, enfadado por el cambio en los acontecimientos, hizo pasar a los novios y a sus padres a la rectoría. Tenían que hablar.

* * *

Tras una media hora en la que los gritos traspasaron los muros de aquel idílico y santo lugar, finalmente los padres de ambos salieron de nuevo y, ante los invitados, que aguardaban expectantes, repitieron lo que sus hijos ya habían dicho.

¡No había boda!

3

Cuarenta minutos después había dejado de llover, aunque el suelo estaba empapado. Como solía decirse, después de la tormenta llegaba la calma, y en ese caso fue también así.

En el exterior, una vez que la mayoría de los invitados se hubieron marchado, Pablo, el marido de Rosa, se acercó hasta Venecia y preguntó dirigiéndose a ella:

—¿Te encuentras bien?

La joven lo abrazó y, mirando a Rosa, que no podía parar de llorar, afirmó:

—Sí, Pablo. No te preocupes.

—Tía, pareces una princesa —aseguró Pablete mirándola.

Al oírlo, la novia sonrió. Pablete y Óscar, los precioso hijos de su amiga Rosa, la miraban encantados, y respondió tocando con cariño sus cabellos oscuros:

—Y vosotros sois mis príncipes.

Lorenzo, el novio de Elisa, la abrazó tras oír eso.

—Si quieres, puedes venirte a casa con nosotros —dijo.

Conmovida, ella le tocó la mejilla.

—Eres un amor.

Lorenzo sonrió, y Pablo, tras darle un nuevo clínex a Rosa, insistió:

—O con nosotros. Sabes que en casa hay sitio de sobra.

Venecia sonrió. Aquellos dos eran los tíos perfectos. Sus amigas eran muy afortunadas de tenerlos en sus vidas, y, sonriendo, murmuró:

—Gracias, chicos, pero no hace falta.

—Se vendrá conmigo a mi casa —afirmó Silvia.

Todos permanecieron unos segundos en silencio, hasta que Lorenzo murmuró:

—Siento todo esto, Venecia, no sé ni qué decirte.

Ella intentó sonreír y se encogió de hombros.

—Es mejor esto que estar casada y viviendo una mentira, ¿no crees? —repuso.

—También tienes razón —afirmó aquél asiendo la mano de su chica para besársela.

Tras hablar durante unos minutos, en cuanto consiguió tranquilizar a una llorosa Rosa, Pablo se despidió de todos y se marchó con sus revoltosos chicos a casa. Su mujer se quedaba con sus amigas. Entonces Lorenzo, mirando a su novia, indicó:

—Haré de taxista. Os llevaré a donde queráis.

Pero Elisa sabía que sería una noche intensa, por lo que negó con la cabeza.

—No, cielo. Márchate.

—En serio..., iré con vosotras.

Rosa se limpió los ojos. Aquel hombre era un amor.

—¿Por qué no llamas a tu primo David y quedas con él? —sugirió entonces Elisa.

Lorenzo suspiró y, mirando a Venecia, se disponía a insistir cuando, al ver el gesto de su chica, aceptó:

—De acuerdo. Pero cuando vayas a regresar a casa, sea la hora que sea, me llamas y voy a buscarte a donde estés. No quiero que andes sola por la calle.

—OK. No te preocupes. —Elisa sonrió encantada, a pesar de saber que ella era del todo capaz de defenderse sola.

Además de protector, Lorenzo era adorable, y tan pronto como éste se marchó, Rosa comentó, haciendo un puchero:

—Qué hombre tan maravilloso, ¡cómo te cuida!

Elisa asintió y mirándola dijo:

—Como a ti tu cariñito. Y ahora, por favor, ¡deja de llorar!

Rosa se secó una nueva lágrima que caía por su rostro y musitó:

—Ay, la Virgen... Y ahora encima me da el tic en el ojo.

Elisa resopló. Cada vez que se ponía nerviosa, a Rosa le temblaba el párpado, y cuando fue a hablar, Rosa insistió:

—¡Ay, qué pena lo que ha pasado!

Elisa asintió, era una pena. Y Venecia, que la había oído, olvidándose de su propia pena, se acercó a ella y dijo abrazándola:

—Tranquila, Rosa... Tranquila, cariño.

Rosa asintió mientras veía a Elisa acercarse a Silvia, que estaba tecleando en su móvil. El embarazo la hacía estar más sensible de lo normal y, mirando a su amiga, murmuró:

—Debería estar dándote ánimos yo a ti, no tú a mí. ¡Qué llorona soy!

Ella sonrió y, cuando iba a hablar, oyó:

—Venecia.

Al volverse, la joven se encontró con su tía Fiorella y, sin necesidad de decir nada, fue hacia ella y la abrazó. Durante unos segundos permanecieron abrazadas, y cuando se separaron, la mujer afirmó, dando un beso en la frente a su sobrina:

—Sabía que algo pasaba.

Venecia sonrió y Fiorella cuchicheó:

—Tu *mamma* se estará riendo a carcajadas. Estoy segura de que ese muchacho tampoco la apasionaba, como a mí.

—¡Tía! —protestó ella.

Aunque respetaba la decisión de su sobrina, Fiorella nunca le había ocultado que Jesús no era santo de su devoción. No era mal chico, pero no era para ella. Siempre lo había pensado.

La joven sonrió y, mirando a Aurora, su otra madre, musitó:

—No todas las madres se toman las noticias por igual, aunque esta vez, por suerte, de momento no hemos acabado en urgencias.

Fiorella miró a Aurora, que estaba seria, serena, tranquilizando a Fernando, e indicó:

—Cada uno es como es y, como tal, hay que respetarlo. Dale tiempo. Aurora es una buena mujer.

Venecia asintió, su tía tenía razón; entonces ésta preguntó:

—¿Qué quieres que haga? ¿En qué puedo ayudarte?

La joven miró a la mujer y, como necesitaba su ayuda, indicó:

—Ve con mis padres y con Pedro a casa. Están muy nerviosos y...

—Tranquila..., que tu madre no acaba en la uci, y de tu padre me encargo yo.

Ambas sonrieron, y Fiorella, dándole un beso a su pequeña, añadió:

—Iré con tus padres a su casa. *Calmati, ragazza mia.*

Cuando se alejó, Venecia se acercó a Rosa, que volvía a llorar, y entonces oyó un bufido de su padre y se detuvo. Con todo aquel jaleo, Fernando estaba totalmente desconcertado, aquello no le hacía ningún bien, y Alejandro, su hermano, le dirigió una seña para tranquilizarla. Él se ocuparía de su padre.

Estaba mirándolos cuando oyó a su espalda:

—Por Dios, hija, el bajo de tu vestido ya no es blanco, es marrón...

Venecia miró lo que su madre decía. Por la parte de abajo, el vestido estaba empapado y sucio, pero eso era lo que menos le importaba; entonces Aurora añadió:

—Cariño, nos vamos a casa. Creo que será lo mejor.

Al ver el dolor en sus ojos, Venecia murmuró:

—Mamá...

Pero ella, incapaz de callar, dijo en un hilo de voz:

—Jamás habría esperado esto de ti...

—Lo siento, mamá, pero...

No pudo continuar. Aurora, con delicadeza, le puso un dedo en los labios y dijo:

—No estoy enfadada porque no te cases, cariño. Lo que me enoja es que no hayas hablado conmigo para contarme lo que te pasaba. Tus dudas. Tus miedos. Si hubieras hablado conmigo, no habríamos llegado hasta aquí. Sé... sé... que éste no era tu ideal de boda y me siento culpable por haberte obligado a hacerlo y...

—Mamá...

—Tranquila, que no acabaremos en la uci.

—Mamá, por favor. —Ella sonrió al oírla.

—Odio haber estado tan sumergida en todo lo que a mí me hacía ilusión que no vi lo que te estaba pasando. No vi tu infelicidad, algo de lo que, por suerte, Fiorella se ha dado cuenta en tan sólo unos segundos.

Emocionada por sus palabras, Venecia musitó:

—La boda os hacía tanta ilusión a papá y a ti que... yo...

—Venecia, te quiero. Eres mi hija, mi niña. Y mi ilusión es que tanto tú como Álex seáis felices. Pero ¿todavía no os habéis dado cuenta de que el resto, nos guste o no a tu padre o a mí, es secundario? Queremos tu felicidad. Sólo eso, cariño.

Conmovida y sin saber qué decir, Venecia miró a aquella mujer, que una vez más le demostraba cuánto la quería, y aseguró:

—Eres la mejor madre del mundo, mamá. La mejor.

Oír eso en ese momento emocionó a Aurora y, mientras abrazaba a su hija, afirmó, pasando la mano por la pulsera que sabía que era tan especial para ella:

—Y tú eres la hija más valiente, buena y bonita del mundo.

—Ay, mamá..., de verdad que lo siento.

Aurora asintió, sabía que su hija decía la verdad, y aseguró:

—Lo importante es que has reaccionado, hija. Nunca hagas nada que no quieras hacer. Y, por si no te lo he dicho bien para que lo selles en tu corazón, te lo repito ahora: nunca hagas nada que no quieras hacer, ¿entendido?

—Sí —asintió ella emocionada.

—Venecia, quiero que te enamores. Que vivas un amor loco y pasional. Deseo que conozcas a alguien que te haga temblar, que te haga vibrar, que te haga vivir, como ahora sé que Jesús no lo hacía.

—¡Mamá!

—Y prométeme que jamás permitirás que yo me vuelva a entrometer en tu boda.

—Mamáaaaaaaaaaaaa...

Ambas sonrieron. Pensar en enamorarse y en otra boda tras lo ocurrido era como poco surrealista, y en ese momento Aurora murmuró con todo su amor:

—Te quiero más que ayer, pero menos que mañana. Nunca lo olvides.

Venecia sonrió, aquella simple frase era algo que le decía desde niña, y declaró:

—Y yo a ti, mamá..., y yo a ti.

Aurora asintió y, reponiéndose en décimas de segundo, se desprendió el tocado del pelo y dijo con voz resolutiva:

—Y ahora, tranquila, llamaré al restaurante para explicar lo ocurrido e indicaré que manden toda la comida que tenían preparada a un albergue para necesitados.

—Buena idea —convino Venecia.

A continuación, Aurora miró a su hija. Veía en sus ojos que estaba todavía algo bloqueada, y preguntó:

—¿Recuerdas que tu hermano se va a Canadá con Rafa?

—Sí, mamá. ¡La que no se va de viaje de novios soy yo!

Ambas sonrieron con complicidad y la mujer añadió:

—En cuanto a tu padre, no te preocupes: Fiorella, Pedro y yo nos ocuparemos de él. Pero mañana ven a casa para hablar con nosotros, ¿entendido?

—Te lo prometo, mamá.

Cinco minutos después, cuando sus padres, junto a Pedro, Fiorella y Alejandro se marcharon, Venecia suspiró. La decisión que había tomado sin duda cambiaría su vida y las de quienes la rodeaban.

* * *

Poco después, tras conseguir detener la verborrea de camionero cabreado de Silvia, que estaba poniendo a caldo a Jesús por su cobardía entre otras cosas, de pronto Venecia vio llegar a alguien y, agarrando al que había sido su novio en el pasado, señaló:

—Ahí tienes a Sofía.

Jesús enseguida se volvió para mirarla. A pocos pasos estaba la mujer que le había descabalado la vida como nunca habría imaginado, y Venecia añadió:

—La he llamado yo. Incomprensiblemente, y aunque no te lo mereces porque te has comportado conmigo como un auténtico cabronazo, te sigo teniendo cariño por lo que ibas a hacer por mi padre y quiero que seas feliz.

Jesús no se movió y, confundido, tras mirar a Sofía, musitó:

—Nadie, ni siquiera ella, me querrá nunca tanto ni será tan auténtica como tú.

—Eso tenlo por seguro, como también ten por seguro que jamás conocerás a ninguna tan tonta como yo —se mofó Venecia.

Jesús meneó la cabeza y, con afecto, añadió:

—No eres tonta, cariño. Eres auténtica. Demasiado mujer para un idiota como yo.

—Vuelves a tener razón —se burló ella.

Ambos sonrieron, todo estaba claro entre ellos, y él preguntó:

—¿Tus padres estarán bien?

Venecia se encogió de hombros y respondió sin preocuparse por los de él:

—Pues no sé qué decirte. Sin duda les hemos dado el disgusto del año. Pero hablaré con ellos e intentaré que entiendan lo ocurrido. Eso sí, controla a tu madre porque, como se le ocurra llamarme para montármela, ya no me voy a callar, ¿entendido?

Jesús asintió y, sacando esa tacañería que a Venecia en ocasiones le molestaba, preguntó:

—¿Crees que perderemos todo el dinero que hemos entregado por la cena en el restaurante? ¿Y recuperaré lo del viaje de novios?

Ella apretó el ramo que sostenía en las manos, lo que menos le importaba era aquello, y afirmó viendo que él le miraba el dedo:

—Ni lo sé ni me importa.

Jesús calló. La conocía y, sin duda, era mejor no continuar con aquello.

Por último, se abrazaron. Sus destinos tras veinte años juntos se alejaban definitivamente. Y, cuando ella se separó quitándose el bonito anillo de compromiso que él le había regalado, declaró:

—Toma. Es tuyo.

Jesús lo miró. Aquella joya le había costado un pastón y, sin dudarlo, lo cogió y se lo guardó en el bolsillo. Venecia sonrió con amargura y cierto dolor en el corazón.

—Entonces, Australia, ¿verdad?

Jesús asintió; ella mejor que nadie sabía qué planes había dejado de lado, y afirmó:

—Sí. Sofía se marcha mañana y me iré con ella... ¡Joder, Venecia, eres increíble!

Ambos se abrazaron de nuevo. El cariño que se tenían, que no amor, era enorme, y cuando se separaron ella le deseó:

—Espero que seas muy feliz y consigas todo aquello que te propongas.

—Tú también, cariño —aseguró él—. Tú también.

Ambos se dieron un último beso en los labios y, en cuanto se separaron, la joven miró por última vez al hombre con el que había compartido su existencia los últimos veinte años y dijo:

—Adiós, Jesús.

—Adiós, Venecia —se despidió él mientras se acercaba ya a Sofía.

Sin moverse de la puerta de la basílica, Venecia y sus tres amigas los observaron mientras se marchaban, y Silvia murmuró:

—Espero que el karma le devuelva todo el daño que te ha hecho.

—No empieces —protestó Venecia.

—¿Por qué le has devuelto el anillo? —preguntó Elisa.

—Porque él lo compró.

—Eres tonta —gruñó Silvia—. Podrías haberlo vendido y haberte comprado un coche nuevo.

Venecia sonrió, sabía que aquélla tenía razón, pero respondió:

—Paso. No quiero nada de él.

Silvia abrazó a su amiga sonriendo y, consciente de lo que pensaba, cuchicheó:

—Éste se va andando porque me has parado. Porque, si por mí hubiera sido, le habría roto las piernas o se las habría roto la *Sensei*, ¿verdad?

—Y tanto —afirmó Elisa—. Es más, yo lo denunciaba por maltrato psicológico.

—Anda, callaos, ¡exageradas! —murmuró Rosa.

Elisa ignoró las miradas de sus amigas y preguntó dirigiéndose a Venecia:

—¿Estás bien?

Venecia estaba rara, desolada. Y, en cierto modo, ver a Jesús marcharse con Sofía le escocía, por lo que moviendo la cabeza respondió:

—Estoy hecha una mierda. Veinte años con él tirados a la basura. Nunca volveré a *enconejarme* de un tío.

—¡No digas bobadas! —Rosa lloriqueó.

—¡Harás bien! —afirmó Silvia mirando su móvil.

Entonces las amigas comenzaron a charlar y, cuando Elisa vio a Silvia de nuevo concentrada en escribir en su teléfono móvil, gruñó:

—¿Se puede saber qué estás haciendo?

Silvia, que hablaba con uno de sus churris, como ella los llamaba, musitó guiñándole el ojo:

—*Matojeando* con un tipo con el que me lo pasé muy bien.

Elisa resopló. En el lenguaje de Silvia, *matojear* era charlar con alguien a través de una de las aplicaciones de su móvil.

—¿Y crees que ahora es momento de *matojear*? —replicó molesta.

Silvia la miró y, a continuación, aseguró enseñándole el móvil:

—Con este churri siempre es momento.

Elisa miró la foto de perfil del chico. ¡Sexy! Y mientras veía a Rosa hablar con Venecia, indicó:

—Ése no es él ni loco.

Silvia asintió acercándose a ella.

—Amiga, créelo. Esta *chorboagenda* sólo guarda lo mejor de lo mejor. Es más, te diré que lo he tocado en vivo y en directo, y es aún más impresionante.

Elisa asintió boquiabierta; en el gimnasio en el que trabajaba estaba acostumbrada a ver cuerpos estupendos. Entonces su amiga amplió la foto del móvil, y ella cuchicheó:

—En este instante te envidio, ¡y mucho!

Ambas sonrieron por aquello, y entonces Venecia soltó:

—A partir de ahora, el amor y yo estamos reñidos. ¡No nos hablamos!

—En adelante lo que tienes que hacer es ser egoísta —indicó Silvia guardándose el móvil—. Pensar en ti y sonarte los mocos con todos los churris que se te antoje. Ya sabes, pañuelos de usar y tirar.

—... dijo la cabrona —se mofó Elisa.

—¡No digas tonterías! —protestó Rosa, enrabietada aún con su tic en el ojo.

Venecia resopló. Le gustara o no, lo sucedido la acercaba más a la postura de Silvia que a la del amor perfecto y, mirando a Elisa y a Rosa, musitó:

—Veinte años de mi vida con él, y ¡va y se enamora de otra!

—A ver..., a ver... —susurró Silvia—. No es por disculparlo, porque la última que disculparía a ese cenutrio sería yo, pero, Venecia..., habéis estado veinte años juntos, consintiéndoos muchas cosas que no son ideales para las parejas, y lo sabes.

—Jolines, eso también es verdad. Y no sé..., ¡nunca os entendí! —afirmó Rosa, pensando en las infidelidades que aquellos dos se habían perdonado.

—Vale, tenéis razón —afirmó ella, consciente de la verdad—. Pero eran nuestras normas, nuestros códigos, y creía que así nuestra relación funcionaba. Pero la primera norma siempre fue la sinceridad. Siempre nos dijimos que la verdad primaría entre los dos y, si nos *enconejábamos* de otro, nos lo diríamos, ¡y él no me lo dijo! He tenido que enterarme por Sofía. ¡Por ella! ¿Cómo creéis que me sentí anoche cuando vi el puñetero mensaje?

—Eso me ocurre a mí —apostilló Silvia— y hoy me estaríais llevando fresas a la cárcel, porque anoche mismo me lo habría cargado.

—Venga, va... —terció Elisa—. Piensa en otra cosa y deja de verlo así.

—¿Y cómo quieres que lo vea? Os veo a ti y a Rosa tan felices con... con vuestras parejas, que por un momento pensé que nosotros, a pesar de los pesares, podríamos ser también así. Pero...

—Pero nada —cortó Elisa—. Que Jesús y otros tantos hayan salido rana no quiere decir que no existan tíos excepcionales y comprometidos como Lorenzo o Pablo.

—¡Exacto! —convino Rosa mirando a Silvia.

Venecia resopló, en lo último que pensaba ahora era en que había tíos buenos en el mundo, y afirmó:

—Por Dios, chicas, estoy en la puerta de una iglesia con un precioso vestido de Rosa Clará y un perfecto moño italiano porque hoy me casaba. Se suponía que tenía que ser uno de los días más felices de mi vida. Pero no, aquí estoy. He echado la boda de ensueño de mis padres a perder porque Jesús, el hombre con el que me iba a casar y con el que he compartido veinte años, ¡veinte!, no ha sido sincero conmigo y se ha enamorado de... de... ¡otra! Y... y... yo... —prosiguió mirando al cielo—, en este instante sólo deseo matarlo por el disgusto que les he dado a mis padres. Y por todo eso, Elisa, ¿cómo pretendes que piense que existen los tíos buenos? No..., ahora mismo soy incapaz. Ahora odio a todos los tíos del mundo y, cuanto más lejos estén de mí, mejor, porque no soy responsable de mis actos.

—Venecia... —insistió Elisa entendiéndola—, date tiempo y...

—¡Ni caso! —increpó Silvia—. Lo mejor a partir de ahora es que pienses en ti, blindes tu corazón y te vuelvas una cabrona como ellos.

—¡Silvia! Que tú seas una malota con los hombres no significa que ella tenga que serlo también. Y deja de decir tonterías o nunca se me quitará el tic del ojo —protestó Rosa.

El debate sobre hombres y sentimientos estaba abierto, y tras dar cada una su opinión, Elisa indicó:

—A ver, voy a decir lo que yo pienso y sin acritud, ¿vale? —Todas asintieron y ella continuó—: Creo que el error es casarse.

—*Mare de Déu!* —musitó Rosa.

—¡Ahí te doy la razón! No hay que casarse —afirmó Silvia.

—De eso nada. Yo llevo casada con Pablo doce años y somos tremendamente felices. Me quiere como el primer día y...

—Venga ya..., menos lobos, Caperucita —la cortó Silvia.

Rosa maldijo. Odiaba oír a su amiga hablando así; se puso en jarras y replicó, dejando los lloros aparte:

—Mira, guapa..., no me calientes la lengua o...

—¿O qué? —la cortó ella mirándola. Y, al ver que Rosa no respondía, prosiguió—: ¡Rose Mary..., Rose Mary...! No me calientes la lengua tú a mí.

Elisa y Venecia se miraron, ya estaban aquellas dos con su pique personal, y cuando la primera iba a quejarse, Rosa soltó:

—¡Ya está bien! Siempre hablando y hablando cuando no tienes ni puñetera idea de lo que es el amor.

Según dijo eso, todas la miraron, y Rosa, al ver el gesto de Silvia, musitó con la barbilla temblándole:

—Vale. Me he pasado.

—Un pelín —afirmó Elisa.

—Un pelín ¡bastante! —matizó Venecia.

Silvia no dijo nada.

Ella sí que había conocido el amor. Había sido la primera en casarse locamente enamorada de Manuel a los veintidós años y la primera en ser abandonada por su marido a los veintiséis. Tras cuatro años de matrimonio, Manuel decidió divorciarse de ella y vivir la vida libre y sin ataduras.

Silvia lo pasó mal. Muy mal. Sólo su trabajo como abogada y el amor de sus amigas, pues con el de su madre nunca pudo contar, la hizo seguir a flote, pero su carácter cambió. Pasó de ser la dulce Silvia a la cabrona de Silvia.

Venecia la miró. Nunca hablaban de aquello que a su amiga la había hecho cambiar de la noche al día. Pero, cuando iba a decir algo, Elisa musitó nerviosa:

—Vale, ya sabéis que yo siempre soñé con casarme.

—Lo sabemos —afirmó Silvia.

—Pero Lorenzo me ha hecho ver que estar juntos sin firma de papeles ni anillo de compromiso y dándonos nuestro propio espacio es lo mejor. Si estamos juntos como pareja es porque nos queremos y nos respetamos, y no porque unos papeles o un anillo lo digan.

Reponiéndose del «¡zasca!» de su amiga, Silvia asintió, y Rosa, aún afectada por lo que había dicho, apostilló:

—Y muy bien que hacéis. Se os ve una pareja con futuro y consolidada como mi cariñito y yo. Pero mi consejo es que, si alguna vez tenéis niños, deberíais casaros. Piénsalo. Sería por su bien.

—Por Dios, es que me sale hasta urticaria de escucharla... —murmuró Silvia.

Todas la miraron, y ésta, incapaz de callar, agregó:

—Tener o no tener niños no creo que sea algo indispensable.

—Lo ideal en una pareja —reivindicó Elisa— es la comunicación y el respeto.

—¡Y el buen sexo!... —añadió Silvia—. SEXO en mayúsculas, señoras. En cuanto a los niños, creo que...

—¡Di algo que no me guste de los niños y juro que te comes el ramo de Venecia! —aseguró Rosa levantando la voz.

Elisa y Venecia rápidamente ordenaron callar a Silvia. Cuando se metían con ella, ésta podía llegar a ser hiriente y malvada, pero tras unos minutos de silencio, Silvia soltó:

—Adiós a mi noche de atracón de Jacobo. Al final, no me lo comeré.

—¡Lo tuyo es mucho! —gruñó Rosa sin dar crédito.

—Por favor, Silvia —protestó Elisa al oírla—. ¿Cómo puedes decir eso en un momento así?

—¿Y qué quieres que diga? ¡¿Me corto las venas?! Pero ¿tú has visto qué culito tenía ese churri?

Dicho esto, las cuatro amigas comenzaron a reír. Estaba claro que Silvia era especial; entonces Venecia, mirándolas, afirmó quitándose una horquilla de su moño:

—A ver, chicas..., estoy bien. Acabo de jorobar la ilusión de mi padre, pero, una vez tomada la decisión, ¡estoy bien!

—¿Seguro? —musitó Rosa con los ojos llorosos.

Venecia, convencida de que había hecho lo que tenía que hacer, asintió, y Rosa agregó:

—Creo que es el momento ideal para comentar una cosa. —Todas la miraron, y ella continuó—: La madrina de Pablete fue Venecia; la de Óscar fue Elisa, y esta vez...

—¡Ni lo pienses! —negó Silvia.

Rosa maldijo y, enfadada, contraatacó:

—No iba a decir tu nombre. Ya sé que no te gustan los niños.

—¡Eso no es verdad!...

En silencio se miraron y, a continuación, Silvia preguntó:

—¿En serio no ibas a decir mi nombre?

—Y tanto —afirmó Rosa.

Elisa y Venecia intercambiaron una mirada, lo de aquellas dos era de traca, y Rosa indicó:

—Había pensado en pedírselo a Mari Carmen, ¿qué os parece?

Venecia y Elisa asintieron con la cabeza, pero Silvia gruñó:

—¿De verdad quieres que esa *pavisosa* sea la madrina de tu hijo?

Elisa resopló.

—Mira, guapa, ¡a ti no hay quien te entienda! Pero ¿no acabas de decir que no quieres ser la madrina?

—Sí.

—Pues no hay más que decir —cortó Rosa—. La madre voy a ser yo, y yo elijo a quién quiero que apadrine a mis hijos. ¡Se acabó el cuento, Caperucita!

Silvia y Elisa se miraron y sonrieron, y Venecia, aun viendo las calles mojadas, propuso:

—¿Qué tal si nos vamos a tomar algo?

Las chicas intercambiaron una mirada. Con el día que hacía y tras la anulación de su boda no entendían que estuviera para fiestas, pero Rosa, sin saber qué decir, soltó:

—¿Así vestidas?

Venecia miró su bonito traje de novia, ya marrón por abajo, y el de sus amigas. Estaba claro que iban a dar el cante allá adonde fueran, y encogiéndose de hombros afirmó:

—Por supuesto que así vestidas. ¡Con lo monas y discretas que vamos!

4

Durante horas deambularon entre chaparrón y chaparrón por el centro de Madrid mientras Rosa no paraba de lloriquear. Estaba como el día.

Todos los viandantes las miraban.

Ver a cuatro mujeres tan elegantes, una de ellas vestida de novia, caminar despreocupadamente por Madrid a pesar de la lluvia era como poco inaudito.

Sobre las nueve y media de la noche entraron en un local para comer algo. Estaban muertas de hambre y Venecia tuvo que aguantar que le gritaran varias veces aquello de «¡Viva la novia!», que soportó con humor ácido y resignación.

Estaba bien. No estar casada con Jesús no le partía el corazón, pero algo en su interior se rebelaba. Odiaba que él no hubiera sido sincero con ella. Que le hubiera mentido, jurado y perjurado que lo de Sofía no era nada importante, cuando no era cierto.

A las once, Silvia las animó a ir a tomar algo a un local de música en vivo y karaoke llamado Pasa Hasta El Fondo. Y, sin dudarlo, y a pesar de los lloros de Rosa, se dirigieron hacia allí.

Al entrar en el establecimiento, de nuevo fueron el centro de atención de todo el mundo, en especial la novia y, tras pedir una botella de champán porque así Venecia lo quiso, Rosa murmuró mirando a su amiga:

—Uy..., pues como que por fin se me ha quitado el tic del ojo.

—¡Estupendo! —exclamó ella.

Tras descorchar la botella, Venecia se bebió una copa del tirón y Rosa, mirándola, dijo:

—Que digo yo...

—A ver..., ¿qué dices tú?...

—Que no bebas tan rápido o no pararás de hacer pipí —murmuró en un hilo de voz.

—Por Dios..., ¡¿quieres dejar de llorar?! —se quejó Silvia. Rosa no contestó y ella, mirando su móvil, gruñó—: Vaya..., me he quedado sin batería en la *chorboagenda*.

—Mira..., así dejas de *matojear* —resopló Elisa.

Venecia sonrió con acidez al oírlas y se retiró del pelo varias horquillas de su cada vez menos glamuroso moño italiano. Rosa tenía razón y, tras beberse otra copita, indicó:

—Tengo una sed terrible tras la cena, ¿tú no?

—No.

Una vez que Venecia se hubo terminado su segunda copa, se sentaron en un lateral de la pista y, cuando comenzó a sonar *Llueve alegría* de Alejandro Sanz y Malú, como locas, las cuatro amigas empezaron a corearla. Les encantaba aquella canción.

Disfrutando del momento, Venecia se olvidó de lo ocurrido mientras cantaba aquella maravillosa canción junto a sus amigas. Sus buenas y maravillosas amigas.

Cuando acabaron, todas rompieron a reír, hasta que Rosa volvió a llorar y, mirándolas, se excusó:

—Son las hormonas..., no soy yo.

Silvia, que se había fijado en unos tipos que estaban no muy lejos de ellas, murmuró:

—Madre mía, cuánta barbaridad junta.

Ese comentario hizo que las chicas miraran hacia el lugar donde señalaba, y ella apostilló:

—Me pido el moreno, el de la derecha.

—¡Ya estamos! —Rosa rio.

—¿Cuál? —preguntó curiosa Elisa.

Silvia sonrió y, tras mirar a Venecia, que parecía muy incómoda, dijo:

—El de la camiseta roja de *Los Cazafantasmas*, ojos oscuros y tatuaje de malote en el bíceps derecho. Por favorrr..., qué culito y qué piernacas tiene.

—Hija, por Dios —se mofó Rosa—, ¿cómo has podido ver eso con la poca luz que hay?

Silvia sonrió y, guiñándoles el ojo a sus amigas, afirmó:

—La kriptonita de mi mirada lo ve todo. Por favor..., ¡qué morbo me da ese churri!

—¿Sólo ése? —se burló Elisa.

Todas rieron por aquello y entonces Venecia, levantándose, dijo:

—Llevo evitándolo un buen rato, pero tengo que ir al baño o explotaré.

—Te lo he dicho —balbuceó Rosa.

Venecia asintió y, desesperada, murmuró:

—Lo sé. Soy una meona. Y lo malo es que, entre el tanga, el liguero, el cancán y todas las capas de tul del jodido vestido de novia ¡no sé cómo lo voy a hacer!

—Venga..., voy contigo —se ofreció Silvia.

Una vez que se alejaron, a su paso les iban gritando eso de «¡Viva la novia y la madrina!», y Venecia, como pudo, a pesar de que su humor se oscurecía por momentos, sonrió. No obstante, al llegar al baño y ver que sólo funcionaba el de los chicos, gruñó:

—¡Lo que faltaba!

Silvia sonrió, no era la primera vez que aquel baño estaba estropeado, y mirando a su amiga musitó:

—Respira..., vamos..., respira e intenta sonreír.

Tras hacer la cola que como siempre se formaba en el baño, en el que los chicos exigían su entrada sin esperar turno, en cuanto les tocó entrar, Silvia cerró la puerta y declaró:

—¡Ya estamos aquí!

—Me meo..., me meo..., me meoooo...

—A ver, ¿cómo lo hacemos?

Como pudieron, entre las dos comenzaron a subir aquella interminable falda de tul ya no blanca, sino marroncita. Pero cuando la tenían por un lado, se les escapaba por el otro.

—¡Odio este vestido! —gritó Venecia.

Silvia sonrió y cuchicheó divertida:

—Pues te queda estupendo.

Poco después, cuando por fin consiguieron su propósito y Silvia tenía todo aquel tul hacia arriba, Venecia musitó:

—Me siento como una coliflor.

Las risas de las dos se oyeron fuera, donde la gente se impacientaba; entonces la novia, rodeada de tul y sin ver nada, preguntó:

—¿Y ahora qué?

Silvia, que tampoco veía nada a causa del reducido espacio y del tul que la envolvía, como pudo indicó:

—Agáchate y mea.

—¿Pretendes que me mee sobre el tanga?

—Joder, flor..., échate la tirilla para un lado.

—Primero tendré que poder bajar un brazo, ¿no?

De nuevo reajustaron la situación entre risas y, como pudo, Venecia bajó una mano, la llevó hasta el tanga y, tras retirarlo, después de unos segundos, gritó:

—¡Noooooooooooooooo!

—¿Qué pasa?

—¡Joder, nooooooooooo...! ¡Qué asco! Y me es imposible pararrrrrrrrrrrrr...

—¡¿Me puedes decir qué narices pasa?! —gruñó Silvia sujetando el tul.

Venecia, horrorizada y sin ver nada, cuchicheó:

—Que el chorrillo se me ha desviado.

Silvia comenzó a reír, no podía parar, y eso hizo que Venecia riera también.

Una vez que solucionaron el estropicio de la mejor manera que pudieron, cuando salieron del minúsculo aseo, quienes esperaban las miraron con descaro, y Venecia les soltó:

—¿Qué pasa? ¿Nunca habéis visto a una novia?

—Sí —respondió una chica que hacía cola—. Pero no en un antro como éste.

Al oír eso, Silvia soltó una risotada y replicó con seguridad:

—Pues, nena, eso es que has ido a pocos antros.

—¿El vestido es de Rosa *Clara*? —preguntó otra chica que estaba allí.

Venecia se miró el vestido. Si por la mañana estaba impecable, ahora era un verdadero desastre, y con mofa contestó mirando a Silvia:

—No, es de Cardo Oscuro.

Estaban sonriendo mientras se lavaban las manos cuando de pronto el de la camiseta de *Los Cazafantasmas* y otro tipo entraron en el baño y el segundo comentó:

—Cuánta elegancia...

Venecia, al oírlo, se dio por aludida. Se volvió y, mirando al tipo que había hablado, que más informal no podía ir, replicó:

—¡Habló el distinguido!...

Él sonrió.

Una cosa era ser distinguido y otra ir vestida de novia y, cuando se disponía a contestar, Silvia soltó, contemplando al de la camiseta de *Los Cazafantasmas*:

—Soy Silvia y tu camiseta ¡es lo más!

El aludido sonrió y, mirándola, que estaba muy sexy con aquel mono azul eléctrico, afirmó:

—Gracias. Soy Alfredo.

Venecia puso los ojos en blanco. Silvia ya estaba ligando. Y, al ver que su amiga rápidamente entablaba conversación con aquél, se volvió y preguntó, terminando de lavarse las manos:

—¿Dónde hay papel o una toalla o algo para secarme?

Una risotada por parte del tipo que estaba detrás de ella volvió a llamar su atención, y, mirándolo de nuevo, preguntó:

—¿Qué ves gracioso en lo que he dicho?

El tipo se encogió de hombros.

—¿Acaso reír es malo? —Ella no se pronunció, y él añadió—: En cuanto a cómo secarte las manos, creo que vas a tener que buscarte la vida.

Venecia, a la que el mal humor le estaba nublando la noche, ni corta ni perezosa, y sin pensar lo que estaba haciendo por primera vez en su vida, levantó las manos y, plantándolas sobre la camiseta blanca que aquél llevaba, se las secó y afirmó:

—Uis, mira..., ya me la he buscado.

Boquiabierto y bloqueado, él la miró.

Acababa de salir de un turno largo de trabajo y sólo quería tomarse unas copas con su mejor amigo y unos colegas. Nada más.

Pero a aquélla..., ¿qué le ocurría a aquella tía?

Y, sin moverse por la fascinación que le produjo, dejó que terminara de limpiarse las manos en su camiseta y, tan pronto como acabó, se recompuso y gruñó:

—Mira, guapa...

—Uisss, *¡guapa!* —se mofó Venecia.

—Si quieres digo *fea*...

—Por mí como si dices *paella*..., el efecto es el mismo.

Los dos tipos se miraron sorprendidos, y el de la camiseta roja señaló sonriendo:

—¡Y vacilona encima!

Venecia, a quien los jueguecitos dialécticos siempre se le habían dado bien, afirmó mirándolos:

—La reina de las vacilonas, así que... cuidadín.

Las risas de aquellos dos no tardaron en llegar, y Silvia, viendo que la situación podía empeorar, intervino asiendo la mano de su amiga:

—Venga, regresemos a...

—... la iglesia por si el novio ha cambiado de opinión —sugirió el amigo de Alfredo.

Al oír eso, Silvia maldijo.

Pero ¿aquel tipo era idiota?

Y Venecia se volvió y lo miró, retirándose el pelo de la cara.

Aquel rubio de ojos claros, que parecía islandés, se estaba pasando de la raya, y protestó:

—¡¿Tú de qué vas, imbécil?!

—*¡Imbécil!* —se mofó él. Y, sin darle tiempo a responder, añadió—: Por mí como si dices *paella*..., el efecto es el mismo.

De nuevo las risas de aquéllos volvieron a sacar de quicio a Venecia, que gritó furiosa:

—¡Todos sois iguales! Malditos hombrecitos..., os creéis los reyes del mundo. Os creéis que lo controláis todo, que sois los dueños de hasta el aire que respiramos, cuando no sois más que unos machirulos y unos mierdas, unos cobardes incapaces de decir la verdad y afrontar las cosas, porque os cagáis en los pantalones cuando tenéis que tomar una jodida decisión importante para vuestras malditas vidas.

Su estallido hizo que él torciera el gesto y dijera:

—No sé qué te ha pasado, *guapita*, ni por qué estás en este local vestida de novia. Pero, desde luego, con ese mal humor que te gastas, no me extrañaría que...

—¡Eh! —gritó Silvia. Aquello que estaba diciendo aquél prendería más la mecha de Venecia, por lo que se interpuso entre ellos—. Eh..., eh..., eh..., mucho cuidadito con lo que vas a decir, ¿entendido?

El tipo se calló.

Si proseguía sería hiriente con aquella mujer, y más si le había ocurrido lo que imaginaba. Y Silvia, agradeciendo su silencio, ignoró al de la camiseta de *Los Cazafantasmas*, miró a su amiga y, viendo su cara de rabia, indicó:

—Y ahora, tú y yo vamos a salir del baño, nos vamos a tomar un copazo y vamos a olvidar lo que ha pasado aquí, ¿vale?

Venecia, aún con la mirada clavada en aquel rubiales que la observaba con detenimiento, asintió y, sin decir más, se dispuso a salir del baño. Pero entonces oyó la voz de aquél, que decía:

—Mejor que se tome cuatro copazos, a ver si se relaja.

—¡Gilipollas! —gritó incapaz de contenerse.

De nuevo se oyeron las risas de los tíos, y Silvia, mirándola, pidió:

—Flor..., mírame.

—*Pezzo di merda.*

—Pero ¿a esa tía qué le pasa? —se los oyó decir desde fuera.

—*Vai a fare in culo.*

—Venecia...

Pero la aludida estaba muy encendida, e insistió:

—¿A que entro y le parto la cara al imbécil ese?

Silvia no se lo permitió. Podía entender cómo se sentía, e indicó:

—A ver..., estás cabreada. Muy cabreada. Hoy has tomado una decisión que sin duda no esperabas. Pero ese churri de ahí no es quien ha provocado tu cabreo. No pagues con él lo que deberías haber pagado con el imbécil de Jesús. A Jesusito y no a él era a quien deberías gritarle eso de gilipollas, *pezzo di merda*, y mandarlo a tomar por culo, entre otras muchas cosas más, ¿entendido?

—Pero él...

—Venecia..., ¡te has secado las manos en su camiseta! ¿Acaso pretendías que no te dijera nada? ¿Cómo habrías reaccionado tú si hubiera sido al revés? —le reprochó Silvia.

Al pensar en ello, la vestida de novia asintió, no sabía por qué había hecho aquello, y resoplando indicó:

—De acuerdo. Tienes razón.

Una vez que llegaron a la mesa, Venecia volvió a coger su copa y le dio un trago, y Rosa, que miraba la pantalla de su móvil, murmuró emocionada:

—Aisss, qué mono es mi cariñito. Me manda una foto de los niños ya en la camita, dormiditos, y me dice que lo pasemos bien y que no beba.

—¡Monísimo! —resopló Silvia sentando a Venecia.

Elisa, al ver el gesto de aquéllas, preguntó:

—¿Qué ha pasado?

Silvia cogió su copa y respondió:

—Que nuestra querida Venecia ha pagado con un churri en el baño lo que debería haber pagado con el atontado de Jesusín.

Elisa y Rosa las miraron, y la primera, levantándose, gruñó:

—¿Quién se ha pasado contigo, que le sobo el morro?

Rosa tiró de ella para que se sentara de nuevo y Venecia, dándose cuenta de su error, musitó en plan lastimero:

—Estoy fatal..., muy mal.

—Si yo fuera tú, estaría arrastrándome por el suelo —susurró Rosa.

—¡Qué vergüenza, por favor! ¡Vámonos de aquí! —lloriqueó Venecia.

Y dicho y hecho. Las cuatro amigas cogieron la botella de champán y salieron del local sin mirar atrás.

* * *

A las tres de la madrugada, tras tomar varias copas en otros bares, cuando estaban en el último, Rosa murmuró dirigiéndose a Elisa:

—El bebé y yo no podemos más. ¿Qué tal si nos vamos?

Elisa y Silvia, que estaban junto a ella en la barra, se miraron y la primera, señalando a Venecia, que bailaba en la pista como una loca el *Despacito* con un tipo, preguntó:

—¿Quién se la lleva?

Consciente de que Venecia necesitaba aquello, Silvia miró a Rosa e indicó:

—Idos. Yo me quedo con ella y luego iremos a mi casa.

—¿Segura? —preguntó Elisa.

Ella asintió y Elisa comentó entonces sacando su móvil:

—Avisaré a Lorenzo para que venga a recogernos y...

—Ay, no, mujer —protestó Rosa—. ¿Cómo vas a despertarlo ahora, con la noche tan fea y lluviosa que hace? ¡Pobre! Llama a un taxi que nos recoja y nos lleve y solucionado.

Elisa lo pensó. Realmente hacer salir de casa a esas horas al pobre Lorenzo con la noche que hacía era una putada y, tras llamar a un taxi, asió a Rosa del brazo e indicó:

—Venga, mamita. Salgamos, que dentro de dos minutos está aquí. Vamos, que te llevo a casa.

Encantada, Rosa sonrió y, mirando a Silvia, les pidió con los ojos llorosos:

—No bebáis más, ¿de acuerdo?

Silvia sonrió, podía ser una descerebrada en muchos temas, pero, dirigiéndose a su amiga con la misma sonrisa, afirmó:

—Tranquila, mujer, y deja de llorar.

Segundos después, Elisa y Rosa se acercaron a Venecia para despedirse de ella y luego se marcharon. Entonces la bailona se aproximó a Silvia con el moño totalmente deshecho y exclamó, quitándose más horquillas:

—¡Nos han dejado solas!

Silvia asintió; entonces comenzó a sonar la canción de Lola Índigo titulada *Ya no quiero ná* y, junto a su amiga, la comenzó a cantar y a bailar.

Cuando acabó, Venecia, con el subidón, miró a su amiga y afirmó:

—Exacto, ¡yo ya no quiero *ná*!

Silvia sonrió y, tras tomar aire, cuchicheó:

—Bueno..., *ná*..., *ná*..., tampoco te pases.

Ambas sonrieron por la picardía de Silvia y ésta, mirando al camarero, pidió:

—¡Marchando dos ginebras Puerto de Indias con Coca-Cola!

5

La fiesta continuó para ellas. Bailaban, reían, cantaban..., hasta que un buen rato después comenzó a sonar por los altavoces del local el tema *Déjame*, de Los Secretos.

Aquella canción le llegó al corazón a Venecia en aquel momento. Ella iba a seguir su camino, como decía la letra, y cerrando los ojos cantó junto a su amiga, sin percatarse de que en el local entraba un grupo de tíos, entre los que estaban el de la camiseta de *Los Cazafantasmas* y el rubio que la había sacado de sus casillas.

Éste rápidamente la vio. Era imposible no reconocer a aquella joven vestida con aquel pomposo y ya nada blanco vestido de novia y, mirando a su amigo Alfredo, anunció:

—Vacilona al fondo.

Alfredo, al mirar y ver a la del mono azul eléctrico junto a la novia, del todo entregadas a la canción, repuso:

—Qué suerte la mía.

—Tú lo has dicho..., la tuya —gruñó Carlos alejándose de aquéllas.

Una vez que la canción acabó, comenzó a sonar *Ni tú ni nadie*, de Alaska y Dinarama, y, divertidas, salieron a la pista entre risas.

Bailaron. Cantaron. Gritaron. Disfrutaron.

Aquellas canciones de siempre eran fantásticas, y cuando esa última acabó y regresaron muertas de risa a la barra, donde las esperaban sus bebidas, Venecia comentó, sacándose del bolsillo el móvil, que no paraba de recibir mensajes:

—Por Dios..., ¡todo el mundo wasapeándome!

—Normal, flor..., has anulado una boda y todos quieren saber —repuso Silvia.

—Se me está acabando la batería.

—La de mi *chorboagenda* se ha acabado hace rato —indicó Silvia apenada.

Venecia cerró los ojos y, guardándose el móvil de nuevo en el bolsillo, preguntó:

—¿Me voy a sentir siempre así de mal, de absurda, de ridícula, de idiota...?

Su amiga suspiró.

—No. Todo pasa, no te preocupes. Ahora has de empezar de cero en todo y...

—No sé si voy a poder.

—Podrás —afirmó Silvia—. Si pude yo siendo una cría cuando me pasó lo que me pasó con Manuel, tú podrás seguro.

—Pero... pero yo no soy como tú, Silvia.

Ella sonrió.

—Lo serás. Dale tiempo al tiempo.

Venecia asintió y, cuando iba a hablar, Silvia indicó:

—Te guste o no, te voy a presentar a tíos, lo vas a pasar bien, les vas a vacilar, te voy a enseñar a *matojear* y...

—Joder, Silvia..., ¿tú crees que yo quiero *matojear* ahora?

—Me da igual lo que quieras, ¡lo necesitas! —insistió aquélla—. Cuanto antes retomes el control de tu vida, antes te repondrás. Yo tardé dos años en reponerme, pero eso no es bueno. Cuanto antes, ¡mejor! Ah... y primera lección. No debes ir explicando la verdad a todos. Invéntate un personaje, un trabajo. No se puede ir por la vida contando tu vida.

—¿Que me cree un personaje?

Silvia sonrió, sabía que aquello podía sonar muy raro, e indicó:

—Ya hablaremos de esto más tranquilamente en otro momento.

—Me niego.

—Mira, cariño, necesitas un rodaje. El mercado está muy mal e ir diciendo la verdad a todo churri que conozcas es un error. ¿Cómo me llamo yo a veces para algunos tíos que conozco?

Al pensarlo, Venecia sonrió. En ocasiones, Silvia se llamaba Nerea y, en vez de abogada, era reponedora en un supermercado.

—Vale —asintió lloriqueando—, te acabo de entender.

Silvia volvió a sonreír y, al ver el gesto de su amiga, le aconsejó:

—Tienes que llorar.

—¡¿Más?!

—Sí, más.

—No quiero.

—Pues has de hacerlo. Es muy sano, despeja la cabeza y, cuanto más llores, antes dejarás de hacerlo y de necesitarlo.

Venecia dio un trago a su bebida y, meneando la cabeza, lloriqueó:

—Se suponía que ahora debería estar casada y haciendo el amor en el hotel donde teníamos reservada una preciosa suite. Y...

—Se suponía, tú lo has dicho —la cortó Silvia—. Pero no ha sido así. Eso pertenece ya al pasado. Tomaste una decisión. Lo hiciste tú, y ahora ésta es tu realidad, ¿entendido?

Venecia asintió, sin duda la realidad era la que era; miró a su amiga e insistió secándose las lágrimas:

—He hecho bien, lo sé. A pesar del disgusto que les he dado a mis padres. Por Dios, mis padres, ¡pobrecitos!..., ¡pobrecitos!

—¡Por supuesto que has hecho bien! Y en cuanto a...

—Es que... es que no podía casarme con él. Está enamorado de Sofía, no de mí.

Ambas se miraron y Venecia, suspirando, murmuró:

—Tú y yo debemos de ser unas afortunadas en el juego, porque lo que es en el amor somos un verdadero desastre.

Ambas rieron con amargura por aquello que se decía siempre de «desafortunada en el amor, afortunada en el juego», y Silvia preguntó, retirándole el pelo de la cara con mimo:

—¿Te encuentras bien?

Venecia asintió y dio un nuevo trago a su bebida.

—Sí. Tranquila. Aunque lloriquee, estoy bien. Ni el alcohol me emborracha de lo rápido que lo quemo. Aunque me noto el estómago como una lavadora y siento que mi lengua tiene vida propia.

—No bebas más.

—Tienes razón. —Y, tras dar un nuevo trago, añadió—: He de parar.

Silvia sonrió.

—A ver, quizá sea un poco cruel lo que te voy a preguntar, pero ¿realmente estabas *enconejada* de Jesús? ¿Realmente te veías toda tu vida con él?

Ambas sonrieron por aquel término, la palabra *enconejada* era algo muy suyo, y cuando Venecia iba a responder, Silvia añadió:

—Porque, vale, siempre habéis tenido buen rollo, pero ¿desde cuándo llevo sin ver que os dais un beso en plan lapa? ¿Desde cuándo no hacéis locuras para tener sexo?

Venecia suspiró. Su relación con Jesús había sido larga, divertida y especial. Ella misma no sabía cuándo había sido la última vez que se habían dado un beso lapa. Eso pertenecía al pasado. Como pertenecía al pasado hacer locuras pasionales cuando hacían el amor. Por ello, tras sopesarlo durante unos segundos, respondió:

—Ahora que lo pienso, no lo sé. Pero...

—No valen los *peros* —volvió a interrumpir Silvia—. O estás *enconejada* o no lo estás.

La joven novia resopló y, quitándose la última horquilla del pelo, se lo revolvió y dijo:

—Ahora soy consciente de que lo quiero como a un hermano, pero no estoy *enconejada* de él. En cambio, sí estoy dolida, cabreada, ofendida y molesta. Eso sí.

Ambas asintieron; en ese momento comenzó a sonar la canción *Corazón partío*, de Alejandro Sanz y, de nuevo, volvieron a cantar.

Aquella vieja canción, llena de recuerdos, momentos y vivencias, las hizo rememorar tiempos pasados mientras la coreaban y, una vez que se acabó, Silvia, que se había dejado llevar por el momento que vivía y el alcohol que tenía en el cuerpo, aseguró:

—Mi corazón sigue estando *partío*. Manuel me destrozó.

Venecia abrazó a su amiga. Silvia nunca quería hablar de su tema. Manuel la había destrozado.

—No te preocupes —murmuró—. Algún día volverá a estar perfecto.

Silvia se encogió de hombros. El amor para ella ya no era una prioridad, e indicó:

—¿Quién quiere amor, cuando tengo a mano una excelente carta de sexo donde elegir y con la que disfrutar sin compromiso?

Venecia suspiró. Ahora más que nunca entendía a Silvia, pero intentando no caer en el mismo error que su amiga, murmuró:

—A ver, no te enfades conmigo por lo que voy a decir, pero creo que Rosa y Elisa puede que tengan razón. No todos los tíos son como tu ex y como Jesús. También hay hombres fieles, leales y...

—Dime un hombre que merezca la pena..., y no me vale el *cariñito* o Lorencito.

Venecia rio.

—Mi padre.

Ambas sonrieron al pensar en Fernando, y Venecia añadió:

—Apostó por el amor, aunque sólo hacía una semana que conocía a mi *mamma*, y cuando por desgracia la vida se la quitó, se recompuso y volvió a darle una oportunidad al amor. Y ahí lo tienes junto a mamá, queriéndose todavía mucho.

—Tu padre es una excepción.

—Y esta jodida vida ahora se empeña en quitarle los recuerdos. En hacerlo olvidar. ¡Qué asco!

Ambas se miraron con pesar, y Venecia musitó:

—Generalizar no está bien, y papá diría que hay hombres buenos y también malos, como hay mujeres buenas y malas, y...

—Y nada —la cortó Silvia—. Ahora, y tal y como estás tú, a quienes nos interesa poner a parir es a los hombres.

Venecia asintió, dio un nuevo trago a su bebida y afirmó:

—También tienes razón.

De nuevo sonrieron, y luego Silvia murmuró:

—¿Es cierto que tu padre se *enconejó* de tu *mamma* al mirarla?

—Al instante —afirmó Venecia. Eso era lo que su padre siempre le había dicho, y explicó—: Según él, cuando mi *mamma* le preguntó si le hacía un retrato, en ese momento se enamoró perdidamente de ella.

Ambas sonrieron de nuevo, y Silvia musitó:

—Lo de tus padres fue una preciosa historia de amor.

—Lo fue..., sí que lo fue.

En silencio, las dos pidieron dos nuevas bebidas, pero entonces comenzó a sonar una melodía que les gustaba mucho y exclamaron:

—¡Nuestra canción!

Por los altavoces empezó a sonar *Dancing Queen*, de ABBA, una canción muy especial para el grupo de cuatro amigas por la positividad que les daba cada vez que la escuchaban. Por ello, la comenzaron a cantar, mientras se miraban y gesticulaban.

Alfredo, que se había pedido un whisky en la barra, divertido al ver a aquellas dos cantar de nuevo a pulmón abierto, miró a su amigo y señaló:

—Carlos, la lluvia está garantizada.

—Si estuviéramos en junio, no vendrían mal —respondió él sonriendo.

Pero, incapaces de apartar la mirada de aquellas dos, durante la siguiente media hora las observaron cantar, reír, bailar y saltar. Sin duda se lo estaban pasando muy bien ellas solas, hasta que la música se volvió más íntima y Alfredo dijo:

—Colega, ha llegado mi momento de atacar.

Y, sin más, se acercó a las chicas y, dirigiéndose a Silvia, se plantó frente a ella y dijo con aire despreocupado:

—¿Tú? ¡¿Cómo te llamabas?!

Al reconocerlo, ella sonrió y afirmó sorprendiéndolo:

—Seamos claros. Tema sexo esta noche, imposible, pero otro día podemos hablarlo. Estoy con mi amiga. Está mal. Se encuentra como una mierda y por nada del mundo la voy a dejar sola. Y, una vez dicho esto, bailar es lo único que te voy a ofrecer hoy.

—Pues bailemos —convino Alfredo sonriendo.

Boquiabierta, Venecia miró cómo se alejaban; lo de su amiga con los hombres no tenía nombre. Entonces, al reconocer aquella camiseta roja de *Los Cazafantasmas*, susurró:

—No me jorobes.

Cuando se hubieron marchado hacia la pista, curiosa y horrorizada, Venecia miró a su alrededor. Si estaba aquél, podría estar también el amigo y, al verlo al fondo de la barra, murmuró:

—Joder..., joder...

Al otro lado de la barra, hablando con otros hombres, estaba el rubio con el que había pagado toda su frustración esa noche. Su saco de boxeo.

Con disimulo, lo escaneó. Alto. Delgado. Rubio. Pelo corto. Barbita y bigote perfectamente estudiados y la palabra *peligro* escrita en la frente, por la pinta de vikingo que tenía. Bajando la vista, observó sus pintas. Sin duda era un tipo informal vistiendo, con un culito, como diría Silvia, ¡digno de admirar!

Estaba sonriendo por todo aquello cuando los ojos azules de aquél y los de ella se encontraron. Un escalofrío le recorrió el cuerpo, y enseguida se volvió para no mirarlo. No tenía nada que hablar con él. Sin embargo, dos minutos después, desinhibida por el alcohol y consciente de que se había pasado, se agarró con decisión su falda de novia y caminó hacia él.

Carlos la miró sin dar crédito.

¿En serio aquella loca se le iba a acercar?

Incómodo por la situación, buscó a su alrededor con la mirada un lugar hacia el que alejarse y, cuando comenzó a hacerlo, aquella mujer lo agarró del brazo y lo detuvo.

—Lo siento. Siento haberme limpiado las manos en tu camiseta —afirmó Venecia viendo las marcas que le había dejado—. También te pido disculpas por haberme pasado contigo y haber sido tan desagradable.

Boquiabierto porque no esperaba aquello, Carlos asintió.

—Tranquila. No pasa nada.

Dicho eso, no apartó la mirada de ella, y Venecia, al ver que él no pensaba decir nada más, dio media vuelta y, sintiéndose de nuevo ridícula, regresó a su punto de origen. La barra del bar.

Sedienta, dio un trago a su bebida.

Estaba visto que aquello era lo mejor que podía hacer, pero entonces oyó a su lado.

—Yo también siento si me he pasado contigo. —Venecia lo miró y aquél prosiguió—: Te pido disculpas por mis desafortunadas palabras. Y quiero que sepas que a partir de esta noche la palabra *paella* tendrá un significado diferente para mí.

Ambos rieron y luego ella dijo intentando ser amable:

—Soy Venecia, ¿y tú?

—Cancún —se mofó él.

Al oír eso, la joven, acostumbrada a que todo el mundo hiciera una gracia a partir de su nombre, replicó tocando su ramo de novia, que estaba sobre la barra:

—Bonito nombre..., Cancún.

Él divertido, y sin apartar la mirada de ella, preguntó:

—¿En serio te llamas Venecia?

Como diría Silvia si la oyera, ya había roto la primera regla al decir su nombre verdadero.

—Sí —asintió—. En serio.

—¿No será el resultado del alcohol que llevas en el cuerpo? —se burló él.

Venecia sonrió. Sin duda estaba bebiendo esa noche como pocas veces en su vida, y negando musitó:

—Te enseñaría el DNI, pero he salido de casa sin bolso ni monedero —y, al ver que no le quitaba ojo, insistió—: Mis padres se conocieron en Venecia. De ahí mi nombre.

—Vaya...

Ambos sonrieron, y ella preguntó abriendo los ojos con sorpresa:

—No me digas que tus padres se conocieron en Cancún...

Él rio y, tendiéndole la mano, se presentó:

—Soy Carlos. Encantado, Venecia.

Durante unos minutos, aquellos dos desconocidos comenzaron

a bromear, hasta que de pronto ella, sacándose el teléfono del interior del vestido, murmuró:

—Estoy por tirarlo.

—Tíralo.

—¡Dios! No para de vibrar —gruñó ella.

—Quizá porque se preocupan por ti —se mofó Carlos mirando su vestido.

De pronto, ella se fijó en un nombre. Desbloqueó el teléfono. Abrió el mensaje y, tras leerlo, los ojos se le llenaron de lágrimas.

¿Por qué?

E, incapaz de callar, farfulló en italiano:

—*Questo uomo è stupido, molto stupido e idiota.*

Oírla hablar en italiano y ver el cambio que los ojos de aquella joven habían experimentado mientras se rascaba con el índice tras la oreja hizo que Carlos preguntara:

—¿Qué te ocurre?

Venecia se dio aire con la mano. Las canciones románticas que estaban sonando y el mensaje que había recibido de su ex le estaban tocando directamente el corazón, y murmuró enseñándole el móvil:

—Mira lo que dice Jesús.

Carlos, que no sabía quién era aquel tipo, miró el teléfono y leyó:

Eres la mejor, cariño, y siempre
te voy a querer.

A continuación, miró a la joven que contenía las lágrimas ante él, y ésta preguntó, dejando el móvil sobre la barra:

—¿Tú ves esto normal?

—¿Y Jesús es...?

Venecia tomó un trago de su bebida y respondió:

—Mi novio. Bueno, no. Ya no es mi novio. No estaba *enconejada* de él y...

—¿*Encone* qué? —preguntó curioso.

Pero ella, sin escucharlo, prosiguió:

—Jesús fue mi novio durante años y hoy nos íbamos a casar. ¡Hoy! Pero... pero descubrí que lo hacía por mi padre. Él está enamorado de...

—¿Está enamorado de tu padre?

—Noooooooooooo...

Y, al ver el gesto con que aquél la miraba, aclaró:

—Jesús está *enconejado* de otra... de otra...

Carlos no entendía nada. ¿Qué tenía que ver el padre de aquélla y el *enconejamiento* en todo el tema? Venecia continuó:

—Y yo..., bueno..., no he podido seguir. No podía casarme con alguien que no estuviera *enconejado* locamente de mí y... y..., a pesar del bodorrio y los cuatrocientos invitados, ¡no ha habido boda! Ay, Dios... Ay, Dios... No quiero ni pensar cómo estarán mis pobres padres, y yo... yo, aquí, con esta horrorosa pinta de novia de la muerte.

—¿Novia de la muerte? —se mofó él.

Ella asintió y, con cierta gracia, preguntó abriendo los brazos:

—Pero ¿tú me has visto?

Carlos asintió. Su aspecto no era el mejor. Despeinada. Con el rímel corrido. El vestido, más que blanco, era de varios colores. Nunca había visto una novia así, pero por extraño que pareciera, a él le gustó, y repuso:

—Permíteme decirte que eres la novia de la muerte más bonita que he conocido.

Venecia se llevó las manos al rostro y sollozó.

—¡Es patético!

—¿El qué?

—Lo que me dices para que no llore...

Carlos no la entendió, pero comprendió el porqué de su estado y sintió pena por ella. Sin duda no debía de estar siendo un día fácil, y, cuando fue a hablar, ella dijo:

—Jesús se *enconejó* de otra mujer y ahora me envía este mensaje... ¿De verdad esto es normal o es que a los hombres os falta alguna neurona de sensatez en el cerebro? Al final va a ser cierto eso de que voy a tener que ser una cabrona.

Él no supo qué decir mientras los ojos de aquélla cada vez brillaban más y más. Y cuando Venencia iba a alejarse de él, sujetándola con seguridad del brazo, preguntó:

—¿Quieres que nos vayamos de aquí?

Al oírlo, tras un par de parpadeos, las lágrimas desaparecieron de sus ojos y, mirándolo, musitó:

—¿En serio me estás pidiendo sexo estando como estoy?

Carlos sonrió y, sin apartar la mirada de ella, susurró:

—Yo no he hablado de sexo.

—Me acabas de decir que si quería marcharme contigo.

—¿Y eso significa que te estoy pidiendo sexo? —se mofó él.

Venecia parpadeó de nuevo y afirmó segura de lo que decía:

—En mi mundo, sí. En el tuyo..., al parecer, no.

—Interesante tu mundo —afirmó él riendo.

Eso hizo sonreír a Venecia, que iba a contestar, cuando él dijo:

—Sonríes. Adiós, lágrimas. Ése era mi propósito.

Al sentir la sonrisa en su boca, ella afirmó meneando la cabeza:

—No tienes tú peligro..., amigo.

—¿Peligro, yo? ¿Por qué?

Venecia movió el cuello y, retirándose el pelo de la cara, afirmó sin pelos en la lengua:

—¿Acaso no sabes de tu potencial? Por Dios, pero si pareces un futbolista de la selección de Islandia.

A Carlos le hizo gracia oír eso.

Aún recordaba los comentarios de las mujeres cuando el Mundial de fútbol de 2018 y, bajando la voz, musitó:

—¿Y a ti no te han dicho de tu potencial vestida de novia de la muerte y con el pelo revuelto?

Venecia, desinhibida por el alcohol, puso los ojos en blanco. Su aspecto debía de ser el peor y, cogiendo la mano de aquél, la puso en su cintura y replicó:

—No te dejes engañar. Soy de poco pecho y cadera ancha, pero vamos, ¡a mucha honra! El tipo de mujer al que seguramente tú ni miras por norma —y, sin importarle el desconcierto en la mirada de aquél, dijo—: ¡Hagámonos un selfi! Quiero que mis amigas vean al churrazo con el que he estado hablando.

Agarrando su móvil, Venecia se acercó todo lo que pudo a aquel desconocido, que olía fenomenal, y, sonriendo, dijo al tiempo que se lo entregaba:

—Hazlo tú...

Cada vez más sorprendido, Carlos lo cogió, pero tras unos segundos la pantalla se bloqueó y, cuando iba a decir algo, ella indicó:

—Uno, nueve, ocho, cuatro. El año de mi nacimiento.

Entendiéndola, tecleó aquellos números y la pantalla cobró vida de nuevo. Hizo un par de fotos y luego el móvil se apagó.

—Creo que se ha agotado la batería.

Venecia asintió y se lo quitó de las manos.

—Aunque me creas borracha, desesperada y vestida de novia de la muerte, no voy a tener sexo contigo. ¿Y por qué? Pues porque en lo último que pienso ahora mismo es en liarme con nadie ¿Y sabes por qué? —Carlos, a cada instante más boquiabierto, negó con la cabeza y ella afirmó, enseñándole la pulsera que llevaba—: Lee lo que pone aquí.

Mirando lo que ella ponía frente a él, leyó en alto:

—«Un deseo no cambia nada, pero una decisión lo cambia todo».

Ella asintió al oírlo y, mirándolo a los ojos, tocó su ramo de novia y afirmó:

—Madre mía. Jesús era tan guapo, tan notario, tan profesional. Un moreno de pelo y ojos oscuros como la noche. Elegante en el vestir. Aseado y afeitado, y olía siempre tan... tan bien, y... y tú...

—¿Huelo mal? —se mofó Carlos.

Venecia acercó la nariz a él y, tras valorarlo, contestó:

—Hueles bien. Pero mírate. Vaqueros rotos. Camiseta sucia. Tatuajes por los brazos. Cara de cansancio y...

—Me estás poniendo fino —se burló él.

—Tienes los ojos cargadísimos, Cancún..., no fumarás porros, ¿no?

Al oírla, él sonrió. No hacía mucho que acababa de salir de un servicio de veinticuatro horas.

—No. No los fumo.

—¡¿Seguro?!

—Segurísimo.

Venecia asintió sin apartar la mirada de él, y éste preguntó:

—¿A qué te dedicas?

Una nueva pregunta. Esta vez era consciente de ella y, siguiendo el consejo de Silvia, evitó hablar de su empleo en la revista *Wimba Dimba* y respondió:

—Soy camarera en un restaurante. ¿Y tú?

—Soy TES —y, al ver que no lo entendía, añadió—: Técnico de Emergencias Sanitarias. Voy en una uvi del Summa. Si alguna vez necesitas ayuda, mi...

—Ambulanciero —lo cortó ella—. Con lo que me ha pasado, puedo asegurarte que ahora soy del cuento en el que las princesas nos rescatamos solas.

Su matización hizo sonreír a Carlos. Aquélla tenía respuestas para todo; entonces ella añadió bajando la voz:

—Ambulanciero, estás buenorro.

—Hombre, gracias por el piropo —afirmó él—. Pero soy TES, no ambulanciero.

—Muy buenorro.

De nuevo, Carlos sonrió, sin duda el alcohol le estaba afectando, y ella murmuró acercándose a él:

—Te habrán dicho que eres un tipo muy sexy, ¿no? Esos ojos..., esa cara..., esas piernazas..., esos tatuajes... y... —Posando las manos de nuevo sobre su camiseta, las bajó lentamente hacia la cintura y exclamó—: Por favor..., ¡qué abdominales! Uf... madre mía.

A Carlos le gustaba el deporte, intentaba mantenerse en forma por su trabajo. Pero cuando iba a responder, ella le cogió la mano, la posó sobre su cintura y, mirándolo, dijo:

—Justo aquí debajo de todo este tul, tengo unas estupendas caderas. ¡Toca!

—¿En serio? —Él rio divertido.

Venecia asintió, pero Carlos retiró la mano y susurró:

—Te creo. No hace falta que te toque.

La joven, al sentir su rechazo, murmuró:

—¿En serio no quieres tocarme?

—No.

—¿Por qué?

Sin querer propasarse con una muchacha como ella, Carlos insistió:

—Mejor que no.

—¡Pero si hace nada querías acostarte conmigo! —Él no contestó, y la joven musitó—: Dios..., qué ridícula me siento. ¡Te doy tanto asco que no quieres ni tocarme!

—Eso no es verdad —aclaró él.

Venecia cerró los ojos, sacudió la cabeza y farfulló, compadeciéndose de sí misma:

—Creo... creo que tengo que dejar de beber.

—Deberías.

La joven abrió los ojos, cogió la copa de aquél y, tras darle un trago y saborearla con cara de asco, preguntó:

—Pero ¿qué es eso?

—Ginger soda. Cero alcohol. —Rio él al ver su gesto.

La joven acababa de dejar la copa de balón de aquél sobre la barra cuando comenzó a sonar una canción y, mirándolo, gritó:

—¡Ay, Diosssssssssssssssssssss!

—¿Qué pasa? —quiso saber él mirándola a su vez.

Como si aspirara la melodía, Venecia cerró los ojos y susurró:

—¡Qué canción tannnnnnnnnn bonita!

Verla con los ojos cerrados y sonriendo le hizo gracia, y preguntó:

—¿Quieres bailar?

Ella abrió los ojos de golpe. La oferta y el tipo eran tentadores, pero, consciente de su estado, respondió:

—No.

Carlos se encogió de hombros, y entonces ella dijo:

—Bueno, sí.

Cuando fue a agarrarla, ella se echó hacia atrás.

—Bueno, no.

Carlos retiró las manos y Venecia, cambiando de nuevo de decisión, se abrazó a él y, pegándose a su cuerpo, musitó:

—Venga, sí..., sí quiero bailar.

Durante unos segundos, en el lateral del local, abrazados, bailaron aquella canción mientras ella la tarareaba sin ninguna vergüenza, hasta que él, tras reconocer la voz de Bryan Adams, preguntó:

—¿Quién canta con Bryan?

Venecia respondió, dejando de cantar:

—La maravillosa Barbra Streisand... Lalala.

De nuevo comenzó a cantar y, divertido, Carlos la miró mientras ella se dejaba la voz coreando la bonita canción. Las pocas personas que quedaban en el local los observaban. Aquella tipa cantaba fatal, y Carlos, soportando las miradas indiscretas, sonrió. Aquello era surrealista.

¿Qué hacía él bailando con una mujer vestida de novia y medio borracha que cantaba a gritos horriblemente?

Ajena a los pensamientos de aquél y a las miradas de la gente del local, Venecia, metida en su mundo, continuó cantando, hasta que la melodía finalizó y, mirando a Carlos, dijo:

—Vale, sé que canto peor que un pato resfriado, pero es que me gusta tanto esa canción... A mi madre le encantaba Barbra Streisand y mi padre tiene todos sus discos y...

—¿Y cómo se llama la canción?

—*I Finally Found Someone* —respondió.

Él asintió y ella, con cierto pesar, se retiró de sus brazos y dijo mirándolo:

—Aunque no me creas, no suelo beber. Pero hoy, por culpa del atontado de Jesús, me estoy pasando, y aunque no me caigo por las esquinas, tengo la lengua totalmente suelta. Por favor..., ¡qué ojos azules tan bonitos tienes!

Carlos volvió a sonreír y ella, cerrando los ojos, cuchicheó mientras se tapaba la cara con las manos.

—Madre mía, madre mía..., no permitas que continúe hablando.

En ese instante, Silvia y Alfredo llegaron hasta ellos y, mirándolos, la primera preguntó:

—No os estaréis matando otra vez, ¿no?

Carlos no se movió y Venecia, rascándose tras la oreja, dijo:

—¿Te puedes creer que Cancún, que tiene pinta de nórdico, quería sexo conmigo?

Silvia lo miró y él se excusó levantando las manos:

—Eso es lo que dice ella.

—No mientas. Querías sexo —y, al ver el gesto de aquél, Venecia insistió sintiendo una arcada—. ¿En serio no habrías querido sexo conmigo?

Todos miraban a Carlos. Y éste, clavando la mirada en la joven, afirmó:

—A ver, tal y como te encuentras, no creo que hubiera sido buena idea, pero en otro momento no lo habría rechazado.

Venecia asintió y musitó, dándose aire con la mano:

—¿Lo ves? Si ya decía yo que querías...

Ahora fue Carlos quien miró hacia otro lado poniendo los ojos en blanco; Silvia sonrió e indicó, cogiendo la mano de su amiga.

—Anda..., vámonos a casa, que son casi las seis.

Pero Venecia, a la que el estómago se le estaba revolucionando por segundos, tras guardarse el móvil en el bolsillo de su vestido, preguntó:

—¿No te comes esta noche al señor Cazafantasmas?

Silvia miró a su amiga y, segura de lo que decía, cuchicheó:

—Mira, estoy por llorar como Rosa, pero... hoy sólo estoy para ti.

Alfredo le guiñó un ojo y entonces Venecia, poniéndose la mano en la boca, murmuró:

—Creo que...

—¿Qué pasa? —preguntó Silvia.

Venecia tragó con dificultad y Carlos, retirándose, exclamó:

—¡Ve al baño! ¡Ya!

Sin tiempo que perder, la novia, seguida por su amiga, se fue al baño a toda prisa.

—¿Qué ha bebido? —preguntó Alfredo mirándolas.

—Mejor pregunta qué no ha bebido.

Ambos sonrieron por aquello, y en ese momento sus amigos se acercaron a ellos. Se marchaban ya y, tras despedirse de ellos, Alfredo preguntó, tocando el ramo de novia que estaba sobre la barra:

—¿Nos vamos, ambulanciero?

Carlos sonrió. Estaba cansado tras cubrir un turno largo, pero asió su cazadora de cuero negro e indicó:

—Un segundo. Quizá necesiten ayuda.

En el baño, Venecia estaba acalorada. El alcohol nunca le había sentado bien y el resultado lo estaba sufriendo en esos instantes.

Sentada en el suelo, rodeada de tul, Silvia la miraba. En la vida habría imaginado verse en aquella situación con su amiga y, cuando sus miradas se encontraron, Venecia murmuró con lágrimas en los ojos:

—Odio a Jesús, Silvia..., lo odio, tanto como la bruja de su madre me odia a mí.

—Normal.

—Nunca permitas que tu felicidad dependa de otra persona.

—No lo permito —repuso ella convencida.

Las lágrimas por fin comenzaron a correr por el rostro de Venecia, llevándose a su paso el maquillaje que aún le quedaba.

—Hoy... hoy tendría que estar pletórica —musitó—. Mi padre tendría que estar feliz y, no, seguramente se ha acostado con un buen disgusto el hombre, y mi madre..., ¡oh, mi madre!... Y yo... yo estoy aquí, tirada en el suelo de un baño, medio borracha vestida de novia y llorando por un idiota que pensaba casarse conmigo pero que está *enconejado* de otra.

—Tranquilízate, cielo.

Pero la veda estaba abierta, y Venecia insistió llorando:

—Mira cómo estoy por su puñetera culpa, cuando... cuando... ¡yo no bebo!

Silvia la abrazó y la acunó con mimo.

—Llora, lo necesitas. Pero en cuanto acabes te vas a tranquilizar, ¿de acuerdo?

Venecia asintió y, sin pensar en nada más, lloró. Necesitaba hacerlo.

* * *

Diez minutos después, más tranquila, cerró los ojos, apoyó la cabeza en la pared e intentó relajarse. Al ver que el color volvía a las mejillas de su amiga y que ya estaba más tranquila, la ayudó a levantarse del suelo y, tras enjuagarse ésta la boca con agua, murmuró mirándose al espejo:

—Por Dios..., ¡qué pintas!

Su aspecto, de novia virginal, había pasado a ser de novia demoníaca, y ambas reían por aquello cuando Silvia preguntó:

—¿Estás mejor?

Venecia asintió y, después de mirarse de nuevo al espejo, musitó:

—Sí. —Y, encogiéndose de hombros, añadió—: Ahora soy consciente de que estoy sola. Soltera. Soy dueña de mi tiempo y de mi vida y puedo hacer lo que quiera.

—¡Bienvenida al club! —cuchicheó Silvia.

De pronto, unos golpes en la puerta llamaron su atención, y se oyó:

—¿Necesitáis ayuda? ¿Estáis bien?

Las dos chicas se miraron, y Venecia murmuró:

—Es Cancún.

—¡¿Cancún?!

A Venecia la hizo sonreír la cara de su amiga, y musitó:

—Se llama Carlos, pero se mofó de mi nombre diciendo que se llamaba Cancún, y... ¿has visto los tatuajes que tiene en los brazos? Si papá los viera, se horripilaría y... ¡Joder!, pero ¿qué hago hablando de ese tipo? Y luego está...

Sin dejarla terminar, Silvia miró hacia la puerta y gritó:

—¡Gracias! ¡Todo está bien!

Cuando la novia se lavó la cara y se quitó los churretes de maquillaje, se sintió mejor, y cuando sus tripas sonaron, murmuró:

—No me lo puedo creer..., ahora tengo hambre. Pero, vamos a ver, ¿por qué los disgustos no me quitan el hambre como a media humanidad?

—Anda, vayamos a la calle a que te dé el aire.

De la mano, salieron del baño. En el exterior, Alfredo y Carlos las esperaban y, cuando las vieron aparecer, antes de que pudieran decir nada, Silvia se les adelantó:

—Nos vamos. Adiós.

Y, sin más, las dos amigas continuaron su camino y Venecia recogió su ramo de novia al pasar junto a la barra. Carlos no se movió. Por la nariz enrojecida de aquélla y el rostro limpio se imaginó que había llorado, y Alfredo señaló:

—Está visto que no necesitan ayuda. Vayámonos nosotros también. —Y, mirándose el reloj, dijo—: Tengo tres horas antes de que se vaya la canguro de mi casa.

Instantes después, cuando salieron del local, no llovía. Carlos miró a ambos lados de la calle y, al ver a las chicas, que parecían esperar un taxi muertas de frío, sin dudarlo se acercó hasta ellas y preguntó:

—¿Necesitáis ayuda?

—Estoy congelada —declaró Venecia tiritando.

Él entonces se apresuró a quitarse la cazadora de cuero negra que acababa de ponerse.

—Toma —dijo—. Yo estoy bien.

Ese gesto hizo sonreír a la joven y, cuando Silvia iba a decir algo, aquélla propuso:

—¿Por qué no desayunamos algo? ¿No os apetecen unos churros con chocolate?

—No me jorobes, Venecia —gruñó Silvia muerta de frío.

—Yo invito —afirmó Carlos sin pensarlo. Y, mirando hacia la derecha, vio una cafetería abierta—. Creo que ahí podremos desayunar.

Alfredo resopló encogiéndose de hombros, pero se encaminó

hacia la cafetería, donde, al entrar, los parroquianos que había en ella gritaron:

—¡Vivan los novios!

Venecia sonrió y, entregándole su ajado ramo de novia a la mujer que había tras la barra, preguntó, sacándose el teléfono móvil del bolsillo.

—¿Tendrías un cargador de iPhone?

—No, cielo. Lo siento —respondió aquélla.

* * *

Durante el desayuno, Alfredo y Silvia volvieron a sus tonteos, mientras Carlos y Venecia comían en silencio. Media hora después, una vez que acabaron el desayuno, cuando fueron a pagar la camarera preguntó mirando a Carlos:

—¿Y esa luna de miel dónde es?

Desconcertado, él no supo qué decir, y Venecia contestó:

—¡Cancún! Mi churri y yo nos vamos a Cancún.

Silvia comenzó a reír al oír la respuesta de su amiga, en cambio la mujer, emocionada porque allí había estado ella en su luna de miel con su marido, dijo tocándole los hombros a Carlos:

—Los recién casados estáis invitados al desayuno. ¡Que seáis muy felices!

Él iba a decir algo cuando Venecia se le adelantó:

—Oh, ¡qué detalle! ¡Gracias!

Alfredo soltó una carcajada. Nunca había visto a su amigo tan desconcertado.

Cuando salieron a la calle, Venecia se negó a que Carlos las llevara a su casa, y Alfredo, después de que ellas llamaran a un taxi, le dejó su cazadora a Silvia. Hacía frío.

Durante la espera, y contra la pared, Silvia y Alfredo desataron su pasión. Venecia los contempló.

Ahora era libre para hacer aquello sin esconderse, y sonrió.

Ignorando cómo la miraba el rubio sexy, al que habían confundido con su marido, observó su desastroso vestido de novia. Estaba tremendamente sucio y, resoplando, miró al cielo.

De nuevo el sol salía...

De nuevo comenzaba otro día...

De nuevo la gente caminaba por la calle a su aire...

Y, mirando a Carlos, que estaba a su lado en silencio, dijo con la cazadora de aquél sobre los hombros:

—En el peor día de mi vida, ha sido un placer conocerte.

Él asintió divertido y, sonriendo, cuchicheó:

—Te contestaría que lo mismo digo..., ¿o eso en tu mundo significa que quiero sexo?

Venecia rio, y él añadió:

—Por cierto, como decía mi abuela, no te acostarás sin aprender algo más.

—¿Qué has aprendido?

Carlos sonrió y, bajando la voz, contestó:

—El significado de estar *enconejado*.

Ambos rieron de nuevo, y entonces él preguntó:

—¿Qué tal si intercambiamos teléfonos?

Venecia lo pensó.

Aquel tipo estaba buenísimo, pero, consciente de que no era el momento de liarse con alguien como él, que llevaba la palabra *peligro* tatuada en la frente, respondió:

—Creo que no.

—¿Por qué? —insistió él.

Venecia suspiró y, rascándose tras la oreja, lo miró y afirmó:

—Porque yo no doy mi teléfono a desconocidos.

—Bueno, pues dime dónde trabajas y cualquier día me paso a probar la comida de tu restaurante.

Al oír eso, ella lo miró boquiabierta, pero entonces recordó que le había dicho que era camarera y musitó:

—Pues va a ser que tampoco.

Sin poder creerse tanta negativa, él finalmente se encogió de hombros y repuso:

—De acuerdo. No insisto.

Venecia sonrió. Lo que había vivido en las últimas veinticuatro horas era como poco surrealista. En la vida habría imaginado que el día de su boda sería así.

Y, tomando las riendas de su vida, se acercó hasta aquel tipo tan sexy, al que no le iba a dar su teléfono, y, empinándose, le dio un beso en los labios y, cuando se separó de él, murmuró entregándole la cazadora:

—Esto en mi mundo significa... gracias por tu ayuda y tu comprensión.

Un taxi paró frente a ellos, y Venecia, consciente de cómo él la miraba y del chispazo que había sentido al posar sus labios sobre los de aquel extraño, tras guiñarle el ojo se montó en el coche, y cuando segundos después lo hizo Silvia, musitó:

—Vámonos de aquí, antes de que salga y me tire a Cancún.

—Pero, nenaaaaaa... —se mofó su amiga al verla desatada.

Una vez que el taxi se hubo alejado, Carlos y Alfredo se dirigieron al coche del primero mientras éste sonreía. Qué curiosa había sido la noche.

6

El taxi paró frente al portal de la casa de Silvia, situada en la concurrida calle Alberto Aguilera de Madrid, y mientras ella pagaba, Venecia miraba el techo del vehículo. Pero ¿qué había hecho con su vida?

Su amiga le cogió la mano y ambas bajaron del coche, y al ver el renegrido vestido de aquélla, Silvia se mofó:

—¡Desde luego le has dado un buen uso al Cardo Oscuro!

Venecia asintió. La falda de su vestido tenía un aspecto deplorable y, resoplando, afirmó:

—Éste no vuelve a estar blanco en su vida.

Sin soltarse de la mano y en silencio caminaban hacia el portal cuando Venecia, parpadeó y murmuró:

—¿Ésa no es Elisa?

Al mirar hacia el banco de madera que había frente al portal de Silvia, sorprendidas, vieron a Elisa allí sentada, aún con el vestido celeste de la boda. Miraba el suelo con gesto serio y, sin dudarlo, apretaron el paso.

—Elisa... —dijo Silvia al acercarse.

Al oír su nombre, la aludida levantó la cara hacia ellas y, con los ojos rojos e hinchados, gritó:

—¡Llevo llamándoos por teléfono desde hace una hora! ¡¿Se puede saber dónde estabais y por qué no cogíais el puto móvil?!

—Pero, *Sensei*, ¿qué te pasa? —murmuró Silvia.

—Nos... nos quedamos sin batería —indicó Venecia, sacándose su teléfono del bolsillo de su vestido.

Elisa asintió con un resoplido y, sonriendo, de pronto preguntó:

—¿Lo habéis pasado bien?

Desconcertadas, las dos amigas asintieron; entonces Elisa, levantándose, cambió de nuevo el gesto y ordenó:

—Vamos. Necesito ir al baño.

Sin entender qué hacía allí a esas horas y no en su casa, la siguieron al portal. Una vez en él, Silvia sacó las llaves de su bolso y, tras abrir la puerta, Elisa entró y Venecia cuchicheó, rascándose tras la oreja:

—¿Qué ha podido pasar?

—Nada bueno, sin duda —repuso Silvia.

En silencio, las tres subieron en el ascensor hasta la cuarta planta y, después de entrar en casa de Silvia, Elisa, sin hablar, se dirigió al baño.

Inquietas, las dos amigas la esperaron sentadas en el sofá y cuando segundos después ella apareció y se colocó enfrente en silencio, Silvia no pudo más y siseó:

—No quiero enfadarme, Elisa, pero o cuentas qué pasa o te juro que, aunque seas cinturón negro segundo dan de kárate, te...

—¡Silvia! —la regañó Venecia.

Elisa asintió y, mirándolas, soltó:

—¡Me he despertado!

Cada vez entendían menos lo que aquélla decía, y Silvia preguntó:

—¿Que te has despertado? ¿Eso qué significa?

—Que lo he pillado.

Según dijo eso, Silvia y Venecia se miraron, y esta última musitó:

—¿Hablas de Lorenzo? —Elisa asintió, y Venecia murmuró horrorizada al entenderlo—: Ay, Dios, cariño...

—¿Que lo has pillado con otra? —dijo Silvia levantando la voz.

Confundida, Elisa se tocó la cabeza y musitó:

—Os... os juro que aún no... no me lo creo... Lorenzo..., él...

—¡La madre que lo parió! —siseó Silvia al comprenderlo todo.

Con mimo, ella y Venecia se sentaron a ambos lados de su amiga, y Elisa farfulló:

—Yo... es que aún no me lo creo.

—Normal, cielo, normal. Yo todavía no me creo que esté aquí con vosotras, en lugar de en una preciosa suite con Jesús —afirmó Venecia con los ojos llenos de lágrimas.

Silvia, conmovida, tocó las manos de sus dos amigas y, cuando fue a hablar, Elisa se le adelantó:

—Lorenzo y David..., nunca lo habría imaginado.

Al oír eso, Venecia y Silvia se miraron, y Elisa musitó:

—Por eso siempre quería que lo avisara. Por eso siempre quería saber dónde estaba sin importarle lo que hiciera o adónde me fuera. Tenerme controlada era su manera de que nunca los pillara hasta hoy, que he llegado sin avisar y... y los he pillado en la cama haciendo... ¡Joder!, es que no quiero ni recordarlo.

Silvia se levantó de sopetón, parpadeó y preguntó:

—¿Cómo que Lorenzo y David?

Elisa asintió, y Venecia insistió:

—¡¿David?! ¡¿Su primo David?!

—Sí.

—¡David! ¿El... el... que me zumbé en...?

—¡Sí! —la cortó Elisa.

Boquiabiertas porque aquél parecía el tío más hetero del mundo, Silvia silbó:

—No me jodasss...

Elisa volvió a asentir y Venecia, recordando entonces algo, preguntó:

—Pero ¿Lorenzo no se había tatuado tu nombre en el corazón?

Ella asintió y, tras tragar el nudo de emociones que tenía en la garganta y se empeñaba en salir, afirmó:

—Me acabo de enterar de que no pone «Elisa», sino «¡David!».

—¡¿Qué?! —gruñeron sus amigas.

Elisa asintió y, encogiéndose de hombros, musitó:

—Y yo besando ese tatuaje con pasión creyéndome especial,

cuando lo cierto es que se lo hizo por lo que siente por David. Pero, claro, ¡está en chino! ¿Y yo qué sabía qué ponía? Dios, qué tonta soy..., qué tonta me sientoooooooo. Ahora entiendo tantas y tantas cosas que... ¡Joder!, ¿cómo no me di cuenta de que estaban liados?

Sin dar crédito todavía, Silvia y Venecia no sabían qué decir, pero entonces el teléfono móvil de Elisa comenzó a sonar. Todas leyeron el nombre de Lorenzo en la pantalla y, mirando a su amiga, que no se movía, Venecia preguntó:

—¿Qué vas a hacer?

—Mandarlo a la mierda y que el puto karma se ocupe de él —respondió Silvia por ella.

Elisa no contestó; alargando la mano, cogió el teléfono y la oyeron decir:

—Dime. —Hubo un silencio raro y luego añadió—: Estoy en casa de Silvia. No, Lorenzo. No voy a regresar. ¿Qué? ¿Cómo que por qué? —De nuevo silencio, y musitó—: De acuerdo. Ven tú si quieres. Pero hablarás delante de mis amigas porque ellas no se van a ir. ¿Te queda claro?

Una vez que hubo colgado, Silvia preguntó boquiabierta:

—¿Que viene a mi casa?

—Sí.

—¡¿Aquí?!

Elisa asintió, y Venecia, viendo el gesto de Silvia, gruñó:

—¿Tú qué pretendes?, ¿que acabemos todas en la comisaría?

Elisa se levantó y, cogiendo su bolso, chilló:

—¡De acuerdo, me iré yo! Lo esperaré en la calle y...

—Tú no te mueves de aquí —dijo Silvia sentándola. Y, mirando a Venecia, afirmó—: Me controlaré y te controlarás. Elisa necesita mi casa para hablar con Lorenzo y la tendrá.

Dicho eso, un extraño silencio se apoderó del salón y, al final, Silvia añadió:

—Voy a esconder los cuchillos y a preparar café. Creo que lo necesitamos.

En cuanto ella desapareció, Elisa miró a Venecia y murmuró:

—Tienes una pinta horrible.

Ella sonrió con tristeza.

—¿Quieres que te diga qué pinta tienes tú?

Sin saber por qué, ambas sonrieron, y Elisa comentó levantándose:

—Lo que te puede cambiar la vida en un segundo, ¿verdad?

Venecia asintió, la vida era tremendamente desconcertante, y afirmó poniéndose también en pie:

—Ya te digo.

—Me han confesado que llevan juntos desde que tienen diecinueve años y... ¡Joder, Venecia!, que llevan más de quince años de relación. Que son una pareja consolidada, y yo... ¡yo no me he dado cuenta!

—¿Y no les has dado un patadón en los huevos por el engaño?

Elisa negó con la cabeza. Estaba paralizada. Todavía seguía en shock por lo que había visto. La imagen de Lorenzo y de David sobre su cama practicando sexo le había resultado rara, extraña y, tragando el nudo de emociones que tenía en su interior, musitó:

—Lorenzo y David son pareja desde antes de que yo los conociera, y sólo he sido la tapadera perfecta estos últimos ocho años para que su relación continuara. Ahora entiendo su negativa a casarse conmigo, que nunca me regalara un anillo de compromiso...

—¡Qué cabrones! —murmuró Venecia, cada vez más enfadada.

—Y luego me llamáis a mí *cabrona* —se mofó Silvia entrando de nuevo en el salón.

Con desesperación, Elisa insistió:

—He sido la perfecta novia que le ha dado espacio para que viaje sin mí, para que salga sin mí, para que...

—Joder, Elisa..., joder...

—Dice que me quiere. Que soy la única mujer que lo atrae y con la que disfruta practicando sexo, pero... pero eso no me vale. Quiere a David. Él también es su pareja.

—Tanto que se ha tatuado su nombre en el pecho —cuchicheó Silvia saliendo otra vez del salón.

Dolida por ver el gesto de dolor de Elisa, Venecia le dio la mano, y ésta prosiguió:

—Sé que Lorenzo es un buen tipo...

—Como lo era Jesús. Eso no podemos negarlo, pero como suele decirse, ¡nos salieron ranas! —afirmó Venecia con cierto retintín.

—Lorenzo es detallista, cariñoso, se implica en las cosas de la casa, está pendiente de mí, de mi hermana, de vosotras, de todo lo que me rodea para facilitarme la vida. Pero..., ahora que sé esto, ¡no puedo continuar con él! Y no porque sea gay, sino porque ama a otra persona que no soy yo.

En ese instante entró Silvia con el café, la leche y magdalenas sobre una bandeja e indicó:

—Y tú que decías que lo primordial en una pareja era la comunicación y el respeto... ¡Viva vuestra comunicación y respeto! —Ninguna contestó nada, y ella añadió—: Si es que hay que ser fría, egoísta y cabrona. Os lo digo yo.

—¡Silvia! —protestó Venecia.

Pero ella, incapaz de callar, conociendo a su amiga Elisa, la miró y preguntó:

—¿No le has arrancado el jodido tatuaje de un mordisco?

Elisa resopló. En ocasiones, Silvia resultaba desesperante, y gruñó:

—¿Por qué no te callas..., guapita?

En silencio, las tres se sentaron de nuevo y, cuando Silvia estaba sirviendo el café, comenzó a hablar de nuevo:

—A ver, Elisa. Esto es como lo de Venecia. Las relaciones de pareja son algo muy personal. Te he oído decir todo lo bueno de Lorenzo. Y, sí, tienes razón. Sabes que hasta yo misma te he dicho infinidad de veces que es un tipo maravilloso y...

El sonido estridente del portero automático inundó de pronto el piso.

Las tres se miraron, sabían quién era, y Venecia, dirigiéndose a Silvia, preguntó:

—¿Has escondido los cuchillos?

—Bajo llave, aunque el de debajo de mi colchón sigue allí —afirmó ella.

Elisa resopló.

—Sois mis amigas y os necesito, ¿vale?

—Vale —afirmaron aquellas dos.

Con gesto incómodo, Silvia se levantó y abrió el portal. Temblaba. Lo que les estaba ocurriendo a sus amigas le traía recuerdos no muy gratos. Recuerdos dolorosos. No le gustaba saber que ellas estaban pasando por lo mismo que ella pasó. Un par de minutos después, cuando se oyeron unos golpecitos en la puerta de la casa, Elisa pidió mirándola:

—Por favor..., sé mi amiga y guarda tu afilada lengua un ratito.

Silvia, conteniendo aquel carácter que todos sabían que tenía, fue hasta la puerta, tomó aire y, al abrirla, miró a Lorenzo. Él la miró con gesto temeroso y, cuando vio que aquélla no decía nada, preguntó:

—¿Puedo entrar?

Silvia se hizo a un lado.

—Por supuesto.

Cuando él entró y ella cerró la puerta, preguntó con cierto retintín:

—¿Vienes solo?

Al entenderla, Lorenzo asintió. Se dirigieron al salón, y él, viendo el deplorable aspecto de Venecia, preguntó:

—¿Te encuentras bien?

Colocándose con furia el tul color chocolate de su vestido, ella asintió y, tras morderse la lengua, soltó:

—¡Qué decepción, Lorenzo! A mí, a ser posible, ¡ni me hables!

El retintín de sus palabras le hizo saber que debía callar y, clavando la mirada en Elisa, preguntó con cierto pesar:

—¿Estás bien?

Ella tomó aire.

El hombre que tenía delante era el tío con el que llevaba compartiendo los últimos ocho años de su vida y con el que pensaba que compartiría también el resto.

Pero no. Aquél no era el hombre que ella creía y, después de expulsar el aire, dijo:

—Te he dicho que lo nuestro se ha terminado.

—Elisa...

—No puedo seguir contigo.

Lorenzo se tocó el cabello y, al encontrarse con las miradas de Venecia y Silvia, preguntó mirando a la que consideraba su chica:

—¿Podemos hablar en privado?

Ella negó con la cabeza.

—No. Todo lo que tenía que hacer contigo en privado ya lo he hecho.

—Elisa, por favor...

—Has jugado conmigo —lo cortó—. Me has utilizado.

—No...

—Sí, Lorenzo. Me has utilizado delante de tu familia, de tus compañeros de trabajo, delante de todo el mundo para que nadie se enterara de tu homosexualidad. Ni siquiera eres sincero contigo mismo. Y, si me quieres y he significado algo importante para ti, acepta la realidad y no me mientas más, por favor. Tengo increíbles amigos homosexuales a los que conoces y los respeto. Pero a ti, hoy por hoy, no te respeto nada. No te has comportado bien conmigo.

Lorenzo, destrozado por la verdad de sus palabras, asintió.

Sin duda ella tenía razón y, sintiéndose el tío peor del mundo, dijo:

—De acuerdo. Pero también has de saber que te quiero, Elisa. Eres la única mujer que ha sabido despertar en mí...

—¡No sigas! —lo cortó ella. Y, dolorida por el amor que sentía por él, tomó aire y añadió—: Lorenzo, no quiero continuar hablando contigo. Lo que había entre tú y yo se terminó. No quiero estar con un hombre que no me ama sólo a mí. Me da igual si me consideras antigua, pero, como te he dicho, quiero estar con alguien que sólo sea para mí y yo para él. Y eso entre nosotros nunca podrá ser, porque entre David y tú hay algo demasiado fuerte como para ignorarlo; ¿o me equivoco?

Él no respondió, no podía, y Elisa, tras mirar a sus amigas y sentir su apoyo, añadió:

—Por suerte, no vendí mi piso. Regresaré a él y...

—Me iré yo de la casa —musitó Lorenzo.

Con una triste sonrisa, ella negó con la cabeza.

—No. Yo no quiero vivir en el mismo edificio donde tendréis vuestro nidito de amor. Sería contraproducente para mi salud. Cuanto antes os pierda a los dos de vista, mejor. Así que, si no te importa, dentro de un par de días te avisaré para que cuando vaya a recoger mis cosas tú no estés allí, ¿de acuerdo?

Hundido, Lorenzo asintió. Se merecía el trato de Elisa y, cuando iba a decir algo más, ella lo abrazó y, conteniendo las lágrimas, musitó:

—Y ahora, por favor, márchate y aclara tu vida, porque tú y yo no tenemos nada más que hablar.

Con pesar, él la abrazó y luego dio media vuelta y se marchó.

Cuando se oyó la puerta de la calle al cerrarse, Elisa inspiró una vez más y, dejándose caer en el sofá, murmuró con los ojos llenos de lágrimas:

—Gracias, chicas. Gracias por estar aquí.

Venecia, llorosa como ella, la abrazó y juntas lloraron. Ambas habían tenido un día horrible.

Silvia, entendiéndolas, las dejó. Necesitaban llorar y, con mimo, musitó dándoles todo su cariño:

—Esa desazón que sentís se pasará, os lo aseguro. Daos tiempo.

—¡Cabrones! ¡Son unos cabrones!... —gruñó Venecia.

Por primera vez en su vida entendió la frialdad a la hora de proceder con los tíos de su amiga Silvia. Ahora comprendía su rabia, su frustración tras lo que le había ocurrido con su exmarido y, mirándola, siseó:

—Ni uno más me vuelve a engañar. Estoy tan dolida con el género masculino que los sentimientos, como haces tú, los voy a enterrar para ser una cabrona.

Entristecida, Silvia la miró y, entendiendo su congoja, murmuró:
—Tranquila, Venecia..., tranquila.

* * *

Una hora después, cuando consiguieron calmarse, Elisa comentó mirando a sus amigas:

—Verás cuando se entere Rosa...

—¡Menudo tic en el ojo que le va a entrar! —se mofó Silvia.

Venecia asintió con los ojos como dos tomates y la rabia instalada en el cuerpo. Sin duda, las últimas veinticuatro horas eran dignas de olvidar.

7

El lunes, Venecia hizo de tripas corazón e intentó ignorar todo lo ocurrido cuando se despertó y fue consciente de que estaba en su casa de paseo de los Pontones, en Madrid, y no en Miami, en un precioso hotel junto a Jesús.

Sin moverse, miró el techo durante un buen rato y, al final, tras valorar pros y contras, sintió que había hecho lo correcto. Sin ninguna duda, su decisión había sido la acertada.

Casarse sin amor, con un hombre que amaba a otra, para hacer feliz a su padre, no habría sido buena idea.

Y estaba pensando en ello cuando, al mirar hacia la derecha, se encontró con la preciosa mirada de su perra, que estaba a su lado en la cama, y al verla mover feliz su rabito saludó:

—Buenos días, *Traviata*.

En décimas de segundo, la perra se reactivó y saltó sobre ella, llenándola de infinidad de besos que a Venecia la hicieron sonreír.

Traviata había llegado a su vida una madrugada de hacía ocho años, cuando Venecia salía de una fiesta con Jesús. La encontró malherida, la cuidó y con ella se quedó.

Y aunque al principio a la perrilla le costó confiar en su nueva compañera, con el paso de los meses Venecia y quienes la rodeaban lo consiguieron. Por ello, ver a *Traviata* feliz y tranquila jugando sobre la cama con ella era el mejor de los regalos.

Cuando un buen rato después Venecia saltó de la cama, en lo

primero que se fijó fue en su ajado y sucio vestido de novia, que todavía continuaba en el suelo. Cuando llegó a su casa, tras pasar el domingo con Elisa y con Silvia, simplemente se había desnudado y se había metido en la cama. Estaba destrozada.

Pasando por encima de él sin ningún miramiento, llegó al baño, donde entró en la ducha y, cuando salió de ella, mirando a su perra, afirmó con convicción:

—Me encuentro mucho mejor.

Una vez que se hubo vestido, juntas fueron hasta la cocina, donde Venecia se preparó un café con leche y magdalenas. Como de costumbre, compartió estas últimas con *Traviata*, que las engulló encantada. Y cuando el desayuno acabó, Venecia afirmó mirándola:

—A partir de ahora seremos tú y yo. ¡Nadie más!

Como si la entendiera, la perrita ladró y ella sonrió mirando su portátil. Una de sus pasiones ocultas era escribir en su blog, que llevaba por nombre «Te cuento en un momento». Lo había creado años atrás y en él hablaba de todo un poco. Su última entrada se titulaba «Blanca y radiante». Inconscientemente, sonrió al recordar cómo había terminado el día de su boda, y musitó:

—Seré idiota...

Se planteó subir una nueva entrada, y, tras meditar acerca de lo que quería escribir, miró a su perra y preguntó:

—¿Te parece bien el título «Que sí..., que no..., que cayó el chaparrón»?

Traviata ladró, y Venecia indicó:

—De acuerdo. Pues así se llamará.

Y, en cuanto puso el título, centrándose en lo que quería contar, escribió:

Dicen que del amor al odio hay un paso, pero ¿y si hubiera dos?

Dicen que tras la tormenta viene la calma, pero ¿y si es al revés?

Dicen que la mejor manera de saber si puedes confiar en alguien es confiando, pero ¿y si yo ya no quiero confiar en nadie más?

Dicen que se tatúan tu nombre en el pecho por amor, cuando ni es tu nombre, ni tú eres su amor.

Por decir, se dicen muchas cosas. La vida está llena de chaparrones que nos empapan y, sinceramente, creo que ahora estoy tan empapada de rabia, desconcierto y frustración que no sé si algún día me secaré y...

Con una sonrisa en los labios, continuó escribiendo aquello que le salía del corazón y cuando, media hora después, hubo finalizado, tras subirlo a su blog, miró a *Traviata*, que estaba tendida a sus pies, y, tras cerrar el portátil, dijo:

—Acompáñame, que tenemos cosas que hacer.

En la habitación, volvió a ver el vestido de novia tirado en el suelo. Esta vez lo recogió y, metiéndolo en una bolsa de basura, afirmó:

—Lo llevaré al tinte y luego lo venderé por Wallapop o haré trapos para la cocina.

Una vez que hubo dejado la bolsa en la entrada, regresó a su habitación, donde en otra bolsa fue metiendo todo lo que encontró a su paso de Jesús. Su colonia. Su cepillo de dientes, camisetas, pantalones, CD de música, papeles. Jesús no vivía allí, pero había cosas de él en su casa y, en cuanto acabó, miró una foto de los dos juntos que había al lado del televisor y musitó:

—Que fueras a casarte conmigo para darle esa alegría a mi padre me impide odiarte.

Y, dejando de nuevo el marco donde estaba, metió la bolsa con las pertenencias de aquél en el armario de la entrada y, tras cerrarlo, dijo mirando a la perra:

—Ya pensaré qué hago con ello.

Después de recogerlo todo, miró su reloj. Las once de la mañana. Tenía todo el día por delante y, como necesitaba hacer algo, dijo cogiendo su bolso y las llaves del coche:

—He de ir a trabajar.

* * *

Una hora más tarde, al entrar en la sede de la revista *Wimba Dimba*, donde trabajaba en la sección del mundo animal, sus compañeros Alberto y Vanessa la miraron sorprendidos.

—Pero ¿qué haces aquí? —preguntó la chica.

Venecia sonrió. Supuestamente debería estar de viaje de novios, por lo que, soltando el bolso sobre su mesa, respondió:

—Trabajar me mantendrá entretenida.

Sus compañeros la abrazaron, y Alberto preguntó:

—¿Estás bien?

Venecia suspiró. Todo el mundo le preguntaba lo mismo. No estaba bien, pero, sin querer hacerse la mártir, respondió:

—Tranquilos. De ésta no me muero.

Veinte minutos después, el jefazo pasó cerca de ellos. Era el marido de la hija del dueño de la revista, un iluminado que no sabía nada de periodismo, pero que por enchufe estaba allí y, al verla, musitó sonriendo:

—Monastegui, ¿qué haces aquí?

De nuevo, Venecia dio explicaciones. Como muchos de los que había en la oficina, el jefazo estaba en la iglesia el día de la no boda. Su suegra era amiga íntima de la madre de Jesús y, sin querer opinar al respecto, repuso mirándola:

—De acuerdo. Entra en la reunión de contenidos.

Sin dudarlo, tras coger su tablet, entró junto a Vanessa y el resto de los empleados, y en silencio escuchó hasta que el jefazo pidió mirándolos:

—Vamos. Quiero una lluvia de ideas para el siguiente número.

Uno a uno, fueron proponiendo todo lo que se les ocurría, mientras el jefe apuntaba con profesionalidad y, según su nivel de agrado ante lo que oía, iba distribuyendo. Venecia, que tenía las carreras de veterinaria y periodismo, disfrutaba con aquellas reuniones. Su sección era la de mundo animal, algo que la apasionaba y que hacía con auténtico amor, pero también deseaba poder escribir sobre otros temas, y sugirió:

—¿Qué tal un artículo sobre si son sexistas las nuevas tecnologías?

Al oír eso, el jefe asintió.

—¡Me gusta! Tiene chicha —y, mirando a Graciela, dijo—: ¡Tuyo!

—¿Por qué tiene que hacerlo ella si lo he propuesto yo? —replicó Venecia.

El jefe, al oírla, contestó sin levantar la vista de los papeles que tenía ante él:

—Porque tú eres experta en mundo animal.

—Pero...

Él levantó la mano para que callara y, mirándola, continuó hablando:

—Esta semana no contábamos contigo y aquí estás. Por tanto, harás el artículo que iba a hacer yo mismo sobre el mastín español —y, antes de que ella volviera a protestar, añadió con autoridad—: Y no se hable más.

Venecia calló. Necesitaba aquel trabajo, y por aquella mirada acababa de entender que, al no ser ya la novia de Jesús, el hijo del banquero, su opinión no importaba.

Vanessa, tan consciente de lo visto como ella, le apretó la pierna por debajo de la mesa para demostrarle todo su apoyo, mientras Venecia asentía y sabía que, si antes tenía que demostrar que valía para ese trabajo, ahora sin duda lo tendría que demostrar mucho más.

Por ello, fabricando la mejor de sus sonrisas, indicó:

—Tendrá el mejor artículo sobre el mastín español que ha visto nunca.

—¡Perfecto! —afirmó él.

Una vez repartidos los temas, y solucionados varios problemas, el jefe abrió otra carpeta y preguntó:

—¿Habéis encontrado blogueros interesantes?

Rápidamente surgieron los nombres de varios, todos ellos con muchos seguidores, y tras barajar posibilidades el jefe indicó:

—Localizadme los teléfonos de estos dos. Yo hablaré con ellos e intentaré ficharlos. Su tráfico de visitas nos vendría muy bien para incrementar las visitas a nuestra web.

Una vez acabada la reunión, todos se dispersaron y Vanessa se dirigió a Venecia:

—Si yo hubiera sido tú, no habría venido a trabajar. —Y, mirando a la mujer a la que le habían dado el tema que ella había propuesto para desarrollar, musitó—: Veamos qué hace nuestra querida Graciela con lo que le han dado.

Venecia se encogió de hombros. Graciela era la hija de un directivo de la revista e, hiciera lo que hiciese, sin duda le dirían que estaba bien, por lo que murmuró con cierto resentimiento hacia el género masculino:

—Me esforzaré con el mastín español.

8

Como bien había imaginado, el trabajo la hizo olvidar, y a las siete de la tarde, cuando apagó el ordenador, su teléfono sonó. Era su tía Fiorella y, sentándose en la silla, la saludó en italiano:

—*Ciao, zia, come stai?*

Fiorella, que estaba en el aeropuerto sentada a la espera de embarcar en su avión, preguntó sonriendo:

—¿Has ido a ver a tus padres?

Venecia suspiró. El día anterior había sido incapaz de ir, no se sentía con fuerzas para enfrentarse a ellos.

—Tía, bien sabes que no —respondió—, pero hoy voy sin falta.

—Hazlo, cielo..., necesitan verte y saber que estás bien.

Venecia asintió. Tras lo ocurrido, sabía que sus padres no se lo pondrían difícil y, con tranquilidad y confianza, se sinceró con su tía. Hablar con Fiorella siempre era sencillo. Nunca nada le parecía descabellado. Nunca nada la horripilaba. Al revés, intentaba entender y, sobre todo, respetar. Como ella siempre decía, «mi libertad empieza donde acaba la tuya y viceversa».

—¿Cómo estás?

—Pues no sé, tía, estoy bien, pero al mismo tiempo mal. No sé.

Fiorella asintió. Durante un rato habló con ella para levantarle el ánimo, hasta que dijo:

—Cariño, tengo que embarcar o el vuelo se irá sin mí. Te espero en Nápoles cuando quieras, ¿de acuerdo?

—De acuerdo, tía.

Una vez que se despidió de ella, la joven sonrió. Hablar con Fiorella siempre la hacía sonreír. Su positividad era contagiosa, y eso era de agradecer en aquellos momentos.

En ese instante el teléfono le sonó. Había recibido un wasap de Silvia, que decía:

Me ha gustado tu entrada en tu blog
de hoy y, tranquila, ¡te secarás!

Al leerlo, Venecia sonrió. Sin duda se secaría, o al menos así lo esperaba.

Con el móvil en la mano, cotilleó sus fotografías. Varias de ellas eran de cuando estaban en el coche nupcial con sus amigas, y le encantó ver sus expresiones alegres. Con el dedo, las pasó hasta llegar a una en la que se la veía con una pinta desastrosa junto a... al de la camiseta blanca. ¡Cancún!

Sorprendida por aquella foto, la amplió. El tipo no era guapo, era lo siguiente, y al ver su brazo tatuado sonrió. Aquello no se lo haría Jesús ni borracho perdido. Recordó la amabilidad y la paciencia de aquél con ella, que iba un poquito pasadita de todo, y resopló al imaginar lo que pudo salir en su momento por su boca. ¿Qué debió de decirle? ¿Qué le contó? Estaba pensando en ello cuando alguien le preguntó:

—¿Estás bien?

Era Vanessa. Y Venecia, cerrando su móvil, asintió y afirmó sonriendo:

—Sí, tranquila. Aunque reconozco que de vez en cuando pienso que debería estar en Miami tomando el sol y no aquí.

Ambas rieron y luego su compañera, acercándose, dijo:

—Ha llamado tu madre, hace un rato, cuando estabas en el baño, y me ha pedido que te diga que...

—... que vaya a casa, ¿verdad?

Vanessa asintió, y Venecia añadió asiendo su bolso:

—Pasaré por mi piso para recoger a *Traviata* e iré a casa de mis padres.

* * *

Cuando salió de la revista fue caminando hasta donde tenía el coche aparcado. Y, de allí, a su casa, donde recogió a su perra, y cuando montaron en el vehículo supo que había llegado el momento de enfrentarse a sus padres.

En el camino, el sonido estridente de una ambulancia al pasar rauda y veloz la hizo recordar al tipo que conoció y, sin saber por qué, sonrió. Pensar en aquella descabellada noche y en su comportamiento no era lo que más la enorgullecía, pero suspiró y cuchicheó, mirando por el espejo retrovisor a su perra:

—¡Vale, lo admito..., el tipo es sexy!

Entonces, al reconocer en la radio la canción *Me muero*, del guapísimo y maravilloso Carlos Rivera, comenzó a tararearla mientras conducía engullida en el tráfico de Madrid.

Al llegar a la calle Alonso Martínez, donde vivían sus padres, metió el vehículo en el parking privado del edificio y, una vez que hubo cogido su bolso y sacado a *Traviata*, murmuró tomando aire:

—Veamos con lo que me encuentro hoy.

Según caminaba hacia el ascensor junto a su perra, a la que llevaba de la correa, con el rabillo del ojo vio salir de otro vehículo a la señora Matilde, una vecina de toda la vida excesivamente cotilla, y apretó el paso. No tenía ganas de hablar con ella, pero ésta, al verla, gritó:

—Venecia, ¡espérame! Sujeta la puerta del ascensor.

Incapaz de no hacerle caso, en cuanto alcanzó el ascensor, esperó a que aquélla llegara cargada con las bolsas de la compra y, tras dar la joven a los botones de los pisos dos y tres, la mujer musitó mirándola:

—¿Estás bien?

—Sí.

—Ay, cariño..., no sé ni qué decirte.

Venecia sonrió. No quería que le dijera nada, pero aquélla insistió tras mirar a la perra, que estaba sentada a su lado.

—Cuánto siento que la boda se anulase, pero, mira, yo creo que...

—Señora Matilde —la cortó—, si no le importa, preferiría que no se metiera donde no la llaman.

Aquel corte, su gesto y su voz hicieron que la vecina cerrara la boca y, cuando el ascensor se paró en el segundo piso y Venecia y su perra se bajaron, la joven la miró sonriendo y dijo:

—Adiós, señora Matilde.

La mujer asintió con gesto ofuscado y las puertas del ascensor se cerraron, momento en el que Venecia respiró y, mirando a *Traviata*, murmuró:

—¡Ahora ponme a parir!

Una vez ante la puerta de la casa de sus padres, sacó la llave que éstos se empeñaban en que continuara teniendo y, al entrar, dijo soltando a la perra, que salió disparada hacia el salón.

—Papá..., mamá..., Pedro..., estamos aquí.

Estaba dejando el bolso en la entrada cuando Pedro, el cuidador de su padre que iba por horas, apareció y la saludó:

—Qué alegría verte.

—Hola, Pedro —dijo dándole un beso en la mejilla.

—¿Estás bien? —se interesó él.

Aquella pregunta...

¡Aquella maldita pregunta que deseaba dejar de oír!

Pero, sin darle más importancia, asintió y él murmuró:

—Esta mañana hemos pasado un momento apurado con él cuando, desorientado, se ha negado a vestirse y después a desayunar. Pero, tranquila, que ahora está bien. Ha pasado un buen día y acaba de cenar.

Saber aquello apenó a la joven. La enfermedad de su padre, como les había dicho el médico, avanzaba sin tregua, y preguntó:

—¿Mamá está bien?

Con cariño, él asintió.

—Tu madre es una campeona.

Segura de que lo que decía era cierto, Venecia sonrió; a continuación, aquél indicó:

—Ahora que estás aquí, y antes de irme, voy a la cocina para dejar preparada la medicación de mañana.

—Sí. Ve.

Pedro se dio media vuelta y desapareció y Venecia prosiguió su camino por el pasillo, hasta que al entrar en el salón prefabricó una sonrisa y saludó:

—Hola..., holita...

Su madre sonrió mientras acariciaba con cariño la cabeza de la perrilla, y su padre, al verla aparecer, la miró con intensidad y gruñó:

—Ya está bien. Ya era hora de que vinieras.

—Fernando... —lo regañó Aurora.

Venecia asintió. Sabía que sus padres se merecían una explicación y, viendo que él estaba lúcido, se sentó junto a ambos y se explicó.

Les habló de su relación con Jesús y del cariño que se tenían. Pero también les aclaró que se había dado cuenta de que aquel cariño no era el suficiente como para casarse. Ellos rápidamente preguntaron por Sofía. Necesitaban saber quién era aquella mujer, y Venecia volvió a sincerarse. Y, antes de que su padre comenzara a despotricar de Jesús, ella murmuró rascándose tras la oreja:

—Papá, él no quería darte el disgusto.

—Deja de rascarte, hija. Te vas a destrozar la oreja —gruñó él, consciente de que cuando estaba nerviosa hacía aquello.

Venecia retiró el dedo índice de la parte trasera de su oreja e insistió:

—Jesús te quiere. Sabe cuál ha sido siempre tu ilusión y... y..., por ti, pensaba casarse conmigo.

—Bendito sea Dios —murmuró el hombre mientras Aurora cogía la mano de su hija.

En silencio, los tres estuvieron unos segundos sumidos en sus propias conclusiones, hasta que Fernando, asiendo la mano libre de su hija, murmuró:

—Hiciste bien, Venecia...

—Papá...

—Escucha, hija. El día que te cases, hazlo por amor. Hazlo porque sientas que el corazón te late a mil por hora cuando miras a esa persona, y hazlo porque a esa persona le late tan fuerte como a ti. —Venecia asintió—. Nunca, repito, ¡nunca!, vuelvas a intentar hipotecar tu vida por alguien que no seas tú misma, ¿entendido?

—Sé que esa persona especial para ti está en algún lugar —afirmó su madre—. Aparecerá, ¡ya lo verás!

Venecia sonrió. Lo dudaba.

—Cariño, mi ilusión siempre fue llevarte al altar —añadió Fernando emocionado—. Pero mi mayor ilusión es verte feliz. —Y con los ojos llorosos insistió—: Locamente feliz. Y que quien te haga latir con fuerza el corazón, lo vea yo o no, se case contigo por ti. Sólo por ti.

A Venecia esas palabras le llegaron al corazón. Se levantó de donde estaba, se puso en cuclillas ante él y, cogiéndole las manos, afirmó:

—Papá, sabía que cuando te contara la verdad me entenderías.

Fernando la miró. Conocía muy bien a su hija y era de las que antes de hacer las cosas las pensaban mil veces, no como él y su hijo Alejandro, e indicó:

—Pero ¿cómo no entenderte, hija? ¿Cómo te ibas a ca... casar con un hombre al que no amas y que no te ama sólo por mi problema de salud? Pero ¿estamos locos?

Aurora sonrió al oírlo y, tocando el hombro de su marido, cuchicheó:

—No, Fernando, no estamos locos, y Venecia nos ha demostrado lo cuerda que está.

Los tres sonrieron y Fernando, mirando a su hija, añadió:

—Eres preciosa. Joven. Inteligente. Lo tienes todo para ser feliz y hacer feliz a quien decidas tener a tu lado. Sólo confío en que lo ocurrido no te haga cerrar la puerta al amor y no esperes veinte años para enamorarte otra vez.

—La verdad, papá, el amor es en lo último que pienso ahora.

—Normal —repuso Aurora—. Desde luego, Jesús te...

—No, mamá. No te equivoques —la cortó Venecia—. La culpa de lo ocurrido no ha sido sólo de Jesús. También ha sido mía. Yo tampoco lo quería como debería y eso ha propiciado que esa mujer, Sofía, llegara a su corazón.

Aurora asintió, sin duda su hija tenía razón, y su padre intervino:

—Hija, sólo espero que no prejuzgues ni midas ahora a todos los hombres con el mismo rasero. Como en todo en la vida, no hay que generalizar, ¿entendido?

—Papá..., no me hables de hombres ahora que... Bueno, sólo dame tiempo.

Fernando, tras mirar a su mujer, que le hizo una seña con la mirada, asintió.

—Tienes todo el tiempo del mundo, mi amor.

Minutos después, cuando Pedro entró en el salón, murmuró:

—Estoy cansado y necesito irme a la cama. Mariella —dijo confundiéndose de nombre—, cena algo con la niña.

—Pues no se hable más —asintió Pedro al oírlo mientras se acercaba para ayudarlo a levantarse.

Una vez de pie, Venecia abrazó con amor a su padre y murmuró:

—Te quiero..., te quiero..., te quiero.

Fernando sonrió. Era consciente del amor que lo rodeaba y, besando con mimo la cabeza de su hija, musitó:

—Yo también te quiero a ti, mi vida. Y te querré incluso cuando no me acuerde de ti.

Tras darle Aurora un beso a su marido y éste desaparecer junto a Pedro, Venecia miró a su madre, que como ella se había percatado de que Fernando se había equivocado al decir su nombre.

—Mamá... —murmuró.

La mujer levantó una mano. Oír el nombre de Mariella y no el suyo le rompía el corazón, aun sabiendo que aquél no lo hacía aposta. Tragó el nudo de emociones que pugnaba por salir de su garganta e indicó:

—Dame un segundo, cariño.

Sin moverse, la joven observó a su madre, a aquella mujer valiente que tanto los quería. Su vida ahora no era fácil a causa de la enfermedad de su padre y, preocupada, preguntó:

—¿Estás bien?

Aurora sabía por qué su hija le preguntaba aquello y, mirándola, musitó:

—Sí, cariño, lo estoy.

Venecia asintió.

—En cuanto a que papá nombre a...

—Tranquila, mi vida, no pasa nada —la cortó. Y, cogiéndole las manos, insistió—: Tu *mamma* me dio una preciosa hija a la que querer y cuidar y le estaré eternamente agradecida. No te angusties porque tu padre se equivoque con el nombre. Sé que no lo hace adrede.

Y, a continuación, Aurora tomó aire y señaló el sofá.

—Venecia, siéntate.

Una vez que se sentó y su perra *Traviata* se le subió encima, Aurora se acomodó junto a ella y, tras tocarle con cariño el rostro, comenzó a hablar.

—No te voy a preguntar si estás bien o no, porque imagino que lo ocurrido ha resentido tu corazón. Pero sí te voy a decir que, por favor, nunca vuelvas a excluirme de ninguno de tus problemas. Sé que tienes unas maravillosas amigas que te cuidan y te quieren, pero no me gustaría que olvidaras que yo estoy aquí para todo y que, como tu padre ha dicho, el día que te cases o te emparejes con alguien debe ser por amor. Por puro amor, ¿entendido, cariño?

Emocionada, Venecia asintió. La fortaleza de su madre a pesar de lo que estaba ocurriendo era tremenda, y como pudo murmuró:

—Te lo prometo, mamá.

Ella asintió y, tras un silencio, Venecia cuchicheó:

—No odies a Jesús, mamá. Ya lo odio yo por las dos. —Ambas sonrieron y ella prosiguió—: En el fondo es una buena persona y os quiere mucho. Él sólo deseaba cumplir con...

—Lo sé, hija. Lo sé. Pero no puedo ignorar que se enamoró de otra —afirmó sin necesidad de más explicaciones y obviando los comentarios que la madre de aquél había hecho.

Tras unos segundos de silencio en los que ambas sin hablar se entendieron, Aurora preguntó poniéndose en pie:

—¿Te quedas a cenar conmigo?

—Por supuesto.

Juntas fueron a la cocina, donde Aurora calentó unas judías verdes que tenía en un táper e hizo un par de tortillas francesas. Entre confidencias, las dos se sentaron a cenar en la cocina y, cuando Venecia vio a su madre sonreír al hablarle de su artículo sobre el mastín español, respiró aliviada. Aurora necesitaba sonreír.

* * *

A las once menos cuarto de la noche, la mujer acompañó a su hija hasta el parking y, tras meter a *Traviata* en el coche, Venecia comentó:

—Por cierto, cuando he llegado me he encontrado con Matilde y le he contestado de un modo que ella no esperaba.

Aurora sonrió.

—Seguro que le has respondido como se merecía.

Ambas rieron y Venecia, sentándose tras el volante, preguntó:

—¿A qué hora vais mañana al hospital?

Aurora suspiró.

—Cariño, ya que lo mencionas, te lo voy a decir, pero no te angusties. Hoy nos han llamado del hospital para decirnos que a partir de ahora cada vez que vayamos tendremos que pagar las consultas o, en su defecto, derivar a tu padre a la Seguridad Social.

—¡¿Qué?!

La mujer suspiró.

—Al parecer, tu suegra ha hablado con su amigo, el doctor que nos atendía gratuitamente y...

—¡¿En serio, mamá?!... ¡Joder con Consuelo! —protestó Venecia.

La bruja de su suegra había actuado sin esperar un segundo. Las consultas privadas a las que llevaban a su padre eran caras, y un amigo íntimo de aquélla los atendía sin cobrarles, pero al parecer eso se había acabado.

—¿Cuánto cuesta cada visita? —preguntó entonces.

—Una barbaridad. Buscaré otro médico y...

—¿Cuánto? —insistió Venecia.

Aurora, consciente de que tenía que decir la verdad, respondió:

—Ciento cincuenta euros.

Venecia suspiró. Era caro. Demasiado caro para sus padres, que eran pensionistas, pero, dispuesta a solucionarlo, afirmó:

—No sé cómo lo haremos, pero vais a seguir yendo. Papá lo necesita.

—Pero, hija...

—Hablaré con Álex y lo pagaremos entre todos. No te preocupes, mamá.

Aurora asintió y, tras darle un beso a su hija, dijo al oír el motor del coche:

—De acuerdo, hija. Y ahora ten cuidadito con el coche y mándame un wasap cuando llegues a tu casa.

—Vale.

Tras sonreírle una última vez, ella cerró la puerta de su coche y, acompañada de su perra, condujo por Madrid hasta su casa, su refugio particular, donde al llegar le escribió a su madre:

Ya estoy en casa. Besos, mamá. T. Q.

9

El 8 de marzo, Día Internacional de la Mujer, las cuatro amigas habían quedado en Atocha para asistir a la manifestación por los derechos de las mujeres que comenzaba allí y a la que, como cada año, se sumaban.

Rosa, con su barriga, y acompañada de Elisa y de Silvia, miraba a su alrededor cuando el teléfono les sonó a las tres en el grupo de WhatsApp de «Las más mejores».

¿Dónde estáis?

Era Venecia, y Silvia escribió:

Junto al cabezón, ¿y tú?

Venecia, que había salido de la estación y se había visto engullida por la marea de gente, al entender dónde le indicaba, tecleó:

Voy con mi compañera Vanessa, estamos cruzando por el paso de cebra.

Y, una vez que envió eso, escribió:

Llevamos unas pancartas en las que dice IMPARABLES.

Al leer aquello, las amigas rieron y Elisa contestó:

Levantadlas, a ver si os vemos.

Venecia y Vanessa así lo hicieron, y entonces Rosa las vio y comenzó a gritar levantando las manos:

—¡Venecia! ¡Venecia! Estamos aquí.

Al verlas, ella sonrió.

Por suerte había pasado el tiempo y tanto Elisa como ella se encontraban mucho mejor de su problema de desamor, e incluso Rosa, a la que se le habían despellejado los ojos por la pena de sus amigas, había dejado de llorar.

Elisa y Venecia eran mujeres fuertes, mujeres actuales. Y aunque en un principio el duelo las hizo pasar por la tristeza, la ira y la depresión, ahora, gracias a las personas que las rodeaban, estaban en el momento de la aceptación.

—Madre mía, chicas, ¡cómo está esto! —afirmó Venecia.

—¡A tope! —indicó Rosa.

—¡Hola! —saludó Vanessa besándolas.

Todas sonrieron mientras se besuqueaban, y Silvia preguntó:

—Elisa, ¿qué sabes de tu hermana?

La aludida se miró el móvil.

—Están saliendo de la Renfe, que dice que está petada. En pocos minutos ella y sus amigas estarán aquí.

La manifestación era multitudinaria, y Silvia, sacándose del bolsillo un lápiz de maquillaje violeta, miró a las recién llegadas y dijo:

—Venid. Voy a pintaros el símbolo femenino en la mejilla.

Encantadas, las chicas aceptaron. Eran mujeres y estaban orgullosas de serlo. Entonces Elisa sonrió y comentó, viendo que todas habían acudido a la manifestación con algo de color violeta:

—¡Me encanta este color!

—¡Es ideal! —afirmó Rosa y, tocándose su prominente barriga, cuchicheó—: Ojalá tenga una niña para comprarle mil cosas de este color.

—Me temo que Pablo y tú sólo sabéis hacer niños —se mofó Venecia.

Elisa asintió y, cuando Rosa fue a protestar, ésta preguntó:

—¿Conocéis la historia de por qué se usa el color violeta para el movimiento feminista?

Vanessa negó con la cabeza, y Elisa continuó:

—Por lo visto, en 1908, en una fábrica textil de Estados Unidos, unas mujeres se declararon en huelga, y al dueño no se le ocurrió otra cosa que prender fuego al edificio con ellas dentro, lo que provocó la muerte de las ciento veintinueve mujeres que estaban encerradas en la fábrica.

—¡Qué horror! —exclamó Vanessa.

—Y la leyenda dice que, como esas mujeres estaban trabajando con telas violeta —prosiguió Elisa—, el humo del incendio era de ese color y se apreciaba a kilómetros de distancia.

—Ay, pobres —musitó Rosa con los ojos llenos de lágrimas.

Silvia, que la había escuchado en silencio, en cuanto terminó de pintar aquel símbolo en la mejilla de Venecia, dijo mientras comenzaba con Vanessa:

—Anda, pues yo creía que como el feminismo significa la igualdad entre hombres y mujeres, al juntar el rosa y el azul salía el violeta, siendo éste el color de la igualdad.

Elisa sonrió.

—Hay muchas conjeturas, pero la que tiene más fuerza es la que yo he contado.

Estaban hablando de aquello cuando apareció Amelia, la hermana de Elisa, con unas amigas y, tras besarse y presentarse, dijo enseñando una pancarta:

—¿Qué os parece?

Todas leyeron: SOMOS LAS NIETAS DE LAS BRUJAS A LAS QUE NO PUDISTEIS QUEMAR.

Eso las hizo sonreír y Amelia, entregándoles unos gorros de brujas violeta, indicó:

—Tomad. He traído para todas.

Encantadas, todas se los colocaron en la cabeza y, sin dudarlo, se unieron a la manifestación, aunque, por Rosa, se quedaron en un lateral. Con su avanzado estado de gestación, un empujón o cualquier cosa podría ser un problema, y quedándose ahí se aseguraban de que ella estaría bien.

Chicas, chicos, abuelos, abuelas, hombres, mujeres, todos gritaban mensajes, que coreaban una y otra vez, convirtiéndose en una marea de reivindicaciones. En su recorrido bailaron, cantaron y rieron al oír eso, de «Estamos hasta el culo de tanto machirulo», o aquello otro de «Estoy hasta las tetas de hacerte las croquetas». Todos sonreían. El humor nunca estaba de más.

Elisa, con un megáfono en la mano, gritaba cosas como «¡No somos histéricas, somos históricas!», «¡Estamos hasta el culo de tanto patriarcado!», «¡No estamos todas, faltan las asesinadas!», o «¡Tranquila, hermana, aquí está tu manada!». Primero lo coreaban sus amigas y después los cientos de personas que estaban a su alrededor.

Junto a un grupo de mujeres cantaron la canción de Rozalén titulada *La puerta violeta*, un precioso tema que todas se sabían y que era un himno contra la violencia de género, que entonaron convencidas de que tarde o temprano aquel terrible mal se tenía que acabar.

* * *

Durante horas, las chicas recorrieron junto al resto de los asistentes las calles de Madrid, bailando al son de los tambores de la batucada y los gritos reivindicativos, hasta que, una vez que llegaron al final y escucharon el manifiesto, Silvia preguntó mirando a Rosa:

—Flor, ¿estás bien?

Su amiga suspiró. Llevaba muchas horas de pie, pero, dispuesta a acabar el día junto a ellas, musitó:

—Creo que me vais a tener que llevar en brazos.

—¡No jorobes! —se mofó Silvia haciéndolas sonreír.

Tras la manifestación, las chicas se despidieron del resto y las cuatro amigas cogieron un taxi para ir a casa de Rosa. La pobre estaba destrozada. Allí se tomarían algo y, después, cada una para su casa.

Tan pronto como entraron en la preciosa casa de aquélla, Rosa fue a saludar a sus hijos y, al verlos dormidos, se dirigía hacia el salón cuando Pablo, su marido, salió a su encuentro.

—Hola, princesa. ¿Qué tal ha ido?

—Es todo tan dulce que se me pican hasta los dientes —murmuró Silvia, ganándose un codazo de Venecia.

Rosa, encantada de ver a su marido, obvió el cuchicheo de Silvia, lo abrazó y, tras recibir un beso de aquél en la coronilla, murmuró:

—Bien, pero estoy destrozada.

Abrazado, el matrimonio llegó hasta el salón, donde Silvia saludó:

—¿Qué tal, Pablo?

El aludido sonrió. Las amigas de su mujer eran encantadoras y, tras besarlas a todas, preguntó:

—¿Cómo están las mujeres reivindicativas?

—De subidón —afirmó Silvia.

—Sin voz —cuchicheó Elisa.

—Agotada —musitó Rosa.

Él rio y preguntó:

—¿Qué queréis beber? Venga, sentaos, que os traigo algo.

—Así me gusta, servicial —se mofó Silvia.

—Cariñito, eres maravilloso —comentó Rosa.

Después de que todas pidieran unas cervezas, excepto ella, que quería agua, Pablo se fue a buscarlo y Venecia murmuró:

—¡Qué encanto de hombre!

Rosa sonrió.

—De éstos ya quedan pocos —repuso Elisa.

Silvia asintió y, escribiendo algo en su *chorboagenda*, convino:

—¡Poquísimos!

Pablo apareció con las bebidas y las depositó sobre la mesa.

—Chicas, os dejo —indicó a continuación—. Me voy a la cama. Estoy agotado. Dame un beso, princesa.

Y, tras besar a su mujer, que estuvo encantada, cuando aquél desapareció, Rosa se quitó los zapatos y musitó sentándose en el sofá:

—No sé si los pies son míos o del vecino.

Durante un rato hablaron de lo vivido. De cómo se habían sentido. De cómo las mujeres se unían para luchar por ellas y por sus derechos, hasta que Silvia recibió un mensaje en su móvil y, tras leerlo, señaló:

—Chicas, os quiero mucho, pero tengo plan... ¿Alguna se apunta?

Todas la miraron. Estaban destrozadas, y ésta, al ver el ánimo, dijo:

—A ver, entiendo que la preñada no quiera volver a salir, pero ¿vosotras dos?

Elisa y Venecia se miraron. Salir de parranda era lo último que en ese instante se planteaban, y Silvia, que las conocía, cuchicheó:

—Pues aquí os quedáis. Yo me voy de juerga.

—¿Con quién? —preguntó Rosa.

Silvia les guiñó el ojo y, sonriendo, afirmó:

—Con Gonzalo. El taxista que me va a venir a recoger. —Y, al ver cómo la miraban, añadió—: Hoy no trabaja, y yo estoy de subidón por ser una mujer libre e independiente y tengo ganas de pasarlo bien. ¿Por qué no?

Todas sonrieron, estaba claro quién de todas ellas tenía su vida controlada, y cuando, veinte minutos después, el tal Gonzalo pasó a recogerla y todas lo escanearon desde la ventana, Venecia musitó:

—Qué pedazo de tío. Menudo casting les hace Silvia.

Las tres sonrieron y, tras una hora más de cotilleo, llamaron a un taxi y Elisa y Venecia se marcharon a sus casas. Estaban cansadas.

10

Días después llegó el cumpleaños de Óscar, el segundo hijo de Rosa y Pablo. Cumplía siete y habían decidido montarle una fiesta de disfraces temática de superhéroes, que al niño le encantaban.

Tras un laborioso día en el que las tres amigas se dejaron la vida en el impresionante chalet de Rosa en Pozuelo de Alarcón para ayudarla en todo lo posible, en cuanto acabaron y se pusieron sus disfraces de superheroínas, Venecia, al ver a Silvia, musitó:

—Lo tuyo es mucho.

—¿Por qué?

—Es una fiesta infantil.

Silvia sonrió y, guiñándole un ojo con picardía, afirmó:

—En la que habrá algún padre digno de en-ga-tu-sar... Por cierto, muy bueno tu artículo de por qué las cebras tienen rayas.

—De Premio Pulitzer, ¿verdad? —se mofó Venecia.

Silvia sonrió y, mirando en el espejo su ceñido a la par que sexy traje negro de Catwoman, afirmó:

—Estoy estupenda.

—Modesto, baja..., que sube Silvia —se burló Elisa.

Todas rieron, y Rosa, saliendo entonces de la habitación, afirmó:

—Te queda que ni pintado tu disfraz de Wonder Woman, Elisa. Madre mía, que piernazas tan estupendas tienes.

Elisa asintió. En el último mes, para bajar su nivel de ansiedad, se había machacado en el gimnasio como nunca en su vida, y declaró mirándose en el espejo:

—Reconozco que me siento como la Mujer Maravilla.

—¡Olé por ti! —aplaudió Silvia—. Seguridad, cielo..., eso que nunca te falte. Sé una cabrona y piensa en ti.

—Silvia, por favor...

—¡¿Qué, Rosa?!

La embarazada torció el cuello y cuchicheó:

—Olvida las palabrotas, y más hoy, que estaremos rodeadas de niños.

—¿*Cabrona* es una palabrota?

—Pues sí, y bien fea.

Silvia sonrió y Elisa, mirando a su amiga, le hizo un gesto para que callara y preguntó:

—Rosa, ¿tus padres al final no vienen?

La aludida sonrió y explicó, antes de salir por la puerta para ponerse su disfraz:

—Se han ido a Benidorm con el Imserso. Tenían la excursión ya programada desde hace tiempo con sus amigos y, como todavía quedan quince días para que nazca el bebé, los animé a que se fueran.

—Echaré de menos a doña Lucía y sus empanadillas, ¡me parto con ella! —cuchicheó Silvia pensando en la madre de Rosa.

De nuevo, risas, cachondeo, selfis..., y cuando Rosa apareció con su disfraz, Elisa comentó:

—Estás estupenda de Supergirl embarazada.

Rosa sonrió encantada. Se veía muy bien y, mirándose en el espejo, dijo tocándose su barriguita:

—Me quería vestir de Valquiria, por aquello de que a mis niños les hacía ilusión que estuviera relacionado con el mundo de Thor, pero no entraba en ningún traje. Aunque de Supergirl... tampoco voy mal. —Y, sonriendo, agregó—: Bueno, cuando veáis el disfraz de mi cariñito, ¡os vais a morir!

—¿De qué va?

Rosa soltó una carcajada.

—De Thor Ragnarok, con peluca rubia y todo. ¡Está guapísimo! Pero, claro, ¿cuándo no está guapo mi cariñito?

—¡Acojonante!

—¡Silvia, esa boca! —protestó Rosa.

Las amigas sonrieron por aquello, y Venecia preguntó:

—¿Y a qué hora llega el Thor adulto?

Contenta por la felicidad de sus hijos y sus amigas, Rosa despreocupadamente dijo:

—Hoy tenía torneo de pádel y copita posterior. Llegará sobre las siete.

—Pues ya podría haberse quedado a ayudar —protestó Silvia.

—Ay, no, pobre mío —replicó Rosa—. Ya está toda la semana trabajando sin descanso y hoy, que tenía la final del torneo de pádel con sus colegas, no podía faltar. Además, estando vosotras para que me ayudéis, ¿para qué se va a quedar él?

Ninguna contestó y Venecia, que terminaba de colocarse su peluca blanca, rosa y azul, preguntó:

—Bueno, ¿qué tal mi disfraz?

Todas volvieron a reír y Silvia, al verla cogiendo un bate de béisbol de madera, afirmó:

—Nena, ¡qué sexy estás! Eres una estupenda Harley Quinn.

Venecia asintió. En el último mes había hecho todo lo posible por recuperar su vida y, tocando el bate con chulería, cuchicheó:

—Veamos quién se pasa hoy conmigo.

Minutos más tarde, Davinia, la interna que ayudaba a Rosa en el cuidado de la casa y los niños, apareció con Pablo y Óscar disfrazados. El primero iba de Loki y el segundo, de mini Thor. Los dos pequeños adoraban todo lo relacionado con el mundo de Thor, y rápidamente las chicas se hicieron fotos con los niños entre risas.

Poco después, la casa comenzó a llenarse de chiquillos disfrazados. Entre las cuatro y otros padres atendieron a los niños, entonces el teléfono sonó. Rosa se apresuró a cogerlo y, tras colgar, exclamó:

—¡Tócate los melocotones! Los de la tarta me llaman y me dicen que no la pueden traer.

—¿Y Pablo no puede recogerla cuando vuelva del torneo? —sugirió Elisa.

Rosa asintió, era una buena idea, y enseguida lo llamó al móvil. Pero, tras dos intentos fallidos, colgó y dijo:

—No lo coge. Lo tendrá en la bolsa de deporte.

—¡Pobre! —se mofó Silvia.

Rosa se quedó pensando qué hacer y luego propuso:

—Venecia, vayamos tú y yo en tu coche.

—¿Con estas pintas?

Todas rieron, y Silvia indicó:

—Puedo ir yo con Venecia.

—O yo —se ofreció Elisa.

Rosa negó con la cabeza, ella iría a por la tarta de su hijo, e indicó mirando a sus amigas:

—Vosotras quedaos al frente de la fiesta. Venecia y yo iremos. Será algo rápido y bajaré yo del coche a por la tarta. Lo prometo.

Sin dudarlo, su amiga asintió, dejó su bate sobre la mesa y la siguió.

Cuando salieron a la parcela, el coche de Venecia estaba bloqueado por dos vehículos del cumpleaños, y Rosa sugirió:

—Pues vayamos en el mío.

Al entrar en el garaje, Venecia se fijó en una maravilla blanca que había aparcada allí, junto a un Audi y un Mercedes, y comentó:

—Mira que me gusta el último caprichito de tu *cariñito*.

Rosa sonrió.

Gracias al trabajo de su marido en la clínica de estética, éste se podía permitir aquellos caros coches y, sonriendo, cuchicheó:

—A él también. Por favor, ¡su Bentley Continental GT! ¿Te puedes creer que cuando montamos en él ni los niños ni yo podemos comer ni beber y que incluso tenemos que quitarnos los zapatos por si los llevamos sucios?

Aquello hizo gracia a Venecia, y Rosa insistió:

—Es obsesivo con el tema.

Su amiga sonrió y se encogió de hombros.

—Qué le vamos a hacer..., ¡alguna imperfección tenía que tener el *cariñito*!

Ambas rieron, y Rosa, feliz por ver a su amiga sonreír, preguntó:

—¿Te apetece conducir el Bentley?

—¿Pablo no se enfadará?

Rosa arrugó la nariz. Y, bajando la voz, aseguró:

—¡Ni se va a enterar!

Boquiabierta, Venecia la miró.

—Vamos —insistió Rosa—. Conduces tú. Disfrutemos del coche.

Sin pensarlo, ella montó en el vehículo y, cuando su amiga se sentó, murmuró:

—Dios..., es mejor de lo que pensaba.

Rosa sonrió y afirmó mirando el impoluto coche:

—Yo no lo cojo. Es automático y no me aclaro con él. Pero si no sé ni cómo poner la radio ni usar el GPS.

Venecia rio. Ella era muy mañosa para todo lo que fueran nuevas tecnologías y, tras darle a un botón, comenzó a sonar la canción *Walking Away*, y Rosa comentó:

—Al *cariñito* le encanta Craig David.

—Tiene buen gusto —afirmó Venecia tarareando la canción para después pedir—: Dime la dirección de la pastelería, la pondré en el GPS e iremos en un pispás.

—¡Ostras!

—¿Qué pasa?

—Que no me la sé. Era pasaje... pasaje no sé qué, ciento veintidós. Mi cuñada nos recomendó la pastelería y fuimos.

Venecia la miró, y su amiga dijo:

—El sábado que fuimos a encargarla íbamos en este coche y recuerdo que Pablo metió la dirección. —Y, señalando el GPS, preguntó—: ¿Crees que podremos ver la dirección ahí?

Venecia asintió y, tras toquetear varios botones, salieron las últimas direcciones en las que el Bentley había estado. Por suerte, aquel GPS las guardaba. Durante unos segundos miraron la pantalla buscando la dirección, hasta que Rosa preguntó:

—¿Por qué sale tanto esa calle de Pozuelo?

Al ver la que señalaba con el dedo, Venecia contestó mirando los datos:

—Pues porque, según indica aquí, va todos los días.

Sorprendida, Rosa leyó la dirección, pero al ver otra se apresuró a decir:

—Ésa..., la de arriba. Ésa es la dirección de la pastelería.

Olvidándose del resto, Venecia arrancó el vehículo y, al oír el sonido del motor, musitó en su perfecto italiano:

—*Mamma mia, che macchina!*

Divertidas, las dos amigas se dirigieron a la pastelería, mientras la voz de Craig David continuaba sonando.

Una vez allí, fue Venecia quien, vestida de Harley Quinn, se bajó del vehículo para recoger la preciosa tarta plagada de superhéroes de nata y chocolate, que sin duda haría las delicias del cumpleañero.

Después de colocar la tarta en el asiento trasero con todo el cuidado del mundo, al ver cómo unos tipos las miraban y se reían, Rosa iba a decir algo cuando Venecia divertida musitó:

—Por mucho que me digan, nada superará a mi día vestida de novia.

Rosa asintió y, sin querer mencionar nada de aquel fatídico día, murmuró:

—Ni me lo recuerdes, que lloro.

Al regresar hacia la casa, de pronto Rosa exclamó:

—¡Para!

Venecia frenó todo lo finamente que pudo y, cuando lo hizo, preguntó:

—¿Qué pasa?

—Da marcha atrás.

—¿Para qué?

—Da marcha atrás —insistió Rosa.

Venecia lo hizo y, cuando paró, Rosa señaló la entrada de una urbanización privada.

—Ésa es la calle que sale una y otra vez en el GPS.

Venecia miró hacia allí y, al ver a un vigilante en la garita de entrada, comentó:

—Y por lo que veo es de nivel, ¡Maribel!

Rosa asintió y, mirando a su amiga, pidió:

—Dirígete hacia allí.

Al oírla, Venecia la miró y negó con la cabeza.

—Pero ¿qué dices? No podemos entrar. ¡¿No ves el vigilante que está en la valla?!

Pero Rosa, sin cambiar el gesto, insistió:

—¡Hazlo!

—¿Para qué?

—Sólo porque te lo pido yo.

—Rosa..., ¿qué estás pensando?

Pero aquélla no respondió, se limitó a mirar a su amiga, y ésta al final murmuró:

—De acuerdo, cabezota. Pero que sepas que en cuanto nos vea nos parará, nos hará bajar las ventanillas para vernos el careto, nos preguntará adónde vamos y, cuando no sepamos qué responder, nos echará de malas maneras.

Rosa asintió.

Con diligencia, Venecia movió el precioso Bentley y, cuando tomó la calle privada, de pronto la valla de la entrada, antes de que ellas llegaran, se abrió y Rosa dijo:

—Continúa. No pares.

Boquiabierta porque el vigilante no las hubiera parado, a Venecia se le aceleró el corazón. Estaba claro que la matrícula del Bentley estaba autorizada para entrar. Y, mirando a Rosa, iba a hablar cuando aquélla dijo:

—Busquemos el número cuarenta y dos.

—Rosa...

—¡Busquémoslo!

Con el pulso a mil, Venecia siguió conduciendo el vehículo. Aquello no pintaba bien. Tras callejear por la bonita urbanización, llegaron al número 42.

—Sigue unos metros más y después para —indicó Rosa acalorada.

—... dijo la detective Rosa María —se mofó agriamente Venecia.

Cuando detuvo el coche, su amiga sin dudarlo abrió la puerta y, con agilidad a pesar de su barriga, se bajó de él, momento en el que Venecia se apeó también, y, corriendo hacia ella, dijo rascándose la oreja:

—Por el amor de Dios, ¿qué pretendes hacer? —Al mirarla, vio algo en ella y musitó—: Rosa..., ¡ya tienes el tic en el ojo!

Pero ella ya no escuchaba, ni sentía aquel tic.

Se acercó hasta la cancela de la casa y, al ver allí la moto aparcada de Pablo, murmuró, llevándose la mano primero a la cabeza y después al corazón.

—*Mare de Déu!* Creo... creo que me va a dar un infarto.

Venecia, alarmada, agarró a su amiga del brazo y, mirándola, susurró:

—Por Dios, Rosa, no me asustes. ¡Vámonos de aquí!

La embarazada se dio aire con la capa roja de Supergirl, que ondeaba a su espalda; se soltó de la mano de su amiga y dijo señalando hacia el lateral:

—Ven.

—¡No! —gruñó Venecia.

Pero Rosa ya se dirigía hacia allí y, unos metros más adelante, paró para mirar por unos huecos de la valla. Venecia, que iba tras ella, iba a hablar, pero Rosa ordenó:

—¡Cállate o nos descubrirán!

Boquiabierta, miró a su amiga, y ésta de pronto murmuró dejando de mirar:

—¡Tócate los melocotones! Oy..., oy..., oyyyyyyyyyy...

Rápidamente Venecia miró por el hueco que su amiga había dejado libre y, al ver a Pablo practicando sexo con una mujer en la piscina privada, no supo qué decir.

—Me... me tiembla todo —farfulló Rosa—. No sólo el ojo.

—Vámonos de aquí, ¡ya!

—Es él, ¿verdad? Es mi cariñito...

Venecia volvió a mirar. Claro que era el *cariñito* y, cuando estaba a punto de responder, Rosa la empujó para volver a mirar. Segundos después, ésta, acalorada, dio media vuelta y, sin hablar, comenzó a caminar hacia el coche. Enseguida Venecia la siguió y, asiéndola de la mano, preguntó:

—¿Estás bien?

Rosa afirmó con la cabeza. Tenía los ojos llenos de lágrimas y, sin hablar, continuó hacia el Bentley.

Una vez que llegaron a él y montaron, Rosa volvió la cabeza y vio la tarta en el asiento trasero.

—Será mejor que regresemos —dijo—. No vaya a ser que la nata se ponga mala por el calor.

Sin dar crédito, Venecia la miró.

Lo que acababan de ver era terrible, horrible. ¿Y ella se preocupaba por la nata?

Y entonces Rosa, mirando a su descolocada amiga, añadió:

—Hoy es el cumpleaños de Óscar y nadie se lo va a estropear. Así pues, regresemos y no le cuentes a nadie lo que hemos visto.

—Pero...

—¡A nadie! —insistió con gesto sombrío.

Venecia asintió. Conociendo a Rosa, sabía que comenzaría a llorar en cuestión de segundos. Pero no, no lo hizo. Al final, arrancó el motor del vehículo y condujo hasta la casa en silencio.

* * *

Una vez allí, cuando dejaron el Bentley en el mismo sitio de donde lo habían cogido, Rosa se dirigió a su amiga.

—Coge la tarta y llévala a la cocina. Allí estará más fresca.

Venecia hizo lo que le pedía y, sorprendida, vio cómo ella regresaba a la fiesta con una sonrisa en los labios.

¿En serio era tan buena actriz?

Después de dejar la tarta, regresó a la fiesta y buscó a Rosa con la mirada. La encontró riendo con la madre de uno de los niños que habían asistido al cumpleaños, y, acercándose a sus amigas, comentó:

—Se avecina una ciclogénesis explosiva.

—¿Qué pasa? —preguntó Elisa.

—Creo que alguien nos ha echado un mal de ojo —musitó Venecia.

Sin poder callar aquello que Rosa le había pedido que callara, les contó a sus dos amigas lo ocurrido con pelos y señales y, en cuanto acabó, Elisa murmuró:

—Dios..., esto la va a hundir.

Silvia, que estaba observando a Rosa, sin cambiar el gesto musitó:

—Quizá os sorprenda.

Al oír eso, Venecia y Elisa miraron con curiosidad a Silvia, y ésta aclaró:

—No me matéis, pero no es la primera vez que nuestra Rosa descubre algo así.

—¡¿Cómo?! —preguntaron aquéllas a la vez.

Rápidamente Silvia les relató algo que sólo ella sabía y, cuando acabó, Venecia musitó:

—Pero ese tío es un caradura, por no decir...

—¡Un cabrón! —finalizó Elisa.

Silvia asintió y, mirando a Rosa, que se acercaba a ellas en ese instante, le preguntó:

—¿Estás bien?

Al entender la pregunta, Rosa miró a Venecia y soltó:

—Te he dicho a *nadie*.

Venecia asintió y, enfadada por desconocer lo que Silvia les había contado, preguntó:

—¿Por qué no nos contaste que el *cariñito* ya te la había pegado cuando estabas embarazada de Óscar?

Rosa miró enseguida a Silvia y ésta, encogiéndose los hombros, repuso:

—Te dije que si volvía a suceder lo contaría. Y...

—¡Tía Elisa..., tía Elisa...! —gritó entonces el pequeño Óscar—. ¿Te montas conmigo otra vez en el castillo hinchable?

Elisa asintió.

—Por supuesto, precioso, ¡ahora mismo voy! —Y, antes de marcharse, miró a Rosa y dijo—: Sabes que estoy contigo en todo al cien por cien, pero, por favor, respétate a ti misma.

Luego se alejó y, cuando Silvia iba a hablar, el teléfono de Rosa comenzó a sonar. Ella vio en la pantalla «Cariñito», y todas supieron que se trataba de Pablo.

Rosa miró a sus amigas y en silencio les pidió discreción. A continuación, cogió la llamada y saludó con la mejor de sus sonrisas.

—Hola, cariñito. —Escuchó unos segundos sin hablar, hasta que dijo—: De acuerdo, no te preocupes. No..., no..., en serio, no te preocupes, y pásalo bien. Te guardaremos un cachito de tarta para mañana.

Una vez que hubo colgado, al sentir las miradas de sus amigas, explicó:

—Regresará tarde. Al parecer, los del torneo siguen de copas y están pensando en irse a cenar todos juntos.

Venecia cerró los ojos sin dar crédito y Silvia comenzó a decir:

—Vamos a ver, Rosa...

—Menudo día de... *muérdago*, y, no, no es momento ni lugar para hablar del tema, ¿entendido?

—Pero, Rosaaaaaaa... —insistió Venecia.

—Uis..., la madre de Arturito me llama —cortó aquélla—. Luego hablamos.

Y, dicho esto, se marchó a toda leche dejando a Venecia y a Silvia boquiabiertas, hasta que la segunda preguntó:

—¿Se puede ser más tonta?

—Creo que no.

Luego se acercaron a la improvisada barra para tomarse otra copa. Sin duda, la necesitaban.

11

A las diez de la noche, cuando la fiesta terminó y cada niño se marchó a su casa para descansar, Elisa, Venecia y Silvia estaban sentadas en el sofá de la casa de Rosa, aún con sus disfraces de superheroínas a la espera de acontecimientos. Conociendo a su amiga embarazada, los lloros no tardarían en llegar.

Ésta, por su parte, se ocupó amorosamente de sus hijos y luego Davinia, su ayudante, se los llevó a la cama. Una vez que Rosa se quedó sola, entró en su habitación y suspiró. Sus amigas la esperaban en el salón. Sabía que tendría que enfrentarse a ellas y explicarles muchas cosas que desconocían.

Miró hacia la cama. En ella continuaba el disfraz de Thor de su marido, aquel disfraz que ella le había comprado con tanto amor, pero que, para él, sin duda, no tenía ningún sentido.

Se miró en el espejo, el mismo frente al cual en infinidad de ocasiones su cariñito la había abrazado antes de hacerle el amor. Las lágrimas inundaron su rostro. Lágrimas de pena, de tristeza, de decepción.

¿Por qué Pablo era incapaz de mantener la cremallera de su pantalón cerrada?

Furiosa, entró en el cuarto de baño y se echó agua en el rostro.

¿Por qué? ¿Por qué le estaba pasando aquello a ella?

Cuando salió del baño, acercándose al equipo de música que tenía en la habitación, le dio al *play* y comenzó a sonar la canción *Me acostumbré a quererte*, del grupo Atacados.

Sentándose en la cama, miró con desesperación hacia el suelo.

¿Hasta cuándo debía seguir soportando las mentiras de Pablo?

¿Hasta cuándo pensaba seguir creyéndose una princesa?

Con rabia, se limpió las lágrimas mientras sentía el tembleque de su ojo. Tenía aspecto de cansada, a pesar de ir vestida de Supergirl. Estar de ocho meses y medio agotaba a cualquiera y, levantándose, se miró al espejo y se preguntó, mientras la canción seguía sonando:

—¿Qué estás haciendo, Rosa María?

Estaba mirándose a los ojos cuando musitó:

—¿Por qué no me respeto? ¿Por qué?

Pensó en su madre, en si ella supiera la verdad de todo aquello, y maldijo. Conociéndola, le saldrían sapos y culebras por la boca y la llamaría *tonta* un millón de veces.

Por su mente pasaron imágenes de las veces que había acompañado a Elisa o a cualquiera de sus amigas a manifestaciones en pro de los derechos de la mujer. Ella era de las que gritaban, apoyaban, insistían en que la mujer se respetara, pero llegado el caso, ¿por qué no se respetaba ella?

Se hizo cientos de preguntas en un segundo, pero no supo responderse a ninguna.

Su bonita e idílica vida no era como ella se empeñaba en mostrar al resto del mundo. Ella mejor que nadie sabía su realidad. Sabía que había perdonado más de una infidelidad por amor, advirtiéndole que sería la última vez, pero él reincidía.

¿Hasta cuándo?

¿Hasta cuándo debía perdonarlo?

Estaba pensando en ello mientras lloriqueaba cuando el bebé que llevaba en el vientre le dio una patada y, con cariño, murmuró:

—Sí, cariño, sí..., mamá es muy tonta..., demasiado.

De nuevo, otra patada.

Aquella llamada de atención a Rosa la hizo encogerse y, tocándose la tripa, tiró el disfraz de Pablo al suelo con rabia, se sentó en la cama y susurró:

—Vale..., vale...

Una nueva patada. Esta vez con más fuerza. El bebé parecía enfadado, e, intentando tranquilizarse y tranquilizarlo, canturreó al compás de la música:

—«Me acostumbré a quererte...».

Una nueva y dolorosa patada la hizo jadear. Sin duda su estado de nervios no era el mejor para el bebé, y musitó:

—Ayúdame..., ¡¿qué hago?!

Durante unos minutos Rosa notó cómo el bebé se movía inquieto. Estaba claro que estaba sintiendo su pena y su dolor. Su bebé reaccionaba ante lo que le ocurría. ¿Eso significaba que ella debía reaccionar?

De pronto, un calambre ya conocido para ella le recorrió el cuerpo y murmuró:

—Jopelines... Jopelines...

Cuando el calambre se calmó, se limpió las lágrimas, se levantó de la cama, apagó el equipo de música y, mirándose en el espejo, murmuró:

—Quedan quince días. Relájate... y prometo solucionarlo todo.

De nuevo aquel duro, seco y fuerte calambre llamado *contracción* le cruzó el cuerpo. Respiró como sabía que debía hacerlo y, cuando controló la situación, afirmó:

—De acuerdo. Me parece que no te vas a querer relajar.

Dándose aire con la mano, salió de la habitación. Las risas de sus niños resonaban por el pasillo, y éstos, al oírla, dijeron al unísono:

—Mami, hasta mañana. Te queremos.

Oír aquellas vocecitas y su mensaje la hizo sonreír. Sus niños la querían. Era una buena madre, una buena persona, y, tras una nueva contracción, cuando ésta pasó, dijo:

—Hasta mañana, preciosos. Os quiero.

Según dijo eso, se tocó de nuevo la barriga. Su bebé parecía que tenía prisa por salir y, tras un nuevo dolor, tomó aire y, segura como nunca, murmuró:

—Vale, mensaje recibido. Como diría mi madre, del amor al odio sólo hay un paso, y tu padre esta vez ha dado veintidós.

Por ello, y con paso seguro, caminó hasta el salón.

Al llegar allí, al fondo vio sentadas a sus amigas charlando. Debía avisarlas para que la llevaran al hospital. Tenía contracciones. Pero, en lugar de eso, sin que la vieran, cogió el bate de madera que había llevado Venecia y se encaminó hacia el garaje.

Al entrar, encendió la luz. Otra contracción. Ésta, más fuerte. Pero, poniendo la mano sobre su tripa, susurró:

—Dame unos minutos. Sólo unos minutos.

Ante ella estaba la colección de coches de su marido, aquella de la que estaba tan orgulloso y por la que tanto se preocupaba. Con paso seguro, se acercó a ellos y paseó el bate sin ningún miramiento por encima de todos ellos, hasta que llegó al Bentley, aquel coche, tan deseado por su *cariñito*. Enfadada como en su vida, se colocó delante de él y, tras una nueva contracción, levantó el bate de madera con rabia para después estrellarlo contra los faros derechos del vehículo.

Los cristales saltaron por los aires y, levantando de nuevo el bate, lo volvió a estrellar otra vez mientras gritaba:

—¡Te odio, cabrónnnnnnnnnnnn!

Silvia, Venecia y Elisa, que estaban en el salón, al oír el grito de aquélla acompañado de los golpes, se levantaron de pronto y Venecia exclamó alarmada:

—¡El garaje!

Al entrar en él, la imagen que vieron era como poco pintoresca.

Rosa, aún vestida de Supergirl y bate en mano, destrozaba el capó del Bentley con todas sus fuerzas y toda su rabia. Enseguida llegaron hasta ella, que gritaba furiosa:

—¡Desgraciado!

—¡Rosa! —chilló Elisa al verla golpear el vehículo.

—¡Cabrón! ¡Desgraciado!

—Uis, el coche... —se mofó Silvia sonriendo.

—Rosa, por favor —insistió Venecia.

—¡Dejadme! ¡Dejadme! Estoy pagando con el coche lo que no puedo pagar con ese ¡cabrón!

—¡Wooo, nena..., si hasta palabrotas dices! —pinchó Silvia.

Pero Rosa continuaba destrozando el Bentley, y Venecia, mientras veía cómo estallaban los faros delanteros izquierdos, musitó:

—¡Se ha vuelto loca!

—Y tanto —afirmó Elisa.

En ese instante Rosa las miró y, sonriendo, dijo:

—Dios, ¡cómo me gusta estoooooooooooooooo! Estoy deseando que ese gilipollas vea lo bonito que le estoy dejando su amado coche.

Las chicas se miraron sin saber si reír o llorar. Era la primera vez que Rosa llamaba *gilipollas* a su *cariñito* tan abiertamente.

—Así me gusta, nena —azuzó Silvia—. Las cosas por su nombre.

Tras lo sucedido, y a causa de sus revolucionadas hormonas, Rosa había perdido la cabeza; de pronto se dobló en dos y, apoyando el bate en el suelo, murmuró al ver que tenía las piernas empapadas:

—Y ahora..., coged mi bolso.

—¡¿Qué?! —musitó Elisa.

Rosa siguió sonriendo, no le apetecía llorar, y, mirando a sus descolocadas amigas, insistió:

—Coged mi bolso y la bolsa del bebé, que están en la entrada, y ¡llevadme al hospital porque acabo de romper aguas!

—¡La madre que la parió! —gritó Silvia alarmada y, mirando a Elisa, dijo—: Ve, habla con Davinia y coge lo que dice y también nuestros móviles y los bolsos, que están sobre la mesa.

Sin tiempo que perder, Elisa fue hasta el salón corriendo. Allí, recogió sus pertenencias y luego fue a la entrada, donde agarró lo que le había pedido su amiga, y regresó de inmediato al garaje.

—¿Puedes montar en el coche? —le preguntó Venecia a Rosa.

Ella asintió.

—Creo que sí.

Rápidamente Silvia se colocó al lado de su amiga.

—Flor, no te preocupes por nada —dijo—. Llegamos al hospital volando.

—Dios..., ¡cómo duele! —se quejó Rosa respirando con dificultad.

—¡Respira..., respira! —increpó Elisa y, apoyándose en el coche, añadió riendo—: Ay, Dios..., no me matéis, pero que creo que me estoy mareando.

—¡No me jorobes, Elisa! —exclamó Venecia riendo y acudiendo en su ayuda.

—Ay, Elisa, ¿estás bien? —preguntó Rosa sin poder parar de reír.

Silvia, desconcertada con aquéllas, y al mismo tiempo histérica, gruñó:

—Pero ¿cómo os podéis reír en un momento así?

Pero, al ver a aquellas tres riendo, al final ella sonrió también y Rosa, reponiéndose del dolor, musitó:

—Nunca imaginé que pariría vestida así y rodeada de superheroínas.

Las cuatro se miraron y Elisa afirmó:

—Somos originales. Eso hay que reconocerlo.

—¿Estás mejor, *Sensei*? —Silvia se preocupó por ella.

Sintiendo que recuperaba las fuerzas de nuevo, Elisa afirmó:

—Sí. Tranquilas.

Al ver que aquélla estaba bien y que Rosa no sentía dolor, Venecia indicó:

—Vamos..., entrad todas en el coche, ¡ya!

Con cuidado, las chicas asieron a su amiga para sentarla en el asiento delantero del destrozado Bentley con el bate aún en las manos. Sentada la parturienta, Elisa y Silvia se acomodaron en los asientos de atrás, y Venecia arrancó el coche.

De nuevo Rosa comenzó a reír a carcajadas. Notaba el líquido amniótico que corría por sus piernas e inundaba el vehículo, y musitó:

—Eso es, cariño..., meémonos en el coche de tu padre.

Las chicas sonrieron al oírla y Silvia, poniendo una mano en el hombro de su amiga, le susurró para darle ánimos:

—Y si tienes que cagar..., ¡cágate también!

A toda prisa, Venecia condujo hasta el hospital Quirón. Una superheroína estaba de parto.

12

Al llegar a urgencias y detener el destrozado coche en la puerta, junto a un par de ambulancias, todo el mundo las miró.

Pero ¿de dónde llegaban aquéllas con aquellas pintas y aquel coche?

La gente que estaba a su alrededor se paró a mirarlas y Silvia, abriendo la puerta de Rosa, indicó:

—Dame el bate de béisbol y sal.

Pero Rosa se negó, no quería soltar el bate.

—Pero ¿por qué no lo quieres soltar? —preguntó Elisa.

Ella respiró hondo y, tras esperar a que se le pasase la contracción, consiguió responder:

—Porque lo quiero tener cerca para cuando se acerque el *cariñito*.

Al oír eso, Venecia sonrió y, quitándoselo a la fuerza, una vez que lo tuvo en las manos ordenó mirando a su amiga, al ver que un vigilante le pedía que quitara el vehículo de la puerta.

—Haz el favor de salir ¡a la de ya!

Cerca de ellas había un par de ambulancias con las puertas abiertas, acababan de llevar una urgencia, y la conductora divertida comentó:

—Madre mía, lo que le han hecho al pobre coche.

Carlos, que estaba recogiendo el material utilizado en el aviso que habían llevado al hospital, se asomó desde el interior de la ambulancia y, al ver el destartalado Bentley, exclamó:

—¡Qué pena de coche!

Y volvió a lo suyo, hasta que su compañera, muerta de risa, insistió:

—Asómate y no te pierdas las pintas de sus ocupantes.

Atraído por aquello, Carlos obedeció y al ver a aquellas mujeres sonrió. ¿En serio iban de superheroínas?

Venecia, al ver cómo todo el mundo se paraba para mirarlas y entender que el coche tal y como lo llevaban era un cantazo, pero las pintas de ellas lo eran más aún, sin poder evitarlo, exclamó:

—Pues sí, queridos humanos, las superheroínas también venimos al hospital.

Carlos parpadeó. Aquella voz...

Y, sin bajarse de la ambulancia, miró a aquella mujer con la peluca de colores y supo que era ella. La misma que había conocido vestida de novia hacía un par de meses y de la que no había vuelto a saber nada.

Elisa se acercó a toda prisa con una silla de ruedas y, cuando sentaron a su amiga, las cuatro entraron en urgencias con celeridad, ignorando al vigilante jurado que les repetía incansablemente que retiraran el vehículo de allí.

El revuelo que se organizó a su entrada fue tal que un médico se apresuró a atender a Rosa, a quien enseguida se llevaron al paritorio. Al ser su tercer bebé, ya estaba muy dilatada.

Después de seguir las indicaciones de una enfermera, las chicas fueron hasta el mostrador de admisión. Allí rellenaron todo lo necesario y, una vez que acabaron, les asignaron la habitación 322. A continuación, se dirigieron a la cafetería a tomar algo, y Elisa, al ver cómo todo el mundo las miraba, murmuró:

—Somos el centro de atención.

Silvia sonrió y Venecia, aún con el bate en las manos, dijo:

—Normal, Elisa. No todos los días Catwoman, Wonder Woman y Harley Quinn traen a Supergirl a parir.

Las tres soltaron una carcajada.

En todos los años que llevaban juntas les habían ocurrido infinidad de anécdotas para recordar, y sin duda aquélla sería una más.

—¿Llamamos a Lucía y a Pepe? —sugirió Elisa.

Al pensar en los padres de Rosa, que estaban en Benidorm, ninguna supo qué decir, hasta que Venecia indicó:

—Mejor esperemos y que luego ella los llame. Hablar con ella y no con nosotras los tranquilizará.

—Sin duda —afirmó Silvia.

De pronto un celador del hospital preguntó acercándose a ellas:

—El coche blanco que hay mal aparcado en la puerta es vuestro, ¿verdad?

Silvia lo miró.

—¿Cuál? ¿El que está hecho una mierda? —El celador asintió y ella negó—: Pues no, no es nuestro. Es de un gilipollas. Pero, vale, lo hemos traído nosotras y...

—Ahora mismo salgo a retirarlo —finalizó Venecia y, dirigiéndose hacia la puerta, preguntó mirando a sus amigas—: ¿Me esperáis aquí o en la habitación?

Elisa y Silvia se miraron, y la primera dijo:

—Aquí. Necesito un café.

Venecia asintió y, sonriendo, se encaminó hacia la salida, bate en mano. Todo el que se cruzaba con ella la miraba sorprendido, y cuando salió por la puerta de urgencias e iba a montarse en el coche oyó:

—La mismísima Harley Quinn en urgencias..., ¿en serio?

Venecia se volvió.

¿De qué conocía a aquel tipo que la miraba?

Carlos, seguro al cien por cien de que era ella, al percatarse de su duda sonrió y, bajándose de la ambulancia, insistió:

—Primero, de novia de la muerte, ahora de Harley Quinn... ¿Qué será lo siguiente?

Aquellos datos dichos rápidamente le refrescaron la memoria a Venecia, que, sonriendo, se puso el bate sobre los hombros con chulería y exclamó, ignorando las miradas de todos los que pasaban por su lado:

—¡Cancún!

Aquello hizo reír al hombre, y ella, mirando su pinta, preguntó:

—¿De qué vas disfrazado tú? —y, al ver su gesto, afirmó—: Vale..., perdón, que eras ambulanciero, ¿verdad?

—Técnico de Emergencias Sanitarias —rectificó él.

Ambos sonrieron, y luego ella preguntó:

—Carlos, ¿no?

Él asintió y, acercándose, la saludó.

—Curiosa tu manera de vestir cada vez que te encuentro.

—¡Original que es una! —se mofó Venecia.

De nuevo, ambos rieron por aquello, y él preguntó:

—¿Qué te trae por aquí, Venecia?

Ella suspiró y, con gesto cansado y divertido al mismo tiempo, respondió:

—Estábamos salvando el mundo de villanos y mala gente. Por Dios..., no te puedes imaginar cuánto fantasma hay suelto, cuando hemos tenido que parar. Una de nosotras, Rosa, se ha puesto de parto, y aquí estamos.

Boquiabierto, él asintió y, señalando el Bentley, indicó:

—Ah, vale..., de ahí que el coche esté así, ¿verdad?

Venecia miró el vehículo.

Estaba reventado. Sin duda Rosa había hecho un trabajo fino y delicado con el bate, y afirmó:

—Sí. Ya te he dicho que veníamos de salvar el mundo.

Carlos asintió sonriendo; entonces un vigilante de seguridad se acercó a ellos y soltó de malos modos:

—Señorita, no se lo voy a repetir: o retira el coche de la puerta de urgencias de inmediato o llamaré a la grúa.

—Tranquilo. ¿No ve que lo voy a quitar ya? —replicó Venecia.

—¡Pero ya! —insistió aquél.

—¡Que sí! —afirmó ella mirándolo.

—Carlos —dijo entonces una chica acercándose a ellos con una pícara sonrisa—, tenemos un aviso desde la central.

El aludido asintió, tenía que trabajar, y sin apartar la mirada de Venecia dijo:

—Te gustaba la música, ¿verdad? —Ella afirmó con la cabeza y él, sacándose rápidamente del bolsillo del pantalón azul una libreta y un bolígrafo, anotó algo y dijo arrancando luego la hoja—: Este fin de semana estaré en el bar de un amigo a partir de las diez de la noche. Pásate si quieres.

Venecia cogió el papel que él le tendía y Carlos añadió con una sonrisa:

—Y ahora me voy. Aunque yo no llevo los calzoncillos sobre los pantalones, a mi manera también salvo el mundo.

Venecia soltó una carcajada, y él, tras montar en la ambulancia, desapareció segundos después.

Con el papel que le había dado en las manos, ella se metió en el destrozado Bentley y, tras sonreír al vigilante, que la miraba con gesto serio, fue hasta el parking subterráneo del hospital y lo aparcó.

13

A las tres y diez de la madrugada, cuando las chicas estaban sentadas en la habitación, la puerta se abrió y entró un médico vestido de verde.

Al ver las pintas que llevaban, sonrió y musitó divertido:

—Vaya..., es cierto que las fuerzas de élite de las superheroínas están aquí.

Con una sonrisa, ellas se levantaron y Silvia afirmó pestañeando:

—Listas para actuar. Aquí tienes a Catwoman para lo que necesites.

Venecia y Elisa se miraron sorprendidas y el doctor, observándolas divertido, continuó:

—En cuanto a Rosa María todo ha ido como debía. Ella está bien, y la niña...

—¡Ha sido una niña! —exclamó Venecia.

El médico asintió y, al ver la emoción de aquellas tres, informó:

—Sí. Ha tenido una preciosa niña que ha pesado tres kilos cien y que conoceréis en cuanto las traigan a la habitación a ambas.

Encantadas, las tres amigas se abrazaron.

Al fin Rosa había tenido su niña, la que tanto buscaba.

* * *

A las cuatro de la madrugada a Venecia le comenzó a sonar el móvil: era Pablo, y tras enseñárselo a sus amigas, no lo cogió. Instantes después sonó el de Elisa y, a continuación, el de Silvia. De nuevo Pablo. Ninguna lo cogió. Estaba claro que aquél había llegado a su casa y, al no ver a Rosa y posiblemente tampoco su Bentley, sin duda se había asustado.

—¿Qué hacemos? —preguntó Elisa, a quien de nuevo le sonaba el teléfono.

Silvia resopló. Hicieran lo que hiciesen, estaría mal, por lo que indicó:

—Esperemos a que Rosa diga algo.

Venecia asintió. Elisa también. Sin duda era lo mejor.

Veinte minutos después, cuando su amiga entró en la habitación las tres chicas se deshicieron en mimos con ella. Adoraban a Rosa. Y cuando poco después llevaron a la pequeñita en su cuna, las cuatro lloraron de emoción.

La niña era rubita como ella, y no morena como Pablo y sus otros dos hijos. Por ello Silvia, mirándola emocionada, comentó:

—Se parece a ti, Supergirl. Es preciosa.

Encantadas, todas contemplaban al recién nacido que Rosa sostenía en sus brazos. No había nada en el mundo más bonito, tierno y encantador que un bebé.

—Una superheroína más en el mundo —dijo Elisa cuando la pequeña empezó a lloriquear.

—Una guerrera que viene pisando fuerte —afirmó Silvia.

Todas rieron, y Rosa, tras calmar a la pequeña, señaló:

—Se va a llamar Sif.

Al ver cómo sus amigas la miraban sorprendidas, aclaró:

—Vale. Ya sabéis que soy muuuuy tradicional en esto de los nombres y siempre pensé que si tenía una niña se llamaría Carlota María. Pero a partir de ahora todo va a ser diferente. Y, como estoy muy puesta en superhéroes por mis hijos, he decidido que esta preciosidad rubia se va a llamar Sif, que es el nombre de una diosa nórdica y guerrera asgardiana y, por cierto —musitó bajando la voz—, ¡amante de Thor!

—Wooo, pero ¿qué me cuentas? ¡Qué escándalo! Amante de Thor nada menos. —Silvia rio al oírla.

Rosa sonrió y, mirando a su pequeña, añadió:

—Sif era el nombre elegido por sus hermanos si era una niña. Algo a lo que, por supuesto, yo me negué. Pero... sí, se va a llamar así. Porque ella, con sus patadas, me ha hecho despertar. Y ha llegado en un momento de mi vida en el que todo va a cambiar.

—Cariño... —murmuró Venecia.

Rosa asintió, tragó las lágrimas que pugnaban por salir y prosiguió:

—Sif es una guerrera y ella, junto a vosotras, me va a enseñar a ser guerrera a mí. No tengo vuestra fuerza ni vuestro coraje para enfrentarme a las cosas porque nunca pensé en... en... separarme de Pablo, pero no puedo seguir viviendo con alguien que no me respeta, me humilla, me... —y, mirándolas, confesó—: Pablo me ha engañado en diferentes ocasiones. Él se escuda en que su trabajo le crea mucha tensión y...

—Menudo cabrón egoísta, Rosa..., lo siento, pero es así como pienso —cuchicheó Silvia.

A diferencia de otras veces, Rosa asintió y, mirando a su amiga, afirmó:

—Sí. Él es un cabrón y yo una gilipollas por haberlo perdonado. También tengo mi parte de culpa. Ay, Dios, ¡tengo la sensación de estar viviendo un *reality show*!

En silencio, las cuatro se miraron, y ella añadió:

—Como diría mi madre, del amor al odio sólo hay un paso. Y, en este caso, creo que Pablo no ha dado un paso para que lo odie, sino muchos más.

Ninguna dijo nada; entonces Rosa asió la mano de Silvia y, mirándola, dijo:

—He tenido una niña y, aun a riesgo de que la enseñes a *matojear*, a ser una comehombres y a saber Dios qué cosas más, ¿qué te parecería ser su madrina?

Silvia sonrió, aquello la emocionaba, y tras abrazar a su amiga y coger a la pequeña, afirmó, recordando el nombre de quien Rosa había sugerido en un principio que podría ser la madrina:

—¡Hasta luego, Mari Carmen! —Todas rieron por aquello y Silvia, emocionada, cuchicheó hablándole a la pequeña—: Prepárate, guerrera asgardiana Sif, porque te voy a enseñar a comerte este mundo y a ser una perfecta cabrona.

De nuevo, todas se carcajearon. Estaba más que claro que sería la niña de los ojos de Silvia.

Instantes después entró una enfermera en el cuarto para llevarse a Sif. Tenían que hacerle algunas pruebas.

Una vez que las cuatro amigas se quedaron solas, Rosa preguntó:

—¿Habéis avisado a mis padres o a Pablo?

Todas se dieron cuenta de que ya no llamaba *cariñito* a Pablo y negaron con la cabeza, hasta que Venecia explicó:

—Hemos recibido llamadas suyas, pero no se lo hemos cogido, a la espera de lo que tú decidas.

—Y en cuanto a tus padres, imaginamos que los tranquilizaría más hablar contigo y ver que estás bien —musitó Silvia.

—Buena idea —afirmó Rosa—. Ahora estarán durmiendo. Ya los llamo sobre las diez, que estarán levantados.

Todas asintieron y luego, mirando a Venecia, Rosa pidió:

—Déjame tu teléfono.

—¿A quién vas a llamar? —preguntó Silvia.

—Al padre de la criatura.

—¿Estás segura? ¿No prefieres descansar un poco? —sugirió Elisa.

Rosa negó con la cabeza, en la vida había estado más segura de ello. Y, mirándolas, repuso:

—Soy madre de dos varones a los que quiero con toda mi alma y a quienes espero enseñar a tratar, a respetar y a querer a las mujeres. Y ahora también soy madre de una mujercita a la que he de enseñarle a quererse y respetarse. Sólo mis hijos aprenderán lo que creo que es necesario para ellos si yo, como madre, dejo de hacer el imbécil y me respeto. Por tanto..., estoy segura.

—Ésta es mi chica —afirmó Silvia emocionada.

Segundos después, Rosa llamó a Pablo. Sin entrar en detalles, le dijo dónde estaba y, cuando colgó, indicó con los ojos llorosos:

—Viene para aquí.

Las tres amigas se miraron, y Venecia aseguró:

—Pues aquí lo esperaremos.

Elisa cogió la mano de Rosa y le preguntó:

—¿Estás bien?

Ella asintió y, al ver que llevaban de nuevo a la niña, afirmó mirándola:

—Lo estoy. Te lo puedo asegurar.

Veinte minutos después, un descolocado Pablo entraba en la habitación y, tras una mirada de Rosa, sus amigas salieron al pasillo. Aquéllos tenían que hablar.

* * *

Durante una hora, las chicas esperaron fuera, donde no se oyó nada. Ni un grito. Ni un llanto. Nada. Estaba claro que Rosa y él estaban hablando como personas civilizadas, y eso era de agradecer.

Al cabo, la puerta de la habitación se abrió y un ajado y pálido Pablo salió. Rápidamente Elisa entró y Silvia, al pasar junto a aquél, siseó incapaz de callar:

—¿Sabes, Pablo? Una vez oí que hay hombres que son tan poco hombres que necesitan acostarse con varias mujeres para que se lo recuerden.

Y, dicho esto, entró en la habitación.

Venecia, viendo su palidez y el tembleque de sus manos, preguntó:

—¿Estás bien?

Pablo se sentó en una de las sillas del pasillo, hundió la cabeza entre las manos y comentó:

—La niña es preciosa, ¿verdad?

—Sí. Lo es —afirmó ella y, sin poder contenerse, musitó—: Eres un cabrón y todo lo que te pasa te lo mereces.

Durante unos minutos ambos permanecieron en silencio, hasta que aquél levantó la cabeza y dijo:

—¡Qué divertido!, ¿verdad?

Venecia no respondió y él se puso en pie.

—¿Puedes explicarme cómo ha llegado mi princesa a esa conclusión? —quiso saber—. ¿Puedes decirme qué le habéis dicho para que quiera separarse de mí, alejarme de mis hijos y joderme la vida?

Alucinada por sus palabras, Venecia respondió sin inmutarse:

—De divertido, nada. Y en cuanto a que yo te lo explique, no, amigo, no. Mejor pregúntate tú lo que has hecho para que ella reaccione así. Simplemente, como cabronazo que eres, estás recibiendo lo que tú solito te has buscado. Si te gustan tanto las mujeres, si no puedes mantener tu glorioso aparatito dentro de tus malditos calzoncillos sólo para tu mujer, ¿qué narices haces casado?

—Venecia...

—Lo que no puedes pretender —lo cortó— es tener una mujercita esperándote en casa, atendiéndote, tratándote como a un rey y cuidando de tus hijos, mientras tú te crees el señor supremo del mundo y te tiras a toda la que se te antoja. Y, en cuanto a tu *princesa*, ella ha decidido solita, lo creas tú o no. Porque te digo una cosa: Rosa puede ser buena y hasta parecer tonta, pero es una mujer, y hasta la más buena, cuando la cabreas, te puede sorprender.

Dicho esto, dio media vuelta pero entonces recordó lo que llevaba en el bolsillo y, volviéndose de nuevo para mirarlo, dijo entregándole un tique del parking y unas llaves:

—Ah, por cierto, en la plaza B-56 del parking te espera una sorpresita. —Y, sonriendo, añadió—: Eso sí que va a ser divertido.

Y, sin más, dio media vuelta de nuevo y entró en la habitación. No tenía nada más que hablar con aquél.

14

Nueva reunión en la oficina.

Nuevas lluvias de ideas.

La revista *Wimba Dimba* debía salir en formato digital semanalmente, y el jefazo, mirando uno a uno a sus empleados, dijo:

—De acuerdo, repasemos. Manuela, artículo sobre los oficios en extinción. Alberto, paraísos para desconectar. Quiero fotos, artículos y páginas web que se puedan visitar. Míriam, minicasas y su mercado en auge. Candela, moda de cara al verano. Graciela, artículo sobre quirófano o cremas. Andrés, medicina natural. Lorena, iEarphones que arrasan en ventas. Ángel, restaurantes en los que ya se puede pedir comida sin gluten. Venecia, los tiburones del Oceanogràfic de Valencia, y Vanessa, horóscopo y crucigramas. ¿Estamos todos de acuerdo?

Todos asintieron, y Andrés comentó:

—El bloguero contratado no nos está proporcionando el tráfico que esperábamos. ¿Cuánto le pagábamos?

—Mil euros —respondió Magdalena, la secretaria del jefe.

—¿De cuánto tiempo le hicimos el contrato?

—Tres meses.

El jefe asintió y luego dijo:

—Cuando acabe, no se lo renueves.

Magdalena tomó nota de aquello, y entonces Vanessa intervino:

—Venecia tiene un blog.

Al oír eso, ella miró a su amiga sorprendida, pero el jefe, sin prestarle mayor atención, replicó:

—No creo que el blog de Venecia sea lo que buscamos.

Cuando salieron de la reunión, Vanessa y ella regresaron a su mesa y Venecia, sentándose con desgana, musitó:

—De verdad, los tiburones son muy bonitos, pero es que no me motivan nada. —Y, cerrando los ojos, cuchicheó—: En ocasiones me siento infravalorada, y ésta es una de ellas.

Vanessa asintió. Sin lugar a dudas, los dos trabajos más aburridos de la revista los llevaban ellas y, convencida de que, a no ser que les tocara la lotería, poco iba a cambiar, afirmó:

—Motívate, acabemos y, después, nos vamos a tomar unas copichuelas.

—De acuerdo.

* * *

Esa noche, cuando Venecia regresó a su casa, eran las seis de la madrugada.

Desde su no boda, cada vez que salía de juerga pasaba de todo y disfrutaba de la noche. Divertirse para no pensar en sus problemas se había convertido en su prioridad. Por ello, al entrar en su casa y encontrarse con la mirada de su perra *Traviata*, dijo:

—Lo sé..., me estoy pasando últimamente. Lo sé.

15

El sábado siguiente, la pequeña Sif ya estaba en casa con sus hermanos.

Lucía y Pepe interrumpieron su viaje con el Imserso a Benidorm para regresar junto a su hija y, mientras el abuelo jugaba con sus nietos feliz de la vida, Lucía, sentada con las chicas, musitaba:

—Si ya imaginaba yo que el mamarracho ese no era trigo limpio.

—Mamáaaaaaaaaa...

Lucía gruñó poniendo los ojos en blanco.

—Y yo comprándole todos los años para Navidad calzoncillos Kevin Costner porque eran los que le gustaban... ¡Me cago en todas sus muelas!

Las chicas se miraron sorprendidas, y Rosa aclaró:

—Mamá, son calzoncillos Calvin Klein.

Las risas de las muchachas al oír la aclaración sonó como un estruendo, y entonces Lucía insistió:

—Calzoncillos al fin y al cabo, hija, pero qué rabia me da haberme gastado las perras en semejante sinvergüenza. Por Dios, ¡¿y tú cómo eres tan tonta de aguantar lo que has aguantado?! Por el amor de Dios, Rosa Mari, con lo que tú vales, hija mía. Con lo *apañá*, cariñosa y trabajadora que eres, ¿acaso necesitas a un cenutrio como ése en tu vida?

Rosa, al ver a sus amigas todavía muertas de risa por las ocurrencias de su madre, las miró para que le echaran una mano.

—A ver, Lucía —murmuró Venecia—, es que Rosa...

—Sí, hija, sí..., si lo sé. Mi Rosa Mari sigue *enconejada* de él. Pero el *enconejamiento* se lo quito yo a manotazos si hace falta.

—¡La Virgen! —susurró Rosa.

Segundos después, los ojos de Lucía se llenaron de lágrimas y ella musitó mirándola:

—Mamá, no llores..., que lloro yo también.

Pero el drama ya estaba servido. Las dos lloraban, y Lucía murmuró:

—Por la casa no te preocupes, los niños y tú os venís con tu padre y conmigo. No tiene las comodidades de ésta, pero es vuestra casa.

Al oír eso, Rosa sonrió e intentó serenarse. La casa donde ella se había criado era una casa humilde de sesenta metros cuadrados, no un casoplón como aquél de trescientos cincuenta, y cuando iba a contestar, Silvia indicó:

—Tranquila, Lucía. Tu hija sin casa no se va a quedar. Te aseguro que lo vamos a luchar y, teniendo ella a los niños, se la va a quedar.

—Lo sé, hija, lo sé. Pero es que no me fío de ese mamarracho, ¡ya no! —exclamó la mujer secándose las lágrimas.

—Venga, mamá, dame un abrazo y tranquilízate; pero ¿no ves que yo estoy bien?

La mujer se abrazó a su hija y, tras unos minutos de silencio, una vez que se separó de ella, se sacó de la manga de la chaqueta un pañuelito y, tras limpiarse los ojos, dijo mirándolas:

—Y esto va para todas. Haced el favor de disfrutar de la vida y olvidaros de esos malnacidos que no os merecían. Buscad hombres que os respeten, que os quieran y os traten como a verdaderas reinas.

—Mamá, lo que menos nos apetece ahora es buscar... —se mofó Rosa mirando a sus amigas.

Lucía asintió.

—A ver, chicas —continuó—. Sé que los tiempos por suerte para vosotras han cambiado, pero hacedme caso: no hace falta tener a un hombre rico y guapo para ser feliz. Lo que hace falta es que sea una persona buena, sensata y cariñosa, ¿entendido?

—Entendido, Lucía —afirmó Silvia con una sonrisa.

Si algo le gustaba de la mujer, era su positividad, su cariño y su carisma. Nada que ver con la que fue su madre hasta que murió, una mujer fría, tóxica y narcisista a la que nunca podía acudir. Estaba pensando en ello cuando Lucía se levantó y dijo abriendo un táper:

—Coged otra empanadilla. Esto quita todas las penas.

Todas se miraron, ya se habían comido como media docena cada una, y la mujer, al ver que se contenían, preguntó:

—¿Acaso no queréis más?

—Hay que controlarse un poco. —Venecia sonrió y, señalando sus caderas, indicó—: En mi caso, las empanadillas se me quedan aquí.

—Y a mí, aquí —afirmó Silvia señalándose la barriga.

Lucía negó con la cabeza y, poniéndose con los brazos en jarras, replicó:

—A ver, luceros..., si alguien tiene la poca vergüenza de deciros algo, lo primero que tenéis que hacer es mandarlo a la mierda y lo segundo, aclararle que no estáis gordas, sino que, en todo caso, estáis ¡llenas de amor!

—¡Mamáaaaaaaaa! —soltó Rosa con una carcajada mientras sus amigas se partían de risa.

Luego, todas comieron empanadillas sin dudarlo.

Un buen rato después, Davinia entró en el salón y Rosa, al verla, exclamó:

—Chicos, ¡a bañarse!

—¡Jooooo, mamiiiiii! —protestó Óscar.

Silvia sonrió, y Rosa, levantándose, dijo:

—Vamos. ¡No quiero ni una queja más! Demasiado que os he dejado jugar a la Wii entre semana, cuando sabéis que está prohibido.

—Tropa, ¡vamos a la bañera! —indicó Pepe dirigiéndose a sus nietos.

Lucía sonrió y, mirando a su hija, dijo siguiendo a su marido y a sus nietos:

—Iré con ellos. Conociendo a tu padre, la inundación está asegurada.

Una vez que aquéllos desaparecieron del salón, Davinia se acercó a la pequeña Sif, y Rosa, mirándola, indicó:

—Está dormida. Yo me encargo. Ve con los niños y mis padres.

Davinia asintió y, segundos después, salió también del salón.

En cuanto quedaron las cuatro solas, Silvia murmuró:

—Cada día que pasa adoro más a tu madre, y tu padre es un sol.

—Son encantadores —convino Venecia.

—Tengo suerte —afirmó Rosa sonriendo—. Mis padres, mis hijos y vosotras sois lo mejor que tengo. —Y, cambiando de tema, dijo con seguridad—: Silvia, mañana podríamos comenzar a hacer el borrador para...

—Tranquila —contestó aquélla—, tú reponte, que yo empiezo a organizar todo el papeleo de la separación.

—Y divorcio —matizó Rosa.

Silvia asintió, y Elisa musitó:

—A ver, cariño...

—Vale. Estoy hecha una mierda —la cortó Rosa—. Sigo *enconejada* de mi marido, como dice mi madre y vosotras bien sabéis, pero he tomado una decisión. Me ha costado, pero ahora nada me va a hacer cambiar.

Todas se miraron. Sabían lo difícil que estaba siendo para ella.

—Aplaudo tu decisión —comentó Venecia. Guardó unos segundos de silencio y, al cabo, sonrió—. ¿Le gustó al idiota el arreglito que le hiciste al coche?

Pensar en el Bentley que se había cargado hizo reír a Rosa, que musitó:

—Me consta que mucho.

Todas soltaron una carcajada, y luego Elisa preguntó:

—¿Al final dónde está viviendo?

—En el piso que tenemos en la calle Nuevos Ministerios —y, viendo cómo aquéllas la miraban, matizó—: A ver, chicas, ¡que estoy bien! Dejad de preocuparos por mí, porque no soy de mantequilla.

—Siempre has sido de mantequilla —afirmó Silvia.

—O eso creíais vosotras —replicó Rosa.

Sus amigas estaban sorprendidas por la reacción de aquélla ante todo lo que le estaba pasando, cuando estaban acostumbradas a verla llorar por cualquier cosa.

—Por fin he abierto los ojos —prosiguió ella—. He sido sincera conmigo misma y ahora quiero serlo con vosotras. —Ninguna dijo nada. Estaba claro que tenía que hablar con ellas, e indicó—: Estas situaciones no son fáciles, son complejas; pero ¿qué os voy a decir a vosotras, que habéis pasado por algo parecido?

Venecia asintió, Silvia sonrió, y Elisa afirmó:

—Desde luego, vaya racha llevamos. Deberíamos jugar a la lotería.

Con complicidad, las cuatro se miraron, y Rosa continuó:

—Durante años he callado situaciones que me han hecho llorar y me han partido el corazón. Soportaba todo eso porque quería a Pablo. Porque él era el amor de mi vida. Aunque tengo que decir que, a pesar de lo mucho que lo quería, de lo mucho que lo disculpaba, también me decepcionaba.

—Normal, cielo —comentó Venecia.

—Muchas veces pensé cómo podía ser que la persona que era el padre de mis hijos, a la que yo trataba con todo mi amor y que dormía a mi lado, me podía decepcionar así. Y os juro que no lo entendí. Tuve épocas en las que perdí el apetito ante las infidelidades, otras en las que lloraba todas las noches, otras en las que me puse morada a donuts...

—¿Y por qué no dijiste nada? ¿Por qué no nos lo contaste? —Venecia se preocupó.

Rosa asintió, esperaba aquellas preguntas, y mirándola respondió:

—Porque no quería que le cogierais manía a Pablo. Sabía que, si os contaba lo que ocurría, dejaríais de verlo como el tipo ideal que yo continuamente os estaba vendiendo y...

—Como me ocurrió a mí —la cortó Silvia.

—Exacto —afirmó Rosa en un hilo de voz—. Como te ocurrió a ti. Y no sabes la de veces que me arrepentí de haberte contado ese mal momento. Odiaba tus pullitas continuas cada vez que yo decía algo sobre él.

Silvia meneó la cabeza y Rosa, dispuesta a contar toda la verdad, añadió:

—Yo quería que lo quisierais, que lo adorarais como yo, pero... —Y, tomando aire, musitó—: Hubo una ocasión en la que lo pillé liado con una mujer de Salamanca. Era la hermana de una paciente y leí sus emails. Me machacó mucho y me partió el alma ver que le decía las mismas cosas que a mí. Le contaba su día a día como si fuera yo y... y..., bueno..., yo...

Al callarse, todas se miraron, y Elisa preguntó:

—¿Tú..., qué?

Rosa suspiró, volvió a inspirar y dijo, bajando la voz para que sólo sus amigas la oyeran:

—¿Recordáis cuando el año pasado os conté que me iba a Italia con Pablo a una convención? —Todas asintieron y ella agregó—: En realidad estuve en Marbella, sola.

—¡¿Qué?!

—Y, bueno..., en el vuelo conocí a alguien que coincidió conmigo posteriormente en el mismo hotel y, en fin..., ocurrió... *¡pues eso!*

Todas parpadearon boquiabiertas. Aquello era inaudito, impensable, y Silvia replicó:

—Repite, porque creo que no te he oído bien.

Rosa sonrió.

—Has oído bien, Silvia.

—¡¿Pues eso es *pues eso*?!

—Sí —afirmó aquélla colorada.

—¿Marbella? —repitió Venecia.

—Sí.

—¿Te acostaste con un malagueño? —insistió Elisa.

—No, era ruso. Se llamaba Christian Potrosky.

—¡La madre que la parió! —se mofó Silvia al oírla.

Rosa sonrió, realmente aquello era surrealista.

—Acababa de descubrir una nueva infidelidad de Pablo con

una azafata —contó—. Necesitaba escapar y estar sola. Y, bueno, en el hotel volví a coincidir con Christian y...

—Y te lo zumbaste —soltó Silvia.

—Y tanto... —afirmó Rosa.

Las tres amigas se miraron sorprendidas.

Su virginal Rosa había hecho aquello sin contárselo y, cuando iban a hablar, aquélla añadió:

—Fue una tontería, una locura, por eso no os lo conté. Pero necesitaba hacerlo para sentirme viva, guapa, mujer y... ¡*Mare de Déu* si lo conseguí! —Guardó silencio y, tras tomar aire una vez más, prosiguió—: Durante estos años, por su vida han pasado enfermeras, pacientes, y la última que yo conocía hasta la nueva fue esa azafata. Escuchaba con ella la misma música que escuchaba conmigo. Se mensajeaban con tal descaro ante mí y los niños que, cuando regresé de Marbella, le pedí el divorcio y le conté mi historia con el ruso. Pablo se volvió loco y, entre lloros, me prometió que acabaría esa relación y nunca más me volvería a engañar. Lo creí. Lo vi tan hundido cuando hablé con él que, ingenua de mí, pensé que verdaderamente se había dado cuenta de su error y yo era la mujer de su vida. Pero no. En la vida de Pablo hay infinidad de mujeres, y yo sólo fui la tonta que se casó con él, tuvo hijos y, entre otras muchas cosas, se preocupaba porque sus camisas estuvieran limpias.

—No digas eso —musitó Elisa.

Rosa sonrió y, mirándola, afirmó:

—Así lo siento. —Y, tras dar un trago a su vaso de agua, continuó—: Pero esta vez se ha acabado. Es como si los golpes en el Bentley, las patadas de Sif en mi interior y una canción que escuché me hubieran hecho despertar del letargo en el que estaba sumida y por fin fuera consciente de la realidad. De mi puta realidad. Y luego estáis vosotras. Ver cómo habéis encarado la vida a pesar de lo que os ha ocurrido, y el comentario de Elisa...

—¿Qué dije yo?

—Me dijiste que tenía que respetarme —y, emocionada, lloriqueó—. Y no sabes lo bien que me vino que me lo dijeras, aunque pareció que no te escuchara cuando lo dijiste.

A Venecia se le saltaron las lágrimas, a Elisa también, y Silvia, que ya tenía un callo en el corazón en temas de amor, preguntó mofándose:

—¿Esto qué es?, ¿la fiesta del lloriqueo y hay barra libre?

Eso las hizo sonreír a todas, y Rosa, tras entregarles a sus amigas unos clínex que cogió de la cajita que tenía sobre la mesa, dijo secándose los ojos:

—Silvia, esto duele mucho.

—Lo sé, aunque creas que yo no tengo corazón, lo sé —afirmó ella—. Y, a pesar de que sois conscientes de que no me gusta hablar de ello, todavía recuerdo que creí morir cuando me ocurrió. Adoraba a Manuel, sabéis que besaba por donde pisaba, pero cuando él decidió que yo sobraba en su vida, os juro que me mató... —No pudo continuar. Luego, tomando aire, indicó—: Lo que me ocurrió me hizo darme cuenta de que tengo que quererme y de que tengo que cuidarme, porque, si no lo hago yo, ¿quién lo va a hacer?

Todas miraron a Silvia. Sabían lo complicado que era hablar de aquello para ella, y Rosa musitó:

—Tú lo has dicho, nos tenemos que cuidar, y por eso, aunque sé que lloraré más de cien veces, porque soy muy llorona, tengo tres hijos a los que voy a sacar adelante sí o sí, como hacen cientos de mujeres en el mundo tras pasar por esta mierda.

—¡Claro que sí! —exclamó Venecia secándose las lágrimas.

Elisa no podía parar de llorar. Lo que les había pasado a todas en el amor era una putada, ¡una gran putada!, y Rosa, entregándole otro pañuelo, musitó:

—*Sensei*, no me quites el puesto de reina llorona.

Del llanto pasaron a la risa y, cuando por fin Elisa dejó de llorar, Rosa indicó:

—Quiero deciros que ayer hablé con mi antiguo jefe en la sanidad pública.

—¿Con el doctor Garcés? —preguntó Elisa.

Rosa asintió.

—Me ha dicho que, aunque no puede contratarme en el hospital porque ya sabéis como están las cosas, sí puede recomendarme a pacientes que necesiten un fisio particular. Tendré que darme de alta como autónoma, comprarme una camilla y... Ay, Dios..., ¿qué tengo que hacer para ser autónoma? ¡Estoy tan asustada!

—Olvida tus miedos —recomendó Elisa.

—Ay, chicas..., estoy tan agobiada... Es que no sé ni cómo se abre una cuenta en el banco, ni cómo cambiar una domiciliación, ¡ni nada!

—Tranquila —insistió Venecia—. Aprenderás. No es difícil.

Silvia sonrió. Entendía los miedos de su amiga. Como tantas mujeres, Rosa había dejado aquellas cosas en manos de su exmarido, pero mirándola afirmó:

—Tú eres tan válida como él o cualquier otra persona para saber hacerlo. No te preocupes por nada. Todo parece complicado ahora, pero ya verás cómo no tiene ningún misterio.

Rosa asintió y, mirándolas, confesó:

—Os juro que me siento medio tonta.

—Aprenderás —le aseguró Venecia—. Ya lo verás. De tonta no tienes ¡ni un pelo!

Esa positividad era lo que Rosa necesitaba y, mirando a Silvia, afirmó:

—Y, bueno..., por suerte para mí y desgracia para Pablo, tengo la mejor abogada del mundo mundial, que me va a ayudar a sacarle los higadillos al cabronazo de mi ex por haberse comportado con esa deslealtad conmigo.

—¡Te lo aseguro! —exclamó Silvia.

—*Mare de Déu!* —se mofó Elisa.

—Y que conste —indicó Rosa— que, si la situación hubiera sido otra, simplemente habría querido lo que me corresponde y punto. Pero el caso no es así. Pablo se ha comportado mal conmigo y con sus hijos, y lo va a pagar.

—Y tanto que lo va a pagar —afirmó Silvia segura de ello.

De nuevo hubo risas entre ellas, y luego Rosa explicó muy seria:

—Quiero ser feliz y lo voy a ser, porque me lo merezco y me respeto. Soy madre, pero también soy mujer. Y a partir de ahora que estoy sola, haré todo lo posible para retomar mi vida y llevarla sólo yo.

—¡Bienvenida al club! —Elisa sonrió.

Entre risas y lágrimas, las chicas continuaron hablando y Venecia preguntó:

—¿Y del ruso sabes algo?

Rosa suspiró y negó con la cabeza.

—Nunca volví a saber de él, pero ¡*Mare de Déu*, qué fin de semana tan increíble pasé con él!

Todas rieron a carcajadas, hasta que Silvia comentó:

—A ver, chicas. Los lloros y las lamentaciones se tienen que acabar. La vida sigue y me tenéis que dejar que os enseñe a *matojear*, entre otras cosas.

Elisa no dijo nada, y Rosa, sonriendo, cuchicheó:

—Bueno..., no sé..., eso..., ¡ya veremos!

—Exacto..., ¡ya veremos! —convino Venecia.

—Pero ahora estáis solteras. ¡Libres como los taxis! —insistió Silvia.

Rosa suspiró. Sabía muy bien que aquello era cierto.

—Lo sé. Pero estoy desentrenada y...

—¡¿Desentrenada túuuuuuuuuu, madame Potrosky?! —se mofó Elisa.

A Rosa le entró la risa al oír aquel apodo, y Silvia aseguró:

—Yo te entreno rápidamente.

Entre carcajadas, Venecia miró a sus amigas: sin duda eran un caso. Recordó la nota que el ambulanciero le había dado días antes y de pronto propuso, intentando resurgir de sus cenizas:

—¿Qué os parece si esta noche nos vamos de *mamarracheo*?

Silvia se apuntó enseguida, pero Rosa dijo:

—A ver, quiero pasármelo bien, pero antes quiero reponerme. Y luego está Sif...

—Que yo sepa, Sif toma biberón y tus padres están aquí, ¿no? —replicó Silvia.

Ella asintió, pero segura afirmó:

—Sí, reina, sí. Sif no toma de mi pecho, y mis padres y Davinia son un amor. Pero mi cuerpo no está para fiestas todavía.

Las chicas asintieron. Estaba claro que Rosa necesitaba descansar.

—Démosle tiempo —dijo Elisa.

—Prometo apuntarme a la siguiente salida —insistió Rosa.

—Id vosotras —animó Elisa.

—¿Y tú? —preguntó Venecia.

Elisa apoyó la cabeza en el hombro de Rosa y contestó:

—Me apetece más quedarme con Rosa y con Lucía viendo a Jamie Fraser en la tele. ¡Por Dios, qué tío!

—¡Increíble! Verás cuando se lo presentemos a mi madre —afirmó Rosa divertida.

—Ah..., pues me apunto —terció Venecia.

Silvia resopló al oírlas. Sus amigas debían activarse y vivir y, consciente de ello, repuso:

—Os doy un tiempo para que Rosa se reponga y *Sensei* olvide toda la tontería que aún le ronda por la cabeza en lo referente a su ex, pero tú —dijo señalando a Venecia— ¡te vienes conmigo a tomarnos una copa!

—Vale... —musitó aquélla sonriendo.

—Y espabilaos —increpó Silvia—, porque en cuanto pase ese tiempo os voy a enseñar a *matojear* y a ligar, y no voy a aceptar un no por respuesta, ¿entendido?

Elisa y Rosa asintieron. No les cabía la menor duda de que, lo quisieran o no, así sería.

16

Esa noche, tras dejar a Rosa y a Elisa en casa de la primera, Silvia y Venecia se dirigieron hacia el centro de Madrid para tomar algo. Después de aparcar, la segunda propuso ir al bareto que el ambulanciero le había apuntado en un papel, aunque sin mencionarlo, y para allá que se fueron.

El local estaba petado de gente y Silvia, mirando hacia la barra, indicó:

—Allí hay un hueco.

Las dos amigas se dirigieron hacia allí mientras sonaba la canción *¡Qué bien!*, del grupo Atacados. Cuando la luz del local bajó de intensidad y la gente comenzó a aplaudir, Silvia preguntó mirando a su amiga:

—¿Qué ocurre?

Venecia, tan desconcertada como ella, se encogió de hombros y, de pronto, empezó a oírse tocar una batería. Con curiosidad, miraron hacia el pequeño escenario del local y, al ver sobre aquél a una chica tocando la batería, Venecia exclamó:

—Música en directo, ¡genial!

Una vez en la barra, donde había varios camareros, Silvia se apresuró a hablar con el moreno y luego, mirando a Venecia, explicó:

—Según dice este guaperas, actúan los grupos Five Divine y The Blue Life.

Encantada, aquélla asintió y entonces la música comenzó a sonar. Los primeros en tocar fueron Five Divine, un grupo de rock de cinco chicas que no conocían pero con el que calentaron motores mientras Venecia, curiosa, miraba a su alrededor. Carlos había dicho que estaría allí, pero nada, no lo veía, y decidió olvidarse de él. No le era necesario para divertirse.

Tras varias canciones por parte del grupo de las chicas, cuando acabaron y bajaron del escenario subió otro grupo. Éste estaba compuesto por tres chicos y una chica. Mientras Silvia charlaba con un tipo, Venecia fue de nuevo a la barra a por más bebidas. Estaban sedientas.

Mientras esperaba a que el camarero se las sirviera, miró hacia el escenario, donde se preparaba el grupo The Blue Life, y se quedó sorprendida al ver que uno de ellos, el que enchufaba su guitarra eléctrica y llevaba una gorra roja, era Carlos.

Parpadeó sin dar crédito.

¿En serio era músico?

Sin poder quitarle la vista de encima, lo siguió por el escenario. Lo vio reír con sus compañeros mientras comentaba algo y, sin saber por qué, sonrió. Ella lo sorprendía cada vez que se encontraban, pero esta vez había sido él quien la había sorprendido a ella.

Estaba mirando abstraída a aquel rubio con pinta de vikingo cuando Silvia se le acercó y, al ver cómo su amiga observaba el escenario, murmuró:

—El de la camiseta de Scorpions con sonrisa perversa y mirada de canalla..., ¿no es ese que conocimos la noche de tu desastre?... ¿Cómo se llamaba? Comenzaba por «A»... ¿Alberto? ¿Álvaro? ¿Anastasio? ¿Adalberto?... ¡Alfredo! ¡Sí!, se llamaba Alfredo. —Silvia sonrió al reconocerlo. Y, al verlo frente al micrófono, musitó—: ¿Es cantante? Pero buenooooooooooo...

Al oír eso, Venecia miró al tipo que le decía. Su posición central en el grupo le indicaba que era el cantante; entonces, volviendo la mirada al que ella observaba, murmuró:

—¿Has visto quién es el guitarrista?

Silvia miró al tipo que ella le indicaba y, al reconocerlo, exclamó:

—¡Ostras! ¿Ése no es Cancún?

—Sí.

—¡Pero qué coincidencia encontrarlos aquí!

—Ya te digo —afirmó Venecia con disimulo.

Encantada, Silvia los observó y, emocionada, preguntó:

—¿Alfredo y Cancún, músicos?

—Eso parece —dijo Venecia sorprendida.

Sin poder quitarles el ojo de encima, Silvia intentó recordar el nombre de Cancún, pero al no conseguirlo preguntó:

—¿Cómo se llamaba el guitarrista, que no me acuerdo?

—Carlos —respondió Venecia.

Asombrada porque aquélla se acordara de su nombre a la primera, Silvia cuchicheó:

—Vaya..., vaya, Venecia. Para haberlo visto sólo una vez, ¡cómo te acuerdas de su nombre!

Divertida por su comentario, ella sonrió. No les había contado que lo había visto en el hospital el día del parto de Rosa y que por eso estaban allí. Y, mirando a su amiga, afirmó:

—Lo creas o no, de lo que me ocurrió ese día no me olvido de nada.

—También tienes razón. Fue un día para no olvidar.

—Y tanto.

Estuvieron observando en silencio cómo aquéllos se preparaban hasta que, instantes después, el grupo empezó a tocar.

Sorprendida, Venecia no le quitaba ojo a Carlos.

Aquel tipo con pinta de nórdico al que no conocía se movía con sensualidad por el escenario tocando su guitarra, y por su expresión sabía que estaba totalmente abstraído de todo cuanto lo rodeaba. Disfrutaba con aquello y eso se notaba en su rostro. En la serenidad que transmitía.

Una canción. Después otra, otra y otra. El público disfrutaba mientras Alfredo, entregado a la música, primero se quitaba la chaqueta y al final la camiseta para quedarse sólo vestido con los pantalones al tiempo que se movía al compás de su banda. Sin duda, aquello formaba parte del espectáculo.

Silvia aplaudía encantada, silbaba y canturreaba. Las canciones que aquéllos tocaban eran versiones de otros grupos y la mayoría las conocía. Contenta, disfrutó junto a su amiga, y cuando vio que Alfredo se quitaba la camiseta con chulería y se quedaba desnudo de cintura para arriba, murmuró:

—Pero qué morbo me da ese tíooooooooo.

Encantada, Venecia sonrió. Disfrutó de aquella actuación y, cuando ésta acabó, Silvia comentó:

—Ahora vengo.

—¿Adónde vas? —preguntó ella, intuyéndolo.

Silvia sonrió, y Venecia musitó:

—¿En serio?

Divertida, su amiga se acercó a ella y cuchicheó:

—Aquí hay mucha loba suelta y el corderito lo quiero para mí.

Venecia soltó una risotada y aquélla añadió:

—Te recomiendo que hagas lo mismo. Creo que a Cancún le gustará verte.

Venecia no respondió y, cuando Silvia desapareció de su campo de visión, supo que ésta tenía razón. Tenía que espabilar. Ahora era una mujer soltera, dueña de su vida, y podía hacer lo que quisiera. Por lo que, dando media vuelta, caminó hacia el escenario.

Al llegar, vio a su amiga, que ya hablaba con el tipo de la camiseta de Scorpions: Silvia no perdía el tiempo; al mirar hacia un lado, divisó a Carlos, que reía mientras charlaba con unas chicas, por lo que esperó a que terminaran. Cuando éstas se alejaron, se acercó a él, que se ocupaba de guardar su guitarra.

—Increíble —dijo—. Me has dejado sin palabras.

Al oír aquella voz, Carlos levantó la vista y sonrió al reconocerla.

—¡Harley Quinn!

—¡La mismísima! —Venecia rio.

Quitándose la gorra, él se echó hacia atrás su corto cabello rubio e indicó:

—Me decepcionas; ¿hoy no vienes disfrazada?

Venecia sonrió, era normal que le preguntara aquello, y contestó:

—¿Era indispensable venir disfrazada?

Carlos, que no esperaba verla allí esa noche, negó con la cabeza y respondió encogiéndose de hombros:

—Reconozco que es original, y vestida de novia estabas preciosa.

Divertida por oír eso, Venecia iba a decir algo cuando una muchacha se arrojó a los brazos de él y chilló escandalosamente:

—¡Has estado fantástico, como siempre!

Encantado, Carlos sonrió y repuso mirando a la joven:

—Gracias, preciosa.

Después de aquélla llegaron varias chicas más que empujaron a Venecia, y Carlos dejó de prestarle atención. Tenía que atender a sus *groupies*. Estaba claro que aquel tipo levantaba pasiones entre las mujeres, y Venecia, al sentirse ridícula y fuera de lugar, dio media vuelta y se alejó. Ella no era una *groupie*.

De nuevo en la barra, se sacó el móvil del bolsillo de su pantalón. Lo miró y, al ver que no tenía ni un mensaje, cuando volvía a guardarlo oyó:

—No esperaba verte por aquí.

Al levantar la vista vio que Carlos estaba a su lado sonriendo, y, cuando iba a contestar, él indicó mirando la copa que tenía ante ella:

—No deberías beber. No te sienta bien.

Venecia sonrió, sin duda tenía razón, pero musitó asiendo su cerveza:

—Tranquilo. Hoy bebo con moderación. —Y, acto seguido, preguntó—: ¿The Blue Life?

—A los hombres nos inculcaron que la vida no es rosa, sino azul —respondió él—. Por eso decidimos llamar al grupo «la vida azul».

En silencio se miraron. Ninguno habló, hasta que él, rompiendo el silencio, preguntó:

—¿Qué piensas?

Venecia sonrió.

—¿Sinceramente? —preguntó. Él asintió y ella añadió rascándose con el índice la parte de atrás de la oreja—: Pienso qué hago aquí.

La camarera puso una cerveza frente a Carlos y él, tras guiñarle un ojo, miró a Venecia y repuso:

—Pues imagino que pasarlo bien, como todos, ¿no?

Ella asintió; sin duda, ése era el propósito. Pero cuando, pasados unos instantes, ella no dijo nada, como necesitaba saber, Carlos preguntó:

—¿En tu mundo qué significa esa mirada?

Según oyó eso, ella sonrió. Su mundo.

¿Cuál era su mundo?

¿El que se había programado o el que tenía que programarse?

Y, dispuesta a comenzar de cero en todos los sentidos, pero dejando de lado los sentimientos, tomó aire y, mirando al hombre por el que babeaban las mujeres que los observaban, respondió dispuesta a ser una nueva Venecia:

—Mi mirada significa que me atraes.

Satisfecho, Carlos asintió.

Muchas habían sido las veces en las que había pensado en Venecia y, acercándose a ella hasta quedar a unos centímetros de su boca, insistió:

—Interesante..., tu mundo.

—¡Mucho!

Ambos rieron, y Carlos preguntó:

—Y te atraigo... ¿para...?

Excitada por el modo en que aquel tipo la había llevado a aquel juego dialéctico, y consciente de que ella, como mujer, tenía la potestad de dar el primer paso, aproximó su boca a la de él y musitó:

—Para esto.

Y, sin más, posó sus labios sobre los de él y lo besó, mientras su subconsciente pensaba:

¡Wooooooo..., woooooooooo..., wooooooooo!

Carlos aceptó el beso sorprendido y, pasando las manos alrededor de la cintura de ella, la apretó contra su cuerpo.

—Creo que cada vez me gusta más tu mundo —murmuró.

Eso los hizo sonreír y, de nuevo, se besaron.

Tras el dulce pero apasionado e inesperado beso, Carlos notó la mano de aquélla paseándose tranquilamente por su trasero, sonrió y, cuando iba a hablar, ella preguntó:

—¿No dijiste que el bar era de un amigo tuyo?

Carlos asintió, y ella insistió:

—¿Y ese amigo no nos dejaría un ratito su almacén?

Sorprendido por su proposición, él repuso:

—Podemos ir a mi casa.

—No. Yo no voy a casa de desconocidos —lo cortó Venecia.

Él asintió. Lo de aquella mujer era increíble. Y, dispuesto a aprovechar aquello que se le ofrecía y le apetecía, tras darle un nuevo beso en la boca cargado de deseo, musitó:

—Dame cinco segundos, no te muevas de aquí.

Y, dicho eso, desapareció entre la gente. Venecia estaba dándose aire con la mano cuando Silvia se le acercó y dijo:

—¡Vámonos!

Sorprendida, ella iba a preguntar cuando su amiga gruñó:

—¿Pues no me dice ese sobrado que, si acaso, nos vemos otro día?... Que, igual que yo la otra vez me tenía que encargar de ti, él hoy ya tiene plan con unas gemelas... ¿A mí? ¿Me dice eso a mí? Venga ya, hombre..., ni que fuera el único churri en el mundo. Además, ¡tiene tripilla!

Sorprendida por el enfado de aquélla, Venecia iba a contestar, pero Silvia repitió:

—Vamos. Vayamos a otro sitio a tomar algo.

Sin dudarlo, Venecia negó con la cabeza.

—Tienes que esperar —replicó.

—¿Qué? ¿Esperar? ¡¿Por qué?!

Acalorada, al ver a Carlos hablar con un tipo al fondo del bar, ella explicó:

—Lo he besado, me ha besado y le he propuesto ir al almacén.

Silvia parpadeó sorprendida.

—¿A quién has besado y con quién quieres ir al almacén? —Venecia hizo un gesto con las manos como si tocara la guitarra y Silvia exclamó—: ¡¿Cancún?!

Ella asintió y su amiga comentó boquiabierta:

—Nena..., entre el ruso de Rosa y tú con Cancún, me estáis dejando sin palabras esta noche.

Consciente de su osadía, Venecia murmuró descolocada:

—¡Ay, Dios! ¿Qué estoy haciendo?

—Dejarte llevar por fin por la lujuria y el desenfreno en tu vida —se mofó Silvia.

—Pero yo no soy así. ¡Esto es una locura! —gruñó.

Silvia sonrió.

—Está visto que soy una mala compañía para ti. Ya sabes, ¡todo se pega menos la hermosura!

Ambas soltaron una carcajada, y luego Silvia, al ver a Alfredo marcharse del local, insistió:

—A ver, flor. Haz lo que te apetezca. Estás libre, ¡soltera!, *¡desenconejada!* Dale un gusto al cuerpo, que te lo agradecerá. Como ha dicho esta tarde Rosa, ahora eres la dueña de tu vida y tú y sólo tú decides lo que quieres hacer o no y...

—Por Dios..., ¡qué desastre!

—¿Qué pasa ahora?

—Me acabo de acordar de que llevo una ropa interior horrible.

—¿Qué llevas?

Rápidamente Venecia, recordando, cuchicheó:

—Llevo unas bragas de Bugs Bunny que me regaló Rosa y un sujetador horrible color carne.

—Uf..., antimorbo total.

Venecia resopló y Silvia, mirándola, indicó:

—Primera lección: tenemos que ir de compras para renovar tu ropa interior, ¿entendido?

—Vale. Pero ¿hoy? ¿Qué hago hoy?

Silvia asintió y, bajando la voz, respondió:

—Opción uno: ¡a oscuras! Opción dos: ¡desnúdate rápidamente! Opción tres: ¡tenlo tan excitado que ni se fije en tu ropa! Opción cuatro: ¡huyamos de aquí!

La opción cuatro era la que más llamaba la atención de Venecia, pero, mirándolo, susurró:

—Dios..., ¡está tan bueno!

—Lo está..., lo está...

—Es tan diferente de... de Jesús...

—Por suerte, flor..., por suerte..., este tío nada tiene que ver con el engominado.

—Pero ¿tú has visto cómo le quedan esos vaqueros?

Carlos hablaba con el otro hombre. Su manera de vestir, tan informal, tan canalla, tan actual, era muy diferente de la clásica de Jesús, y Silvia musitó:

—Uf, nena..., mejor que no lo mire mucho o la que se va a ir al almacén con ese tipo con pinta de vikingo soy yo.

—¡Silvia!

—¿Qué quieres? ¡Me has preguntado!

Sin apartar la mirada de aquél, las dos mujeres recorrían con lujuria el cuerpo de Carlos cuando Silvia afirmó:

—Un consejo: arráncale esos vaqueros y disfruta.

—Lo haré —asintió Venecia convencida.

De nuevo volvieron a recorrer con la mirada el cuerpo de aquél, y entonces Silvia dijo:

—Di que sí, flor, que la vida son dos días. Y por mí no te preocupes, siempre soy yo la descerebrada y a la que esperáis, y porque un día espere yo y sea la decente ¡no pasa nada! Bueno, sí..., sí pasa; ¡qué aburrida me estoy volviendo!

Ambas rieron, y Venecia, viendo a Carlos despedirse del tipo, preguntó:

—¿En serio no te importa esperar?

Silvia se encogió de hombros. Aún estaba sorprendida por aquel arranque de su amiga.

—Hombre, preferiría ser yo la que fuera al almacén con semejante churri, pero... ¡es tu noche! —Y, al ver que aquél se acercaba, insistió—: Esperaré al otro lado de la barra, ahogando mis penas en alcohol mientras *matojeo* con mi *chorboagenda*. ¡Disfruta de tu locura!

Una vez que aquélla se alejó, Venecia, histérica, estaba dando un trago a su bebida cuando Carlos la agarró por la cintura por detrás y dijo en su oído:

—¿Sigues queriendo algo más?

Oír eso la hizo dar un salto, pero, mirándolo, asintió.

—Por supuesto.

Él le pidió entonces al camarero dos cervezas y luego la cogió de la mano.

—¿Vamos?

Al ver que él llevaba colgada su guitarra a la espalda, Venecia iba a preguntar, pero Carlos le guiñó un ojo y dijo:

—Ahora te explico.

Con su cerveza fría en la mano y los nervios a flor de piel, Venecia caminó junto a él y, al llegar frente a una puerta, él la abrió y dijo:

—Adelante.

17

Una vez dentro, al encender la luz, Venecia silbó al ver varios instrumentos musicales, micrófonos, una mesa de sonido, otra mesa con papeles, varias banquetas, bafles y, al fondo, una nevera pequeña y un sofá.

—En esta sala ensayamos mi banda y yo —dijo Carlos dejando la guitarra en un lateral—. Sin duda, es mejor que el almacén, ¿no crees?

—Mucho mejor —afirmó ella nerviosa.

Con curiosidad, observó a su alrededor y, sintiendo que él la observaba, comentó:

—¿Ambulanciero y guitarrista?

Carlos sonrió. Por norma la gente los llamaba *ambulancieros*, *conductores* o *chicos de la ambulancia*.

—En todo caso, TES y guitarrista —aclaró—. Aunque esto último en mis ratos libres.

Ella asintió y, sin saber qué decir ni por qué le había propuesto ir allí, preguntó señalando una guitarra:

—¿Es tuya?

Carlos miró lo que ella señalaba y dijo:

—No. Es el bajo de Anastasia.

Venecia asintió y él, al ver cómo lo miraba, preguntó:

—¿Conoces la diferencia entre un bajo y una guitarra?

Ella negó con la cabeza. Para ella lo que Carlos tocaba y aquel bajo eran guitarras y, cogiéndola, él explicó:

—Los bajos tienen cuatro cuerdas. Su sonido es grave y, si te fijas, sus cuerdas son más gruesas que las normales. Las guitarras, da igual que sean eléctricas, acústicas o españolas, tienen seis cuerdas.

—¿Y tú tocas la guitarra?

—Exacto —afirmó él dejando el bajo—. Yo toco la guitarra eléctrica. Tengo una Fender Strato y una Tele. —El gesto de ella al no entender nada lo hizo sonreír, y aclaró—: Fender es la marca y Stratocaster y Telecaster los modelos. Para abreviar, las llamamos Strato y Tele.

Venecia asintió y, sonriendo, cuchicheó:

—Como dijiste una vez, no te acostarás sin aprender algo más.

Ambos rieron; entonces Carlos se acercó a ella, y Venecia, huyendo, fue hasta la batería y preguntó:

—¿Puedo probar?

—Puedes —respondió él sonriendo.

Tras sentarse a la batería y coger las baquetas, Venecia dio un par de golpes que resonaron increíblemente fuerte en la habitación y, sonriendo, paró y comentó:

—Mejor lo dejo.

—Desestresa. Continúa si quieres —afirmó él divertido.

Venecia se levantó nerviosa del taburete. Una parte de sí misma le gritaba qué estaba haciendo allí, pero otra le exigía quedarse, disfrutar, ¡vivir!

La música en el bar de al lado no se oía, aquella habitación estaba insonorizada, y Carlos, para relajarla, se acercó al equipo de música, cogió un CD y lo puso. Los primeros acordes de una guitarra comenzaron a sonar y Venecia, reconociéndolos, afirmó:

—¡Qué bueno!

Él sonrió y, dejando su cerveza sobre la mesa, se quitó la camiseta que llevaba y la tiró con despreocupación sobre un bafle.

Venecia tragó saliva. Había sido idea suya ir allí con él y, mirándolo, dijo:

—Esto... esto... no estaba planeado y mi ropa interior no es muy apropiada...

—Te aseguro que tu ropa interior es lo que menos me importa —repuso él divertido.

Sonriendo por su contestación y segura de sí misma, ella dejó también su cerveza sobre la mesa y comenzó a desabrocharse los botones de la camisa. A pesar de la música, era capaz de oír el sonido de su acelerado corazón. Pero la mirada de Carlos era tan intensa, tan caliente, tan deseable que no paró.

Cuando terminó de desabrocharse el último botón, como él había hecho, y olvidándose de su horrible sujetador color carne, se quitó tan tranquila la camisa y la tiró sobre la camiseta de él.

Acto seguido, Carlos se quitó las zapatillas de deporte que llevaba y ella hizo lo mismo con sus zapatos.

Mirándose a los ojos se acercaron el uno al otro. Pasearon la boca por la cara del otro hasta que finalmente él, con sensualidad, le dio un lengüetazo desde el cuello hasta la oreja que le puso la carne de gallina, y más cuando, al cabo, le susurró al oído:

—¿Puedo quitarte los pantalones?

Ese gesto, su voz y lo que le proponía hacer le erizaron el vello de todo el cuerpo y Venecia, deseosa de aquello y más, olvidándose de sus temores y de las reglas, afirmó mirándolo:

—Siempre y cuando yo pueda quitarte los tuyos.

A Carlos lo volvió loco aquella seguridad en sí misma. Estaba harto de princesas a las que había que hacérselo todo a cambio de poco, y aquella mujer, aquella guerrera, le gustaba. Le gustaba mucho.

Las manos de ambos comenzaron a desabrochar al otro, primero el botón del pantalón, para después bajar la cremallera del mismo. Ambos sonrieron y a continuación él dijo:

—Las damas primero.

Venecia metió las manos en el interior del vaquero de él y, sin dudarlo, lo bajó hasta los tobillos. Carlos se apresuró a mover los pies para facilitarle el trabajo y luego sus pantalones volaron por los aires.

Una vez sólo vestido con el bóxer gris, desde su altura miró a Venecia y, sonriendo, murmuró:

—Sin tacones no eres tan alta.

Ella asintió y, cuando él comenzó a bajar el pantalón de ella y aparecieron sus braguitas de Bugs Bunny, ésta cuchicheó al ver su sonrisa:

—Ni se te ocurra comentar nada.

Carlos rio por su advertencia y, en cuanto los pantalones de ella volaron también por los aires, quedando ante él sólo con la ropa interior, la acercó y, abrazándola, afirmó:

—Por suerte, Bugs Bunny siempre me ha gustado.

Acto seguido, sus labios se juntaron y un beso excitante, caliente, los hizo temblar.

Las manos de ambos se paseaban con libertad por la piel del otro y, cuando el horrible sujetador de Venecia cayó al suelo, él le miró los pechos, y murmuró al ver sus pezones erectos:

—¿Sabes que eres preciosa?...

Venecia no respondió. Conocía las limitaciones de su cuerpo, y él, al recordar algo que le había dicho el primer día que la conoció, paseó con mimo las manos por sus caderas y aseguró:

—Eres perfecta.

Ella sonrió al oír su comentario.

Sin duda aquel guaperas sabía halagar a una mujer para disfrutar del momento, e indicó, metiendo la mano en el interior de su calzoncillo:

—Tú sí que eres perfecto.

Carlos la llevó entonces hasta la mesa y Venecia, al entender lo que él quería hacer, barrió con las manos los papeles que había sobre la misma, que cayeron al suelo.

—Siempre he querido hacer esto —dijo.

Él sonrió al oírla y, tras sentarla sobre la mesa, llevó la boca hasta un pezón y después hasta el otro. Encantado, disfrutó de aquel selecto manjar que ella le ofrecía con gusto y posesión.

Venecia, mojada y terriblemente excitada por él y por la intensidad de la música que sonaba, se dejó hacer mientras sentía cómo su respiración se aceleraba a cada segundo y oía sonar de fondo la banda sonora de una película que le gustaba.

Con deseo, se tumbó sobre la mesa. Quería disfrutar. Deseaba disfrutar de aquel momento de locura y pasión, mientras sus manos recorrían la suave y ardiente piel de Carlos.

Segundos después, él paró, la miró y, sin mediar palabra, introdujo una mano dentro de las bragas de ella. Un jadeo salió de la boca de Venecia cuando él, tras pasear sus dedos por los labios vaginales, se los abrió y le buscó el clítoris. Venecia gimió, movió las caderas y, cuando un dedo entró en ella, cerró los ojos.

¡Qué maravilla!

Durante varios minutos, y sin quitarle las bragas de Bugs Bunny, Carlos la masturbó sobre la mesa. Sus caderas seguían el vaivén de su mano y, cuando ella se arqueó para hacerle saber que había llegado al clímax, él sonrió.

—Como se te ocurra decir algo del conejo que llevo en las bragas... —le advirtió ella—, la vamos a tener.

Carlos rio por su genialidad e, incapaz de callar, musitó:

—Ahora entiendo eso de *enconejada*...

—¡Vete al cuerno! —exclamó ella riendo y, mirándolo acalorada, preguntó—: Tendrás preservativos, ¿verdad?

Él asintió, y ella exigió:

—Pues ponte uno a la de ¡ya!

—¡¿Ya?!

Deseosa como en su vida y caliente como llevaba tiempo sin estarlo, ella repitió:

—¡Ya!

Carlos sacó entonces la mano del interior de sus bragas y fue a buscar su pantalón. Lo recogió del suelo buscando su cartera, sacó un preservativo y dejó otro sobre la mesa mientras preguntaba:

—¿Para todo eres así de exigente?

Venecia sonrió y, sin querer dar más explicaciones, afirmó mirando su culito redondo mientras observaba cómo él se bajaba el bóxer y se colocaba el preservativo:

—Sí. —Y, sin apartar la mirada de él, añadió—: Me gusta lo que veo.

Divertido, Carlos asintió y, acercándose a ella, le quitó las bragas, le abrió las piernas con morbo y, colocando la punta de su erecto pene en su mojada entrada, musitó:

—Pues espero que esto te guste más.

Acto seguido, mirándola a los ojos, Carlos se introdujo totalmente en ella. Ambos jadearon. Ambos se movieron y ambos disfrutaron. Las descargas placenteras se sucedían una tras otra, mientras ambos acoplaban sus cuerpos en busca de placer.

Era la primera vez que lo hacían...

Era la primera vez que se tocaban...

Era la primera vez que intimaban...

Pero algo en ellos los hacía entender que los límites, sus límites, estaban para saltárselos siempre y cuando los dos lo desearan y disfrutaran.

El ardiente momento repleto de gemidos y jadeos que nadie, a excepción de ellos, oía llegó a su punto más álgido y, cuando los dos se sacudieron y quedaron exhaustos, Carlos se dejó caer sobre Venecia. Recuperaba el resuello cuando ella dijo:

—Adoro esta banda sonora.

Él sonrió al oír su comentario, no esperaba que conociera esa música. Instantes después salió de ella y ambos se incorporaron para limpiarse, y él preguntó:

—¿Sabes qué banda sonora es?

—Sí.

—¿Viste la película?

Ella asintió.

—Las he visto todas.

—¿Todas? —quiso saber él.

—La que suena es la banda sonora de la última versión de *Ha nacido una estrella* —explicó Venecia—, protagonizada por Lady Gaga y Bradley Cooper.

Carlos asintió, y ella añadió:
—He visto las cinco versiones. Mi padre es un amante de...
—¿Cinco? ¿No son cuatro?
Cogiendo el sujetador del suelo, ella lo miró con horror e indicó al recordar a su progenitor:
—Mi padre y yo siempre decimos que son cinco. Lo que pasa es que la primera, de 1932, llevó el título de *Hollywood al desnudo*. Simplemente eso.
Sorprendido, Carlos asintió. No tenía intención de dejar que Venecia se fuera tan deprisa de su lado y, acercándose a ella, le quitó el sujetador de las manos y, cogiéndola entre sus brazos, preguntó:
—Y de todas las versiones, ¿cuál es tu preferida?
Venecia sonrió y, dejándose besuquear el cuello, respondió:
—Siempre he sentido predilección por la protagonizada por Barbra Streisand y Kris Kristofferson, sobre todo por la canción *Evergreen*, que le encantaba a mi madre. ¿La conoces? —Carlos negó con la cabeza, y ella añadió—: Pero ahora que he visto la de Gaga y Cooper, sin duda me quedo con esta última. Es magnífica. Y su música, increíble.
—Colosal —afirmó él, disfrutando de su contacto.
Un beso llevó a otro...
Una caricia a otra...
Disfrutaban de su contacto, de su compañía, y Carlos, sentándose en el sofá, tras ponerse otro preservativo, disfrutó de cómo Venecia le hizo el amor sentada a horcajadas sobre él, mientras de fondo sonaba la canción *Shallow*.

Tras aquel segundo asalto, en el que la complicidad entre ellos se hizo más evidente, durante varios minutos permanecieron sentados en el sofá abrazados, hasta que Carlos, al verla pensativa, preguntó:
—¿Te encuentras bien?
Ella lo miró. Aquello que acababa de suceder había sido increíble. Nada tenía que ver con el sexo que había practicado en

los últimos años con Jesús, y sonrió y respondió, rascándose la oreja:

—Sí..., es sólo que...

No continuó. No debía seguir pensando en aquél, pero Carlos preguntó:

—¿Has vuelto a saber algo de tu ex?

—¿De Jesús? —Carlos asintió y ella, sorprendida por la pregunta, contestó—. No.

A él le gustó saber eso y, dispuesto a verla otro día si ella quería, propuso:

—¿Esta vez me darás tu teléfono o sigo siendo un desconocido?

Venecia sonrió y, sin contestar, se levantó de su regazo y caminó hacia el lugar donde estaba su ropa.

No debía quedar de nuevo con él. No quería una relación. No deseaba a nadie fijo en su vida. Si Jesús, siendo un notario prudente y trajeado, se la había jugado, ¿qué no podría hacer aquel ambulanciero guaperas, guitarrista de un grupo de pop rock?

Y, pensando en cómo se comportaría la cabrona de su amiga Silvia en un momento así, preguntó con frialdad para desviar el tema:

—Este lugar debe de ser la polvera del grupo, ¿no?

Carlos se encogió de hombros.

—Es nuestro local de ensayo, pero no te voy a negar que en alguna ocasión alguno de nosotros lo ha utilizado.

Ella asintió y, tras un silencio raro e incómodo, dijo mirándolo mientras cogía sus bragas:

—Tengo que irme. Silvia me espera y...

—¿Cómo que te vas? —preguntó él sorprendido, recordando haber visto a su amiga en el local.

Necesitando alejarse él, que tan bien la hacía sentirse, ella repuso convencida de lo que quería mientras terminaba de ponerse las bragas:

—A ver, Carlos..., somos adultos. —Cogió los pantalones y empezó a ponérselos—. Acabo de salir de una relación en la que me han roto el corazón y no busco ni novio, ni marido, ni plan, ni nada. Sólo pretendo pasármelo bien con quien a mí me dé la gana, sin pensar en nada más, ¿entiendes?

A él le había quedado todo muy claro y, encogiéndose de nuevo de hombros, asintió.

—Entiendo.

En silencio, los dos terminaron de vestirse y, una vez que acabaron, cuando ella se dirigió hacia la puerta, él la detuvo y, mirándola, comentó:

—Algunos sábados por la noche, cuando no trabajo, mi banda y yo tocamos aquí. Ya sabes dónde localizarme.

Ella asintió. Le resultaba incómodo ser tan fría con aquél tras el bonito momento que habían pasado juntos, pero sintiendo que necesitaba tiempo para ella, se despidió.

—Adiós, Cancún.

Oír eso y ver su frialdad hizo sonreír a Carlos, que, sin acercarse a ella, respondió:

—Adiós, Venecia.

Tras salir ambos del local de ensayo, se separaron, y ella, sin esperar a que Carlos cerrara la puerta con llave, continuó su camino. Tenía que localizar a Silvia.

Cuando la encontró donde ella le había indicado, su amiga, al ver su cara, afirmó:

—No te pregunto qué tal porque ya lo veo en tu cara.

Venecia sonrió acalorada.

—¡Increíble!

Silvia vio entonces que Carlos pasaba por su lado, pero no se detenía ni las miraba siquiera, por lo que preguntó:

—¿Habéis discutido?

Venecia dio un trago de la copa de su amiga y, mirando a Carlos, que se acercaba sonriendo a un grupo del fondo, dijo al ver sonreír a unas muchachas:

—No.

—¿Y por qué no os miráis?

Con cierto resquemor al ver que él reía con aquellas chicas, que le sonreían como tontas, Venecia se apresuró a decir:

—Porque ha sido lo que ha sido, nada más. Y ahora, venga, vámonos. Estoy cansada.

Divertida y sorprendida, Silvia no preguntó más. Se terminó su copa y, siguiendo a su amiga, salió del local. Estaba claro quién había sido la triunfadora esa noche y, sin duda, no había sido ella.

18

—Central a uvi doce.

La ambulancia, en la que Carlos iba con sus compañeros, estaba abandonando el hospital 12 de Octubre tras haber llevado una urgencia y, al oír la llamada, rápidamente contestaron:

—Adelante, central.

—Dirigíos a la calle Nuestra Señora de la Luz —les indicaron desde la central—. Accidente con atropello de dos víctimas. Varón de unos treinta y cinco años y dos mujeres de entre veinticinco y treinta y cinco. Policía en el lugar. Uvi catorce va en camino.

Carlos miró a sus compañeros y Yolanda, la médica, murmuró dirigiéndose a Ernesto, el enfermero:

—Vaya día llevamos.

—Y nos lo queríamos perder —afirmó Susana, técnico y conductora en ese momento.

Carlos presionó el botón y las luces y la sirena de la ambulancia se encendieron, mientras Susana sorteaba con habilidad el tráfico. Instantes después, Carlos abrió su tablet con geolocalizador para dar paso al servicio y afirmó por radio:

—Clave uno. Vamos para allá.

—Recibido —indicó la central.

Como siempre que recibían un aviso, eran diligentes y disciplinados. Sabían que su tiempo de respuesta era esencial. Debían actuar con rapidez, pero también con serenidad y precisión. Un fallo en su trabajo podía ser catastrófico.

Una vez que llegaron a la calle Nuestra Señora de la Luz, vieron de inmediato dónde estaba el origen de su llamada. Por suerte, la policía ya les había facilitado parte del trabajo desviando el tráfico y asegurando el paso de la ambulancia, y entonces Carlos dijo cogiendo la radio:

—Uvi doce a central. Clave dos. Llegada al sitio de intervención. Policía en el lugar.

—Recibido, uvi doce. Uvi catorce está en camino. Valorad e informad.

—Recibido, conforme.

Cuando Susana paró la ambulancia cerca del coche siniestrado, médica y enfermero salieron por la puerta trasera y un policía les indicó:

—Una de las mujeres está bastante mal. Cuando hemos llegado, el conductor había salido solo del coche.

Carlos miró hacia el lugar donde aquél indicaba y dijo:

—Cogeré el maletín de ataque.

La médica, al oír eso, dijo al ver que todavía no había llegado la otra uvi:

—Ve con el hombre e infórmame mientras valoro a las mujeres.

—De acuerdo —afirmó él.

Sin perder tiempo, Carlos y Susana se acercaron hasta el hombre, que estaba tendido en el suelo y tenía sangre en la boca. Estaba aún aturdido.

Lo primero que tenían que hacer era ver su estado de consciencia y orientación y, agachándose, lo saludó con afabilidad.

—Buenos días, soy Carlos, técnico de la ambulancia; ¿cómo te llamas?

El hombre, al oírlo, lo miró y, aún turbado, respondió:

—Emilio..., me llamo Emilio.

Carlos asintió y, con una linterna para mirar sus pupilas, insistió:

—¿Qué edad tienes?

—Treinta y ocho... Me duele el brazo.

Carlos asintió. Tenía un buen golpe en la cara, su cabeza debía de haber dado con el cristal, y preguntó:

—¿Recuerdas adónde ibas?

El hombre, a pesar de lo dolorido que estaba, asintió.

—A comprar el pan. Ellas han salido de entre los coches y...

Carlos y Susana se miraron. El hombre estaba consciente y orientado y, cuando iban a hablar, aquél preguntó:

—¿Ellas están bien?

Susana miró hacia el lugar donde trabajaban sus compañeros e indicó:

—Tranquilo. En cuanto lo sepamos, te decimos.

El conductor del vehículo asintió asustado, mientras Carlos comprobaba que no tuviera ninguna hemorragia en cabeza, tronco ni piernas. Lo más aparatoso era el hematoma de la zona del globo ocular derecho.

—Mi brazo..., me duele el brazo —se quejó aquél.

Con diligencia, Susana y Carlos prestaron atención al brazo. Podía moverlo, lo que descartaba una fractura, e inmovilizándoselo, Carlos repuso:

—Tranquilo, parece un esguince o una contusión.

—¡Dios, qué dolor! —se quejó de nuevo el herido.

Susana sacó suero fisiológico y clorhexidina del maletín y, junto a su compañero, realizó las primeras curas; entonces la médica se acercó a ellos. Carlos le dio su valoración y la doctora indicó, viendo a Ernesto con las mujeres:

—Carlos, ponle suero y un calmante.

Él sacó lo que la médica le había pedido y procedió a ello. Como profesionales que eran, sabían muy bien cómo coordinarse, y Susana dijo:

—Voy a la ambulancia a por un colchón de vacío para trasladarlo.

Una vez que ella se fue, Carlos cogió algo del maletín y dijo:

—Emilio, ahora te voy a colocar un collarín para evitar daños neuronales durante la movilización.

El hombre asintió con cara de susto y la médica afirmó:

—Perfecto.

De pronto, se oyó la sirena de la otra ambulancia, que llegaba, y cuando los compañeros, tras aparcar, corrieron hasta ellos, la médica indicó:

—Vosotros llevad a las mujeres. Nosotros nos llevamos a este paciente al 12 de Octubre.

Minutos después, tan pronto como cargaron a los heridos en las ambulancias, las uvi 12 y 14 se dirigieron todo lo rápidas que pudieron al hospital. Trasladaban heridos.

19

—¡Esta noche quemamos Madrid! —afirmó Elisa.

—¡Y tanto! —Rosa sonrió.

—¿Quieres ensalada? —le preguntó Silvia a Venecia.

Ésta miró el plato. Luego miró las patatas fritas y, lanzándose hacia lo segundo, se mofó:

—Toda tuya. Definitivamente, mi media naranja son los carbohidratos.

El buen humor estuvo presente durante toda la cena.

Por fin las cuatro estaban de cena y, sin duda, querían pasarlo bien.

Durante la velada, olvidándose de sus propios problemas, las chicas charlaron animadas acerca de adónde ir después. La más puesta en locales de copas, por el tipo de vida que llevaba, era Silvia, y tras cenar, dejándose guiar por ella, se fueron a tomar algo a un sitio llamado El Clon.

Al entrar sonaba *Échame la culpa*, de Luis Fonsi y Demi Lovato, y las cuatro, bailoteando, se dirigieron a la barra.

—Buenas, noches chicas —saludó el camarero—. ¿Qué os apetece tomar?

Silvia sonrió y, mirándolo, musitó:

—Para empezar, tú no estarías nada mal...

El camarero sonrió. Estaba acostumbrado a ese tipo de vaciladas por parte de las mujeres, y Rosa, roja como un tomate, susurró:

—Silvia..., por favorrrrrrrrrr.

—¿Qué?

Molesta por aquello, Rosa cuchicheó:

—Luego decimos de los hombres y sus contestaciones machistas.

Sorprendida, Silvia se encogió de hombros.

—Llevo media vida soportando que me miren las tetas, que me miren el culo, que hablen de mí cuando paso frente a ellos, ¿y ahora me vienes tú con remilgos?

Elisa, que entendía ambas posturas, trató de poner paz.

—A ver, chicas. Cada una lleváis vuestra parte de razón. No dramaticemos.

El camarero, que lo había oído todo, sonrió y dijo mirando a Rosa:

—Si te quedas más tranquila, te diré que las palabras de tu amiga no me han molestado. Al revés, me han adulado. Prefiero ese tipo de bromas a cuando un tipo que va pasado de copas se acuerda de mi madre a las cuatro de la madrugada.

—¡Qué horror! —exclamó Rosa.

Entonces Silvia, tras darle un beso en la mejilla a la horrorizada de su amiga, preguntó:

—Vamos, chicas, ¿qué queréis tomar?

—Un zumo de piña —pidió Elisa.

—Yo de tomate —afirmó Rosa.

Venecia, al oírlas sonrió. Bailoteaba la canción *Sin pijama*, de Becky G y Natti Natasha, y, mirando a Silvia, iba a decir algo cuando su amiga preguntó:

—¿Y así queréis quemar Madrid? ¿Con zumitos?

Elisa suspiró, no le apetecía beber alcohol, y Rosa, entendiéndola, indicó:

—Tienes razón —y, dirigiéndose al camarero, pidió—: Dos Sprite con ginebra rosa para Elisa y para mí.

—Así me gusta, ¡arriesgando! —se mofó Silvia.

Durante una hora las cuatro amigas rieron, charlaron y canturrearon en aquel local plagado de gente dispuesta a pasarlo bien, hasta que de pronto Venecia cuchicheó mirando a un chico:

—Madre mía, pero ¿habéis visto qué brazaco tiene?

Divertidas, todas miraron a aquel que, sin duda, se machacaba en el gimnasio.

—A ver, flores —dijo Silvia—, lo que hay que mirar en un tío es el pulgar.

—¿El pulgar? —preguntó Rosa descolocada.

Silvia sonrió. A pesar de los años que habían pasado juntas, aún le encantaba la inocencia de sus amigas en ocasiones y, mirando a Rosa, repuso:

—¿Tú no sabes que el tamaño del pene se refleja en sus manos?

—¡¿Qué?! —exclamó ella.

Elisa rio.

—Yo eso lo había oído, pero en referencia a su nariz. Cuanto más prominente..., pues eso..., ¡más grande!

—Pues yo siempre he oído eso de los pies... —se mofó Venecia.

—Supongo que todo tendrá algo de verdad —replicó Silvia—, pero, chicas, si queréis saber si la tiene grande o no, sólo hay que mirarle el pulgar de la mano derecha.

Sin ser conscientes de lo que hacían, todas miraron hacia los dos tíos que a su derecha se tomaban algo y Elisa, gesticulando, murmuró:

—Como eso sea cierto, lo de este hombre tiene que ser de escándalo.

Divertidas y cómplices, rieron, y un grupo de mujeres que había al lado, al oírlas, se unieron a las risas. Eran tres. Tres mujeres, como decía una de ellas, ¡felizmente divorciadas! Y, entre risas y complicidad, se contaron sus vidas hasta que una de las desconocidas dijo:

—Este lugar tiene karaoke. Pidamos una canción y subamos al escenario a cantar.

Sin dudarlo, Venecia le pidió al camarero el libro donde estaban las canciones y, tras ver una, exclamó:

—¡Ésta!

Diez minutos después, los dos grupos de mujeres, que se había convertido en uno solo, subieron al escenario a cantar entre risas el tema *Lo malo*, de Ana Guerra y Aitana.

* * *

Durante tres horas, las siete mujeres charlaron, se contaron sus vidas, bailaron y, cuando a las cuatro de la madrugada las otras se fueron, Venecia dijo mirando a sus amigas:

—El amor es una mierda. A partir de este instante, me pongo en *modo cabrona*.

Todas soltaron una carcajada y Silvia afirmó mirándola:

—Cariño..., estás hablando de mí.

Elisa suspiró. Estaba claro que, siendo las tontorronas confiadas que habían sido, las cosas no les habían ido muy bien; entonces, mirándolas, propuso:

—Oye..., ¿y si creamos un club?

—Woooo, qué mal suena eso —cuchicheó Silvia.

—¿El Club del Antiamor? —sugirió Elisa.

Venecia cogió su copa. Estaba sedienta.

—Suena fatal —se mofó Silvia.

Rosa, al ver que Venecia pensaba beberse la copa de un trago, se la quitó de las manos y murmuró:

—¿Y qué tal el Club de las Mujeres Desesperadas?

—¡Qué horror! —Silvia rio.

Venecia recuperó la copa de manos de Rosa y, tras dar un trago, sugirió:

—¿Y qué tal el club Cabronas sin Fronteras?

—No me jorobes... —resopló Elisa.

Silvia, muerta de risa, musitó:

—Me encanta, ¡reconozco que me encanta!

Rosa sacudió la cabeza.

—¡La Virgen! ¿Y a qué se supone que se dedica ese club?

Venecia se encogió de hombros.

—A vivir, ser felices y pensar en nosotras mismas.

—Me gusta. —Elisa sonrió.

—Y a mí —afirmó Rosa.

Divertidas, las cuatro se miraron, y Silvia, levantando su copa, cuchicheó:

—Esto se merece un brindis.

Enseguida las cuatro cogieron sus bebidas y, tras chocarlas, Venecia declaró:

—Bienvenidas al club Cabronas sin Fronteras.

Todas rieron, y Silvia afirmó:

—Y yo, como cabrona licenciada que soy, puedo enseñaros.

—Miedito me das —murmuró Rosa.

Elisa sonrió y, cuando fue a hablar, un hombre de mirada nada recomendable se puso al lado de Venecia y preguntó:

—¿De qué os reís tanto?

Inconscientemente, todas miraron su minúsculo pulgar y Venecia afirmó:

—Créeme, no te gustaría saberlo.

De nuevo soltaron una risotada. Aquél era el típico pesadito que se creía un matador, cuando sólo era un pagafantas, e insistió:

—¿Qué hacen unas bellezas como vosotras tan solitas?

—¡¿Solitas?! —se mofó Silvia.

El tipo asintió.

—¿Dónde están vuestros hombres? Porque ya los treinta y cinco no los cumplís ninguna, a no ser que seáis la típica pandilla de amiguitas divorciadas que sale de caza los viernes.

—¡Será atontado! —masculló Rosa.

Por desgracia, en el mundo había trogloditas que aún pensaban así, y Venecia, mofándose, miró a sus amigas y preguntó:

—¿Cómo reaccionaría una Cabrona Sin Fronteras ante un caso así?

—Patadita en la entrepierna.

—¡Elisa! —protestó Rosa.

Y Silvia, acercándose a Venecia, la agarró por la cintura y, dispuesta a echar a aquel tipo de su lado, replicó sin problemas:

—En cuanto a lo de que no cumplimos los treinta y cinco, tienes razón. Por suerte, la edad es un grado y eso nos da experiencia para saber lo que nos gusta en la vida y lo que no. Y, en cuanto a los hombres, la caza y los viernes, de eso vamos sobradas. ¿Y sabes por qué? —Él negó con la cabeza y Silvia, pegándose a Venecia, le dio un beso en los labios y, cuando acabó, añadió—: Porque, teniéndonos a nosotras, no necesitamos nada más.

El tío, horrorizado al ver aquello, dio un paso atrás, y cuando segundos después desapareció, Venecia soltó mirando a su amiga:

—Menuda cabrona estás tú hecha...

Silvia sonrió y Rosa, boquiabierta por lo que acababa de presenciar, exclamó:

—¡La Virgen!

Estaban riendo sobre aquello cuando otro tipo se acercó y, sin molestarlas y con educación, se colocó en la barra para pedir. Las chicas lo miraron encantadas, y Elisa musitó:

—Igualito que el unga-unga.

Todas asintieron. Sonaba la canción de Maroon 5 *Girls Like You*, y Silvia musitó:

—A ver, flores. Lección número uno: cómo ser una cabrona y entrarle a un tío que te gusta.

—¡Silvia! —Venecia rio.

—¿Y serás capaz? —cuchicheó Rosa.

—Ya lo verás —afirmó la abogada.

Segundos después, ésta se colocó en la barra junto a aquél, tosió y, cuando él la miró, Silvia dijo con una candorosa sonrisa:

—¿Puedo hacerte una pregunta?

El tipo asintió.

—¿Sabes cuánto pesa un oso polar? —preguntó ella entonces.

Sorprendido e interesado por la pregunta, él musitó:

—No, ¿cuánto?

Silvia sonrió y luego respondió con una seguridad aplastante:

—Lo suficiente como para romper el hielo entre tú y yo. Hola, soy Silvia. ¿Cómo te llamas?

Él soltó una carcajada y Rosa, mirándola, cuchicheó:

—¡Qué fuerteeeeeeeeeeeee!

—¡Qué maestra! —Venecia rio.

—¡Qué cabronaaaaaaaaa! —se mofó Elisa.

Entonces él, tras darle dos besos a Silvia, contestó:

—Soy Marcos. Encantado.

Durante unos minutos, aquellos dos hablaron, hasta que él se marchó de la barra y regresó junto a su grupo y Silvia, volviéndose hacia sus amigas, declaró:

—Y esto, queridas mías, es la lección número uno de cómo ser una cabrona y entrarle a un tío que te gusta. Clara y directa. Por cierto, ¡buen pulgar el de él!

—Loca me has dejado —afirmó Elisa sonriendo.

Divertidas y entre risas prosiguieron hablando del tema, hasta que en la conversación salieron a relucir los hijos de Rosa y Silvia afirmó:

—Reconozco que adoro a tus hijos, pero yo no tengo instinto maternal.

—¡No digas tonterías! —gruñó ella.

—No es que no tengas instinto —terció Venecia—, es que nunca te lo has planteado. ¿O acaso me vas a decir que en los últimos años de cabrona te has planteado tener hijos?

Silvia negó con la cabeza. Con su ritmo de vida, nunca se había permitido pensar en el tema niños.

—La verdad es que no quiero renunciar ni a mi tiempo, ni a mi carrera, ni a mi vida. Y, con treinta y ocho años que tengo, si algo tengo claro es que no quiero hijos. Tenedlos vosotras. Yo prometo mimarlos, cuidarlos, malcriarlos, pero no..., yo no quiero hijos.

Rosa protestó y Elisa, al oírla, dijo viendo a Silvia intercambiar una mirada con el del oso polar:

—A ver, Rosa, no todas las mujeres nacen queriendo ser madres.

—Pero es tannn bonitoooooooo —insistió la aludida.

Elisa y Venecia se miraron, y la segunda indicó:

—No lo dudamos, pero digamos que ser madre hoy por hoy ¡es una opción!

—¿Tú quieres serlo?

Todas miraron a Venecia. Ella había pensado en el tema cuando estaba con Jesús, y cuchicheó:

—Actualmente, no.

Estaban hablando de aquello cuando en el local entró un grupo de hombres ruidosos y Elisa, horrorizada, musitó:

—Madre mía, cuánto *heterotroglodita.*

—Alerta, ¡cabronas! —se mofó Venecia.

Todas miraron hacia el lugar donde estaban aquellos que se creían tan graciosos y se hacían los machotes, y entonces Rosa cuchicheó:

—Acordaos de mi frase *made in Rose*: «Hay mucho hombre que se cree macho ibérico y acaba siendo cabra hispana».

Divertidas, rieron por aquello, y Venecia masculló:

—Si mi madre los viera, diría que son una panda de cuarentones pitopáusicos. —Y, mirando a Elisa, dijo—: Voy al baño, ¿vienes?

Aquélla asintió e, instantes después, desaparecieron.

De camino, Venecia y Elisa iban charlando cuando esta última oyó:

—Hola.

Ella miró con curiosidad. A su lado tenía a un tipo al que no conocía de nada y, sin ganas de confraternizar con él, soltó:

—¡Adiós!

Venecia sonrió divertida y Elisa, mirándola, aclaró:

—Aprendiendo a ser una cabrona.

Silvia, que se había quedado con Rosa, al ver que su amiga miraba mucho a un hombre que se había acercado a la barra, le preguntó:

—¿Qué te pasa?

—Nada.

—Estás rojaaaaaaaaaaa...

Rosa asintió. Aquel hombre le había sonreído al llegar y ella no estaba acostumbrada a tener que devolverles la sonrisa.

—Chisss, ¡cállate! —dijo y, sonriendo, cuchicheó—: ¿Has visto qué pulgar tiene?

—¡Rosaaaaaaaaaaaaa! —Silvia rio a carcajadas. Y, queriendo que su amiga se divirtiera, la azuzó—: Vamos, dile algo.

—Nooooooooo.

—¡Venga!

—Que noooooooooooooo.

—Atrévete, ¡eres una cabrona!

—No. Y eso de ser una cabrona... ya se verá.

Con el rabillo del ojo, Silvia vio que aquel tipo miraba a Rosa, e insistió:

—Éntrale. No tienes que acostarte con él. Sólo habla, ¡relaciónate!

—No puedo...

—¡Sí puedes!

—¡¿Y qué le digo?!

—Sé clara y directa.

Rosa asintió. Algún día tenía que dar el primer paso hacia su nueva vida, por lo que miró al tipo y, cuando éste le devolvió la mirada, sin moverse del lado de Silvia soltó alto y claro:

—Hola..., voy a ser directa: tengo tres hijos y ¡estás buenísimo!

Según dijo eso, el tipo cogió su bebida, dio media vuelta y se alejó de ellas.

Rosa miró a Silvia, que opinó divertida:

—Querida cabrona, acaba usted de poner en práctica la lección «Cómo asustar a un hombre»... Pero ¿cómo se te ocurre mencionar a tus hijos?

—Aisss, Silvia..., ¡y yo qué sé!

Una hora después, las cuatro amigas bailaban al compás de la música que sonaba por los bafles, y Elisa comentó:

—Me matan estos zapatos.

—Y a mí se me clava el sujetador —gruñó Rosa.

—Quítate los zapatos. Quítate el sujetador —soltó Silvia, que había vuelto a hablar con el del oso polar.

—Sí, hombre, voy a dejar las domingas sueltas... —protestó Rosa.

Minutos después, Elisa y Rosa repitieron por enésima vez sus pesares e indicaron que querían regresar a sus casas; Silvia, que ya sabía cómo iba a terminar la noche, preguntó:

—¿Así quemáis vosotras Madrid y queréis ser unas cabronas?

Ninguna contestó, y Silvia, segura de sí misma, añadió:

—Queridas, u os espabiláis o el mundo os va a comer. —Y, antes de que dijeran nada, indicó—: Anda, pequeñas cabroncitas, llamad a un taxi y regresad a casa.

—Las llevaré yo. Mañana tengo que madrugar e ir con mis padres al hospital —se ofreció Venecia. Y, al ver cómo la miraba su amiga, comentó—: No te hagas la víctima, que te conozco y sé con quién vas a terminar la noche.

Silvia sonrió.

Cinco minutos después, las tres amigas se dirigían al coche de Venecia mientras Silvia se acercaba a la barra para pedir otra copa y, tras ella, oyó que una voz decía:

—Invito yo.

* * *

Una vez que Venecia hubo llegado a su casa, saludó a *Traviata*, se desnudó. Se desmaquilló y se recogió el pelo en una coleta alta, se puso el pijama y, sentándose en su sofá, cogió el mando a distancia y puso la televisión. No tenía sueño. Durante un rato zapeó en busca de algo interesante, pero, al no encontrar nada, localizó con la mirada su portátil y sonrió. Escribiría una nueva entrada en su blog.

Sin embargo, cuando iba a hacerlo, se le ocurrió algo. Con una sonrisa en los labios, abrió una cuenta nueva, eligió una plantilla que le gustó y creó un nuevo blog.

Luego pensó que debía ponerle un nombre. Tenía claro que lo firmaría como «Cabrona» y, sonriendo, murmuró:

—«Bienvenida al club Cabronas sin Fronteras». ¡Qué buen nombre para el blog!

Y, dicho esto, abrió un hilo para escribir un post y tecleó con una sonrisa en los labios:

En ocasiones, cuando menos te lo esperas, la vida te da un revés que te deja durante un tiempo sin saber qué decir o qué hacer.

Pero, oye, ¡sobreviví al revés!, y estoy dispuesta a devolvérselo a la vida, porque me he percatado de que el cuento, tal y como yo lo conocía, ha cambiado, y ahora soy una de esas princesas que deciden ser guerreras y, sobre todo, ¡se salvan solas! ¡Dragones y villanos..., preparaos!

Crecí viendo a unos padres enamorados. ¡Qué bonito!

Crecí creyendo que el amor superaba todo lo malo. ¡Qué dulce!

Crecí sintiéndome esa princesa que un día encontraría a su príncipe azul... ¡Qué tonta!

Y, cuando crecí..., vi que eso que yo tanto había idealizado llamado amor ¡era una mierda!

Y, sí, amiguita, sí.

Hoy por hoy, tras sufrir una terrible traición por parte de mi ex, tengo claro que el amor y yo estamos reñidos, ¡no nos hablamos!

Es más, como se le ocurra hablarme, le voy a dar tal revés que el que se va a quedar sin saber qué hacer ni qué decir va a ser él.

Mi ex, ese que le quitaba los bordes a la tortilla de patata porque decía que si se los comía lo mareaban (gilipollez máxima), sin saberlo, ha creado una ¡CABRONA!

Es más, a partir de hoy, primero yo, luego yo y después yo.

¿Y por qué pienso así?

1. Porque no estoy dispuesta a hipotecar de nuevo mi vida por amor. El amor es para los incautos.

2. Porque en mi caso ha llegado el momento de quitarse la coronita de princesa para vestir una estupenda armadura.

3. Porque he decidido ser una cabrona. Cero sentimientos.

Sí..., sí... Has leído muuuuuuuuuuuuuy bien.

CA-BRO-NA. Con todas sus letras.

Dicen que los blogs para mujeres son aburridos porque sólo hablan de cremas, celulitis, ropa, etcétera. Vamos..., cosas femeninas. Pues bien, pienso seguir hablando de cosas femeninas, pero desde mi punto de vista. Desde el punto de vista de una CABRONA (oséase, YO).

Mi intención es hablar con libertad de todo lo que se me antoje, y espero que participes y te guste.

Por tanto, amiga CABRONA, démosle caña al blog.

Y si, por un casual de la vida, has sufrido por eso que se llama amor y actualmente estás sola y perdida, sólo te puedo decir dos cosas. La primera, ¡desahógate y cuéntamelo! Y la segunda...

BIENVENIDA AL CLUB CABRONAS SIN FRONTERAS.

CABRONA

Una vez que lo acabó, lo leyó y sonrió.

Tenía treinta y siete años. Era dueña de sus palabras y de su vida, y ahí estaba el resultado. Por ello, sin ningún sentimiento de culpabilidad, lo colgó. Total, sólo lo leerían sus amigas.

Después copió el enlace y, tras enviárselo a sus amigas y a su hermano por WhatsApp, tecleó:

Mi nuevo blog. Es secreto y nadie
debe saber que soy yo.

Instantes después, Silvia escribió:

¡A sus pies, Cabrona!

Rosa no tardó en poner:

¿En serio?

Elisa:

¿Por qué el nombre de nuestro club?

Y su hermano:

Como lo lea mamá, acaba en la uci.

20

Al día siguiente, por la mañana, a pesar de tener el cuerpo un poco revuelto por la fiesta de la noche anterior, Venecia estaba con su madre en la cafetería del hospital, tomándose un refresco.

Con esfuerzo, ella, su hermano y su madre habían decidido no decirle nada a Fernando en lo referente al problema que se les había presentado con el médico y habían seguido pagando sus visitas mientras buscaban otras opciones. Tenía que haberlas y harían todo lo que pudieran por él y por su bienestar.

Cuando estaba con sus padres, Venecia solía aparcar el teléfono. Sabía cuánto les molestaba a éstos verla trasteando con el *aparatito*, como decían ellos. Pero, como necesitaba telefonear al trabajo, lo encendió y llamó. Una vez que hubo terminado de hablar con Vanessa, se fijó en que tenía varios wasaps de sus amigas, pero decidió esperar. Quería prestarle toda su atención a su madre.

Guardó el teléfono en su bolso mientras su madre, mirando los papeles que tenía delante, comentaba:

—Me han dicho en la Seguridad Social que para que tu padre pueda asistir a las sesiones de fisioterapia hay que apuntarlo a una lista de espera de al menos ocho meses.

—Mamá..., eso no puede ser. Papá necesita seguir con la actividad actual.

—Lo sé, hija, lo sé. Pero ¿de dónde sacamos el dinero para pagarlo?

Venecia lo pensó. Ella vivía en un piso de alquiler, pero tenía sus ahorrillos. Ahorrillos que, con esfuerzo, llevaba años juntando para cumplir algún día su sueño y montar su propia clínica veterinaria.

—He echado cuentas, hija. Y, al mes, para sufragar todos los gastos de tu padre, necesitamos tres mil euros... ¡Tres mil! Por Dios, ¿de dónde vamos a sacarlos, hija?

Venecia resopló. Pedro, el cuidador que iba a casa de sus padres, y del que ya no podían prescindir, cobraba mil euros. Luego había que pagar las medicinas, los fisios, los desplazamientos, los imprevistos. Y, cuando iba a decir algo, su madre musitó:

—Cariño, esto se nos escapa de las manos, y lo sabes.

—Lo sé, mamá. Lo sé.

—La maldad de tu exsuegra me ha dejado sin habla —protestó Aurora—. Nunca imaginé que, por el hecho de no casarte con su hijo, originaría el...

—Mamá. ¡Se acabó!

Venecia era consciente de todo. Y, mirando a aquélla, a la que adoraba, repuso:

—Papá se merece lo mejor de lo mejor y hay que seguir intentándolo.

—Pero, hija, el dinero que me estás dando era para tu clínica veterinaria y no sé cuándo te lo vamos a poder devolver.

—Mamá. Tú, papá y Álex sois más importantes que una clínica, ¿entendido?

Aurora sonrió. Sabía lo mucho que sus hijos se esforzarían porque así fuera e, intentando hacer olvidar a su pequeña aquella angustia, preguntó para cambiar de tema:

—¿Cómo le va a Rosa?

Venecia sonrió. Su amiga había comenzado a trabajar hacía una semana.

—Está feliz y, aunque añora a los niños, se siente bien.

Aurora sonrió. Conocía a las amigas de su hija y, asintiendo, afirmó:

—Me alegra saber que ha rehecho su vida tras lo ocurrido.

—Sí, mamá. Así es.

—Menudo sinvergüenza, el marido...

—Pues sí.

—¿Y Elisa cómo está? Porque también menudo sinvergüenza el novio...

Venecia sonrió. Visto desde fuera, el desastre se había cebado en ella y sus amigas, y cuando iba a responder, su madre añadió:

—Vaya temporadita que habéis tenido, hija de mi alma. Ahora sólo espero que las cuatro encontréis el amor de nuevo.

—Mamá...

—Hija, ya sabes que soy de las que piensan que la media naranja de toda persona existe. Sólo hay que coincidir con ella y darse cuenta.

—Mamá..., qué romántica eres.

Aurora sonrió y, cambiando de tema para que su hija no se agobiara, cuchicheó:

—Por fin tu hermano regresa de Canadá.

—¡Genial!

—Pero, vamos a ver, ¿qué ha estado haciendo allí casi dos meses y medio?

Venecia se preguntaba lo mismo, pero, sin querer darle importancia, repuso:

—Pues habrá estado trabajando, mamá. Ya sabes cómo es su trabajo.

—Pero ¿dos meses y medio?

—Mamáaaaaaaaaaaaaa.

Aurora asintió. El trabajo de su hijo era así y, para cambiar de tema, recordando algo que le había contado su hermana, indicó:

—Pues, según tu tía Mari, tu prima le ha dicho que está saliendo con el actor ese que sale en la serie «Punzaditas de chocolate». ¿Sabes cuál es?

Al oír eso, Venecia sonrió. Su prima Claudia era Antoñita la Fantástica, e indicó:

—Ni caso, mamá. A Claudia le gusta mucho *shippear*.

—¡¿*Shippear*?! ¿Qué es eso, hija? —exclamó Aurora—. Aunque, si es una gorrinada, prefiero no saberlo.

Venecia sonrió. La especialista en tenerla al día en todo tipo de palabras nuevas que salieran en el mercado era Silvia, y, mirando a su madre, explicó:

—Mamá, *shippear* es alcahuetear.

Aurora asintió y, sin querer preguntar más sobre aquellas palabras tan raras que su hija decía en ocasiones, cuchicheó:

—Por cierto, tengo una sorpresa para tu padre.

—¡Cuenta! —Venecia sonrió.

—Hablé con el médico de Fernando y le pregunté si habría problema en llevármelo unos días a Asturias —dijo Aurora—. Me contestó que ningún problema, siempre y cuando continuara con la medicación y sus ejercicios con Pedro. Por tanto, hice una reserva en ese hotelito de Asturias que tanto nos gusta y dentro de unos días nos iremos los tres.

—Eso es fantástico —afirmó Venecia.

—¿Crees que a tu padre le gustará la sorpresa?

Ella asintió no muy convencida. Últimamente con su padre nunca se sabía, pero, consciente de que su madre necesitaba aquel viaje, dijo dispuesta a hablar con él:

—Le encantará.

Estaba charlando con su madre cuando miró hacia la puerta de la cafetería y se quedó muy sorprendida al ver a Carlos entrar con una muchacha que iba vestida igual que él.

La última vez que lo había visto había sido la noche en que terminó con él en su local de ensayo. De eso hacía ya casi un mes.

Sin que él se percatase de su presencia, con disimulo, lo siguió con la mirada y vio cómo la muchacha que había entrado con él se desviaba hacia una mesa donde esperaba una chica y, tras darse un beso en los labios, se sentó junto a ella.

A Venecia le entró calor. Recordar lo que había hecho con él el último día que se encontraron era como poco abrasador y, retirándose el pelo del rostro, se centró en su madre. Era lo mejor.

Carlos estaba abstraído mirando su móvil cuando llegó a la barra. Procuraban desayunar entre aviso y aviso, y sin necesidad de decir nada, Rosana, la camarera, puso ante él una botellita de agua.

—¿Qué tal el día? —preguntó aquélla.

Carlos suspiró y cogió la botella.

—No muy bien.

Rosana, como otras muchas, se deshacía cuando Carlos iba a la cafetería y, consciente de sus gustos, preguntó:

—Quieres un bocata calentito de beicon con queso, ¿verdad?

—¡Sí! —asintió él sonriendo.

En la mesa, mientras su madre le hablaba del viaje que tenía previsto hacer con su padre, Venecia volvió a mirarlo con disimulo. Era un tipo que, sin ser guapo de manual, era muy atractivo. Esos ojos azules suyos eran seductores. Esa pinta de vikingo con los tatuajes en los brazos, excitante. Sin duda era el típico tío del que huir. Pero, a diferencia de las otras veces, en esta ocasión estaba serio. ¿Qué le ocurría?

Venecia miró a la camarera. Estaba claro que ya se conocían; su lenguaje corporal así lo gritaba.

Aurora, al ver cómo su hija miraba al joven que estaba en la barra y que, por su vestimenta, parecía uno de esos muchachos que solían ir en las ambulancias, preguntó:

—¿Lo conoces?

Rápidamente, Venecia respondió, retirándose el pelo de la cara:

—No.

Su madre asintió y, acercándose a ella, cuchicheó:

—Pues, para no conocerlo, llevas un buen rato sin quitarle ojo.

Al oír eso, Venecia miró a su madre y, al ver su gesto de mofa, claudicó:

—Vale, sí. Lo conozco.

Aurora sonrió. Volvió a mirar al chico y preguntó:

—¿De qué conoces al ambulanciero?

Al oír eso, Venecia sonrió. Y, recordando las palabras de aquél, indicó:

—No es ambulanciero, mamá, es TES.

—¿TES? ¿Qué es eso?

Viendo a Carlos sonreírle a la camarera, la joven explicó:

—TES es Técnico de Emergencias Sanitarias.

—Tú y tus extrañas palabras —apuntó Aurora cabeceando.

—Te aseguro, mamá —sonrió ella divertida—, que esa palabra no se la he puesto yo.

En ese instante, a Aurora le sonó el teléfono, que tenía sobre la mesa, y al ver que era un mensaje de la consulta donde estaba su marido, dijo después de leerlo:

—El médico de tu padre quiere verme.

Inquieta por aquello, Venecia hizo ademán de levantarse para ir con ella, pero su madre la detuvo.

—Mejor quédate aquí.

—Mamá...

—Hija, no sé si Pedro y tu padre vendrán a buscarnos aquí o irán directos al parking. Alguna tiene que quedarse por si acaso.

Venecia asintió. Su madre tenía razón.

—De acuerdo, ve. Yo espero aquí.

Segundos después Aurora desapareció y Venecia comenzó a agobiarse. ¿Para qué quería ver el médico a su madre?

Estaba pensando en ello cuando, al levantar la vista hacia Carlos, se encontró con que él la estaba mirando.

¡La había visto!

E, inconscientemente, al verlo sonreír, ella sonrió también. Instantes después, él se le acercó con un bocadillo en la mano y saludó.

—Novia de la muerte..., ¡cuánto tiempo!

—Cancún...

Contento de haberla encontrado allí, él señaló una de las sillas libres y preguntó:

—¿Puedo sentarme?

—Oh..., por supuesto —afirmó Venecia rascándose tras la oreja.

Carlos dejó sobre la mesa su bocata y su botella de agua y explicó:

—Aprovechando para desayunar.

Venecia asintió. No sabía de qué hablar con él, pero, mirándolo, preguntó:

—¿Te ocurre algo?

Sorprendido porque ella hubiera captado su estado, él suspiró.

—Hoy llevamos un día complicado, y el aviso que acabamos de traer no ha terminado bien.

Venecia suspiró, aquel trabajo no debía de ser fácil, y Carlos musitó:

—Tengo claro que perder a un paciente llega a formar parte del protocolo, pero a eso no te enseñan y, aunque no lo conozcas en persona, es duro..., muy duro.

A continuación, él, que no deseaba seguir hablando del tema, preguntó:

—¿Y tú qué haces aquí?

Venecia miró el bocadillo calentito de beicon con queso que aquél había dejado en la mesa. Tenía una pinta increíble e, ignorando su pregunta, murmuró:

—¡Qué bien huele!

Carlos cogió el bocata y lo puso delante de ella.

—Venga..., dale un mordisco.

—No, hombre..., desayuna tú.

—Venga —insistió—. Tus ojitos dicen que quieres.

Venecia sonrió y, dándose por vencida, finalmente dio un mordisco. Y tras los ruiditos de satisfacción que hizo mientras lo masticaba, tragó y murmuró:

—Por favor..., ¡qué bueno está!

Carlos rio. Si algo llamaba la atención de aquella chica era su naturalidad al hablar.

—¿Te apetece uno? —le preguntó.

Venecia negó con la cabeza mirando el enorme bocata, pero, deseosa de otro trozo, respondió:

—Con otro mordisco me vale.

Él puso de nuevo el bocata ante ella, pero, cuando Venecia iba a morder, lo retiró y dijo:

—Antes quiero saber qué haces aquí.

Sonriendo por su gesto, ella respondió:

—Estoy acompañando a mis padres.

—¿Qué les ocurre?

—Mi mordisco —reclamó Venecia.

Divertido, Carlos dejó que ella mordiera y, tras dar un trago a su bebida, ella explicó:

—Mi padre tiene demencia vascular, hipertensión, esclerosis múltiple y..., bueno, podría continuar.

Oír eso entristeció a Carlos. Conocía aquellas malditas enfermedades e, interesado, preguntó con cierta cautela:

—¿Puedo preguntarte como está de la demencia vascular?

Venecia suspiró con tristeza.

—No sabría decirte. Tan pronto está lúcido como se le va la cabeza. Hace seis meses le dio un ictus y..., bueno..., todo se agravó.

Carlos asintió. Sabía lo duro que era aquello, y, mirándola, dijo:

—No es fácil lidiar con esa enfermedad...

—No. No es fácil —lo cortó ella—. Sobre todo para mi madre.

Al ver aquella mirada triste en ella que desconocía, Carlos lo sintió doblemente y, con seguridad, cogiendo una servilleta del servilletero, se sacó un bolígrafo del bolsillo del pantalón azul y, apuntando algo, dijo al tiempo que le entregaba la servilleta:

—Si tú o tu madre necesitáis lo que sea, no dudes en decírmelo, ¿vale?

Venecia sonrió al ver un número de teléfono apuntado allí.

—¿Tú no desistes nunca?

Al entenderla, Carlos le guiñó el ojo y murmuró:

—Si creo que merece la pena, no. Además, ¿quién tiene la suerte de conocer a la novia de la muerte y a Harley Queen en una misma persona y que, encima, lleve bragas de Bugs Bunny?

Aquello hizo que Venecia soltara una risotada, y Carlos, al verla, afirmó:

—Deberías sonreír más. Tienes una sonrisa preciosa.

Aquellas palabras, dichas por aquel hombre en aquel instante y de aquella manera, le pusieron el vello de punta a Venecia, que musitó:

—Gracias.

Se miraban en silencio cuando él comentó:

—Oye, en cuanto a lo que pasó el último día que nos vimos...

—Sexo divertido y sin compromiso —lo cortó ella con frialdad—. No le des más vueltas.

Una vez que se hubo guardado la servilleta en el bolsillo del pantalón, al ver que él, tras su contestación, continuaba mirándola, añadió:

—¿Quieres hacer el favor de comerte ese bocata antes de que me lo coma yo?

Ahora la risotada la soltó él y, tras dar un mordisco, se lo volvió a ofrecer a ella, pero Venecia negó con la cabeza, aunque Carlos no se lo permitió.

Durante un rato charlaron entre risas y compartieron el bocadillo. Hablar entre ellos era fácil, hasta que de pronto oyeron a su lado:

—¡Ya he vuelto!

Al levantar la vista, Venecia se encontró con la mirada divertida de su madre y, conociéndola, dijo:

—Carlos, te presento a Aurora, mi madre. Mamá, él es Carlos.

Rápidamente, él se levantó y, tras darle dos besos, dijo:

—Encantado, señora.

—Uisss, muchacho, llámame Aurora, *señora* me hace sentir mayor.

Los tres sonrieron, y Venecia preguntó:

—¿Qué te ha dicho el médico, mamá?

La mujer suspiró.

—Le ha cambiado la medicación a tu padre. Ahora tenemos que darle cuatro pastillitas más.

—¡¿Cuatro más?!

—Sí, hija, sí.

Saber aquello agobió a Venecia.

—Y luego me ha anotado algo que me ha explicado pero que yo he sido incapaz de retener con unos nombres rarísimos —añadió enseñándole un papel—. Algo llamado *facia* o *carapia*, algo así. Aquí va apuntado, para que luego lo busques en el ordenador.

—Afasia —indicó Carlos, atrayendo las miradas de ambas. Y, al ver sus gestos desconcertados, añadió—: No os preocupéis, que yo os lo explico para que lo entendáis. Afasia es cuando al enfermo le cuesta hablar, expresarse o hacerse entender. Apraxia es cuando tiene dificultades para llevar a cabo las funciones aprendidas, como vestirse, peinarse, etcétera. Y agnosia es cuando pierde la capacidad de reconocer a las personas con las que convive.

—Eso... eso es lo que me ha explicado el médico —afirmó Aurora mirando a Carlos—. Pero he hecho que me lo apuntara para explicárselo a mis hijos.

Venecia asintió. Pensar en que su padre llegaría hasta la agnosia le dolía en el alma. Sería terrible cuando no los reconociera. Pero, incapaz de dejarse vencer por sus miedos ante su madre, iba a hablar cuando aquélla dijo:

—El neurólogo me ha dicho que debemos estar alertas. Tu padre va a peor.

Aurora seguía hablando sobre aquello cuando Susana, la compañera de Carlos que había desayunado con su novia en una mesa, se levantó de donde estaba y, acercándose a ellos, dijo enseñándole un teléfono:

—Carlos, disculpa. Tenemos un aviso.

Él asintió y, mirándolas, dijo:

—El deber me reclama —y, sonriendo a Aurora, añadió—: Ha sido un placer conocerte y, como le he dicho a Venecia, cualquier cosa que necesites, no dudes en contactar conmigo a la hora que sea. Ella tiene mi teléfono.

—Gracias, Carlos.

Después miró a Venecia. Quería hablar con ella. Verla. Quedar con ella para animarla ante su problema, pero, incapaz de hacerlo ante un tema tan personal como era la familia a menos que ella quisiera, musitó:

—Me ha encantado verte.

—Lo mismo digo.

Ambos sonrieron como dos tontos. Estaba claro que entre ellos había cierta atracción. Carlos se dio media vuelta, pero, antes de llegar a la puerta, se volvió a mirarla de nuevo y repitió:

—Llámame cuando quieras.

Y, una vez que hubo dicho eso, desapareció a toda prisa.

—Pero qué muchacho tan agradable —murmuró Aurora.

—Sí.

—¡Y guapo! Aunque, si tu padre viera los tatuajes de sus brazos, ¡se horrorizaría!

Venecia asintió y, recordando los tatuajes que aquél tenía también en la espalda, preguntó pensando en el problema de Fernando:

—¿El cambio en la medicación de papá supondrá cambios en él?

Aurora negó con la cabeza. Su hija se hacía la fuerte como ella, y respondió:

—Esperemos que no, hija. Según el neurólogo, el cambio de medicación es para intentar que siga como está a pesar de su gravedad —y, al ver su mirada, insistió—: Cariño, esto es lo que es y como tal lo tenemos que asumir, por papá y por nosotros. Ya lo hemos hablado.

La joven asintió y, cambiando el gesto para que su madre la viera sonreír, afirmó:

—Tienes razón. Si la medicación consigue que continúe con nosotros más tiempo y que él se encuentre bien, buena será.

El móvil de Aurora sonó en ese instante. Había recibido un wasap y, mirando a su hija, informó:

—Pedro y tu padre dicen que van para el coche.

—Pues vayamos nosotras también.

Cogidas de la mano, madre e hija se dirigían hacia el parking, cuando Aurora, mirando a Venecia, cuchicheó:

—Qué ojos más bonitos los de ese Carlos..., ¡tan azules!

—Sí. Son muy bonitos.

—Lo llamarás, ¿verdad?

—Mamáaaaa...

—Y qué agradable me ha parecido. Ha dicho que tienes su teléfono, ¿verdad?

—Sí.
—Pues dámelo.
Al oír eso, Venecia miró a su madre.
—Hija, es ambulanciero y...
—TES, mamá, TES...
Aurora asintió y, entregándole su móvil a su hija, insistió:
—Grábame aquí su teléfono.
—¿Para qué? —preguntó sorprendida.
La mujer suspiró y, meneando la cabeza, indicó:
—A ver, hija. Espero no utilizarlo nunca, pero, teniendo a tu padre como lo tenemos, siempre es bueno conocer a alguien que pueda echarnos una mano en este tema. Por tanto, ¡grábalo!
Venecia asintió, aquélla tenía razón, por lo que, cogiendo el teléfono de su madre, sacó el papel de su bolsillo y, una vez que lo hubo grabado, dijo:
—Ahí lo tienes.
—Gracias, hija. —Aurora sonrió guardándose el móvil—. ¿Sabes que nadie de la familia tiene los ojos azules?
—Mamáaaaaaaaaaaaaa —Venecia rio.
Aurora, feliz para hacer reír a su hija, añadió:
—No está mal esto de *shippear*... ¡Qué moderna me siento!
Y, divertidas y entre risas, ambas se dirigieron hacia el parking, donde Fernando, al verlas llegar tan contentas, se alegró. Le gustaba ver a sus chicas sonreír.
En el trayecto de vuelta en el coche, Venecia sacó el papel del bolsillo. Miró el teléfono que Carlos le había apuntado y, sin dudarlo, también lo grabó en su móvil. Nunca se sabía cuándo lo podía necesitar.

21

Tras dejar a sus padres y a Pedro en su casa, Venecia se dirigió en su coche hacia el trabajo. Le gustara o no el tema que tenía que defender, como siempre que se ponía, se dejaba la piel en escribir el mejor artículo del mundo.

Horas después, al recordar que seguía teniendo el teléfono en el bolso sin volumen, lo sacó. Tenía varias llamadas perdidas de sus amigas, ya no sólo wasaps. Estaba pensando en llamar a una de ellas cuando el móvil sonó. Era Elisa y, sonriendo, iba a hablar cuando oyó:

—Estarás contenta...

—¿Por qué?

—¡Menudo éxito, el nombrecito de nuestro club!

Sin entender, Venecia preguntó:

—¡¿Éxito?!

Elisa, alterada por lo que leía en el ordenador de su trabajo, musitó:

—Venecia, tu post en «Cabronas sin Fronteras» lleva colgado menos de doce horas y ya tienes más de tres mil comentarios.

—¡¿Qué?!

—¿No lo sabías?

Sorprendida, ella miró a su alrededor.

—Pues no.

Ahora entendía las llamadas perdidas de todas y, deseosa de comprobar lo que aquélla le contaba, dijo:

—Te dejo. Voy a verlo. Hablamos.

Una vez que hubo dejado el teléfono sobre la mesa, con disimulo, se levantó y, con el móvil en la mano, se dirigió al baño. Allí, se metió en uno de los cubículos y, tras desbloquear el teléfono, fue hasta su blog y, al ver que su amiga no mentía, murmuró:

—Madre mía...

Sorprendida se quedó al ver cómo aquella primera entrada en su nuevo blog tenía exactamente 3.462 comentarios y más de sesenta y seis mil seguidores. Boquiabierta, miró la pantalla de su teléfono mientras comprobaba que cientos de mujeres le contaban sus historias.

Aquella noche, tras hablar con sus amigas, que estaban tan asombradas como ella por el exitazo del blog, tras darle su paseo a *Traviata*, una vez que se duchó y se puso su pijama, recibió un mensaje de su jefe. Le pedía que le diera una vuelta más a su último artículo, y Venecia, resoplando, murmuró:

—Vuelta la que te daba yo a la cabeza.

Durante una hora, la joven perfiló, perfeccionó, mejoró y terminó el artículo, y, después de enviarlo, musitó:

—Si no te gusta ahora, difícilmente te gustará nunca.

Dicho eso, y con su portátil abierto, necesitando desahogarse, comenzó a escribir en su blog:

JEFES, JEFECITOS Y... JEFEZOIDES

Definición de «jefe» o «jefa» según la RAE:

1. Superior o cabeza de una corporación, partido u oficio.

2. Militar con cualquiera de los grados de comandante, teniente coronel, etcétera, etcétera.

Definición de jefe o jefa según CABRONA:

1. Persona preparada para liderar un equipo o grupo.

2. Personaje que llega al puesto por ser hijo/a de, marido o mujer de o yerno/nuera de, que, por lo general, se le sube el pavo creyéndose lo más y que, aunque no tiene ni idea de cuál es tu trabajo, se permite el lujo de opinar y corregirte.

Ufffff..., ¡qué a gustito me he quedado con el punto 2 (y que conste que me he cortado, porque, si me dejo llevar, ejem..., ejem..., ejem... ¿A que me entiendes?)!

Antiguamente, según me contaba mi padre, los jefes se catalogaban como buenos o malos. Sólo había esas dos opciones.

Pero hoy, que vivimos en el mundo de las opciones, habiendo tropecientos mil tipos de jefes, sólo hablaré de los que yo particularmente he conocido:

- El jefe o jefa amigo. No es otro que aquel que NO parece jefe. ¡CUIDADO! Es tan enrollado que incluso en ocasiones, al salir del trabajo, te vas a tomar una copichuela con él y, claro, intimas, cuentas cosas que no deberías y, cuando te quieres dar cuenta, se sabe tu vida y milagros y te putea con lo que más te duele. ¡Sé listo!

- El jefe o jefa tirano. Tener uno de éstos a tu lado sirve para que Dios te abra las puertas del cielo el día que la palmes e incluso te reciba con alfombra roja y banda de música. Este tipo de jefe siempre tiene cara de estreñido y, ante cualquier problemita, por pequeño que sea, te hace ver que has originado el apocalipsis zombi. ¡Sé prudente!

- El jefe o jefa despistado. Éste no se entera de nada. Por no enterarse no se entera ni de que es tu jefe. Si un compañero te da cera..., como no se entera..., no puede ayudar. Si haces algo que es la leche..., como no se entera..., no te da la enhorabuena. En definitiva, si te toca..., ¡que Dios te pille confesado!

- El jefe o jefa justo. Éste es un espécimen en extinción, y más si eres mujer. Por tanto, si tienes la suerte de tenerlo, ¡cuídalo y que te dure muchos años!

En definitiva, en la vida hay jefes, jefecitos y jefezoides, como tontos, tontitos y tontorrones (añádelo en femenino también) y, nos gusten o no, o nos puteen o no, si queremos recibir a final de mes eso que nos permite pagar la luz, el agua y un sinfín de cosas más, no nos queda otra más que callar, cagarnos en su casta y seguir tragando.

¿Y tú, CABRONA?

¿Qué clase de jefe o jefa tienes?

CABRONA

22

Pasó una semana y, tras una mañana repleta de trabajo en la revista, cuando Venecia paró para comer en la salita de los trabajadores, el teléfono le sonó. Era su hermano.

—Hombre, el viajero... Ya era hora de que dieras señales de vida.

Álex suspiró y musitó, sentándose en una silla de su casa:

—No empieces tú también.

—Mira, mejor no voy a comentar el tiempo que has estado fuera porque bien lo sabes tú, pero ¿sabes lo que es eso para papá y mamá, y no te digo para mí? Y, por cierto, ya sabes que el dinero no mueve mi mundo, pero necesitaría que me ayudaras con los gastos de papá...

El aludido asintió. Sabía que su hermana tenía razón, e indicó:

—Lo sé..., lo sé... —Y, tras tomar aire, cuchicheó—: He discutido con mamá.

Al oírlo, Venecia resopló y gruñó, dejando el tenedor:

—Pero si acabas de llegar...

Álex no respondió, y ella insistió:

—A ver, ¿qué ocurre? ¡Cuéntame!

Él se retiró el pelo de los ojos, tomó aire y soltó:

—Rafa y yo nos casamos.

—¡¿Qué?! ¡¿Cuándo?!

—¡Joder, Chia!, ni te imaginas cómo se ha puesto, pero no por ella, sino por papá.

Venecia, al oír eso, resopló y, con cierta mala baba, a pesar de alegrarse por él, preguntó:

—¿No tuviste suficiente boda con la mía?

Álex gruñó.

—No pienso esperar veinte años a que todo se joda.

Ese comentario tan ácido como el de ella, finalmente la hizo sonreír, y entonces su hermano dijo:

—En eso soy como papá. ¡Un cagaprisas! Pero, me equivoque o no..., busco mi felicidad. No dejo que se marchite y se joda como hiciste tú.

Venecia suspiró. En cierto modo, su hermano tenía razón. El tiempo había actuado en su contra.

Centrándose, pensó entonces en lo complicado de la situación para Álex y para su madre, por estar en medio de todo. Y, cuando iba a hablar, él añadió:

—Vamos a ver..., papá ya sabe que Rafa y yo somos pareja, ¿acaso no puede imaginar que con la edad que tengo quiera formar mi propia familia? Que desee casarme, ser padre y...

—Álex...

—Y, no, no voy a dejar de hacer lo que quiero y ser feliz por unos pensamientos rancios y desfasados que lo único que hacen es privarme de mis derechos como persona y...

—Álex, ¡¿te quieres callar?!

Al oír a su hermana, él guardó silencio y ésta dijo:

—Sabes que estoy contigo como lo está mamá, y te vamos a apoyar al cien por cien en todo lo que tú desees, pero papá...

—Ah, no..., Chia..., no me vengas tú ahora también con eso...

Venecia resopló. Aquella situación tampoco era fácil para ella, e insistió:

—Mira, Álex, lo que está claro es que en esta ocasión el que ha de ser paciente debes ser tú. No es fácil para papá aceptar que...

—¿Que estoy enamorado de otro hombre? ¿Que soy gay? ¿Que quiero ser padre con Rafael?

—Exacto, hermanito —afirmó con convencimiento—. Sé que es complicado y...

—¡Joder, Chia..., joder! —protestó él.

Estuvieron unos segundos en silencio.

Venecia apoyaría a su hermano en todo lo que necesitara y hablaría con sus padres. Por ello, tomando aire, preguntó:

—¿Para cuándo queréis casaros?

—Dentro de cuatro meses.

—¡¿Qué?! —murmuró rascándose tras la oreja.

—Chia...

—Joder, Álex, ¡cuatro meses! Pero ¿te has vuelto loco? Pero... pero si casi no les das tiempo a que lo digieran.

—¿Recuerdas que en tu boda te dije que tenía que comentarte algo?

La joven, aún sorprendida, asintió.

—Sí.

—Pues lo que te quería comentar era que Rafael y yo...

—Rafael y tú, ¿qué?

Álex asintió emocionado. Había llegado el tan temido y esperado momento y, bajando la voz, prosiguió:

—Iniciamos hace dos años y medio el papeleo para la gestación subrogada fuera de España. Eso nos está costando un dineral. Por eso no te he ayudado últimamente con los gastos de papá.

—¡Álex!

—Y entonces viajamos a Canadá y conocimos a Cheryl.

—¿Cheryl? —preguntó ella levantándose—. ¡¿Quién es Cheryl?!

Consciente de que tendría que dar muchas explicaciones, Álex indicó:

—Cheryl es un encanto de mujer. Vive en Canadá y ha aceptado llevar a mi hijo en su vientre y..., bueno, el caso es que ella ¡ya está embarazada!

Sin dar crédito, sorprendida y boquiabierta por la noticia, Venecia no supo qué decir. Estaba claro que se avecinaba un tremendo tsunami en casa de sus padres; entonces él añadió:

—¡Rafael y yo vamos a tener un bebé!

—¡¿Qué?!

—Que Rafa y yo vamos a ser padres.

La emoción en la voz de su hermano hizo reaccionar a Venecia y, sentándose de nuevo en la silla, murmuró en un hilo de voz:

—Un bebé...

—Sí.

—¡¿Voy a ser tía?!

Conteniendo las lágrimas, Alejandro afirmó:

—Sí. Vas a ser tía dentro de seis meses.

Aquello era una excelente noticia. Y, olvidándose del dinero y de los problemas, ella musitó emocionada:

—Pero, Álex..., ¿cómo no me habías dicho nada antes?

—Chia..., estos meses han sido muy complicados para ti. Yo tenía cientos de cosas que hacer, que solucionar y... el dinero. ¡El maldito dinero! Y yo me agobié, escondí la cabeza como un avestruz y luego no sabía cómo sacarla.

Llevándose una mano a la boca, Venecia sonrió y, cuando iba a hablar, su hermano, acelerado, prosiguió:

—Te lo iba a comentar cuando regresaras de tu viaje de bodas, pero luego pasó lo que pasó y pensé que no era buen momento para ello. Y... y ahora todo se acelera. La boda es dentro de cuatro meses, no os había dicho nada y estoy terriblemente agobiado.

—Pero, Álex...

—Lo sé, Chia..., lo sé. Debería haberlo dicho antes.

Venecia asintió. Ordenó en su cabeza todo lo que su hermano le había contado e, intentando mantener la calma, preguntó:

—¿Le has dicho a mamá lo del bebé?

—No.

—¡Álex!

—No me ha dado tiempo a decírselo. He empezado por contarle lo de la boda, pero hemos comenzado a discutir y... luego me ha dicho que sentía que le estaba subiendo la tensión y, ya sabes, ¡he temido que acabara en la uci!

Venecia resopló. Sin duda el tsunami estaba más cerca de lo que ella en un principio se había imaginado y, como necesitaba ayudar a su hermano, repuso:

—Pues se lo tenemos que decir con uci o sin ella.

—Chia...

—Álex, papá y mamá ¡van a ser abuelos! Llevan años deseando que esto ocurra y...

—Pero llevan años deseándolo de ti, no de mí.

Su hermano tenía razón, pero, dispuesta a ayudarlo en lo que fuera, insistió:

—Será su nieto igualmente y, como tal, merecen saberlo. Además, los conozco y sé que lo van a querer con toda su alma, y tú también lo sabes.

Álex no respondió, y ella añadió:

—En cuanto al dinero para lo de papá, algo hemos de pensar. Tengo suficiente para sufragar los gastos durante seis meses. Pero, una vez que pase ese tiempo, o pido un crédito al banco o no sé qué voy a hacer.

—Me siento tan culpable... —musitó Álex.

Sus gastos por la gestación subrogada lo estaban asfixiando; entonces su hermana preguntó:

—¿Quieres que esta noche nos veamos en casa de papá y mamá para hablarlo?

Álex lo pensó. Nada le gustaría más, pero, debía ordenar sus ideas para hablar con aquéllos cara a cara, y sugirió:

—¿Te importaría que fuera mañana?

Venecia asintió. Y, consciente de que sería mejor, afirmó:

—Pues mañana será. ¿Te va bien a las siete en casa de los papis?

—¡Perfecto!

—Pues, hermanito, mañana a las siete prepárate, porque les vamos a dar la sorpresa de su vida.

Álex puso los ojos en blanco.

—Ve llamando a la uci para mamá y a una ambulancia para papá.

Venecia rio y, a continuación, cuchicheó:

—Enhorabuena, papi.

—Estoy tan feliz, Chia..., tan feliz.

—Y yo de saber que voy a ser tía —aseguró ella—. Y en cuanto a la boda...

—¿Crees que mamá querrá ser la madrina a pesar de su enfado?

Venecia sonrió de nuevo.

—Ten por seguro que sí. Eres su niño y nada se lo impedirá.

En cuanto se despidió de su hermano y colgó el teléfono, resopló.

¡Su hermano se iba a casar y ella iba a ser tía!

¡Increíble!

Feliz, recogió sus táperes de la mesa y regresó a su puesto de trabajo. Estaba claro que sus padres nunca se aburrirían con ellos.

Pero ¿qué familia era perfecta?

Estaba pensando en ello cuando, al recordar las palabras de su hermano, la imagen de Carlos pasó por su mente. El ambulanciero.

Recordarlo era agradable. Las veces que lo había visto habían sido momentos puntuales y, cogiendo de nuevo su teléfono, buscó en «Contactos» y, al encontrarlo como «Carlos-Cancún», decidió enviarle un wasap. ¿Por qué no?

Hola, Cancún.

Él, que en ese instante estaba en su casa vaciando una lavadora, al oír el sonido del móvil fue a mirarlo. Y, al leer aquello, sorprendido, escribió:

¿En serio? ¿Tú?

Venecia sonrió al leerlo, y preguntó:

¿Estás trabajando?

Carlos, que miraba el móvil apoyado en la lavadora, sonrió e indicó:

Hoy libro. Pero, como buen amito de
mi casa, estoy vaciando una lavadora.

Divertida por saber aquello, Venecia asintió y escribió:

¿Sabes? Tengo una montaña de ropa
por planchar, ¿te animas?

Soltando una carcajada, Carlos caminó por la cocina mientras tecleaba:

Planchar no es lo mío, pero manejo
muy bien el microondas.

Durante un rato se mandaron mensajes tontos. Cortos. Divertidos. Hasta que él preguntó:

¿Te apetece cenar y tomar algo
esta noche conmigo?

Leer eso a Venecia la frenó.

¿Qué esperaba?

Ella había iniciado aquella tonta conversación y, tras pensarlo, escribió:

¿Disfrazada o sin disfrazar?

Sus palabras lo hicieron reír, y respondió:

De novia de la muerte estás preciosa.

Ahora la que rio fue ella, que contestó:

Hora y lugar.

Sorprendido porque ella hubiera aceptado a la primera sin vacilar, él tecleó:

Metro de Callao a las ocho, ¿te viene bien?

Venecia rápidamente indicó:

Perfecto. Allí estaré. Hasta luego.

Y, encantado, él respondió:

Nos vemos. Hasta luego.

Una vez que Venecia hubo dejado el teléfono sobre la mesa, lo miró boquiabierta.

Pero ¿qué acababa de hacer?

Sin embargo, consciente de que ahora era libre para hacer aquello y más, se levantó, cogió su bolso y dijo:

—Vanessa, ¡me voy!

Tras conducir por Madrid, al llegar a su casa sacó a su perra a dar su paseo. Media hora después, cuando regresaron, una vez que hubo dejado las llaves sobre la mesita, encendió la radio de su equipo de música y, cuando oyó la canción *Ya no quiero ná*, de Lola Índigo, sonrió y comenzó a tararearla mientras bailaba en dirección a su cuarto.

Pensar en Silvia y en ella bailando aquella canción la noche de su no boda la hizo sonreír y, al darse cuenta de aquello, canturreó mientras cogía su bonita y nueva ropa interior, dispuesta a disfrutar de su cita y de la noche:

—«Yo ya no quiero *ná*. Tutututu..., tutututututu...».

* * *

A la hora indicada, Venecia estaba en la salida del metro. Si por algo era conocida era por su puntualidad. Mientras esperaba a Carlos en la plaza de Callao, uno de sus lugares preferidos de la capital, siempre tan llena de gente y tan animada, recibió un mensaje en el móvil.

Llego dentro de diez minutos. El metro
va lento hoy. Lo siento.

Al ver que era de Carlos, sonrió y tecleó:

Qué vergüenza. Tu primera cita
conmigo y ya llegas tarde.

Carlos, que iba en el metro, sonrió y rápidamente escribió:

No me lo recuerdes.

Divertida, Venecia repuso:

Tranquilo. Esperaré, pero esto
te costará pagar la cena.

En cuanto se guardó el teléfono en el bolsillo de la falda, decidió acercarse al Starbucks. Si se tomaba un *frappuccino* la espera sería mejor.

23

—Eli, me encanta la camisa —exclamó Amelia.

—Quiero verla —dijo Elisa.

—Ahora salgo para que me des tu aprobación y, si no me la das me da igual, porque me encanta y me la voy a llevar.

Elisa, que estaba de compras con su hermana por el centro de Madrid, sonrió. Amelia, su hermana mayor, era una mujer con carácter. Un carácter forjado, primero, por tener que enfrentarse a sus padres y, después, por tener que enfrentarse como una leona a las vicisitudes de la vida.

Los padres de Elisa siempre habían sido muy conservadores. Eran los típicos de las niñas de rosa y los niños de azul, algo que precisamente no iba con sus hijas. Amelia primero tuvo que luchar por ella cuando decidió estudiar arquitectura y, luego, por Elisa cuando decidió ser profesora de kárate, profesiones que a sus padres les horrorizaban. ¿Por qué sus hijas no podían ser enfermeras, maestras o secretarias?

Una vez acabada la carrera Amelia se enamoró de Pepe y se casó. Eso a sus padres les encantó. ¡Su hija se casaba! Pero, seis años después, tras tener tres hijos, cuando el divorcio llegó, el disgusto fue tremendo. Era la primera divorciada de la familia.

Pero aquello a Amelia no la achantó. Gracias a su carácter resolutivo, continuó su vida con sus hijos e incluso consiguió que Pepe, su ex, cumpliera con lo estipulado y fuera un buen padre para sus hijos.

Amelia trabajó duro para salir adelante durante años y lo consiguió gracias a la ayuda y el apoyo de Elisa. Sin ella y su ayuda incondicional para cuidar a sus hijos cuando ella trabajaba, nada habría sido fácil.

Con Elisa, a sus padres les ocurrió lo mismo. Y, cuando decidió ser profesora de kárate, éstos volvieron a montarla. ¿Por qué sus hijas tenían que elegir profesiones de hombre?

Amelia y Elisa tuvieron que enfrentarse de nuevo a ellos. El disgusto de sus padres fue tal que se marcharon al pueblo a vivir y, tres meses más tarde, la madre murió. Tiempo después, el padre volvió a casarse con una mujer del pueblo y se olvidó de forma definitiva de sus hijas.

Elisa estaba pensando en ello cuando Amelia abrió la cortina del probador y ella afirmó mirándola:

—Estás guapísima. Esa camisa te queda muy bien.

Amelia, de cincuenta y dos años, sonrió mirándose en el espejo y, abriéndose un botón más, cuchicheó:

—Sin duda así queda mejor.

Elisa sonrió.

Aquella mirada...

Aquel comentario...

Aquella picardía... era digna de su amiga Silvia, y, asintiendo, indicó:

—Pues sí, hermana, mucho mejor.

Encantada, Amelia cerró de nuevo la cortina para cambiarse y, una vez que hubo salido del probador con la camisa en la mano, preguntó:

—¿Crees que está bien de precio?

Elisa miró la etiqueta. De todos era sabido que era la especialista en encontrar gangas y buenas ofertas, y repuso:

—Sin duda. ¡Es de Armani!

Gustosa, Amelia asintió y, caminando hacia la caja con su hermana, afirmó:

—¡Me la llevo!

En la caja, como siempre, había cola para pagar y Amelia, mirando a Elisa, preguntó:

—¿Qué piensas?

—Nada.

—Siempre se piensa.

—Pues yo no estaba pensando.

Amelia resopló e insistió:

—¿Cuándo vas a dejar de pensar en lo que te ocurrió?

—No empecemos, pesadita —gruñó Elisa.

—¡No todos los hombres son como él!

—¡Déjalo!

Amelia, que sabía lo mucho que le había dolido la traición de Lorenzo, insistió:

—A ver, Eli..., no te digo que te eches otro novio mañana, sólo que salgas y disfrutes de...

—Ya salgo con mis amigas.

—¡Mentirosa! El otro día me escribió Silvia y me dijo que o te obligaba yo a cambiar de actitud en cuanto a pasártelo bien o...

—La madre que la parió... —gruñó Elisa al pensar en su amiga.

Un revuelo en la calle llamó entonces su atención y, al ver a un tipo correr con un bolso de mujer en la mano seguido por unos policías, supo lo que ocurría y, sin dudarlo, salió corriendo a por él.

—¡Eli! —gritó Amelia al verla.

Elisa corrió entre la gente. Con un par de zancadas más lo pillaría y, cuando llegó a su altura, sin dudarlo, lo agarró del jersey, tiró de él y ambos rodaron por el suelo, llevándose de paso a uno de los policías.

Gracias a que era profesora de kárate, sabía cómo caer sin hacerse daño y, cuando tuvo al tipo inmovilizado, mirándolo, siseó:

—Algo me dice que ese bolso no es tuyo.

El tipo se rebeló, pero Elisa lo retuvo con confianza, hasta que el policía que había caído a su lado la miró y, tocándose la cabeza, gruñó:

—¡Joder, qué cabezazo!

Elisa asintió. Se había dado un golpe con aquél y, evitando tocarse la frente, admitió:

—Pues sí..., ¿para qué vamos a negarlo?

El otro poli llegó en ese momento. Al instante, esposó al chorizo, que estaba en el suelo, y cuando Elisa se levantó, oyó decir al primer agente:

—Vaya cabeza tan dura tienes.

Cuando iba a contestar llegó una mujer, que gritaba:

—¡Ése es mi bolso!

Ignorando el comentario del primer policía, Elisa cogió el bolso del suelo y, entregándoselo a la mujer, le dijo:

—Aquí lo tienes.

Ella sonrió agradecida y la abrazó; entonces el policía que había rodado con ella por el suelo preguntó mirándole la frente:

—¿Estás bien?

Al oírlo, Elisa lo miró y, recordando aún su afirmación anterior, murmuró con aire molesto:

—Teniendo en cuenta que tu cabeza también es bastante dura, pues sí, ¡estoy bien!

Él sonrió. Aquélla era la chica que había visto hacía unas noches en un local de copas y que, al saludarla, le había dicho «adiós». Por ello preguntó:

—¿Tú siempre estás de mal humor?

Oír eso la hizo parpadear y, sin ganas de seguirle el rollo, gruñó:

—¿Y tú de qué me conoces para tutearme?

Él, al ver el chichón de aquélla y su gesto, sonrió. Y, sin responder, dijo mirando a la gente que los rodeaba:

—Vamos. El espectáculo ya se acabó. Continúen su camino.

Amelia llegó hasta ellos y, asustada, exclamó mirando a su hermana:

—Eli, por el amor de Dios, ¿es que te has vuelto loca? Ay, madre, qué chichón te está saliendo en la frente.

La aludida, al ver el gesto asustado de su hermana, sonrió. Los chichones eran algo que nunca la habían asustado y, cuando iba a responder, el policía dijo, aunque esta vez guardando las distancias:

—Póngase hielo y dese pomada en la frente. Eso la aliviará. —Y, al ver el gesto de mofa de aquélla, finalizó—: Buenas tardes, señorita, y gracias por su colaboración. Pero tenga más cuidado la próxima vez y piense en su seguridad. Ese tipo podría haberle hecho daño.

Una vez que él se alejó con el detenido y su compañero, Elisa resopló.

—¡Será tonto, el tío!

—¡Eli!

El poli miró hacia atrás de nuevo y Elisa, al ver que sonreía, insistió:

—Pero, tonto... ¡tonto de manual!

—Eli, cierra la boca y vayamos a un bar a por hielo.

Elisa miró a su hermana y, al verla con algo en las manos, indicó:

—Creo que primero debemos regresar a la tienda de la camisa y pagarla, no sea que esta vez la policía corra detrás de nosotras.

Amelia, al ver que llevaba aquello en las manos, afirmó:

—Uisss, madre..., ¡volvamos, sí! Luego vamos a por el hielo. Pero, escucha, ese poli tiene razón. ¡Eres demasiado loca!

Estaban hablando sobre aquello en el interior de la tienda mientras esperaban para pagar cuando las dos mujeres que estaban delante, de una edad parecida a la de Amelia, murmuraron volviéndose hacia ellas:

—¡Qué poca vergüenza!

—Es obsceno... —insistió la otra.

Sin entender a qué se referían, Elisa y su hermana miraron a la pareja que en ese instante estaba pagando en la caja y se besaban con cariño. Eran un hombre y una mujer, y de nuevo una de las mujeres insistió, dirigiéndose a ellas:

—¡Qué indecencia!

Sin dar crédito, Elisa y su hermana se miraron, y Amelia preguntó:

—¿Se refieren a la pareja que está pagando y se besa?

Las mujeres rápidamente asintieron, y Elisa preguntó:

—¿Por qué es una indecencia?

Una de las dos mujeres, la rubia, al oírla, cuchicheó mirándola:

—Ella ya tiene una edad como para andar con ese muchacho. ¡¿Adónde vamos a llegar?!

Sorprendidas, las dos hermanas se miraron, y Amelia preguntó:

—¿Qué hay de malo en esa pareja para que no puedan besarse?

La mujer sacudió la cabeza y, acercándose a ella, susurró:

—¿No lo ves? Ella es mayor que él.

Oír eso hizo que Elisa y su hermana maldijeran e, incapaz de callar, aquélla preguntó:

—¿En serio? —Y, al ver que la otra no respondía, insistió—: ¿Acaso una mujer por tener más edad que un hombre no puede estar con él?

—Elisa..., pasa de ello —murmuró Amelia, que la conocía.

—Por el amor de Dios, muchacha —se quejó una de las dos mujeres—. Eso va contra natura. Esa mujer es una... una... ¡indecente!, por decir algo fino de ella.

Amelia negó con la cabeza. Por desgracia, había todavía muchas personas que pensaban así, y oírselo a una mujer era aún peor. Y, pensando en su última pareja, que era diez años más joven que ella, preguntó:

—Si no es mucha indiscreción, ¿qué edad tiene usted?

La mujer respondió levantando el mentón:

—Cincuenta y cinco, y muy bien llevados.

Amelia asintió. Sin duda la mujer estaba muy bien y, mirándola, indicó:

—¿Y no cree usted que, con cincuenta y cinco años, la experiencia y las vivencias que acumula a sus espaldas, no debería haberse dado cuenta ya de que la vida es muy bonita y que es para disfrutarla y vivirla? ¿O quizá es que siente cierta pelusilla de esa mujer?

Las mujeres se miraron sin poder creer lo que oían, y Amelia prosiguió, pensando en Iñaki:

—Yo tengo cincuenta y dos años y mi actual pareja tiene diez años menos. ¿Acaso eso me convierte en un zorrón?

—¡Bendito sea Jesucristo! —musitó una de ellas.

Elisa sonrió al oír a su hermana, y ésta insistió:

—Señoras, estamos en el siglo XXI. Y en el siglo XXI las mujeres podemos elegir con quién comer, con quién cenar y con quién acostarnos. Y también elegimos cuándo, cómo y dónde sin importarnos la edad. —La mujer la miró con mal gesto y, a continuación, Amelia preguntó—: Si él fuera mayor que ella, ¿también le parecería contra natura?

—Pues no. Eso es lo normal.

—¿En serio, señora? ¡¿Lo dice en serio?! —gruñó Elisa tocándose el chichón.

—Por supuesto que sí —afirmó aquélla—. Yo misma tengo un hijo de treinta y dos años, y si él apareciera con una mujer mayor en casa, no lo iba a permitir.

—Pues que Dios la pille confesada, porque las cincuentañeras abiertas de mente les gustamos a los jovencitos, ¡y mucho! —se mofó Amelia.

—Por Dios..., por Dios... —gruñó la mujer santiguándose.

Amelia sonrió y Elisa resopló. Aquella mujer tenía la misma mentalidad que su madre, que tenía setenta y cinco años, y, mirándola, gruñó:

—Señora, debería pensar en la felicidad de su hijo y no en lo que usted va a permitir o no. ¿O acaso su hijo no puede decidir con quién estar?

—¿Tú tienes hijos? —preguntó la rubia mirándola.

—No —respondió Elisa.

Ella sonrió entonces con sorna y replicó:

—Cuando los tengas, entonces quizá lo entiendas.

Amelia negó con la cabeza.

—Mire, señora, yo sí tengo hijos. Tengo tres. Y lo que quiero es su felicidad. Y si mañana mi hijo se enamora de una mujer mayor que él, será problema suyo y de esa mujer. Y si mi hija mañana se enamora de una mujer, será problema de mi hija y de esa mujer. Yo no soy nadie para meterme en sus vidas y en sus libertades como personas.

—Así va el país... —afirmó la acompañante de la rubia.

—Con mujeres como ustedes, que critican a otras por el simple hecho de verlas felices, ¡por supuesto que así va el país! —recriminó Elisa.

La rubia, cada vez con los ojos más abiertos, iba a replicar, pero Elisa insistió:

—Las mujeres de hoy en día, cuando estamos con alguien, deseamos un compañero de viaje, no alguien que nos marque qué camino seguir. Durante siglos hemos estado sometidas, silenciadas, discriminadas por el simple hecho de ser mujeres, ¡pero basta ya! ¿No le da vergüenza pensar así, siendo usted mujer?

Ella negó con la cabeza, y Elisa, a quien ese tema la calentaba mucho, insistió:

—Las personas como usted son las que frenan a las mujeres que luchamos por vivir. ¿Acaso usted no tiene hijas, sobrinas, primas, nietas...? ¿En serio me está diciendo que no podemos decidir ni en el amor ni en el disfrute del sexo?

Todo el mundo en la tienda las miraba, aquel tema era muy candente actualmente, y la rubia soltó:

—Seguro que eres una de esas feministas que gritaban el 8 de marzo, ¿verdad?

Oír eso terminó de calentar a las hermanas. ¿Cómo una mujer podía hablar de forma tan despectiva de las demás? Y Elisa soltó:

—Por supuesto que sí, señora. Y, por si no lo sabe, *feminismo* significa igualdad.

Las mujeres se miraron con cierta prepotencia y, cuando Amelia iba a soltarle una fresca, aquélla dijo mirando a Elisa:

—Mire, joven. No tengo nada más que hablar con usted —y, volviéndose hacia su amiga, dejó la prenda de ropa que llevaba en la mano y soltó—: Vámonos, Puri. No tengo por qué aguantar semejantes barbaridades.

Una vez que las mujeres dieron media vuelta y se alejaron, el chico de la pareja a la que criticaban se acercó a ellas.

—No merece la pena hablar con quien no quiere escuchar. Deja que se vayan.

Al oírlo, Elisa asintió, y la mujer criticada, que era de la edad de su hermana, las miró con una candorosa sonrisa y dijo:

—Gracias, y pasad de ellas. Nosotras vivimos, ellas simplemente respiran.

Las hermanas sonrieron al oírla y, cuando aquéllos se cogieron de la mano y continuaron su camino, Amelia murmuró:

—Pero qué buen gusto tiene esa mujer.

Elisa rio y afirmó mirando al chico:

—No te voy a quitar la razón.

Cinco minutos después, cuando salieron de la tienda con la camisa en una bolsa, Elisa comentó:

—Tenemos que ir a Sephora. Quiero comprarme un maquillaje superchulo que probé el otro día.

—Antes vayamos a por un poco de hielo para ese chichón.

Con una sonrisa, las dos hermanas se dirigieron hacia el Starbucks, donde esperaron su turno comentando lo ocurrido. Después de pedir sus bebidas y recogerlas, al volverse, Elisa vio una cara conocida en la cola y la llamó:

—¡Venecia!

Ella se volvió y, al ver a su amiga, maldijo en silencio. No quería que la viera con Carlos o tendría que dar explicaciones y, sonriendo, preguntó:

—¿Qué haces aquí? —Pero, al fijarse en su frente, preguntó—: ¿Y ese chichón? ¡Pero ¿qué te ha pasado?!

Elisa se acercó a ella cargada de bolsas y explicó:

—Estoy de compras con mi hermana. Tranquila, ha sido un golpecito de nada.

Según dijo eso, Amelia llegó junto a ellas y, mirándolas, saludó.

—Pero, Venecia, ¡qué alegría verte! —La aludida besuqueó encantada a Amelia, que añadió—: Estás fantástica. Anda y que se joda el atontado de tu ex.

—¡Amelia! —gruñó Elisa.

Venecia sonrió y, cuando iba a contestar, Amelia añadió:

—Eli, no me seas troglodita como esas que acabamos de conocer. Somos adultas, ¿dónde está el problema en hablar de ello? ¿Has pedido el hielo?

Elisa resopló y, antes de que pudiera responder, su hermana prosiguió:

—Ahora lo que tenéis que hacer es disfrutar y pasarlo bien, que cuando yo me separé estuve un tiempo como abducida por los marcianos.

—Lo intento..., lo intento —Venecia rio.

Amelia miró a su hermana y, a continuación, soltó:

—Pues a ver si lo intentas tú también.

Elisa no respondió. Su manera de ver la vida era diferente de la de Venecia.

—Que la ruptura con un tío no os prive ni un segundo de felicidad —continuó su hermana—. En mi caso, por suerte, después de estar abducida por los marcianos, me reencontré con una de mis amigas de juventud. Se había separado como yo y, tras hablar y confesarnos que nos sentíamos enterradas en vida, decidimos quedar y volver a salir. Y, mírame ahora, con cincuenta y dos años, ¡soy una cincuentañera!, y con ganas de comerme el mundo y pasarlo bien.

Las tres rieron por aquello, y Venecia afirmó:

—Y haces muy bien, Amelia. Es lo que toca.

—Ya te digo —y cuchicheó—: Tenéis que disfrutar de la vida porque cualquier día os puede caer una teja en la cabeza y, ¡zas!, para el otro barrio.

—Me acabas de recordar a la tía Gilberta —bromeó Elisa.

De nuevo las tres rieron, y Amelia indicó:

—Mira, salir con Eli siempre es una sorpresa. Primero se revuelca con un chorizo y mira qué chichón se hace, y luego nos las tenemos con unas cincuentonas carcamales porque defendían que una mujer de más edad no podía estar con un tío más joven. Por favor, a ésas lo que les pasaba es que les picaba el chirri y no tenían con quién rascárselo...

—¡Amelia! —Elisa rio.

Venecia soltó una carcajada y aquélla continuó:

—Mirad, chicas, atrás quedaron los días en los que había que esperar que un hombre flirteara con una mujer. Los tiempos han cambiado y eso del cortejo es muy bonito, pero para mi gusto está obsoleto y...

—¡Hey, Amelia!

Las tres miraron hacia el origen de la voz. Al otro lado del mostrador había un hombre que sonreía mirando en su dirección, y la aludida saludó:

—¡Ángel! Qué alegría encontrarte aquí. —Y, dirigiéndose a Venecia y a su hermana, les entregó las compras y dijo—: Ahora vengo, ¡voy a pedirle hielo!

Una vez que se hubo alejado para saludar a aquel hombre, Venecia le preguntó a su amiga Elisa:

—¿Y ese chulazo quién es?

Ella lo miró. Nunca lo había visto y, sonriendo al ver a su hermana pestañear, soltó:

—Alguien que como fuera el hijo de una que yo me sé... le iba a dar un patatús.

Amelia regresó entonces junto a ellas y dijo, entregándole una pequeña bolsita con hielo a su hermana:

—Ponte esto.

Elisa obedeció y Amelia, mirando al chico que se lo había proporcionado y que atendía al público, contó:

—Es amigo de Iñaki. Por cierto, ¡soltero y sin novia!

—¡Qué ilusión! —se mofó Elisa riendo.

—¿Y tú qué haces por aquí? —le preguntó entonces Amelia a Venecia, recuperando sus bolsas.

Sin ganas de contar con quién había quedado o le harían un tercer grado, la joven rápidamente respondió:

—He quedado con mi madre en Sol y he entrado a comprarme un *frappuccino.*

Elisa y Amelia sonrieron y esta última preguntó:

—Ya me tiene al día Elisa de lo de tu padre; ¿todo bien?

—Dentro de lo que cabe, sí —contestó Venecia encogiéndose de hombros.

Amelia asintió y, tocándole con cariño el brazo, murmuró:

—Tenéis que ser muy fuertes ahora.

—Lo sé —afirmó ella.

Tras unos segundos en los que todas se miraron, Elisa dijo:

—Venecia, te dejamos porque aún tenemos que ir a Sephora a comprar un maquillaje impresionante que he probado. Me dieron el otro día una muestra y, chica, ¡qué maravilla!

Instantes después, las dos hermanas se despidieron y, complacida por el encuentro, Venecia esperó su turno en el Starbucks.

24

Venecia seguía en la cola de la cafetería para pedir su bebida cuando su teléfono vibró.

¡No me digas que me
has dado plantón!

Al leer eso, ella miró hacia la calle y, al ver a Carlos donde habían quedado, tecleó:

Me gusta tu cazadora azul.

Él sonrió.

¿Dónde estás?

Divertida, ella escribió:

Starbucks.

Sin tiempo que perder, Carlos se dirigió hacia allí y, al entrar, ella preguntó:

—Vamos, corre, ¿qué quieres beber? Me toca pedir.

—Lo mismo que tú.

Sin dilación, Venecia pidió dos *frappuccinos* de chocolate blanco sin café y con nata y, en cuanto pagó, lo saludó sonriendo:

—Hola.

Complacido por ser recibido con aquella bonita sonrisa, él, sin pensarlo, le dio un beso en los labios y murmuró:

—Hola.

Sorprendida, ella parpadeó. No esperaba ese saludo.

Una vez que la camarera del local les indicó que pasaran a esperar sus bebidas, Carlos comentó:

—Que sepas que estoy decepcionado.

—¿Por qué?

—¿Dónde está la novia de la muerte?

Venecia soltó una carcajada.

—Tú ríete —dijo él—. Pero vestida de ese modo ¡me tenías ganado!

—¿Lo dices en serio?

—Totalmente en serio.

De nuevo risas, y entonces él preguntó:

—¿Qué tal tu día?

—Lioso, como siempre. Pero bien. ¿Y el tuyo?

Carlos sonrió, sus días siempre eran liosos, e indicó:

—Cansado. Los turnos de veinticuatro horas son agotadores. Pero ahora tengo tres días libres por delante.

—¿En serio? —preguntó ella sorprendida.

—Y tan en serio —afirmó gustoso.

Estaban mirándose cuando él indicó:

—Todavía estoy sorprendido de haber recibido tu wasap.

Ella asintió. La primera sorprendida por lo que había hecho era ella, y con picardía musitó:

—Y yo de habértelo enviado.

—¿Sabes? En ocasiones las mejores decisiones son las que se toman en un segundo.

Esa frase le recordó a su padre y, mirándolo, murmuró:

—Eso no va conmigo. Suelo pensar las cosas mucho.

—Pues muy mal —Carlos sonrió.

Ambos rieron, y en ese momento el camarero que preparaba las bebidas llamó en voz alta:

—¡Venecia!

Enseguida recogieron sus vasos y ella sugirió:

—¿Quieres que subamos arriba para tomárnoslo sentados?

—De acuerdo.

Desde el primer instante en el que se sentaron en uno de los sillones que había en la parte de arriba del local, no pararon de hablar. Como siempre, su conversación era fluida y divertida.

—¿Cómo se encuentra tu padre? —preguntó él.

Venecia suspiró.

—Bien, dentro de su enfermedad —y añadió—: Una putada. Joder..., ¿por qué le ha tenido que pasar? Mi padre es un hombre lleno de vida, de proyectos, de ganas de vivir y esto... esto... es una grandísima putada para él, para mi madre, para todos.

Carlos asintió. Por su trabajo, en ocasiones veía cosas muy complicadas, pero sin duda la demencia o el alzhéimer y el modo en que afectaba a quienes rodeaban al enfermo eran devastadores. Al ver que ella lo miraba a la espera de que dijera algo, indicó:

—En estos casos, la fortaleza de la familia es esencial. Tu padre os necesita, y cada vez más, y tenéis que estar ahí para él.

—Lo sé. Mamá, Álex y yo estamos preparados para todo lo que venga. Te lo puedo asegurar —afirmó Venecia convencida.

Durante unos segundos ambos se miraron, y a continuación se oyó a unas chicas reír y una de ellas cuchicheó:

—Entra en el blog de la Cabrona. Esta vez habla sobre los jefes.

Al oír eso, Venecia las miró.

Estaban hablando de su blog y, al ver a las chicas reír, sonrió, y más cuando aquélla dijo:

—Voy a seguir ese blog. ¡Me gusta!

Carlos, que, como ella, lo había oído, resopló y murmuró bajando la voz:

—No sé qué le ve esta gente joven a pasarse media vida leyendo las historias que otras personas vuelcan en los blogs. ¡Qué absurdidad!

Venecia asintió y repuso encogiéndose de hombros:

—La vida te da opciones, y tú simplemente eliges.

—Pues yo elijo vivir mi vida..., no leer las tonterías de otros.

—¿Lo dices en serio?

Ahora fue Carlos el que asintió y, al verla rascarse tras la oreja, preguntó:

—¿Ocurre algo?

—No...

—Sí..., pasa algo —insistió.

Al oír eso, Venecia abrió mucho los ojos y preguntó:

—¿Por qué dices eso?

Carlos, que era un tipo muy observador, sin poder evitarlo, cogió su mano y contestó:

—Cuando estás nerviosa o indecisa te rascas detrás de la oreja con el índice.

Sorprendida por ese detalle del que a Jesús le había costado años darse cuenta, iba a decir algo cuando él añadió:

—Sea lo que sea, puedes hablarlo conmigo.

Sentir su seguridad, su aplomo, su decisión sin apenas conocerlo, le gustó.

Por su relación de veinte años con Jesús, pocas veces se había permitido establecer ese tipo de conexión con otro hombre, y como necesitaba hablar de los acontecimientos que se le venían encima, dijo olvidando su frialdad:

—Tengo un hermano, Álex. Y se avecina un tsunami familiar.

Eso le hizo gracia a Carlos. Él tenía hermanos, todos chicos, y bajando la voz murmuró:

—Yo tengo cuatro, y te aseguro que los tsunamis son muy habituales en mi familia.

Ambos rieron y luego Venecia, confiada, preguntó:

—¿Puedo pedirte opinión en referencia a algo?

—Por supuesto.

Ella dio un trago a su *frappuccino* y luego dijo:

—Mañana he quedado con mi hermano en casa de mis padres para hablar de un tema delicado. El caso es que mi hermano va a tener un hijo y...

—Enhorabuena, ¡vas a ser tía!

Venecia sonrió al oír eso. Era la primera persona que le daba la enhorabuena por su sobrino y, sonriendo, contestó:

—Gracias. Estoy muy feliz por ello, pero no sé cómo se lo van a tomar mis padres.

—Un bebé siempre es motivo de felicidad —repuso él—. Y más con la necesidad de noticias bonitas que tenéis en tu familia actualmente, ¿no crees?

Ella asintió, Carlos tenía razón, pero indicó:

—Mi hermano Álex tiene una relación con Rafael desde hace años, pero mis padres se enteraron hace dos más o menos. Álex lo dijo porque quería ser honesto con mi padre antes de que la demencia le hiciera perder la memoria. Según Álex, lo hizo porque quería que papá supiera quién era él, y no quién se suponía que tenía que ser.

—Muy honesto y valiente por parte de tu hermano —afirmó Carlos.

Venecia asintió llevando el dedo a la parte de atrás de su oreja.

—Opino como tú —y, cuando él retiró su mano de la oreja y ambos sonrieron, prosiguió—: Pero también hay una parte de mí que piensa que podría haberse callado. Por desgracia, mi padre perderá la memoria más pronto que tarde, los recuerdos, y...

—No, Venecia, no —la cortó Carlos—. Álex hizo lo correcto. Tu hermano no tiene que esconderse de nada ni...

—Lo sé, eso lo sé. Pero es todo tan complicado que a veces... ya no sé ni qué pensar.

Él la miró con pesar. Por desgracia, la sociedad todavía tenía que evolucionar mucho para llegar a una normalidad en demasiadas cosas, y cuando iba a hablar ella prosiguió:

—Y hoy mi hermano me llama, me dice que va a ser padre a

través de una gestación subrogada en Canadá, que se casa dentro de cuatro meses con Rafael y que mi sobrino o sobrina nacerá dentro de seis. Y lo peor es que los gastos de mi padre me están asfixiando, y mi hermano no puede ayudarme porque sus propios gastos lo están asfixiando a él.

—¡Joder! —musitó Carlos sorprendido.

—Mañana he quedado con Álex para ir a casa de mis padres y contárselo. Y aquí va mi pregunta: ¿cómo lo plantearías tú? ¿Cómo le contarías algo así a un padre enfadado por la homosexualidad de su hijo y a una madre que se encuentra entre su marido y su hijo?

Carlos asintió. Lo que aquélla le planteaba sin duda no era algo fácil de gestionar y, tras tomar un trago de su bebida, preguntó:

—¿Tu padre y tu hermano se llevan bien?

—Se adoran. Álex siempre fue el típico chico deportista, triunfador, motero, guaperas, hombre deseado por las mujeres y, bueno..., papá nunca imaginó que quienes le gustaban a él eran los hombres.

Carlos asintió, y ella continuó:

—El día de mi no boda en la iglesia, Álex intentó contarme lo de su casamiento, pero yo estaba tan descentrada que no le hice caso, y ahora él...

No pudo seguir. En los últimos meses había sido todo muy complicado; entonces Carlos, cogiendo su mano, indicó:

—Y ahora él te sigue teniendo a ti, y estoy convencido de que también a tus padres. —La joven sonrió y él musitó—: Si yo tuviera que dar esa noticia a mis padres, lo haría de frente y sin vacilar. No hay nada peor para un enfermo que sentirse engañado o que lo tratan como a un tonto. Créeme, por mi trabajo lo sé.

—Ya, pero...

—Escucha, Venecia, el bebé es un hecho y la boda también, por lo que nada de lo que ellos puedan hacer o decir lo va a cambiar. En cuanto a tu madre, sin duda tendrá que lidiar con ambos. Es madre y esposa, y estoy convencido de que estará junto a tu hermano en todo momento, pero sin descuidar a tu padre, que la necesita por su enfermedad. Y en cuanto a él, el disgusto está asegurado, pero la alegría de un nieto también.

—Uf, no sé...

—Que sí, mujer. Ni te imaginas lo que una enfermedad puede cambiar el pensamiento de las personas. Quizá os sorprenda.

—No sé. Temo su reacción.

—Dale tiempo. Cada persona somos un mundo y cómo nos tomemos las noticias, una opción. Pero, tranquila, seguro que tu padre reaccionará mejor de lo que esperas.

—Ojalá...

—No obstante, lo que tiene que quedarles claro a todos es que tú los quieres, los respetas y que, tomen la decisión que tomen, vas a seguir estando ahí para ellos. Incluido tu sobrino.

Venecia sonrió y, suspirando, musitó:

—Creo que mañana te vas a venir conmigo a casa de mis padres.

Ambos soltaron una carcajada, y luego Carlos preguntó:

—¿Qué gastos de tu padre te están asfixiando?

Sin saber por qué, con total tranquilidad, ella le habló de ellos. Él la escuchó con atención y cuando acabó dijo:

—Puedo hablar con algunos médicos que conozco. Quizá pueda echarte una mano con todo esto en cuanto a fisios, traslados y tal. Tus gastos bajarían un poco.

Venecia le dedicó una radiante sonrisa al oír eso. Un poco de ayuda nunca venía mal.

—No sabes cuánto te lo agradecería.

Carlos asintió. Por intentar lo que se le había ocurrido no se perdía nada, y, recordando su conversación de antes, dijo para relajar el ambiente:

—Yo soy el tercero de cinco chicos. Y mi pobre madre, ella sola, ni te imaginas con todo lo que ha tenido que lidiar por nosotros. Los tsunamis, como tú dices —sonrió—, en mi casa se sucedían día sí, día también. Lo que no le pasaba a uno le ocurría a otro, cuando no a todos a la vez.

—¿Cinco chicos?

—Afirmativo. —Carlos rio.

—¿Y tu padre? —preguntó curiosa.

—Mi padre murió cuando mi hermano pequeño tenía siete años y yo once. Y..., bueno, mi madre nunca lo tuvo fácil. Pero es una luchadora y ella sola, con sus manitas y fregando muchas escaleras en la calle Larios de Málaga, nos sacó a los cinco adelante.

—¿Eres de Málaga?

—Sí. —Y, al ver cómo lo miraba, aclaró divertido—: Mi padre era noruego y, no, no tengo acento andaluz.

Venecia asintió. Ahora lo entendía todo.

—Si ya decía yo que tenías pinta de vikingo...

Ambos rieron, y ella añadió:

—Menuda guerrera tiene que ser tu madre. Sacar cinco hijos adelante sola no creo que sea fácil.

—Muy guerrera —afirmó él—. En casa, mis hermanos y yo la llamamos *la Sargento Nocilla*.

—¿Sargento Nocilla? —se mofó ella divertida.

Carlos sonrió y, pensando con cariño en aquélla, indicó:

—Cada vez que hacíamos una trastada se enfadaba mucho. Parecía que el mundo se iba a acabar. Pero media hora después nos comía a besos mientras decía: «No te preocupes, lo resolveremos. ¿Quieres una mijita de Nocilla?».

Continuaron charlando de todo un poco. Incluso hablaron de los animales que cada uno tenía en su casa, hasta que Carlos, mirándola, comentó:

—Lo pasé muy bien contigo el último día que nos vimos.

Venecia asintió. Sin hablar, se entendieron. Sus miradas, sus sonrisas lo decían todo, y él indicó:

—Miedo me da preguntarte qué estás pensando y qué te apetece hacer, porque la última vez que lo hice terminamos... donde terminamos.

Divertida, ella iba a contestar cuando las tripas le rugieron.

—Siento decepcionarte —dijo al cabo—, pero realmente lo que me apetece es cenar. Tengo un hambre atroz.

—¿En serio?

—Y tanto...

—¿No te cansas de ver todo el día comida en tu trabajo?

Venecia sonrió al oír eso. Él seguía creyendo que era camarera en un restaurante.

—Pues no. La verdad es que no.

Carlos se levantó entonces y, tendiéndole la mano, preguntó:

—¿Qué te apetece cenar?

Venecia miró su mano extendida y, sacando su parte fría, la ignoró y, sin tocarla, se levantó mientras decía:

—¿Te gusta la comida china?

Bajando la mano y sonriendo por el rechazo de aquélla a cogerla, Carlos afirmó:

—Me encanta. Vamos, conozco un restaurante chino que te gustará.

25

Bajaron por la calle Preciados hasta llegar a la Puerta del Sol. De camino, Venecia se percató de cómo muchas mujeres se rompían el cuello para mirar a Carlos e, incapaz de callar, preguntó:

—¿Siempre es así?

Al no entender a qué se refería, él la miró, y ella añadió:

—¿Siempre te miran así las mujeres?

Carlos sonrió al oírla. Desde pequeño siempre había tenido un magnetismo especial con las mujeres. Sus hermanos lo llamaban *guaperas*, no había mujer que se le resistiera, y encogiéndose de hombros respondió:

—Vale. Reconozco que parecer extranjero, ser rubio y tener los ojos azules ayuda bastante.

De nuevo, Venecia se fijó en cómo dos chicas que se cruzaban con ellos volvían a escanearlo de arriba abajo, y preguntó:

—¿Y no es incómodo que te miren siempre?

Carlos, a quien aquello nunca le había importado, sonrió y repuso:

—No.

—¡Menudo creído eres tú! —se mofó ella.

Él le guiñó el ojo con cierta chulería.

—Yo también miro cuando veo algo que me gusta.

Venecia sonrió y continuaron su camino.

Desde Sol subieron por la calle Carretas, hasta llegar a un

restaurante chino llamado Alegría y, deteniéndose, Carlos comentó:

—No es lujoso, pero conozco a los dueños y la comida es buena. Te lo puedo asegurar.

Venecia asintió.

Con Jesús nunca habría entrado en un restaurante como aquél. Él era demasiado fino y sibarita, pero, encantada, afirmó:

—Si tú dices que la comida es buena, no hay más que hablar.

Una vez que entraron en el local y se sentaron, el camarero les llevó las cartas enseguida. Estaban mirándolas cuando un joven se acercó a ellos y, bajando la voz para que nadie los oyera, dijo dirigiéndose a Carlos:

—En este local tenemos derecho de admisión, y tú, gilipollas, te fuiste sin pagar la última vez.

Carlos sonrió y Venecia, mirándolo horrorizada, cuchicheó:

—¿En serio te fuiste sin pagar?

—Y tanto —asintió el desconocido—. Así pues, haced el favor de levantaros y salir de mi local antes de que os patee el trasero.

Venecia se apresuró a levantarse avergonzada, pero Carlos exigió:

—Tengo hambre. Cierra tu bocaza y sírvenos.

—¿Quieres que llame a la policía? —insistió aquél.

Ella, con gesto apurado, iba a decir algo cuando Carlos, sonriendo, indicó:

—Venecia, te presento al payaso de mi hermano Ricardo.

Según dijo eso, ella respiró y murmuró sentándose de nuevo:

—Joder, ¡qué susto me habéis dado!

Aquellos dos soltaron una risotada y, tras chocar las manos, Ricardo se dirigió a ella:

—Un placer conocerte, Venecia. Por cierto, ¡un nombre muy original!

—Gracias, Ricardo —afirmó ella dándose aire con la mano.

Los dos hermanos sonrieron, y luego Carlos preguntó:

—¿Dónde está Yan Yan?

—Ahí viene —indicó Ricardo.

Una joven de origen chino se acercó entonces a saludar.

—Hola, guaperas, ¡qué alegría verte por aquí!

Carlos la besó en la mejilla con cariño y, viendo cómo aquélla miraba a su acompañante, indicó:

—Yan Yan, ella es Venecia. Venecia, mi cuñada Yan Yan.

La joven china sonrió y, acercándose a ella, que enseguida le dio dos besos, musitó:

—Bonito nombre. La novia del guaperas es bienvenida a nuestro restaurante.

Según oyó eso, Venecia iba a contestar cuando Carlos intervino:

—Estoy muerto de sed. Richi, tráenos unas cervezas.

Tras hablar durante unos minutos con Yan Yan, un grupo de gente entró en el restaurante y ella se marchó a atenderlos.

—Parece que está animada la noche, ¿no? —le preguntó Carlos a su hermano cuando éste les llevó las cervezas.

Ricardo asintió y, feliz porque últimamente el restaurante funcionaba, musitó:

—¡Y que siga animada!

Pidieron varios platos y, cuando él se marchó a la cocina, Venecia murmuró:

—Qué bonita sonrisa tiene Yan Yan.

Carlos asintió mirándola e indicó, consciente de cómo era su cuñada:

—Pues más bonita es por dentro. Es maravillosa. Un encanto.

Sentir su calidez y cómo quería a su familia emocionó a Venecia, nada que ver con la frialdad que Jesús siempre había mostrado con los suyos, y, con ganas de aclarar algo, señaló:

—Oye, Carlos, yo no soy tu novia.

—Lo sé —respondió él sonriendo.

Al ver cómo la miraba, Venecia suspiró y, directa, dijo:

—Y, si lo sabes, ¿por qué no se lo has aclarado?

—Para Yan Yan, todas las mujeres que traigo a cenar aquí son mis novias —explicó él divertido—. No se lo tengas en cuenta.

Saber que no era a la única a la que había llevado allí en cierto modo le escoció, y preguntó:

—¿Las traes a todas aquí?

Divertido, él asintió.

—Buena comida y a buen precio; ¿por qué no?

Minutos después, cuando Ricardo y Yan Yan les llenaron la mesa de platos y comenzaron a comer, Venecia afirmó encantada:

—¡Pero qué bueno está esto!

—Te lo he dicho. Es un buen restaurante con comida de calidad. Yan Yan es una excelente cocinera.

—¿Es de tu hermano y de ella?

Carlos negó con la cabeza.

—Los dos trabajan en él, pero la verdadera dueña es Yan Yan.

Venecia asintió y, con mofa, declaró:

—Sin duda el mundo es de las mujeres.

Carlos sonrió.

—Sois mil veces más fuertes y listas que nosotros.

A ella le gustó oír eso y, curiosa, preguntó:

—Ahora cuéntame algo de ti. ¿Soltero, casado, viudo...?

Esa pregunta repentina lo hizo sonreír.

—Mi última relación duró casi cuatro años y acabó hace año y medio.

—¿Por qué?

—Ella murió.

A Venecia se le puso todo el vello de punta.

—¿Lo dices en serio?

Él asintió.

—Muerte súbita, producida por el síndrome de QT largo.

Venecia parpadeó. En la vida había oído ese nombre.

—¿Eso qué es?

—Es un trastorno hereditario del ritmo cardíaco en el que los latidos del corazón son excesivamente descontrolados, pudiéndote provocar la muerte.

—Lo... lo siento.

Carlos suspiró.

—Almudena me enseñó que la vida es demasiado corta y bonita como para desperdiciarla con tonterías. Por eso intento vivir todos y cada uno de los días con ganas. Busco soluciones a todo. Prefiero reír a estar enfadado y siempre... siempre ¡busco positividad!

Venecia lo miró boquiabierta. Ahora entendía mejor su carácter, su sonrisa y, cuando iba a hablar, él preguntó:

—¿Crees en la fidelidad?

Oír eso, tras lo que le había ocurrido con su ex, la hizo sonreír.

—No.

—¿Por qué?

—Porque estar veinte años con la misma persona mató mi creencia en ella.

Carlos asintió.

—Pues yo soy de esos que aún creen en la fidelidad de la pareja. Si estás con alguien, ¿por qué tontear con otra persona?

—¿Estás tonteando conmigo?

Él asintió.

Le gustaba aquella fría y esquiva chica, y afirmó:

—Tanto como tú conmigo. Somos adultos y ni yo te engaño a ti ni tú a mí..., o quizá sí.

Venecia, acalorada por la mirada de aquél, tosió y dijo:

—Dejando a un lado el tonteo, ¿no crees que en ocasiones, aun estando en pareja, puedes conocer a alguien que te pueda atraer?

—Claro que puede pasar —admitió él—. Pero yo particularmente sé lo que tengo que hacer para pararlo. Para mí estar con alguien implica compromiso al cien por cien. Si no, ¿para qué estar? Es evidente que en la vida se nos cruzan miles de personas y miles de tentaciones, pero ahí estás tú para decidir si te dejas llevar por las tentaciones o no.

—Y tú tentaciones tendrás muchas, ¿verdad?

Carlos sonrió y afirmó, consciente de su verdad:

—Sólo diré que no suelo hacer lo que no me gustaría que me hicieran a mí.

Sorprendida por sus palabras, ella se mofó:

—¿Me estás diciendo que un tipo como tú, con pinta de vikingo, sexy, guitarrista en un grupo de música que conoce a cientos de *groupies*, es un tío fiel a su pareja?

—¡Gracias por los cumplidos! —Ambos rieron por aquello y luego él afirmó—: Y, en cuanto a lo que has preguntado, la respuesta es sí. Si convivo en pareja es porque estoy con quien yo quiero, con quien he elegido, y no necesito a nadie más. Diferente es ahora, que estoy solo y no le rindo cuentas a nadie.

—Sorprendida me dejas.

Durante el resto de la cena no pararon de hablar. No había tema que se les resistiera y cuando, tras despedirse de Yan Yan y Ricardo, salieron a la calle, Venecia murmuró:

—Estoy llenísima.

Divertido, Carlos sonrió y, cogiéndola de la mano con tranquilidad, dijo:

—Pues paseemos. Eso nunca viene mal.

26

Durante una hora caminaron por las calles de Madrid, hasta que, al llegar al paseo del Prado, él se detuvo, la agarró por la cintura y, acercándola a su cuerpo, preguntó con la esperanza de que ella no lo apartase:

—¿Qué te apetece hacer ahora?

Encantada por la excelente noche que estaba pasando con él, Venecia sonrió. Él era perfecto, la compañía inmejorable y, sin dudarlo, lo besó. Cuando sus labios se separaron, consciente de lo que en realidad le apetecía, Venecia indicó:

—Me apetece tener sexo contigo.

—¿Y me lo sueltas así, de sopetón? —susurró Carlos.

La joven sonrió y, bajando la voz, respondió:

—¿No dices que las mejores cosas no se han de pensar mucho?

—Woooo —se mofó él.

Venecia sonrió. Ni ella misma se entendía. Y como necesitaba dejar claro aquello que le proponía, añadió:

—Seamos follamigos.

Sin dar crédito, él parpadeó.

—¿En serio has dicho lo que has dicho?

Venecia asintió y, sin querer recular, insistió:

—Carlos, ¿cuántos años tienes?

—Treinta y dos. ¿Por...?

Sonriendo al oír eso, ella musitó:

—Vaya..., ¡soy mayor que tú!

—¡Qué indecencia! —exclamó él, que sabía que ella tenía treinta y siete.

Divertida, ella asintió e indicó, sintiéndose moderna y actual:

—Treinta y dos años, las mujeres se parten el cuello mirándote, ¿y te asustas porque yo me considere tu follamiga?

Él finalmente rio. Tenía amigas con las que practicar sexo cuando ambos lo deseaban, y respondió:

—No me asusto. Tengo amigas así.

Complacida de oír eso, ella indicó entonces para sentirse menos culpable:

—Pues soy una más. Como tú eres uno más también.

Carlos se sintió incómodo. Aún no sabía por qué, pero no quería ser uno más para esa chica y, cuando fue a hablar, ella preguntó:

—¿Dónde vives?

—En la calle Sagasta.

—¿Y me invitarías a una copa en tu casa?

A cada instante más sorprendido, Carlos parpadeó.

—¿No dijiste que no ibas a casa de desconocidos?

Venecia asintió y, tras darle gustosamente otro beso, repuso:

—Lo dije. Pero es que tú ya no eres un desconocido.

—Ah, claro..., soy tu follamigo.

—¡Exacto! —exclamó ella.

Carlos asintió. Las mujeres eran raras, mucho; levantó una mano, paró un taxi e indicó:

—Monta antes de que cambies de opinión.

Entre risas y besos, llegaron hasta la calle Sagasta y, una vez que bajaron del taxi, Carlos, con la mano de ella entre las suyas, señaló:

—Es allí. En el tercer piso.

Con seguridad, los dos entraron en el portal y, tras subir por la escalera porque el ascensor estaba averiado, él indicó, al ver a Venecia con la lengua fuera:

—Creo que haces poca gimnasia.

—Ninguna —afirmó ella asfixiada, tocándose la coleta.

Carlos abrió entonces la puerta de su piso y de inmediato salió a recibirlos un precioso labrador color canela. Venecia lo saludó.

—Hola, precioso, ¿cómo estás?

—Se llama *Homer* —comentó Carlos.

El animal enseguida se restregó contra ella. Era un perro muy cariñoso. Y, encantada y sin ningún miedo, lo besó en el morro y preguntó:

—¿Cómo llevas tu día, *Homer*?

Carlos los miró. Por lo general, cuando una mujer iba a su casa, se asustaba del perro y, complacido, los observaba juguetear cuando preguntó:

—¿Qué te apetece beber?

—Una cerveza —dijo ella.

Cuando Carlos se marchó, Venecia miró a su alrededor. Todo estaba ordenado. Pulcro. Limpio.

Con curiosidad, se acercó hasta el lugar donde él tenía las películas y los CD de música y, al ver que estaban ordenados alfabéticamente, sonrió.

¡Metódico era poco!

En la cocina, Carlos abrió la nevera, sacó dos cervezas y, cuando regresó al salón, Venecia preguntó al oírlo entrar:

—¿En serio? ¿Por orden alfabético?

Carlos sonrió. Ésa era una de sus manías.

—Lo admito. Soy un maniático del orden.

Ella sonrió y, dejando un CD en su sitio, vio varias revistas de motos, colocadas también de forma ordenada sobre la mesa.

—¿Te gusta leer? —preguntó.

Él asintió.

—Sólo revistas o libros de motos y en papel. Leer en el ordenador, en la tablet o en el móvil no me gusta.

Eso llamó la atención de Venecia, que trabajaba en una revista digital.

—¿Y por qué no?

Carlos se encogió de hombros y, poniendo un CD, indicó:

—No lo sé. Quizá para eso soy de los antiguos, que siguen adorando el papel.

Comenzó a sonar la canción *Smooth* por los altavoces y Venecia, al oírla, comentó:

—Qué bueno Santana.

—Como guitarrista que soy, ¿cómo no me va a gustar Santana? —Carlos sonrió.

En ese instante apareció un gato. Venecia lo acarició sin miedo, Carlos le pasó su cerveza y murmuró:

—Veo que te gustan los animales. Ella es *Chula*.

Ella asintió y, viendo que aquél se sentaba en el sofá, sin dejar de acariciar a *Chula*, afirmó:

—Yo también tengo una perra. Se llama *Traviata*. —Él sonrió al oír el nombre.

Chula y *Homer* se marcharon entonces para tumbarse en sus lugares preferidos, y Venecia comentó mirando al perro:

—Sabes que *Homer* tiene displasia de cadera, ¿verdad?

Sorprendido, Carlos la miró y ella, señalándolo, insistió:

—¿No ves cómo cojea al andar?

Él asintió. Sabía que su perro padecía de aquello y, sorprendido, preguntó:

—¿Y tú cómo sabes eso?

Consciente de que acababa de meter la pata, Venecia dio un trago a su bebida y luego respondió, sabiendo que hacía mal al engañarlo:

—Mi amiga Silvia tiene un perro con displasia de cadera y anda igual.

Carlos sonrió.

—*Homer* la tiene desde pequeño, pero está controlada. Lo medico diariamente.

Venecia asintió, pero cuando iba a preguntar qué tipo de pastillas le daba, se contuvo. No debía hacerlo. A continuación, olvidándose de los animales, caminó hacia Carlos y, tras dejar su cerveza encima de la mesita, se sentó a horcajadas sobre él y mirándolo, afirmó dispuesta a ir al tema:

—Me encantan tus ojos claros.

Carlos sonrió. Miró con intensidad a aquella morena y, soltándole el cabello, repuso:

—Los tuyos tampoco están nada mal.

Venecia lo besó con deseo y, separando unos milímetros su boca de la de él, musitó:

—Ni te imaginas las ganas que tenía de hacer esto.

Acto seguido, de un tirón, le abrió la camisa oscura, con lo que le saltó muchos de los botones. Carlos, sorprendido por aquello, no supo qué decir, y ella cuchicheó:

—Y ahora, Cancún, vamos a pasarlo bien.

Excitado por su entrega, y olvidándose de todo, él se lanzó a besar aquellos tentadores a la par que turbadores labios, mientras una de sus manos se metía por debajo del top violeta que ella llevaba para desabrochar el sujetador.

Venecia, encantada, quitándose el top, lo ayudó a soltar el precioso sujetador negro y, cuando éste voló por los aires, ambos sonrieron.

La boca de Carlos fue derecha a los pechos de ella. Eran tentadores, terriblemente tentadores, y cuando el pezón derecho estaba en su totalidad dentro de su boca, al sentir cómo ella balanceaba las caderas restregándose sobre él, jadeó. Venecia lo volvía loco.

Levantándose con ella encima, Carlos caminó hacia su habitación. Por suerte, había quitado la ropa que había en la cama y, en cuanto llegaron a ella, la posó sobre el colchón y, sonriendo, dijo:

—Quitémonos la ropa.

Sin levantarse de la cama, ella se deshizo de la falda y de las bragas mientras Carlos se quitaba su ropa a toda prisa.

—Sigo decepcionado —comentó él entonces—. No sólo no has venido de novia de la muerte, sino que tampoco me has traído al señor Bunny.

—¡Oh, cállate, tonto! —se mofó ella al ver que recordaba sus bragas.

Una vez desnudos, él se tumbó sobre ella para besarla, y las manos de ambos disfrutaron del tacto, del roce de la intimidad.

Con los ojos cerrados, Venecia gozaba de aquello que Carlos le hacía, mientras él, con placer, observaba cómo ella echaba la cabeza atrás y sus duros pezones señalaban al techo.

Satisfecho, le besó la boca, el cuello... Y, deseoso de más, bajó hasta sus duros pezones, lamiéndoselos primero, para luego mordisqueárselos con verdadera pasión.

Entregada al deleite, Venecia se preparó para disfrutar de aquello que deseaba, y cuando la cabeza de Carlos acabó entre sus piernas, se rindió a él por completo olvidándose del decoro.

Temblaba, jadeaba. La boca de Carlos sobre su ya hinchado clítoris era pura delicia. Estaba húmeda, mojada, tremendamente excitada y, como si el sexo con aquél fuera algo habitual y no tan sólo la segunda vez que lo hacían, abrió las piernas todo lo que pudo y exigió:

—¡Más!

Carlos no lo dudó y se lo dio, pero cuando su cuerpo comenzó a temblar, y dispuesto a que el placer continuara, separándose de ella, musitó:

—Voy a por un pre...

—¡Un momento! —exclamó ella.

Para su sorpresa, Venecia se levantó y corrió al salón. Allí, agarró su bolso y, tras regresar con éste en la mano, dijo mirándolo:

—Tengo algo que...

Ella sacó entonces una ristra de preservativos del bolso.

—Para ti —ofreció.

Sorprendido, Carlos los cogió y los miró.

—¿Preservativos personalizados?

Hacía unos días, cuando Venecia había salido con Vanessa, acabó la noche con un tipo que los llevaba y, tras preguntarle dónde los había comprado, los encargó ella también; sonriendo, afirmó:

—¿A que son una chulada?

Carlos asintió sin dar crédito. Y, divertido, leyó los mensajes, que eran del tipo: «¡Consumir preferentemente antes de que acabe la noche!», «¡*Pezqueñinas*, no, gracias!» o «¡El tamaño SÍ importa!».

Y cuando leyó «¡Uso exclusivo de bomberos!», la miró y ella, quitándoselo de las manos, musitó:

—Vale..., éste no es para ti.

Boquiabierto por la poca vergüenza de aquélla, soltó los preservativos sobre la cama y abrió uno.

Venecia observó cómo él se lo colocaba y, una vez que hubo terminado, se sentó sobre él y murmuró:

—Pasémoslo bien.

E, izándose sobre sus piernas, se colocó la dura punta del pene en la húmeda vagina y, dejándose caer sobre él, muy muy despacio, preguntó:

—¿Qué tal así?

Carlos tembló. Un jadeo salió de su boca al sentir cómo el cuerpo de ella succionaba del todo su dura erección, y cuando iba a contestar, Venecia no lo dejó y lo besó. Lo devoró.

El olor a deseo y a pasión inundó las fosas nasales de ambos cuando las caderas de Venecia comenzaron a moverse de delante hacia atrás. Primero a ritmo lento, muy lento, para poco a poco ir acelerando sus acometidas mientras lo miraba a los ojos.

Aquella mirada a Carlos lo encendió. Lo carbonizó.

Le gustaba aquella mujer, y ahora que disfrutaba del sexo con ella y sentía su pasión y su decisión, le gustaba más aún. Mucho más.

Hundidos en el placer del momento, disfrutaban de su locura cuando Carlos, deseoso de ella, acercó su boca y la besó, y cuando sus embestidas tomaron un ritmo pasional, infernal y brutal, mirándose a los ojos llegaron a un maravilloso clímax que los hizo temblar y gritar.

Tras aquel íntimo momento, él se dejó caer en la cama y, de paso se llevó a Venecia, que quedó tumbada a horcajadas sobre él.

Ella podía oír el sonido del acelerado corazón de él y, pasados unos minutos, levantándose, lo miró y dijo sonriendo:

—He de ir al baño.

Aún jadeante por el momento vivido, Carlos asintió e indicó sin moverse:

—Segunda puerta a la derecha.

Con cuidado, Venecia salió de él, pero, cogiendo su camisa, se la echó por encima antes de levantarse. Sabía que su cuerpo y en especial sus caderas no eran lo mejor de ella, y corrió al baño.

Una vez allí, cerró la puerta y murmuró apoyándose en ella:

—Madre mía..., lo de este tío es increíble.

Tener sexo con Carlos no se parecía en nada a tenerlo con Jesús.

Con su ex solía ser aburrido y monótono, pero con Carlos era impredecible, divertido y pasional. Tremendamente pasional.

¡Una bomba!

Estaba pensando en ello cuando unos golpes en la puerta la devolvieron a la realidad, y más cuando oyó a Carlos decir:

—Necesito entrar.

Sin dudarlo, abrió la puerta y, cuando lo vio desnudo ante ella, murmuró sonriendo:

—¿Qué ocurre?

Acalorado y sudoroso, él sonrió y dijo, metiéndose en la ducha y abriendo el grifo:

—Duchémonos.

Un beso llevó a otro...

Una caricia, a otra...

Mientras el agua corría por sus cuerpos, de nuevo la necesidad de poseerse se apoderó de ellos, y cuando ésta les gritaba que continuaran, Carlos abrió la mano y le enseñó un preservativo que decía: «Si quieres sexo conmigo..., sonríe».

Sin dudarlo, Venecia sonrió. Y él, tras rasgar el envoltorio y ponérselo, arrinconó a Venecia contra la pared, la cogió en volandas y, mirándola a los ojos, preguntó mientras colocaba la punta de su pene sobre su vagina:

—¿Esto es lo que quieres?

Esa voz...

Ese morbo...

Esa mirada...

Todo, absolutamente todo era excitante en él, y Venecia asintió anhelante.

* * *

Esa madrugada, tras pasar una increíble noche con Carlos, deseosa de volcar su experiencia en su blog, escribió:

Cancún... Cancún... Cancún...

Madre mía..., qué cuerpo.

Jesusito de mi vida..., qué manos.

Por el amor de Dios..., que encima es vikingo.

Virgencita, Virgencita..., qué mirada en el momento deeeeeee...

Y, *Mare de Déu!*, qué manera de... de... de... ¿Lo digo?... Pues venga, ¡de follar! ¿No queremos claridad? Pues dicho queda.

Y yo que pensaba que mi anterior pareja era un buen bólido en lo que a sexo se refería. Uf, qué equivocada estaba. Está visto que en el mundo hay bólidos de diferentes cilindradas y, sin duda, Cancún, es de cilindrada TOP. Vamos, una BOMBA SEXUAL.

¡Qué morbo, su mirada!

¡Qué calentura cuando me besaba!

¡Qué ratito tan bueno he pasado!

A ver, que monja no soy, que por suerte para mí y disfrute para mi *body*, me he acostado con varios tipos en mi vida por diversión y puro placer, pero, oye, Cancún... ¡es Cancún!

CABRONA, te explico...

Alto..., rubio..., ojos azules..., cuerpazo..., sonrisa bonita..., preciosas manos..., caballeroso..., amante de los animales, vikingo y... LIMPITO Y ORDENADO. Sí..., sí..., has leído bien. El tío es limpito y ordenado.

Yo, que esperaba encontrarme una casa desastrosa, donde los calzoncillos colgaran de las lámparas, las mesas estuvieran llenas de cajas de pizza vacías y la tapa del váter levantada y con cierta roña..., PUES NO. Las lámparas brillantes, las mesas relucientes y la tapa del váter bajada y resplandeciente. Vamos, ¡que ya querría yo mi casa tan limpia como la suya!

Y, dicho todo esto, seguro que piensas: «¿Y por qué esta CABRONA no se lo queda?».

Pues muy fácil, porque no busco novio, ni marido, ni perrito al que adoptar.

¿Y tú qué buscas? ¿Crees que tras el fracaso de una relación estás preparada para comenzar otra?

¡Cuéntame!

CABRONA

P. D. ¡Vivan los preservativos personalizados!

27

Al día siguiente, en casa de los padres de Venecia y de Álex, se mascaba la tragedia.

El gesto de sus padres al enterarse de la inminente boda de su hijo, y más aún de su pronta paternidad, los dejó tan descolocados que no sabían ni qué decir.

Su madre se sentó sacando su lado más dramático e indicó:

—Voy a la uci de cabeza.

—Mamá, por favor —se quejó Venecia.

—Aurorita, no empieces —protestó Fernando al ver a su mujer.

Ella a toda prisa se dio aire con un abanico que cogió de encima de la mesita y murmuró:

—Hijos, no sé qué os pasa últimamente, pero no ganamos para sorpresas con vosotros.

Álex y Venecia se miraron. Su madre tenía razón, con ellos no se aburrían, y entonces Fernando comentó con mofa:

—Está visto que nada está saliendo como esperábamos, Aurorita. Primero uno nos cuenta que le gustan los hombres, luego la otra no se casa...

—¡Papá! —repuso Álex.

—Y ahora —prosiguió Fernando—, como tenemos poco, encima, incluimos boda y embarazo.

—¡Papá! —protestó Venecia.

Los cuatro se quedaron unos segundos en silencio, hasta que de pronto, e incomprensiblemente, Fernando sonrió y Venecia, al verlo, preguntó:

—Papá, ¿estás bien?

Fernando la miró. Se sentía algo mareado, pero, meneando la cabeza, indicó:

—Pues no sé, hija. Entre mi enfermedad y vosotros, ¡creo que vais a acabar conmigo!

—Fernando, por Dios, ¡no digas eso! —gruñó Aurora y, tocándose la cabeza, cuchicheó—: Ay..., que todo me da vueltas.

Alarmado, Álex ignoró los comentarios de su padre y, mirando a su madre, pidió:

—Mamá, por favor, relájate.

La mujer asintió.

—¿Y qué me pongo para la boda? —preguntó entonces mirando a su hijo.

—Cualquier cosa, mamá..., cualquier cosa —respondió Álex sonriendo.

—Cualquier cosa, no —musitó Aurora—. Si voy a ser la madrina tengo que ir en condiciones. Y... y no tengo tiempo. Una boda requiere esfuerzo, trabajo, dedicación, y...

—¡Ya estamos! —la cortó Fernando.

—Por el amor de Dios, hijo —insistió Aurora levantando la voz—. No me das tiempo para nada. ¿Por qué todo es tan rápido contigo?

Al oírla, el joven sonrió y, mirando a su padre, afirmó:

—No lo sé. Soy como papá.

—Unos cagaprisas —asintió Venecia.

Fernando sonrió al oírla y, mirando a Alejandro, afirmó:

—Sí, hijo, sí. Eres un cagaprisas como yo, de eso no te quepa duda. Me enamoré de Mariella en cuanto la vi.

Venecia miró de inmediato a su madre. Aurora nunca se quejaba, pero indiscutiblemente oír el nombre de una mujer que no era el suyo debía de dolerle; entonces su padre añadió mirando hacia la pared:

—Qué bonita estaba con su pelo azabache al viento...

Luego los cuatro se quedaron en silencio.

Aquellos momentos en los que Fernando desconectaba de la realidad eran desconcertantes, y Alejandro, acercándose a su padre, se arrodilló frente a su silla de ruedas y murmuró:

—Papá...

Fernando cerró los ojos y, tocándose la cabeza, musitó:

—Me duele. Creo que ha sido el balonazo que me ha dado Alejandrito. ¡*Jodío* muchacho!

Álex sonrió. Aquel recuerdo de su padre lo enterneció. De pequeño siempre estaba dando balonazos; tocó la mano del hombre y musitó:

—Lo siento, papá, ha sido sin querer.

Durante varios minutos, Aurora y sus dos hijos permanecieron junto a Fernando. Nadie se movió. Nadie habló. Hasta que aquél, de pronto, los miró y, al entender lo que había ocurrido, murmuró:

—Lo siento.

Con una sonrisa, los tres lo abrazaron y Aurora, cogiendo un vaso de agua, dijo:

—Bebe un poco, cariño.

Fernando la obedeció. Bebió agua, que refrescó su garganta, y después, mirando a su hija, preguntó:

—¿Ha durado mucho?

—No, papá.

Fernando asintió y a continuación se dirigió a Álex:

—¿De qué hablábamos, hijo?

Sin dilación, él le recordó por encima el tema del que estaban hablando, y Fernando añadió:

—Te ha faltado mencionar el disgusto de Aurorita y su vestido de madrina.

—¡Fernando! —La aludida sonrió al oírlo.

Álex, tranquilo al ver a su padre recuperado y con humor, dijo:

—Querría habéroslo contado antes. Lo siento. Siento daros tan poco tiempo para entender que me caso con Rafa y voy a ser padre. Tenía intención de explicároslo tras la boda de Venecia, pero ocurrió lo que ocurrió y pensé que no era el momento. Luego me fui de viaje a Canadá para estar con Cheryl y mi bebé y, bueno..., no veía el momento de contároslo.

Aurora y Fernando se miraron, y este último preguntó:

—¿Por qué sabes que es tu bebé?

—Porque es mi bebé —afirmó Álex con seguridad—. Fue mi esperma el que fecundó el óvulo de Cheryl. Pero, si hubiera sido el de Rafael, también habría sido mi bebé.

Ninguno dijo nada, y Álex prosiguió:

—Comprendo el shock por la noticia del bebé, sobre todo porque aún estáis digiriendo que ame a un hombre y no a una mujer. Pero sois mis padres. Os quiero. Os adoro. Y no tengo que avergonzarme de nada porque estoy feliz de amar y ser amado y de saber que voy a ser padre. Que sea gay no quiere decir que no desee formar una familia y no tenga instinto paternal.

—¡Álex! —lo regañó Venecia.

En silencio, de nuevo todos se miraron, y Aurora, consciente de que su marido y su hijo posiblemente iban a comenzar a discutir, se dispuso a mediar entre ellos, pero Fernando dijo adelantándose:

—Álex, estoy muy orgulloso de ti.

Oír eso les encogió el corazón a todos, y más cuando el padre añadió, sorprendiéndolos:

—Hijo, eres valiente, mucho. El tiempo se me acorta y tú me vas a dar un nieto, ¡un nietecito!, al que espero conocer y disfrutar.

Álex sonrió, nada en el mundo lo habría hecho más feliz que oír eso, y su padre prosiguió:

—Sé que mi reacción al enterarme de que tú y... y...

—Rafael —dijo Venecia.

Fernando sonrió y repuso:

—Rafael..., eso es...

—Papá...

—Eres mi hijo. Te quiero. Me quieres. Quieres a tu madre y a tu hermana y sé que cuando yo no pueda las vas a cuidar. ¿Qué más puedo desear? Eres maravilloso, Álex. Siempre lo has sido y siempre lo serás. Y yo deseo que seas feliz con la persona que tú has decidido tener a tu lado.

Emocionado, él lo abrazó y murmuró:

—Gracias, papá.

Fernando sonrió.

—Si algo me está enseñando la vida, y ahora también esta maldita enfermedad, es a aprovechar cada segundo que tengo. Y ahora que mi hijo se casa y voy a ser abuelo, no pienso desperdiciarla gruñendo porque quiero ser feliz junto a los míos. Y los míos sois vosotros..., Rafael y nuestro bebé.

Emocionada, Aurora miró a su hija. Aquél era Fernando, su Fernando, y cuando ella se levantó, él, olvidándose de sus males, dijo mirándola:

—Aurorita, serás una madrina preciosa, siempre y cuando Álex no decida hacer el estropicio que organizó Venecia el día de su boda.

—¡Papá! —se mofó la joven.

—¡Eso no lo olvidas! —Álex rio.

—Como para olvidarlo. —Aquél sonrió mirando a su hija.

Una vez aclarado todo aquello, Venecia respiró.

Estaba claro que el terrible tsunami al que pensaba enfrentarse no había llegado a puerto, y cuando vio a sus padres sonreír al hablar de la próxima paternidad de Álex, se sintió feliz por la maravillosa familia que tenía.

* * *

Esa noche, cuando salió de su casa y se despidió de ellos y de su hermano, al mirar su móvil vio un mensaje de Carlos:

¿Qué tal el tsunami?

Al leerlo, sonrió y, deseosa de contárselo y también de algo más, preguntó:

Veinte minutos después, cuando Venecia llegó a casa de él, literalmente, se lo comió.

Como Cabrona que era, ¿por qué abstenerse?

28

Amistad...

Compenetración...

Buen rollo...

Eso era lo que Venecia y sus amigas tenían y, cuando entraron en un restaurante a cenar, ella cuchicheó:

—En definitiva, Vanessa se marchó y yo me fui a tomar una copa con ese guaperas. Una cosa llevó a la otra y..., bueno, ¡lo pasamos bien!

—¿Te acostaste con él? —preguntó Rosa boquiabierta.

—No, flor. Hizo macramé —se mofó Silvia.

Elisa soltó una carcajada y, cuando Venecia iba a hablar, Rosa añadió:

—¿En serio no te resulta raro?

—Habló madame Potrosky... —se mofó Elisa.

Su amiga sonrió al oírla y, suspirando, musitó:

—A ver, Elisa de mis entretelas. ¿Vas a mencionar al ruso cada vez que...?

—Por supuesto —la cortó aquélla.

Todas soltaron una carcajada, y luego Venecia explicó:

—Simplemente me comporto como ellos. Cero sentimientos y total disfrute. Nada más. Ah..., y eso de llevar preservativos personalizados ¡los deja sin palabras! Por cierto, tomad. El otro día encargué más y pedí también para vosotras.

—«*¡Game over!*» Qué bueno —se carcajeó Elisa al leer el mensaje de uno de ellos.

Entre risas, cogieron los preservativos personalizados que Venecia les entregaba y Rosa, al ver uno en el que salía la cara del papa y el mensaje decía «¡Tenéis mi bendición!», cuchicheó:

—¡Tócate los melocotones! Si ve esto mi madre, os juro que...

—¿Se lo vas a enseñar? —preguntó Elisa.

—Ni loca.

—Pues asunto zanjado —afirmó Venecia.

Silvia sonrió al oírlas, y mirando a Venecia musitó:

—Recuerda, la cabeza siempre en su sitio.

—Lo sé... —afirmó ella segura—. ¡Vivan las Cabronas sin Fronteras!

—¡Vivan! —exclamaron todas riendo.

—¿Qué os parece cenita, *speed dating* y copitas? —sugirió entonces Silvia.

—*Speed dating?* —preguntó Rosa—. Pero ¿eso qué es?

Elisa y Venecia se miraron divertidas, y Silvia aclaró:

—Flor, es una forma divertida de conocer gente a través de minicitas de cinco o siete minutos. Los chicos y las chicas vamos todos identificados con un numerito y las chicas nos sentamos a unas mesas numeradas. En el local hay alguien controlando el tiempo y, cuando pasan siete minutos, esa cita se acaba, el chico se levanta y en su lugar se sienta otro.

—¿Y dónde está la gracia? —insistió Rosa.

Venecia, que había oído hablar de aquello, repuso:

—La gracia está en que, en poco tiempo, puedes conocer a distintas personas y si tras la cita os gustáis, podéis seguir charlando o... lo que quieras. Por cierto, no os he contado que el lunes conocí a un churri con un pulgar ¡impresionante!

Elisa sonrió y Rosa preguntó escandalizada:

—¿Tú no te estás desmandando demasiado?

Venecia la miró y, cuando iba a responder, Silvia intervino:

—No, Rosa. Simplemente lo pasa bien. Es dueña de su vida y...

—¡Soy una cabrona! —se mofó Venecia.

Elisa suspiró al oírlo. Aquello de ser una cabrona no iba con ella, y Silvia, al verla, preguntó:

—¿Y esa cara, *Sensei*?

Elisa, sin cambiar el gesto, indicó:

—Ya me dirás qué le voy a contar yo a un desconocido. —Y, estirándose, añadió—: Hola, soy Elisa, tengo treinta y siete años y el que era mi novio me la estaba pegando con su primo David. Incluso se tatuó su nombre en chino en el pecho y me hizo creer que era el mío. Aparte de eso, mi vida sexual es una mierda...

—Hola, soy Rosa —se mofó también ésta—. Tengo treinta y seis años, tres hijos preciosos y achuchables que son para comérselos, y el que era mi marido se acostaba con toda mujer que se le cruzara en el camino. Y lo peor..., yo me enteraba y, tonta de mí, por no decir *gilipollas*, lo perdonaba. En cuanto a mi vida sexual, estoy bajo cero.

Silvia resopló, y Venecia dijo a su vez:

—Hola, soy Venecia, tengo treinta y siete años y he tenido una relación durante veinte. Por cierto, el día que me iba a casar con él, al enterarme de que se había *enconejado* de otra pero se casaba conmigo por no darle un disgusto a mi padre, se me cruzaron los cables y rompimos nuestra relación ante el altar y cuatrocientos invitados.

—Te falta hablar de sexo... —cuchicheó Rosa.

Venecia sonrió y, consciente de que ninguna sabía lo de Carlos, musitó:

—Mejor no lo menciono, que se asustan.

Tras oírlas a las tres, Silvia preguntó:

—¿Esto qué es?, ¿la fiesta de la autocompasión?

Ninguna contestó, y ella, mirándolas, dijo con positividad:

—Hola, soy Silvia, de Madrid, y tengo treinta y ocho años. Soy abogada. Ordenada e independiente como mujer. Tengo sentido del humor, pero, si me cabreas, agárrate, que vienen curvas. Me gusta divertirme. Me encanta la música, el fútbol y comer helados. En cuanto al tema sexo, si me gustas, ya hablaremos. ¿Y tú qué me cuentas de ti?

Dicho eso, miró a sus amigas y añadió:

—Como habéis visto, omito los dramas. Si habláis de problemas, les dais pie a que ellos os hablen de los suyos, ¿entendido?

En ese instante el camarero se acercó con sus platos y, tras dejarlos sobre la mesa, Venecia musitó:

—Madrecita, qué pulgar tieneeeeeeee...

Divertidas, se lanzaron a disfrutar de la comida, algo que siempre les había apasionado. Atrás habían quedado los tiempos en los que sólo comían lechuga y pollo. Ahora, en la treintena, se permitían disfrutar de cualquier cosa.

* * *

Más tarde, cuando salieron del restaurante, Rosa murmuró:

—¡Voy a reventar!

—Estás llena de amor —se mofó Silvia.

Elisa sonrió acordándose de Lucía, pero dijo ella también:

—Por Dios, pero ¿cuánto he comido?

—Como si no hubiera un mañana. Venga..., vayamos a pasarlo bien —soltó Venecia riendo.

29

Fueron caminando hasta el local donde Silvia, a través de una app del móvil, las había apuntado a lo de las citas, y al entrar, Venecia murmuró mirando a su alrededor:

—Pues sí que viene gente a esto.

—¡Más de la que nunca imaginarías! —afirmó Silvia mientras sonaba la canción *Love Never Felt so Good*, de Justin Timberlake y Michael Jackson.

Una vez que se identificaron y les dieron unas pegatinas, Rosa preguntó con ella en la mano:

—¿Dónde me la pongo?

—En la frente —cuchicheó Silvia.

Elisa, al ver que Rosa subía la mano hacia ella, parándola, gruñó:

—Te lo decía de coña, mujer.

Venecia, que estaba a su lado pegándose su número sobre el vestido, murmuró:

—En la vida me imaginé haciendo esto.

—¡Ni yo! —repuso Elisa—. Pero aquí estamos.

Divertida, Silvia miró hacia atrás y, al ver a un tipo ya con su cartel colocado sobre su camisa, afirmó pegándose el suyo:

—Menudo churrazo ése. Deseando estoy de hablar con él.

Instantes más tarde, por los altavoces del local explicaron las normas de las citas y Rosa, horrorizada, exclamó:

—Creo... creo que me voy a ir.

—Ni lo sueñes, reina. Tú de aquí no te mueves —replicó Elisa.

Cinco minutos después, los organizadores del evento comenzaron a sentar a las chicas apuntadas al *speed dating* a las mesas y las citas dieron comienzo.

Entre risas, todos se saludaban, hablaban unos minutos y, cuando el silbato sonaba, debían parar y cambiar de pareja.

A la décima pareja, Elisa ya estaba harta y, cuando se sentó su nueva cita, oyó:

—O el mundo es muy pequeño, o tú me sigues...

Al oír eso, ella levantó la vista y, al reconocerlo, cuchicheó:

—¿Eres el policía?

Él asintió y, divertido, afirmó:

—Veo que el chichón ha desaparecido ya.

—Tengo la cabeza muy dura. —Elisa sonrió.

Ambos rieron y él, señalando su pegatina, se presentó:

—Soy Antonio.

—Elisa.

Antonio y ella hablaron. Encantados, se entendieron y, cuando el tiempo acabó, él le guiñó el ojo y musitó antes de sentarse a la mesa de otra:

—¡Luego continuamos!

Tuvieron dieciséis citas de siete minutos cada una y, cuando terminaron, Rosa murmuró acercándose a sus amigas:

—*Mare de Déu!* ¡Cómo está el patio!

Divertidas, la miraron y, señalando, ella dijo:

—De las dieciséis citas, diez divorciados, tres viudos y tres solteros.

—Pues a mí el número cuatro me parece interesante —afirmó Elisa convencida al ver a aquel poli sonreír con otros tipos.

Rosa suspiró.

—Al número siete..., pobre..., su mujer lo dejó por su vecino el del quinto y lo está pasando fatal. Al número doce su mujer lo abandonó por el cartero y se ha quedado él solo al cuidado de los niños y, pobre, ¡la semana pasada uno le cogió la varicela!

—¡Qué disgusto! —se mofó Silvia.

—Y el nueve, aisss, el nueve... —prosiguió Rosa—. Descubrió que su secretaria y su mujer estaban liadas...

—Mira..., eso me suena de algo, ¿le has preguntado si se hizo algún tatuaje? —se burló Elisa, a la que el gesto le cambió al ver al poli acercarse a una de las mujeres que allí había.

Eso la jorobó. Pero ¿no iba a hablar con ella?

Durante varios minutos charlaron sobre sus minicitas, hasta que Silvia preguntó:

—¿Qué os pasa?

Sin saber realmente qué les ocurría, las chicas se miraron, y entonces Venecia murmuró:

—No sé a ellas, pero a mí esto me ha cortado el rollo. Todo han sido penurias. Me he pasado las citas animando a esos tíos, cuando lo que quiero es pasarlo bien.

Elisa, molesta por ver al poli tontear con aquélla, asintió, y Rosa sugirió:

—¿Qué tal si nos vamos a otro local?

—¡Voto por ello! —convino Elisa.

—¿Por qué? —replicó Silvia.

Las chicas miraron a los hombres que las observaban y Silvia, molesta, gruñó:

—Ignoradlos. No os interesan. ¡Que les den morcilla!

—¡Y tanto! —convino Venecia.

Pero Silvia, al ver la incomodidad en los rostros de Elisa y de Rosa, supo que o se iban de allí o la fiesta acabaría en breve.

—De acuerdo —claudicó—, ¡vámonos!

Elisa asintió. Iba caminando hacia el exterior con sus amigas cuando Antonio la detuvo.

—¿Te vas?

Ella lo miró. Con el rabillo del ojo se percató de cómo la mujer que hablaba con él las miraba y, con toda la mala baba que sentía, metió la mano en su bolso y, sacando uno de los preservativos que Venecia le había regalado, se lo plantó a aquél en la mano y soltó:

—¡Toma! Lo vas a necesitar.

Dicho esto, sin darle opción a abrir la boca, continuó su camino.

Sorprendido, él miró qué era lo que aquélla había dejado en su mano, y soltó una risotada al ver un preservativo en el que se leía «*Game over*».

* * *

Una vez en la calle, Elisa propuso a ir a un local que ya conocían y donde había karaoke, algo que siempre les había gustado. Al entrar, vieron a Amelia, y Silvia, mirando a Elisa, dijo:

—Joder con tu hermana, ¡no se pierde una!

—Ostras, ¡allí está Kike! —exclamó Venecia.

El grupo miró hacia donde ella señalaba, y aclaró:

—Es el bombero que conocí el otro día, cuando salí con Vanessa, ¡el de los veintidós centímetros! Voy a saludarlo.

En cuanto ella se fue, Rosa cuchicheó mirando a sus amigas:

—¿De verdad no creéis que se está descontrolando?

Elisa asintió y Silvia, que como todas se estaba dando cuenta del cambio de Venecia, para no alarmarlas, musitó:

—Tranquila. Ya se calmará.

—¿Y tú cómo lo sabes?

Silvia sonrió. Por suerte o por desgracia, en aquellos temas estaba mucho más puesta que ellas, e indicó:

—Cuando entras en el juego en el que Venecia ha entrado, al principio te desmadras un poco, pero luego te lo tomas todo con más tranquilidad. Confiad en ella.

Amelia, que estaba con su gente, se acercó entonces a ellas. En su camino se cruzó con Venecia y, al llegar junto a su hermana y sus amigas, exclamó:

—Pero qué alegría veros por aquí.

—Hemos estado en un *speed dating* —contó Rosa.

Amelia, que conocía muy bien aquello, preguntó gustosa:

—¿Y qué tal?

Las amigas intercambiaron una mirada, y Silvia cuchicheó:

—Pues fatal. Sólo han oído penurias y, al acabar, ¡se me han acojonado al sentirse observadas!

—¡Pero, chicasssssssssss! —se mofó Amelia divertida.

—A éstas las espabilo yo sí o sí —aseguró Silvia.

Pidieron algo de beber a la camarera y Amelia, al ver bailar a Venecia en la pista con un tipo, comentó:

—La que está espabilada es Venecia, ¿no?

Estaba sonando *Electricity*, de Dua Lipa, y todas observaban cómo bailaba como una descosida en la pista cuando Rosa dijo:

—A mí me preocupa.

—Mujer... —cuchicheó Elisa.

—Pero ¿qué tontería dices? —preguntó Silvia.

Rosa asintió y, bajando la voz, añadió:

—Creo que se está permitiendo conocer demasiados pulgares.

Boquiabiertas, todas la miraron, y Silvia replicó:

—Cariño, eso es lo que tiene que hacer. No me seas antigua.

Amelia miró a su hermana divertida y preguntó:

—¿Tú opinas como Rosa?

Elisa suspiró e, intentando ser sincera, contestó:

—A ver, sí y no. Sí porque la veo algo dispersa, y no, porque está soltera y puede conocer todos los pulgares que quiera. ¡Está en su derecho!

Amelia y Silvia se miraron. Ellas llevaban años en aquel mercado, y la primera comentó:

—Esto es como un anuncio que había antiguamente de detergentes y que decía algo así como busque, compare y, si encuentra algo mejor... ¡a por él! Pues eso es lo que tenéis que hacer. —Y, mirando a aquéllas, añadió—: Venecia simplemente ha decidido vivir y disfrutar de su vida, de su tiempo y de su cuerpo. Algo que deberíais hacer vosotras también.

Silvia sonrió y, cuando Amelia regresó junto a su grupo, al ver que un chico la cogía por la cintura, preguntó:

—¿Ése es el churri de tu hermana?

—Sí —asintió Elisa—. Ése es Iñaki.

—¡Qué tipazo! —afirmó Silvia.

Con gusto, todas lo miraron, y Rosa cuchicheó:

—De mayor quiero ser como tu hermana.

—Y yo —aseguró Silvia riendo.

Veinte minutos después, cuando Venecia, tras bailar con su amigo, regresó junto a ellas riendo y sudando, las cuatro se sentaron a una mesa y Silvia soltó:

—A ver, chicas, ¡esto no puede ser! ¿Pretendéis que salgamos huyendo de todos los sitios donde los hombres os miren?

Las amigas se miraron, y Venecia cuchicheó:

—Por el amor de Dios, tenéis que recuperar la seguridad en vosotras mismas. Si os miran, ¡que os miren! Pero eso no significa que tengáis que marcharos.

—Es que parece que llevo un letrero en la frente que dice «divorciada» —se quejó Rosa.

Silvia sonrió.

—Eso es lo que tú crees. Pero, hazme caso, no es así. Es sólo que de nuevo tú misma te sientes en el mercado y eso te pone nerviosa.

—Jo, chicas..., es que yo la última vez que ligué fue con Pablo y comenzamos por aquello de «¿Estudias o trabajas?».

Todas rieron, y Elisa cuchicheó:

—¿Al ruso también le preguntaste eso?

Rosa puso los ojos en blanco y de pronto, hundida, musitó:

—Es que... es que... yo... me acuerdo de Pablo... y...

—¡No me jorobes, flor! —gruñó Silvia; levantó la mano y dijo, llamando a la camarera—: ¡Cuatro Puerto de Indias con Coca-Cola, y muy cargaditos!

Cinco minutos después, cuando estaban bebiendo, Silvia comentó mirándolas:

—Flores, ¿qué os pasa? Pero, vamos a ver, que somos las socias fundadoras del club Cabronas sin Fronteras.

Todas rieron y ella insistió:

—Se presentaba una noche divertida y llena de planes, ¿por qué ha decaído la fiesta?

Rosa suspiró.

—Porque somos conscientes de la cruda realidad.

—¿Qué cruda realidad? —preguntó Silvia.

—Que... que...

—Y no me digas otra vez que echas de menos al de los calzoncillos Kevin Costner, porque te juro que...

—Silvia —la regañó Elisa.

—A ver, chicas. El mercado ahora lo manejamos nosotras —puntualizó Venecia—. Podemos coger, probar, tocar, devolver...

—Por Dios, ¡qué gitaneo! —cuchicheó Rosa.

—La pura realidad, Rosa —afirmó Silvia—. La pura realidad. A ver, chicas, en la vida hay tres opciones. Sola. Con churri. O follamigos.

—¡Voto por los follamigos!

—¡Venecia, por favor! —se quejó Rosa.

—¿Por favor, que? —gruñó Silvia—. Ya tenemos una edad como para andarnos con tonterías. La vida es la que es y la realidad es la que hay. Si quieres estar sola y disfrutar únicamente de un aparatito con pilas que sacas de la mesilla cuando te viene en gana, ¡adelante! Si quieres un churri con el que caminar de la manita, regalito el 14 de febrero y tener sexo en exclusividad, ¡búscalo! Pero si queréis pasarlo bien porque habéis terminado hasta el moño de exclusividad con un solo tipo, ¡divertíos! Ahora es el momento de hacer lo que os dé la gana. De ser unas cabronas.

—¡Lo soy! —asintió Venecia.

—Sin duda. Y una de las grandes —afirmó Elisa.

—A ver —insistió Silvia—, que os apetece sexo con uno de cincuenta años, ¡adelante! Que os apetece con uno de veinticinco, ¡adelante! Que os apetece montároslo con vuestro patito de gomas a pilas en vuestras bañeras, ¡adelante! Pero decidís vosotras y sólo vosotras.

Elisa asintió y, convencida, comentó:

—Sin duda, *Lucas*, mi patito..., me da muchas satisfacciones.

—¿Tienes un patito? —preguntó Rosa.

Ella afirmó con la cabeza. Cuando era pareja de Lorenzo usaban muchos juguetes sexuales y, mirando a su amiga, repuso:

—Y tú también lo tienes. Te lo compramos en Navidad, ¿o no lo recuerdas?

Rosa sonrió al oír eso, era cierto, e indicó:

—Sigue en la caja. Según Pablo, los juguetes sexuales están sobrevalorados.

Todas pusieron los ojos en blanco y, cuando iban a hablar, ella agregó:

—Vale..., es probable que esté equivocado.

—Te lo aseguro —afirmó Venecia.

—A ver, flores. Olvidándonos de los patitos, a ver cuándo os vais a enterar de que ahora sois las dueñas y señoras de vuestro juego. De vuestra vida. De vuestro cuerpo.

—¡Hola, guapo!, ¡bonitos ojos! —saludó Venecia a un tipo que pasaba por su lado.

Silvia, al oírla, la miró, y Elisa dijo:

—Silvia, soy consciente de todo eso, pero no pretendas que yo, en tan poco tiempo, me comporte como tú, que llevas años en este juego.

—Pero si es facilísimo.

—¡Venecia! Estás despendolada—cuchicheó Rosa.

Tras mirar a su amiga y pedirle precaución, Silvia insistió:

—*Sensei*, cada persona tiene su proceso y su rodaje. Y yo sólo os recuerdo que ahora sois libres de hacer o deshacer lo que queráis, sin sentiros culpables de nada. Estáis solas. No tenéis pareja y debéis enfrentaros a la vida.

—Chicas, Silvia tiene razón —dijo Venecia—. Tenéis que espabilaros. Yo lo he hecho y me va muchísimo mejor. Más aún, me siento más segura de mí misma.

—Ay, qué complicado —musitó Rosa.

—No es complicado, Rosa, cariño..., créeme que no. Sólo te falta seguridad en ti misma.

—Yo no sé ni lo que quiero —indicó Elisa pensando en Lorenzo.

—Pues aclárate —replicó Silvia.

—Yo no quiero que me agobien —musitó Rosa.

—Pues no lo permitas —repuso Venecia.

Todas se miraron en silencio, y luego Silvia repitió:

—Somos las fundadoras del club Cabronas sin Fronteras.

—Estoy orgullosa de pertenecer al club, pero, chicas, ¡yo no sé ser una cabrona!

Las palabras de Rosa y su gesto las hicieron sonreír, y Silvia aclaró:

—A ver, flores, la palabra *cabrona*, en el contexto de nuestro club, significa «mujer que se cuida a sí misma sin esperar nada de nadie para no llevarse una decepción».

—Qué buena definición —aseguró Elisa con una sonrisa.

—Sabéis que desde hace años siempre os digo que en tema de hombres primero voy yo, luego voy yo y después voy yo, porque no ha aparecido aún el tío que me haga cambiar de opinión, y dudo que aparezca —añadió Silvia.

—Eso nunca se sabe, reina —afirmó Rosa, lo que provocó que su amiga sonriera.

—Las cabronas somos dueñas de nuestra vida, somos independientes económicamente, sabemos reírnos de nosotras mismas, no cambiamos nuestros planes por un hombre, nos queremos y disfrutamos de nuestra sexualidad con libertad.

—Justo como yo me siento —murmuró Venecia.

—Si tenéis claro que no buscáis una relación seria y sólo queréis pasarlo bien sin complicaciones, debéis olvidar los sentimientos, porque casi con total seguridad el follamigo que se acerque a vosotras habrá olvidado los suyos. Y como lo que no queréis es un novio, ni un marido, ni sufrir, debéis blindar vuestro corazón.

—¡Qué frialdad!

—¡Bienvenida al mundo, flor!

Todas rieron por aquello, y Rosa cuchicheó:

—Tengo que aprender a ser una cabrona.

—No es difícil —afirmó Venecia clavando la mirada en un tipo que le gustaba—. Sólo hay que pensar en ti misma e ignorar todo lo demás.

30

Pasaban los días y Carlos y Venecia seguían viéndose siempre que él libraba y ella accedía.

Cada vez más interesado en ella, él la llamaba, intentaba verla cuando tenía libre en el trabajo, pero Venecia se resistía. Siempre tenía mil planes que hacer, personas con las que salir a tomar una copa. Su vida social era frenética.

Él, acostumbrado a que, por su físico, las mujeres le pestañearan como tontas deseosas de quedar con él, se inquietó al comprobar que en Venecia no se producía ese efecto. ¿Por qué no ocurría con la que verdaderamente le interesaba?

Ella, por su parte, había decidido disfrutar de la vida sin pensar en nada más. Entre salir con sus amigas, con Vanessa, con Carlos o con el churri que se le antojara, su vida era una continua fiesta de la que estaba disfrutando y que no estaba dispuesta a parar.

Por suerte para ella, las ayudas que Carlos le había conseguido para el cuidado de su padre hicieron que sus gastos mensuales se redujeran una barbaridad. Aquél había sido un bonito detalle, que Venecia agradeció de corazón, pero, consciente del modo en que él la miraba, lo ocultó con frialdad.

Nada ni nadie volvería a interferir en su vida.

Nada ni nadie volvería a hacer que se sintiera mal.

Carlos le gustaba. Era encantador, y por eso era con el único que repetía. Pero, consciente de que no era momento para iniciar una relación, en más de una ocasión lo dejó colgado tras quedar con él. Sin embargo, él aguantaba. Nunca se enfadaba. Nunca le reprochaba nada. Estaba pensando en ello cuando su teléfono sonó y, al ver quién era, saludó:

—*Ciao, zia Fiorella!*

—¿Cómo está mi preciosa sobrina?

Sonriendo, Venecia afirmó:

—Muy bien. Trabajando, pero bien.

Charlaron durante unos minutos poniéndose al día, y luego Fiorella preguntó:

—¿Cómo va tu padre?

Pensar en ello la hizo suspirar, e indicó:

—Peor, tía. Cada día surge algo nuevo y desaparece un poquito más de él. Es desesperante.

Fiorella asintió entristecida y ella, cambiando su tono, añadió:

—Por cierto, Carlos, el amigo que te conté que trabaja en una ambulancia, me ayudó a solucionar el tema de papá con los fisioterapeutas.

—¡Qué maravilla!

—Sí. La verdad es que sí.

—Carlos, ¡bonito nombre! ¿Él es bonito también?

—¡Tía! —Venecia rio. Y, sin querer darle importancia, añadió—: Gracias a él y a sus gestiones, los gastos de papá se han reducido a un cincuenta por ciento y, uf..., ¡qué tranquilidad! Además, al final Álex también aporta un poquito, y entre los tres lo vamos sobrellevando.

—Cariño, yo podría... —sugirió Fiorella.

—Lo sé, tía —la cortó ella—. Pero de momento no lo necesitamos. Si algún día nos vemos apurados, los tres sabemos que podemos contar contigo.

Fiorella sonrió, siempre se había sentido parte de la familia, y preguntó:

—¿Cómo están los futuros papis?

Pensar en Álex y en Rafa era algo bonito. Ver el amor que se profesaban y la ilusión por la llegada de su bebé era precioso, y Venecia respondió:

—Están tontos, emocionados y tremendamente felices.

—¿Cuándo vendrás por Nápoles? Tengo ganas de verte.

Venecia lo pensó. Tenía cuatro días libres todavía y, segura, indicó:

—El caso es que me encantaría ir. Déjame ver si puedo hacerte una visita y te digo.

—Ay, qué bien, cariño. Y, ya sabes, puedes venir sola o acompañada.

—De acuerdo, tía —aceptó ella sonriendo.

Tras hablar un par de minutos más, se despidieron, y cuando Venecia, con una sonrisa, bloqueaba su móvil y miraba la pulsera que fue de su madre y que no se quitaba, su compañera Vanessa le tocó el hombro y dijo:

—Reunión sorpresa.

—¿Qué pasa?

Vanessa negó con la cabeza.

—No lo sé. Pero, venga, ¡vamos!

Como siempre, los integrantes de la revista entraron en la sala de reuniones y, una vez que el jefe llegó junto a Magdalena, su secretaria, y ésta cerró la puerta, el jefe supremo exclamó:

—¡CABRONA!

Según dijo eso, Venecia parpadeó mientras sentía que el riego sanguíneo de su cuerpo se detenía.

—¿Quién es Cabrona? —insistió él.

Todos se miraban entre sí y ella notó que las mejillas se le enrojecían.

Pensó en coger una hoja y darse aire, pero no, no podía. Si lo hacía, llamaría la atención y la mirarían.

Sin moverse ni gesticular, esperó a que alguien hablara. No entendía qué hacía su jefe preguntando aquello, pero entonces éste insistió:

—Por tercera vez, ¿alguien de aquí me puede decir quién es?

Nadie habló, y el jefe, señalando a su compañera, y, tras ésta, al resto, interrogó:

—¿Eres tú? ¿O tú? ¿O tú?

Todos negaron con la cabeza, y entonces Graciela murmuró:

—Yo... yo... descubrí el blog hace días. Una amiga me pasó la dirección y...

—A mí me ocurrió lo mismo —afirmó Antonio.

Uno a uno, empezaron a comentarlo. Aquellos que trabajaban con Venecia leían sus entradas, sus locuras y, acalorada, miró a Vanessa, hasta que ésta cuchicheó mientras el resto opinaba:

—Me lo pasaron ayer y justo hoy te lo iba a enseñar. No sé quién escribe esas entradas, pero sin duda lo hace sin pelos en la lengua y eso al jefe le gusta.

Sorprendida, Venecia asintió, y en ese momento su jefe, levantando la voz, dijo:

—Esa tal Cabrona crea polémica y tráfico de datos, justo lo que buscamos para nuestra web. Me da igual si pide dos mil euros al mes por su colaboración. La quiero en este equipo y la quiero ¡ya! Por tanto, ¡buscadla!

Según oyó eso, Venecia parpadeó.

¿Había dicho dos mil euros al mes? ¿En serio?

Tras la corta reunión, regresó a su sitio.

Miró la pulsera que llevaba y leyó: «Un deseo no cambia nada, pero una decisión lo cambia todo».

¿Qué hacer?

¿Debía decir que era ella o no?

Necesitaba hablar con sus amigas para que la aconsejaran, así que cogió su móvil y escribió en el grupo de «Las más mejores»:

¿Alguien se toma algo esta tarde?

Elisa respondió que imposible porque tenía clases hasta tarde, y Rosa estaba liada con los niños. Por suerte, Silvia aceptó y, cuando dejaba el móvil, su jefe, que pasaba por su lado, indicó con gesto ceñudo:

—Busca a la tal Cabrona. La necesitamos.

* * *

A las siete, Venecia esperaba en el Starbucks en el que habían quedado y, cuando Silvia llegó, al ver un café para ella sobre la mesa, murmuró:

—Si es que te tengo que querer..., ya tienes mi cafetito aquí.

Venecia asintió y, cuando su amiga se sentó, dijo mirándola:

—Sé que acabo de llegar, pero estamos solas y necesito comentarte algo.

—Yo también.

Silvia afirmó con la cabeza, pero insistió:

—Lo tuyo puede esperar. Lo mío, no.

Venecia parpadeó al oírla, la desfachatez de aquélla era tremenda; entonces la oyó decir:

—Tenemos que hablar... ¿No crees que te estás descontrolando mucho últimamente? —Ella no contestó, y Silvia prosiguió—: Ya sé que yo soy doña fiestas y una cabrona en lo que a hombres se refiere, pero me preocupas, como les preocupas a Rosa y a Elisa y...

—¿Me lo estás diciendo en serio? —se mofó ella.

Silvia asintió y, cuando iba a continuar, Venecia cuchicheó mirándola:

—No estoy haciendo nada que tú no hicieras.

—Ése es el problema, flor, que eres tú y no yo. A ver, Venecia, aquí, la loca, cabrona e irresponsable siempre he sido yo, pero, chica, ¡me estás quitando el puesto! Y comienzo a preocuparme por ti.

Venecia sonrió e, intentando tranquilizarla, musitó:

—Silvia, sólo lo estoy pasando bien.

—Y me alegra saberlo. Es más, es lo que yo te animé a hacer, pero comienzas a asustarme. Y luego está lo del blog. Haces cada entrada que..., bueno, hasta yo parpadeo sorprendida. Y cuando leí lo del jugador de baloncesto con el que saliste y que al final de la noche se la mediste para ver si podía compararse con la del bombero, ¡se me secó hasta el alma!

—Impresionante —afirmó Venecia divertida.

Ambas rieron por aquello, pero esta última cuchicheó:

—Lo que piensen los demás me da igual. Tan sólo escribo lo que quiero sin filtros, sin miedos, sin...

—Y luego está Cancún. Pobre..., pobre... ¿En serio te comportas así con él y aguanta?

Venecia suspiró.

Carlos era un buenazo. Aquel rubio de ojos azules y brazos tatuados con gesto de malote era un trozo de pan, demasiado bueno para ella; y asintiendo afirmó:

—No he conocido a nadie con tanto aguante en mi vida.

—Venecia, basta. Por muy cabrona que seas, deja de putearlo ya. Una cabrona piensa en sí misma, lo pasa bien, pero no putea como tú estás haciéndole a Cancún.

—Chisss —musitó ella para que bajara la voz.

Al oírla, Silvia preguntó sorprendida:

—¿Qué pasa?

Rápidamente Venecia le contó lo ocurrido esa mañana en la oficina, y su amiga, con una sonrisa, susurró:

—¿Que tu jefe quiere encontrar a Cabrona?

—Te lo juro.

—¿En serio?

—Te lo prometo.

—Flor..., ¡te vas a hacer de oro!

Venecia suspiró. Estaba confundida y, mirándola, dijo:

—Pero ¿cómo voy a decir que soy yo? Vale, el dinero me vendría perfecto para ayudar a mis padres, pero, como te he dicho, en el blog escribo lo que pienso, sin filtros, sin medir mis palabras. Sin pensar en el qué dirán, y...

—A ver —la cortó Silvia—. Me acabas de decir que ese dinero extra te vendría genial para ayudar a tus padres, ¿no?

—Sí.

—¿Y no me acabas de decir también que lo que piensen los demás te da igual?

Venecia se desesperó. Claro que le daba igual lo que los demás pensaran si nadie sabía quién era ella. Pero el tema cambiaba si se descubría. Y estaba mirando a Silvia cuando ésta insistió:

—¿Qué pasa? ¿Dónde ves el problema?

Venecia maldijo. Aquello sin duda podía ser bueno para ella, para su familia, pero cuchicheó:

—¡No estoy preparada para que la gente sepa que soy yo!

—¿Por qué?

Ella resopló y bajó la voz.

—¿Acaso quieres que mi madre acabe en la uci?

—También es verdad.

—Por Dios, Silvia, que en el blog no tengo filtro. Que si mi madre lee lo del bombero, lo de Cancún o cualquiera de ellos, ¿no crees que pensará que soy una depredadora sexual?

—¿Acaso no lo eres?

Venecia asintió. Quien leyera el blog así lo pensaría, y murmuró:

—Vale. Estoy disfrutando del sexo como no lo he disfrutado en mi vida. Pero no me considero una depredadora sexual. Sólo me considero una mujer libre que hace lo que le sale del mismísimo potorro, porque primero voy yo, luego yo y después y otra vez yo.

Durante un buen rato hablaron de aquello, hasta que Silvia, mirando a su amiga, sugirió:

—Oye, ¿y si le dices a tu jefe que la has localizado por medio de una amiga pero que ella sólo quiere tratar con la revista a través de ti porque prefiere permanecer en el anonimato?

—No sé...

—Podría ser una solución.

Venecia lo pensó, pero, conociendo a su superior, musitó:

—Mi jefe querrá hablar con ella. Lo conozco y es un gran tocapelotas.

—Pues que hable.

—Pero ¿cómo lo voy a hacer? ¿Y si reconoce mi voz?

Silvia, al entender su apuro, indicó:

—¡Juguemos con él! Yo llamaré desde un número oculto a tu móvil. Le haré creer que soy la Cabrona y que sólo gestionaré mi página a través de ti en todos los sentidos.

—Pero eso no puede ser.

—¿Por qué?

—Pues porque querrá hacerme un contrato y...

—Cabrona no quiere contrato. Es más, querrá cobrar en B.

—No sé...

—Propongámoselo. Quizá te sorprenda.

—Podría ser una solución.

—¡Es *la* solución! —aseguró Silvia.

Venecia lo pensó. Quizá funcionase. Si eran listas y lo hacían bien, sin duda podría gestionarlo; entonces Silvia, mirándola, indicó:

—Eso sí. Como consejito personal, en el caso de que todo siga adelante, deberías rebajar tu sinceridad al contar ciertas cosas. Y, sobre todo, deberías dejar de hablar de Cancún. Hasta a mí ya me da pena.

—Tienes razón —afirmó ella—. De eso no te quepa duda.

Durante un buen rato hablaron de aquello. Debían tener todo muy bien atado para que no se presentara ni un problema, y, cuando todo parecía estarlo, Venecia afirmó:

—La verdad es que los dos mil euros extras al mes me vendrían muy bien.

—¡¿Y a quién no?! —bromeó Silvia. Venecia sonrió y ella, dando un trago a su café, añadió—: El lunes, cuando regreses a la oficina, hablas con tu jefe.

Venecia asintió. Sin duda aquélla era una buena opción.

31

El grupo The Blue Life tenía ensayo en el local, y Carlos llegó el primero. Instintivamente, abrió la nevera que allí tenían y cogió una cerveza. Estaba sediento.

Una vez que la hubo destapado, sacó su móvil, buscó el contacto de Venecia y escribió:

¿Nos vemos hoy?

Ella, que estaba con Silvia, sonrió al leerlo, y escribió:

¿Dónde estás?

Rápidamente, Carlos contestó:

Tengo ensayo con el grupo. Ven. A las diez y media habremos acabado.

Un ensayo, Venecia nunca había estado en uno, y dijo:

No estoy sola. Estoy con Silvia.

Leer eso hizo sonreír a Carlos, que se apresuró a contestar:

Yo tampoco estaré solo. Estarán también
Alfredo, Anastasia y Chema.

Según leyó eso, Venecia miró a su amiga y preguntó:

—¿Te apetece que vayamos a un ensayo?

—¿Un ensayo de qué?

—De música pop rock.

Al oír eso, Silvia, interesada, achinó los ojos y preguntó:

—Flor, ¿con quién te mensajeas?

Sonriendo, ella soltó:

—Cancún.

Según oyó ese nombre, Silvia cambió su gesto.

—No te estarás *enconejando* de él y por eso le das tanta caña, ¿no?

—Pero ¿qué dices? —Y, levantando el mentón, musitó—: Es sólo un follamigo más.

—¿Y él lo sabe? ¿Sabe lo que es?

—Sí.

—¿En serio?

—¡Te lo juro! Y ¿sabes?, ¡es medio vikingo! Su padre era noruego.

—No jorobes.

—¡Ya te digo!

Silvia abrió la boca.

—Asombrada me dejas, so lagarta. Sin duda he sido una buena maestra. —Y, con picardía, preguntó—: ¿Llevas ropa interior para la ocasión?

Venecia asintió.

—Sin lugar a dudas.

Ambas rieron por aquello y Silvia, curiosa, preguntó:

—¿Estará Alfredo?

—Claro, mujer, es un ensayo y ya sabes que él es el cantante.

Silvia suspiró. Con aquel tipo sólo había tenido unos besos la primera noche que se conocieron, puesto que la segunda la ignoró porque tenía plan con unas gemelas.

—Que conste que voy contigo para acompañarte y para demostrarle a ese chulito piscinas que paso de él.
—De acuerdo —dijo Venecia.
Y, rápidamente, escribió en su móvil:

Iremos Silvia y yo. Nada de besos.
Somos follamigos.

Sorprendido por aquello, Carlos frunció el entrecejo. Otra vez lo mismo, y, molesto, preguntó:

¿Otra vez con eso?

Venecia no sabía qué contestar, y tecleó:

O es así, o no voy.

Carlos, deseoso de verla, finalmente escribió:

De acuerdo. Así será.

Una vez que se despidió de ella, dejó su teléfono sobre la mesa y, cogiendo una de sus guitarras, la enchufó. Estaba afinándola mientras pensaba en Venecia cuando la puerta del local se abrió y Alfredo entró tirando su cazadora sobre una silla.
—¡Estoy sin coche!
—¿Qué te ha ocurrido?
Alfredo caminó hacia la nevera y sacó una cerveza.
—Se me han encendido unas lucecitas en el panel, y al taller de cabeza —explicó.
—¿Y qué le pasa?
—Ni idea, macho. Tanta tecnología es lo que tiene. Que se enciende una luz que no debería y, ¡joder..., joder...!, veamos qué es lo que le pasa ahora al puñetero coche y cuánto me toca pagar, ¡temblando estoy!

Carlos asintió. Su amigo tenía razón. Conducir un coche no era difícil, lo complicado era toda la tecnología que hoy en día llevaban aquéllos. De pronto, Alfredo se sentó a su lado y comentó:

—¿Quieres saber la última de Macarena?

Carlos sonrió.

Alfredo era viudo y se ocupaba de sus dos hijas, Macarena y Sonia, dos gemelas de doce años. La madre de las niñas, una francesa llamada Michelle a la que le encantaba tontear con las drogas, había muerto años atrás de una sobredosis. Aquello en un principio fue duro para todos. Alfredo nunca intuyó que su mujer estuviera tan enganchada a las drogas. Pero, tras nueve años, tanto las niñas como él lo tenían superado.

—Anoche —comenzó a contar Alfredo—, cuando Sonia se durmió, Macarena vino a mi habitación y, mirándome, me dijo que, para su cumpleaños, quiere de regalo que la lleve a la peluquería para ponerse el pelo azul cobalto.

—¿Azul cobalto? —se mofó Carlos.

Alfredo asintió y, sonriendo, musitó mientras desbloqueaba la pantalla de su teléfono:

—Cuando se marchó tuve que buscar ese color porque no sabía cuál era. Y, joder, macho, nunca habría imaginado que el azul pudiera tener tantas gamas.

Acto seguido le enseñó a Carlos en su móvil el color azul cobalto y, cuando éste soltó una carcajada, él preguntó:

—¿Tú ves normal que una niña que va a cumplir trece años lleve ese color de pelo?

Incapaz de dejar de sonreír, Carlos respondió:

—Desde mi punto de vista, creo que es muy pequeña para que comience a llevar el pelo de colores.

—Eso mismo opino yo. Si hoy me pide esto, mañana me pedirá un *piercing* y, pasado, una dilatación de orejas. Y, claro..., luego está Sonia, que, conociéndola, no se quedará atrás.

—Amigo... —musitó pensando en Venecia—, se avecina un tsunami en tu casa.

Alfredo suspiró. El hecho de que sus hijas crecieran no estaba resultando fácil para él. Cuando eran pequeñas era todo más relajado, pero ahora que estaban en la adolescencia y con un pavo por todo lo alto, las cosas se complicaban y a veces se sentía más perdido que un pulpo en un garaje.

Carlos, al ver el gesto de su amigo, soltó otra risotada y Alfredo, tras dar un nuevo trago a su cerveza, insistió:

—Pero ¿cómo voy a permitir que Macarena se ponga el pelo azul? Le dije que ya lo hablaríamos y ella, muy farruca, me miró y me dijo: «¡Estoy decidida, papá!». ¡¿Que está decidida?! Pero, vamos a ver, que sólo tiene doce años la mocosa. Que yo a su edad todavía jugaba a las canicas en la calle, y esta sinvergüenza quiere ponerse el pelo azul. Ah..., y no te he contado otra cosa. El otro día las pillé con sus amigas en el ordenador de casa mirando un calendario de bomberos escasitos de ropa.

—¡¿Qué?! —Carlos se carcajeó.

—Lo que oyes, amigo..., y soltaban comentarios del tipo: «¡Oh, qué bueno está marzo!», «¡Madre mía, mayo tiene oblicuos de acero!», «¡Muero por los pectorales de noviembre!»... Y ya cuando Sonia soltó «¡Me los comía enteritos!», te juro que hasta me atraganté.

Carlos no podía parar de reír. Las cosas que últimamente le pasaban a Alfredo con sus hijas eran, como poco, cómicas. Y, aunque él nunca decía nada ni se quejaba por haberse quedado solo al cargo de sus niñas, a las que adoraba, Carlos pensaba que en esos momentos una compañera de viaje que le echase una mano sería lo ideal.

—Qué complicadas son las mujeres, tío..., ¡me traen por la calle de la amargura, y te juro que no sé qué hacer!

—Eres el bueno y el malo. Papá y mamá. Simplemente piensa en lo mejor para las niñas y acertarás.

Alfredo sonrió. Sabía que su amigo llevaba razón y, suspirando, indicó:

—Macarena dejará de hablarme durante un mes. La conozco y...

—Volverá a hablarte. No te angusties.

—Lo sé —afirmó aquél—. Pero te juro que, cuando se ponen cabezotas y dejan de hablarme, me parten el corazón. Menudas cabronas son cuando quieren jorobarme.

De nuevo ambos rieron por aquello; entonces Carlos recibió un mensaje de Venecia y, al leerlo, sonrió:

¿Llevo bebida?

Alfredo, al ver la sonrisa de su amigo, conociéndolo, preguntó:

—¿La conozco?

Carlos no contestó y Alfredo, consciente del éxito que su amigo tenía con las mujeres, insistió:

—¿Una *groupie*?

Él negó con la cabeza y al final cuchicheó:

—Es la chica que conocimos vestida de novia.

Al recordarla, enseguida Alfredo se mofó:

—¡La novia de la muerte!

—La misma —asintió Carlos.

Y, ansioso por verla, escribió:

No. No hace falta.

En cuanto dejó el teléfono a un lado, al ver cómo su amigo lo miraba, preguntó:

—¡¿Qué?!

Alfredo ahora sonrió. Conocía a Carlos desde hacía años. Habían vivido muchas cosas juntos y, consciente de que aquél, tras lo ocurrido con su última novia, había decidido no volver a tener una pareja fija, preguntó curioso:

—Esa chica ya no era una niña. —Carlos asintió, y su amigo insistió—: ¿No crees que podría ser una trampa mortal?

—Alfredo —lo cortó y, pensando en ella, indicó—: Tranquilo.

Ella huye más que yo de cualquier cosa que se llame *pareja* o *compromiso.*

—Amigo, las de treinta y tantos buscan boda —insistió Alfredo—, y tú ya la conociste vestida de novia.

Incapaz de no hacerlo, Carlos sonrió y, recordando el tonteo de aquél con Silvia, cuchicheó:

—Pues viene esta noche con su amiga.

—¿Qué amiga?

—La que conociste.

Al saber eso, Alfredo se puso en pie con rapidez. Se acordaba de Silvia. En ese instante le sonó el teléfono. Era su hija.

—Dime, Sonia, cariño. —Y, tras escucharla, dijo—: Esta noche hay espinacas con calamares y... y... ¡Sonia!, ¿me quieres escuchar? —De nuevo silencio y, después de resoplar, gruñó—: Te lo vas a comer. ¿Que no? ¡Cómo que no! Es lo que toca hoy y no hay más que hablar... ¿Cómo que sí hay que hablar? Sonia..., Sonia..., escúchame..., ¡que me escuches! —Y, tras un nuevo silencio, añadió—: Pásame a Begoña. Sonia, ¡he dicho que me pases a Begoña!

Carlos miró a su amigo. Él y sus problemas; entonces dijo:

—Begoña, hoy hay espinacas con calamares de cena, y si Sonia dice que le duele el estómago, ni caso. Siempre le duele cuando tocan espinacas. Vale..., vale..., no te preocupes. Sí..., sí, llegaré sobre las once.

Un par de minutos después, tras colgar el teléfono, Alfredo tomó aire y murmuró, moviendo el cuello a los lados:

—¡Cómo no voy a estar contracturado! Entre el trabajo, el coche y las niñas...

Carlos asintió. Su amigo no lo tenía fácil, y aquél, pensando en las mujeres de su vida, insistió:

—Las mujeres son muy raras. Y te lo digo yo, que vivo con dos.

Ambos sonrieron y Carlos, terminando de afinar su guitarra, indicó:

—Pues ya sabes, donde caben dos, ¡caben tres!

Alfredo sonrió y, negando con la cabeza, exclamó:

—¡Ni loco!

Poco después, la puerta se abrió y entraron Anastasia y Chema. Y, una vez los cuatro reunidos, comenzaron a ensayar.

32

Mientras Venecia y Silvia se dirigían al local de ensayo, la primera murmuró:

—De acuerdo. El lunes, cuando llegue a la revista, hablaré con mi jefe y le plantearé lo que hemos hablado.

—Si se pone pesadito, me lo dices y yo llamo sin problema.

—¡Gracias, Silvia!

—De «gracias», nada. Si lo conseguimos, me deberás un fin de semana en un *spa* a cuerpo de rey.

Ambas rieron por aquello y, al llegar frente al local de ensayo, Venecia se detuvo.

—Ahora, ni una palabra en lo referente al blog.

—¿Acaso te crees que soy tonta? —preguntó Silvia mirándola.

Venecia sonrió. Su amiga tenía razón, y tocó el timbre que había en la puerta. Segundos después, Alfredo abrió y Silvia se mofó mirándolo:

—Qué curioso verte vestidito, ¡barriguitas!

Él sonrió al oírla. En los conciertos siempre terminaba sólo vestido con el pantalón, y replicó:

—Si nada más llegar ya me vacilas..., mal empezamos.

Una vez dentro, a diferencia de las otras ocasiones en que se habían visto, Carlos no se acercó a Venecia para besarla en los labios. Se contuvo de hacerlo, y ella se lo agradeció.

Tras saludarse desde lejos, Alfredo volvió de nuevo a su sitio y, cuando Carlos comenzó a tocar de nuevo la guitarra, Chema entró con la batería y Anastasia con el bajo. Alfredo tocaba la guitarra y cantaba temas de otros artistas versionados por ellos, y Silvia, acercándose a su amiga, cuchicheó mientras aquél disfrutaba interpretando *No puedo vivir sin ti*, de Los Ronaldos:

—Cómo me pone ese tío.

Ambas rieron, y Venecia no podía apartar la mirada de Carlos. Aquel tipo alto, rubio, de pinta nórdica, con aquella gorra puesta y la guitarra colgando, era lo más sexy que había visto nunca, y musitó al ver cómo la miraba mientras tocaba:

—A mí me encanta la canción.

Un tema..., otro..., otro..., al menos diez más y, cuando por fin pararon, mientras recogían el local, todos charlaron.

En todo momento, Carlos se abstuvo de mostrarse cariñoso con Venecia. Ella así lo había pedido y así sería. Deseoso de conocer a su amiga, se acercó a Silvia y estuvieron hablando durante un buen rato. El sentido del humor era algo que él apreciaba en las personas, y sin duda aquélla lo tenía, y pasaron charlando un rato muy agradable.

—Por cierto, ¿qué tal tu perro?

Al escucharlo, Silvia lo miró.

—¿Qué perro?

Intrigado por aquella contestación, miró a Venecia, que hablaba con Anastasia, e indicó:

—¿Tú no tienes un perro que tiene displasia de cadera?

Silvia levantó las cejas y, sonriendo, cuchicheó:

—Creo que te estás confundiendo, cielo. Aquí la que tiene la carrera de veterinaria pero es articulista en una revista es Venecia. Yo soy la abogada.

Sorprendido, él asintió y, sin abandonar su sonrisa, susurró guiñándole el ojo:

—Sin duda, me he liado.

Silvia sonrió y cuando, poco después, Chema y Anastasia se marcharon, se acercó a su amiga y murmuró:

—No me extraña que Cancún sea tu follamigo: ¡además de estar cañón, es encantador!

—Lo sé.

Ambas lo miraron, y Silvia musitó:

—Venecia..., deja de hablar de él donde ya sabes.

—Vale, pesadita —repuso ella.

Silvia sonrió. Aquel hombre parecía un buen tipo. Entonces, al ver que Alfredo la miraba y luego echaba un vistazo a su reloj, se levantó y dijo:

—Me voy.

—¿Te vas? —preguntó Venecia sorprendida.

Silvia asintió.

—Mañana tengo mucho jaleo y quiero madrugar.

—Pero si mañana es sábado.

—Da igual. Tengo que adelantar trabajo —insistió Silvia.

Sorprendida, porque por sus comentarios había imaginado que acabaría la noche con Alfredo, iba a decir algo pero su amiga se despidió:

—Chicos, ¡ha sido un placer! Adiós.

Dicho eso, dio un beso a Venecia en la mejilla y, sonriendo, añadió:

—¡Cómetelo y deja de ser una cabrona con él! No se lo merece.

Ella la siguió hasta la puerta, y Alfredo la llamó:

—Silvia.

Al oír su nombre, ella se detuvo y él, mirándola, preguntó al ver que llevaba las llaves de un coche en las manos.

—¿Para dónde vas?

—Para mi casa.

Él sonrió. Aquella tipa dura le hacía gracia, e insistió:

—Me refiero que hacia dónde vas.

Silvia meneó la cabeza y, tras mirar a Venecia, que sonreía, respondió:

—A la calle Alberto Aguilera.

Alfredo asintió y luego preguntó:

—¿Me dejas en cualquier boca de metro?

Silvia lo sopesó. Pero, incapaz de decirle que no delante de todos, asintió. Y Alfredo, mirando a Carlos y a Venecia, dijo:

—Tomaos una cervecita a mi salud. ¡Chao!

Una vez que aquellos dos se hubieron marchado del local, ellos se miraron y Venecia murmuró:

—Pensé que...

—Yo también —afirmó él sin acercársele.

Había tenido que retener sus impulsos al verla, por lo que ahora, si quería algo, tendría que ser ella quien lo buscara.

Sin moverse de su sitio, él siguió tocando la guitarra mientras Venecia lo observaba, cuando preguntó curiosa:

—¿Cuál es tu apellido?

—Haraldsson.

—Charles Haraldsson, ¡qué sexy!

Carlos sonrió y ella, aproximándose, al ver unos pedales a sus pies que él había utilizado durante el ensayo, preguntó:

—¿Y eso qué es?

—Una pedalera —explicó él—. Si te fijas, va un cable de la pedalera a los amplificadores y otro a la guitarra. Digamos que con esto consigo que los sonidos de mi guitarra cambien.

Ella asintió y él, pisando uno de los pedales, añadió:

—Mira. —Comenzó a tocar y, cuando la guitarra sonó distorsionada, indicó—: Este efecto se llama *overdrive*.

—Interesante... —afirmó ella dando un paso hacia él.

Carlos volvió a pisar otro pedal y, tras dar otro toque de guitarra, indicó:

—Este eco es un *delay*. —Y, pisando de nuevo la pedalera, añadió—: Y este efecto iglesia se llama *reverb*.

De nuevo ella asintió y él, viniéndose arriba, tocó algo que retumbó increíblemente en el local y, mirándola, musitó al verla muy cerca:

—Y esto es un *bending*.

Venecia asintió. Todo aquello estaba muy bien, pero ella quería otra cosa. Lo necesitaba, y Carlos, consciente de lo que la mirada de aquélla le gritaba, sonrió y, dejando la guitarra a un lado, se sentó sobre uno de los bafles y propuso:

—¿Qué tal si vamos a cenar al restaurante en el que trabajas?

—Uf..., está demasiado lejos.

—Da igual —insistió él—. Seguro que nos hacen precio.

Al oírlo, Venecia sonrió y, sacando su teléfono del bolso, vio que tenía una llamada de su hermano. Se disponía a telefonearlo cuando Carlos insistió:

—Venga. Quiero ver dónde trabajas.

Ella se movió inquieta, guardó su teléfono y dijo:

—Prefiero ir a otro sitio.

¿Por qué le mentía?

Carlos no lo entendía e, incapaz de callar, preguntó:

—¿Por qué mientes?

Sorprendida, ella lo miró, y él insistió:

—¿Por qué dices que eres camarera cuando no lo eres?

Oír eso la incomodó, pero Carlos prosiguió:

—Ya sé que sólo somos follamigos, pero ¿en serio hace falta que mientas?

Venecia se sintió fatal. Él no se merecía aquello, y dijo:

—Vale. Te mentí. Pero no lo hice a propósito. Te lo dije la noche que nos conocimos, estaba bebida y..., bueno, luego...

—¿Luego por qué no aclaraste el error?

Ella suspiró.

—¡No lo sé!

—¿No lo sabes o es sólo porque somos follamigos?

La joven se sentía fatal y, mirándolo a los ojos, contó:

—Tengo las carreras de veterinaria y periodismo. Y, aunque espero algún día poder montar mi propia clínica veterinaria, actualmente trabajo para una revista digital. De verdad, lo siento. Siento haberte mentido.

Carlos la miró e, ignorando el enfado, repuso:

—Ahora entiendo por qué cuando viste a *Homer* supiste que tenía displasia de cadera.

Ella sonrió y Carlos, levantándose del bafle, pasó las manos alrededor de su cintura y preguntó:

—¿Algo más que tengas que aclararme?

Venecia lo pensó un momento y, asintiendo, musitó:

—Mi nombre completo es Venecia Mariella del Carmen Fiorella.

Carlos sonrió y, divertido, preguntó:

—¿Eres aristócrata?

Ella negó con la cabeza, en ocasiones le resultaba muy difícil mantenerse fría con él; entonces lo oyó decir:

—Pues yo sólo soy Carlos.

—Charles Haraldsson.

Divertido, él aclaró:

—Con Carlos me vale.

Estaban riendo por aquello cuando por la mente de Venecia pasaron, sin que lo pudiera evitar, las entradas que hacía en su blog hablando de él, pero decidió callar.

¿Para qué se lo iba a contar?

—¿Algo más que deba saber? —pregunto él.

Ella negó con la cabeza y sonrió.

A Carlos lo volvía loco aquella sonrisa tan bonita. Quizá Venecia no era una mujer que fuera rompiendo cuellos, pero para él era perfecta, simplemente perfecta, y preguntó:

—¿En tu mundo esa mirada significa que ya puedo besarte?

Venecia iba a besarlo apretándose contra él cuando el móvil le sonó. Su madre.

Tras hacerle una seña a Carlos, que sonrió, cogió el teléfono.

—Hola, mamá.

—Ay, Venecia...

Al notarla alterada, enseguida preguntó:

—¿Qué pasa? ¿Le pasa algo a papá?

—¿Has hablado con Álex? —musitó Aurora.

Al recordar la llamada perdida de su hermano, quiso saber:

—No. ¿Qué pasa, mamá?

La mujer, que aún estaba disgustada, murmuró:

—Ay, hija..., lo han llamado de Canadá. Al parecer, Cheryl ha perdido el bebé.

Venecia cerró los ojos con fuerza. No... ¿Por qué tenía que ocurrir aquello? Pero, sin querer dramatizar para que su madre no se pusiera más nerviosa, preguntó:

—¿Y Álex?

—Cuando me ha llamado, él y Rafael estaban en el aeropuerto. Se marchaban para Canadá. Se lo he dicho a tu padre. Se ha disgustado. Le hacía mucha ilusión su nieto. En fin..., ¡ay, qué pena, hija..., qué pena!

—Vale, mamá. Tranquilízate.

—Es que es muy triste, Venecia.

—Lo sé, mamá, lo sé. Pero tienes que tranquilizarte, ¿me lo prometes?

Aurora asintió, y como necesitaba demostrarle que estaba bien, afirmó:

—Tranquila, hija, que a la uci no voy.

Un par de minutos después, cuando notó a su madre más tranquila, se despidió de ella, y, mientras marcaba el teléfono de Álex, Carlos habló:

—¿Qué pasa?

Venecia, apenada, iba a responder, cuando saltó el contestador automático de su hermano.

—Álex, cariño, lo siento —dijo—. Acabo de enterarme por mamá de lo ocurrido, e imagino que ya estáis volando hacia Canadá. Llámame en cuanto lleguéis, ¿vale? Un beso fuerte para los dos y para Cheryl. Y, tranquilo, estoy convencida de que mi sobrinito tarde o temprano llegará. Te quiero muchísimo, hermanito.

Una vez que hubo colgado, se volvió hacia un desconcertado Carlos, que la observaba, y, tras contárselo, se dejó abrazar por aquél y lo oyó decir:

—Lo siento, cielo. Lo siento.

33

Alfredo y Silvia caminaban en silencio por la calle cuando ella, tocando el mando que llevaba en la mano, dijo al ver parpadear las luces de un coche:

—Es aquél.

Alfredo asintió.

—¡Bonito coche! —exclamó acercándose a él.

—Para mí, suficiente —repuso Silvia.

Tan pronto como se montaron en él, ella lo miró y preguntó:

—¿En qué parada de metro quieres que te deje?

Él lo pensó y luego indicó:

—¿Pasas por la de Antón Martín? —Silvia asintió—. Pues perfecto. Allí me quedo.

Ella arrancó el coche y la música de la radio comenzó a sonar. Alfredo, al reconocer la canción *Por la boca vive el pez*, de Fito y los Fitipaldis, empezó a canturrearla, y Silvia musitó:

—Mira..., una de las que has cantado antes.

Alfredo asintió.

—Son buenísimos, ¿te gustan?

Silvia se encogió de hombros y, mirándolo, repuso:

—Soy más de Maroon 5.

Él sonrió. A sus hijas les gustaba mucho también ese grupo y, divertido, preguntó:

—¿Eres de las que creen que Adam Levine es un dios?

Pensar en aquel cantante que tanto le gustaba la hizo sonreír a ella, que afirmó:

—Por supuesto. El californiano está buenísimo.

—Está sobrevalorado.

—Uiss..., cuánta pelusa sientoooooooooo —se mofó Silvia.

Ambos reían por aquello cuando Alfredo, interesado en ella, preguntó:

—¿Puedo preguntarte en qué trabajas?

—Soy abogada.

—¡No me jodas! —soltó él riendo y, mirándola, musitó—: Yo también.

—¿En serio? —exclamó ella y, mirando sus pintas de roquero, indicó—: Pues viéndote ahora mismo, nadie lo diría.

Eso hizo sonreír a Alfredo, que preguntó:

—¿Qué llevas?

—Matrimonialista y laboral. ¿Y tú?

—Penal, procesal y mercantil.

Sorprendidos porque ambos fueran abogados, Alfredo iba a hablar cuando le sonó el teléfono.

—Disculpa. Es de mi casa.

Silvia asintió y él, contestando, dijo:

—Hola... Sí, voy de camino, Maca. —Se quedó en silencio y luego, con un tono diferente, preguntó—: ¿Qué pasa?

Silvia lo miró y, al ver cómo a él le cambiaba la expresión, se puso en alerta, y más cuando indicó acelerado:

—Dile a Begoña que llego dentro de veinte minutos y a Sonia que ya voy, ¡ya voy!

Una vez que hubo colgado, miró a Silvia y pidió:

—Déjame aquí mismo. Tengo que coger un taxi.

—¿Qué ocurre?

Apurado, Alfredo respondió mirándola:

—No lo sé. Begoña dice que Sonia no para de llorar porque le duele la tripa y que no quiere salir del baño, y Macarena está histérica.

Confundida con tanto nombre de mujer, ella iba a hablar cuando él insistió:

—Déjame aquí. Ahí hay un taxi.

El nerviosismo de él le hizo saber que tenía que ayudarlo, e, incapaz de no inmiscuirse, dijo:

—Yo te llevo. Dime tu dirección.

Rápidamente él, sin discutir, se la dio y en cuanto Silvia cambió de carril y se desvió, queriendo saber, preguntó:

—¿Tu mujer o tu novia es Begoña, Sonia o Macarena?

—Ninguna de ellas. —Y, apurado, explicó—: Begoña es quien cuida de mis hijas, Sonia y Macarena, hasta que yo llego.

—¿Y tu mujer? —preguntó Silvia sin pensarlo.

—Soy viudo —respondió él con seriedad—. Me ocupo de mis hijas yo solo.

Saber aquello la sorprendió.

En la vida habría imaginado que aquel hombre de aspecto juvenil y alocado, que tanto llamaba su atención, era padre y viudo y, pisando el acelerador, dijo desviándose hacia la M-30:

—En diez minutos estamos allí.

Alfredo asintió y, cinco minutos después, mirándola, gruñó:

—A ser posible, te agradecería que llegáramos vivos.

Boquiabierta por su comentario, cuando estaba haciendo aquello por él, ella musitó:

—Voy a la velocidad que se puede, que es a cien. No estoy cometiendo ninguna infracción, ¡señor abogado!

Alfredo asintió. Su nerviosismo le estaba jugando una mala pasada y, viendo que ella tenía razón, susurró:

—Disculpa. Estoy nervioso. Perdona.

34

Silvia salió de la M-30 tras seguir las indicaciones de Alfredo y, al llegar, él iba a despedirse cuando ella dijo mientras aparcaba:

—Te acompañaré, por si hay que llevar al médico a la niña.

—De acuerdo.

Tras aparcar el vehículo entraron en el portal y, juntos, se dirigieron hacia el ascensor. En silencio subieron hasta la quinta planta y, cuando él sacó las llaves de su casa y entraron, rápidamente Alfredo, al ver a su hija Macarena, preguntó:

—¿Dónde está Sonia?

—Papá, ¡sigue en el baño! —respondió la muchacha mirando a Silvia con curiosidad.

Seguido por su hija y por Silvia, Alfredo se dirigió al baño. En la puerta se encontró a Begoña, que, al verlo, dijo:

—No hay manera de que abra.

Angustiado, él se acercó a la puerta y llamó:

—Cariño, soy papá. Abre.

—¡No! —se oyó cómo respondía la vocecita de una niña.

Al oír eso, Begoña murmuró:

—Todo ha comenzado por las espinacas. Mira que las odia, esta niña. Al rato se ha enfadado, se ha ido al baño y ya no ha querido salir.

—Es que son un asco —afirmó Macarena—. Papá, deberías suprimirlas del menú y...

—Ahora no, Maca..., ahora no —la cortó Alfredo.

—Pero, papáaaaaaaaaaaaaa...

—Macarena —repitió él.

La niña se calló y Alfredo, mirando a Begoña, indicó:

—Vete, Begoña. Es tarde y Alfonso y tus hijos te esperan.

La mujer, una vecina del bloque que siempre le había cuidado a las niñas, preguntó mirándolo:

—¿Estás seguro?

—Sí. Tranquila, ya me encargo yo.

La mujer finalmente se marchó, no sin antes hacer un buen escaneo a Silvia, que, sonriendo, le guiñó un ojo. Al quedarse los tres a solas, él preguntó dirigiéndose a su hija:

—¿En serio Sonia está haciendo esto por las espinacas?

Macarena, una niña de ojos claros y pelo oscuro, con la misma mirada de su padre, se encogió de hombros.

—No lo sé, papá. Pero hoy, cuando hemos llegado de clase, estaba muy rara y ya le dolía la barriga.

De nuevo Alfredo asintió y, al ver cómo su hija miraba a la desconocida, aclaró:

—Macarena, ella es Silvia, una amiga. Silvia, ella es mi hija Macarena.

Ellas dos se sonrieron sin acercarse, y Alfredo dijo llamando a la puerta:

—Sonia, mi vida, por favor, abre la puerta. Estoy preocupado y...

—No. No quiero.

Alfredo respiró. Tomó aire e insistió:

—¿Pretendes quedarte el resto de tu vida en el baño?

La niña sollozó, y él volvió a insistir:

—Cariño, no sé qué te ocurre, pero lo podemos hablar. Sabes que somos un equipo y los equipos hablan para solucionar los problemas, sean cuales sean.

—Echo de menos a mamá...

Oír eso a Alfredo le tocó el corazón, y luego la niña lloriqueó:

—Hoy... hoy la necesitaría.

Descolocado por la pena de su hija, Alfredo posó la frente sobre la puerta y murmuró:

—Escucha, mi amor. Todos la echamos de menos y...

—Papá, ¡vete de aquí!

De nuevo, él respiró y, tras intercambiar una mirada con Silvia, que en silencio lo observaba con paciencia, dijo:

—No, mi niña. No me voy de aquí hasta que sepa qué te pasa.

—Pero tú de esto no... no entiendes, ¡eres un chico! —gritó la niña.

—Cariño —insistió él—, da igual lo que sea. Soy tu padre y haré por entender.

—Lo sé..., pero tú no..., ¡tú no!

Comenzando a perder los nervios, él resopló.

—Vale. Yo soy un hombre, pero Begoña es una mujer y...

—Ella es vieja, cotilla y anticuada, papá —protestó la niña sin ceder.

—Tiene razón —afirmó Macarena—. Cuando le he dicho que voy a ponerme el pelo azul cobalto, ¡se ha escandalizado! Y...

—Maca —la cortó Alfredo—. Eso está por ver, ¿entendido?

La muchacha dio entonces un paso atrás y gritó:

—Papá, ¡estoy *in love* con ese color! Pero ¿qué dices?

Alfredo maldijo. ¿Por qué todo era tan complicado con sus hijas? Y, al ver la sonrisa de Silvia, miró a Macarena y repuso:

—Que estés *in love* o no con ese color ahora me da igual. —Y, mirando de nuevo hacia la puerta del baño, siseó—: Sonia, tienes dos segundos para abrir o te juro que echo la puerta abajo.

—Papá, te estás convirtiendo en otro carcamal —se quejó Macarena.

De nuevo las miradas de aquélla y su padre se encontraron y Silvia, incapaz de callarse, preguntó:

—¿Puedo intervenir?

Macarena y Alfredo la miraban cuando ella prosiguió:

—El azul cobalto es muy bonito, ¡buena elección! —La niña sonrió y ella añadió—: Pero creo que ahora debemos dejar eso aparcado y solucionar lo que le pasa a Sonia, ¿te parece?

—Me parece —afirmó Macarena.

Silvia sonrió y, cuando iba a decir algo más, Alfredo preguntó:

—¿Qué le vas a decir tú a Sonia que no le vaya a decir yo?

Silvia se encogió de hombros.

—No lo sé.

Macarena, que los observaba, intervino:

—Papá, tu amiga es una mujer moderna y actual. Ella sí que sabe.

Alfredo miró a su hija al oír eso, después miró a Silvia, que sonreía, y ésta, acercándose a la puerta, dijo:

—Hola, Sonia. Soy Silvia, una amiga de tu padre. Tengo treinta y ocho años, por lo que no sé si seré vieja para ti, pero lo que sí te aseguro es que no soy ni cotilla ni anticuada. ¿Te valgo yo para que me cuentes qué te pasa?

Los sollozos pararon. Oír la voz de una mujer amiga de su padre en su casa era inaudito, nunca una mujer que no fuera de la familia había pisado aquella casa. De pronto, se oyó preguntar a la niña:

—¿De qué conoces a mi padre?

Alfredo y Silvia se miraron, y ella, sonriendo, indicó:

—Es una larga historia. Si tienes tiempo, te aseguro que te la contaré.

Durante casi un minuto, Sonia no dijo nada, hasta que finalmente se oyó:

—Abriré, pero... pero sólo quiero hablar contigo. ¿Me lo prometes?

Oír eso era lo último que Silvia esperaba. Pensó que se negaría a verla siendo una desconocida, pero Alfredo, mirándola, musitó:

—¡Ni hablar! La voy a matar.

—¡Papáaaaaaaaa! —protestó Macarena.

Sin saber por qué, Silvia sonrió y, tras guiñarle un ojo a Macarena, que los observaba, miró al padre de la criatura e indicó con mofa:

—Papáaaaaaaaa..., no seas pesadito.

—No me toques también tú las narices —gruñó él.

Ella sonrió y, cogiéndole la barbilla con los dedos, musitó:

—Permíteme que entre en el baño, hable con ella y, en cuanto la saque y conozcamos su problema, será toda tuya —y, levantando la voz, dijo—: Te lo prometo, Sonia. Sólo entraré yo.

Instantes después se oyó cómo el cerrojo del baño se abría. Alfredo asintió y Silvia entró. Una vez en el interior del minúsculo baño, la niña volvió a cerrar con pestillo y Silvia murmuró sorprendida:

—¡Joder..., sois idénticas!

Al oír eso, Macarena, al otro lado de la puerta, cuchicheó:

—Si mi padre te oye decir una palabrota, te pondrá la hucha de las Hadas Bienhabladas delante y te hará echar cincuenta céntimos.

—¿Hadas Bienhabladas? ¡Pero ¿qué me dices?! —se mofó Silvia divertida.

Sonia se sentó de nuevo sobre la taza del váter y respondió:

—Maca y yo somos gemelas, ¿no lo sabías?

Silvia negó con la cabeza. Realmente no sabía nada de Alfredo y, sentándose en el borde de la bañera, respondió:

—No, cielo. No lo sabía.

Durante unos segundos las dos permanecieron calladas, hasta que la niña preguntó curiosa:

—¿Eres la novia de mi padre?

Según dijo eso, se oyó a Alfredo gritar desde fuera:

—¡Sonia, yo no tengo novia! ¡Silvia es sólo una amiga!

Ella y Sonia se miraron, y entonces la niña pidió:

—Papá, ¿podrías darnos un poquito de intimidad?

Alfredo maldijo desde el pasillo. Él solo había solucionado siempre los problemas de sus hijas: Intercambió una mirada con Macarena y murmuró:

—De acuerdo.

Tras oír la voz de él, Silvia miró a la niña y asintió:

—Tu padre tiene razón. Sólo somos amigos.

—¿Y cómo lo conociste?

Silvia sonrió. Sin duda la cría tenía necesidad de saber, y pensando cómo suavizar su primer encuentro, inventó:

—Estábamos en un local tomando algo. Él llevaba una camiseta de *Los Cazafantasmas* roja que me gustó, se lo dije y comenzamos a hablar.

Alfredo puso los ojos en blanco al oírla; entonces Sonia asintió y con una media sonrisa dijo:

—Esa camiseta se la regalamos Maca y yo para el Día del Padre.

—¡Y le gusta mucho! —afirmó Macarena, haciendo sonreír a Alfredo.

Silvia sonrió encantada y afirmó, levantando la voz para que la niña del pasillo también lo oyera:

—Pues es preciosa. Un excelente regalo. Ya me diréis dónde la comprasteis para comprarme una.

Sonia sonrió y Silvia, al ver su expresión, preguntó bajando la voz:

—¿Estás enfadada y llorando por las espinacas?

—¡Las odio!

—Yo odio el brócoli —cuchicheó Silvia.

Al oír eso, Sonia puso los ojos en blanco y murmuró:

—Eso toca los jueves.

—Puaj..., ¡qué horror! —musitó Silvia.

Alfredo, que las oía desde fuera, indicó:

—Hay que comer verdura. Estáis en pleno crecimiento y sólo intento que crezcáis sanas y saludables. Y la verdura es indispensable.

Según dijo eso, Silvia sonrió, e intentando ganarse la confianza de la pequeña, susurró:

—¡Madre mía! ¿Siempre es así?

Sonia asintió y luego murmuró bajando la voz:

—Papá mola, aunque a veces es un poco pesadito con ciertas cosas, y también cotilla.

—¡Te estoy oyendo, Sonia! —indicó Alfredo y, mirando a Macarena, preguntó—: ¿De verdad soy tan pesadito y tan cotilla?

La niña lo miró y repuso:

—No pienso hablarte hasta que me ponga el pelo azul cobalto.

—¡Macarenaaaaa! —la regañó.

Intentando buscar privacidad en la conversación, Silvia se sacó el móvil del pantalón y, enseñándoselo, preguntó:

—¿Te apetece que ponga música?

Encantada por su proposición, la niña asintió y ella, recordando algo que Alfredo había dicho en el coche, preguntó:

—¿Te gustan Maroon 5?

—Me encantan y a Maca también. Papá nos llevó a verlos una vez.

—¡Qué suerte, la vuestra! —Y, guiñándole el ojo, cuchicheó—: ¡Qué guapo es Adam Levine..., aunque otros piensen que está sobrevalorado!

—¡Os estoy oyendo! —gritó Alfredo desde el exterior.

—¡Es un dios! —dijo Sonia levantando la voz y haciéndola sonreír.

Encantada, Silvia asintió. Cuando la música de Maroon 5 comenzó a sonar, se dirigió a la niña bajando el tono:

—Bueno, ahora que tu padre no nos oye, cuéntame qué te ocurre.

El gesto de Sonia se arrugó. Se puso roja como un tomate y finalmente, mirándola, abrió un cajón y le enseñó lo que había en su interior. Silvia murmuró con cariño, al ver unas braguitas manchadas de sangre:

—Cariño, eso es que te ha venido el período..., ¿sabes de qué te hablo?

Sonia asintió y, sollozando, musitó:

—Me ha venido en el cole y la *seño* me ha dado dos... dos compresas. Y... ya las he gastado y..., bueno..., necesito más..., yo no tengo... Me he agobiado porque me daba vergüenza y...

Silvia asintió, ahora entendía lo que ocurría, y aquélla murmuró:

—Yo no quiero tener la regla.

Con mimo, Silvia se levantó del borde de la bañera y, caminando hacia ella, la levantó de donde estaba sentada, la sentó sobre ella y, mirándola a los ojos, dijo:

—Cielo, el período es algo que no se decide cuándo tenerlo.

Los ojos plagados de lágrimas de Sonia la conmovieron, y más cuando susurró:

—Si mi mamá estuviera aquí...

Con mimo, Silvia la abrazó, mientras pensaba inevitablemente en el día en que aquello le ocurrió a ella. En su caso, tener a su madre cerca sólo le había servido para que aquélla la amenazara con pegarle si permitía que algún chico se metiera entre sus piernas.

Ignorando todo eso, que pertenecía ya al pasado, miró a la niña y, como cualquier madre en su sano juicio, explicó:

—A partir de ahora sangrarás todos los meses. Pero eso no es malo, cariño. Eso significa que te estás haciendo mayor, que comienzas a ser una mujercita, y cuidadito con los chicos, porque te volverás tan preciosa que todos querrán hablar contigo y ser tus amigos.

Eso hizo sonreír a la pequeña, y Silvia añadió:

—A mí me vino el período cuando tenía diez años, y recuerdo que me asusté muchísimo.

—¿Diez años? ¿En serio?

—Sí, cielo. En serio —afirmó ella.

Las dos se miraron en silencio, y la niña musitó:

—Yo no sé cómo decírselo a papá. ¡Es un chico! No lo va a entender y me da vergüenza. Y a Maca no le he dicho nada para no asustarla.

Silvia asintió. Para ella todo aquello era tan nuevo como para la niña, pero, pensando en Alfredo, dijo:

—Tu padre no es un chico cualquiera. Es tu padre, cariño. Es quien te arropa por las noches, quien organiza tus fiestas de cumpleaños, el que te obliga a comer esas horribles espinacas —ambas rieron—, quien te cuida y te mima desde el instante en que naciste, y necesita saber en todo momento lo que te ocurre para poder ayudarte. Te aseguro que él no se asustará por esto, al revés, te ayudará, y luego juntos ayudaréis a Macarena cuando le ocurra.

Sonia suspiró, y Silvia añadió:

—Y, aunque no nos conocemos, quiero que sepas que a partir de ahora, si necesitas hablar de temas de chicas o de cualquier cosa, me tienes a mí para lo que sea, ¿entendido?

La niña asintió y, mirándola, dijo:

—Entonces ¿crees que debo decírselo a papá?

—Harías muy bien.

—¿No se asustará?

Silvia negó con la cabeza y, convencida, cuchicheó:

—Asustarse no, pero seguro que se sorprenderá.

La pequeña sonrió y, tras darle un beso en la mejilla, murmuró:

—Me mola que seas amiga de mi papá.

Silvia sonrió y Sonia, levantándose de los brazos de aquélla, descorrió el pestillo y abrió la puerta.

Alfredo, al ver el rostro de su hija con lágrimas y a Silvia sentada en la taza del váter, no supo qué decir; entonces la pequeña dijo con gesto confuso:

—Papá, no estoy así por las espinacas. La verdad es que... es que estoy así porque me ha venido la regla y... y..., aunque siempre dices que somos un equipo, está vez no sabía cómo decírtelo.

Al oír eso, a Alfredo se le aceleró el corazón.

Su niña, su pequeña..., ¿ya tenía el período?

Al oír eso, Macarena miró a su hermana y preguntó sorprendida:

—¿Tienes la regla? —Sonia asintió, y ella murmuró—: Halaaaaaaaaa, ¡qué fuerteeeeeeeee!

Silvia miraba a Alfredo. Aquello lo había descuadrado totalmente, y, cuando iba a intervenir, él pareció volver en sí y, agachándose para estar a la altura de su hija, dijo mirándola a los ojos:

—Cariño, yo estoy aquí para todo lo que tú y tu hermana queráis o necesitéis. Conmigo no debe haber secretos ni miedos, ¿de acuerdo?

La pequeña asintió y él, abrazándola, susurró emocionado:

—Mi niña se está convirtiendo en una mujercita.

Silvia, al ver aquella faceta tan tierna y conmovedora de Alfredo, se levantó del váter sonriendo y, consciente de lo que la niña necesitaba, dijo:

—Hay que buscar una farmacia de guardia. Sonia necesita compresas.

Alfredo se apresuró a incorporarse y, haciendo una seña, pidió:

—Dadme un segundo.

Silvia se quedó con las dos niñas en la puerta del baño hasta que él regresó y, enseñándoles varios paquetes, declaró:

—Sabía que esto podía pasar cualquier día, por lo que hace tiempo que las compré..., con alas, sin alas, súper, maxi... ¿Cuál necesitas, cariño?

Sorprendida por aquello, Silvia exclamó:

—¡Joder, qué tío más previsor!

Según dijo eso, Macarena exclamó mirándola:

—¡Ha dicho una palabrota! Voy a por la hucha de las Hadas Bienhabladas y...

—No, Maca. Ella no hace falta que pague. —Alfredo sonrió.

Pero Silvia, al ver la sonrisa de aquél, asintió y afirmó:

—Pagaré. ¡No se hable más! ¡Todo sea por las hadas! —Y, mirando las compresas, añadió—: Sonia, cariño, si quieres utiliza la normal con alas durante el día y por la noche, si ves que manchas mucho, utiliza éstas, que son un pelín más grandes.

La niña estuvo de acuerdo y, cuando cogió el paquete de las manos de su padre, él preguntó:

—¿Sabes cómo hacerlo, cielo?

Sonia se lo quedó mirando y luego sacudió la cabeza.

—Papáaaaaaaa, ¡por favorrrrrrr!

Después de que Silvia metiera cincuenta céntimos en la hucha y Sonia y su hermana desaparecieran en el baño, la abogada se acercó a Alfredo y, al ver su gesto emocionado, musitó con guasa:

—Venga..., llora..., que lo estás deseando.

Al oírla, él sonrió y murmuró:

—¡Joder! ¡Qué tocapelotas eres!

Rápidamente Silvia le quitó la hucha que él sostenía e indicó:

—Cincuenta céntimos, ¡bonito! ¡Las Hadas Bienhabladas así lo exigen!

Entre risas, los dos caminaron hacia el salón y, una vez allí, Alfredo comentó mirándola:

—Menos mal que estabas tú para ayudarme a solucionar el problema. Muchas gracias.

Silvia sonrió. La primera sorprendida de cómo había gestionado aquella crisis familiar con Sonia había sido ella y cuchicheó:

—De nada. Y, por cierto, mañana ve a la farmacia y cómprale algo para los dolores menstruales. ¡Son una putada y nos dejan hechas unos zorros! —Y, al ver cómo él la miraba, susurró—: ¡Que les den a las Hadas Bienhabladas!

—Lo haré —afirmó Alfredo sonriendo.

Estaban mirándose como dos bobos cuando las niñas aparecieron en el salón y Silvia, cortando aquel extraño momento, dijo:

—Bueno..., pues creo que me tengo que ir.

—¡Quédate un ratito más! —pidieron las niñas.

Alfredo la miró. Le encantaría que se quedara, pero, al ver que ella no decía nada, repuso dirigiéndose a sus hijas:

—Es tarde y Silvia estará cansada. Otro día la invitamos a comer. ¿Qué os parece, chicas?

—¡Genial! —aplaudieron ellas al unísono.

Silvia asintió y, tras recibir sendos besos de las niñas, Alfredo y ella salieron al descansillo y llamaron el ascensor. Estuvieron en silencio hasta que él murmuró:

—De verdad, gracias.

—De verdad, de nada.

Ambos sonrieron, y él propuso:

—¿Qué te parece si un día...?

—No —lo cortó ella.

Sorprendido al oírla, él musitó:

—No me has dejado terminar, por lo que es difícil que puedas saber lo que iba a decir.

Ella asintió y contestó:

—La respuesta sigue siendo no.

Alfredo, sorprendido, insistió:

—¿Ahora no y antes sí? ¿Cuál es la diferencia?

En su idioma ambos se entendieron, y entonces Silvia afirmó:

—Mejor... vamos a dejarlo.

Sin entender, él asintió, pero no quiso darse por vencido.

—Te acompañaré hasta el coche.

Silvia rápidamente negó con la cabeza. Cuanto antes se separara de él, mejor, y repuso:

—No. Prefiero ir sola. Mejor quédate con las niñas.

Alfredo acabó desistiendo y, cuando el ascensor se abrió, Silvia, mirándolo, dijo sin acercarse a él:

—Bueno, ahora sí que me voy.

Alfredo no se movió. No hubo beso. No hubo abrazo. No hubo acercamiento. Ella entró en el ascensor y, cuando las puertas ya se cerraban, ella murmuró en tono de mofa:

—Adiós, papá.

Una vez que las puertas se cerraron y Silvia quedó sola, musitó:

—«¡Adiós, papá!»... ¿Se puede ser más hortera?

Por su parte, Alfredo cerró los ojos.

¿Por qué no la había acompañado hasta el coche?

Estaba apoyando la frente en la puerta del ascensor cuando sus hijas se asomaron al descansillo y Sonia preguntó:

—Papá, ¿te late fuerte el corazón?

—¡Mola Silvia! —afirmó Maca.

Reaccionando con rapidez, él sonrió. No iba a entrar en el juego de las chicas, y, mirándolas, preguntó:

—¿A quién le apetece un poco de helado?

Las niñas aceptaron encantadas, y Alfredo se conformó. Ésa era su vida.

35

Una vez que Rosa acostó a los niños y la pequeña Sif se durmió, al ver salir a Davinia elegantemente vestida, sonrió y dijo, pensando en el baño relajante con espuma que le esperaba:

—¡Pásatelo bien!

Davinia, la interna que tenía en su casa, se despidió de ella y corrió hacia la entrada, donde un coche la estaba esperando. Era su noche libre y se lo iba a pasar bien.

Cuando Rosa cerró con llave la puerta de su hogar y se vio con su pijama puesto y el pelo recogido en lo alto de la cabeza, un extraño sentimiento la inundó. A partir de su divorcio serían ella y los niños. Ya no tenía que ponerse guapa por las noches y, cuando se le llenaron los ojos de lágrimas, murmuró:

—¡Ni se te ocurra, Rosa!

Sin querer pensar en nada más, regresó a su habitación. Allí, abrió el armario. Sacó una cajita, la abrió y se quedó mirando el patito de goma vestido de Spiderman que sus amigas le habían regalado. Con curiosidad, lo sacó de su embalaje y, tras leer las breves instrucciones, fue hasta el baño y, dejándolo caer en la bañera, musitó mientras se desnudaba:

—A quien le diga que me voy a bañar con un patito...

Lo vio flotar en la bañera y pensó en Pablo. A su ex los juguetitos sexuales nunca le habían gustado. Solía decir que el buen sexo era el que se practicaba entre dos personas, sin nada externo, y de ahí que ella nunca los hubiera probado.

Cuando comprobó que tenía cerca el aparatito que le indicaba que Sif estaba dormida, cogió su teléfono, buscó la carpeta de música e, instantes después, la voz de Luis Miguel cantando *Júrame* comenzó a sonar. Aquélla era la canción de Pablo y ella, y, desnudándose, se metió en la bañera.

En cuanto se sentó dentro y el agua calentita la rodeó, se limpió las lágrimas que le resbalaban por las mejillas por lo que aquella canción le hacía soñar, y murmuró:

—Te odio, Pablo, y te voy a olvidar.

Al mirar y ver cómo el patito flotaba en la bañera, lo cogió. Aquello que tanto había odiado su exmarido ahora iba a entrar a formar parte de su juego. Por ello, colocó las piernas a ambos lados de la bañera y, ya simplemente con hacer eso, se sintió rara. Pero también la excitó. Eso no podía ignorarlo.

Una vez con las piernas separadas, volvió a mirar el patito y dijo:

—Veamos si estáis sobrevalorados como decía mi ex.

Y, hundiendo el juguete, lo encendió y, sin dudarlo, lo colocó donde intuía que debía colocarse. Sentir la vibración del patito sobre su piel le agradó y, sin darse cuenta, pasó del agrado al jadeo. Nunca imaginó que un juguetito sexual con aquella forma tan inocente pudiera ser tan placentero. Y, cuando un calor abrasador la inundó de una manera descabellada, su cuerpo se sacudió de tal forma por el orgasmo que la hizo soltar el pato, que voló por encima de la bañera y cayó al suelo. Más tarde, cuando se repuso y lo miró, Rosa murmuró boquiabierta:

—*Mare de Déu!* Viva la madre que te parió..., patito.

* * *

Tres cuartos de hora después, tras un par de orgasmos más, salió de la bañera sonriente, feliz y excitada. El patito la hacía sonreír, y sin duda Pablo estaba muy equivocado.

Decidió ver entonces una película. Estaba bien despierta y pasó por la cocina. Tenía hambre, necesitaba carbohidratos, por lo que, tras cogerse una bolsa de patatas y una Coca-Cola, regresó al salón, donde se tiró en el sofá.

Al sentarse, su bolso cayó sobre ella y, al ver los preservativos personalizados que en él llevaba, los sacó y, viendo el toro de Osborne, leyó: «Olé, torero».

—Menuda cabrona estás hecha, Venecia. —Rio divertida.

Olvidándose de aquello comenzó a ver una película de licántropos, hasta que el móvil se le iluminó. Un wasap. Sería alguna de sus amigas, y al cogerlo, leyó:

¿Los niños están dormidos?

El remitente era Pablo, su *cariñito*, y, levantando el mentón, tecleó:

Sí.

Rápidamente dejó el teléfono, pero de nuevo éste se iluminó y leyó:

¿Qué haces?

Asombrada, Rosa parpadeó. Dejó el móvil sobre la mesa. No pensaba responderle.

Pero éste se iluminó de nuevo, y, movida por la curiosidad, lo cogió y leyó:

Estoy a veinte minutos. ¿Puedo
pasar a ver a los niños?

Resoplando, escribió:

No. Están dormidos.

Según tecleaba aquello, suspiró, pero Pablo contraatacó:

¿Y puedo verte a ti?

Sin poder creérselo, Rosa preguntó:

¿A mí?, ¿para qué?

No tardó en llegar la contestación:

Nunca he estado tanto tiempo sin
verte y te echo de menos.

Eso hizo que el corazón se le acelerara, pero respondió:

No. No es buena idea.

Durante treinta segundos el teléfono no se iluminó, hasta que lo hizo y, de nuevo, leyó:

Por favor..., por favor..., por favor...
Sólo cinco minutos.

Imaginarse a Pablo, su Pablo, escribiendo aquello la removió por dentro y, tan necesitada como él de verlo, finalmente escribió:

Cinco minutos.

Según escribió eso, el corazón le dio un vuelco, y más cuando leyó:

Dentro de quince estoy ahí.

Como si le quemara el móvil, Rosa lo soltó sobre el sofá y, tocándose con la mano el rostro, murmuró:

—Jopelines..., ¿por qué soy tan blandengue?

Sin saber responderse, se levantó. No pensaba recibirlo con aquel pijama. Corriendo como una loca llegó hasta el baño, donde, al entrar y ver el patito, musitó:

—Si me estoy cambiando de ropa es porque tú me has puesto a mil, ¡que lo sepas!

Después de ponerse ropa interior negra, unos vaqueros y una camiseta, guardó el patito, regresó al comedor, y entonces el teléfono se iluminó y leyó:

Estoy en la puerta.

Con el corazón a mil, se dirigió hacia la puerta, y, tras contar hasta tres e intentar parecer indiferente, abrió. Allí estaba Pablo, el guapo de Pablo y su preciosa sonrisa, que, mirándola, dijo:

—No quería llamar al timbre para no despertarlos.

Su consideración fue bien recibida por parte de ella, que se hizo a un lado e indicó:

—Pasa.

Una vez que los dos estuvieron en la entrada de la casa, se miraron y él, con gesto desconcertado, musitó:

—No sé qué hacer. No sé si puedo darte dos besos o no.

Rosa, tan desconcertada como él, asintió y afirmó envalentonada:

—Claro que puedes. Somos personas civilizadas, ¿no?

Él se le acercó con rapidez. Al sentir el roce de su piel contra la de ella y cómo todo el vello de su cuerpo se ponía de punta ante su olor, Rosa dio un paso atrás.

—¿Quieres ver a los niños?

Pablo asintió satisfecho y, como habían hecho miles de veces, juntos caminaron por el pasillo hacia la habitación de los pequeños. Desde la puerta, él vio a su hijo mayor y después al pequeño, ambos dormían con gestos angelicales, y, sonriendo, cuchicheó:

—Cada día están más guapos.

—Lo están —afirmó Rosa con una sonrisa.

Tras ver a los niños, juntos fueron hasta la habitación de Sif. La pequeña dormía plácidamente en su cunita, y Pablo murmuró mirándola:

—Es preciosa.

—Sí.

—Es igual que tú.

Según dijo eso, se miraron y Pablo, moviendo la cabeza con gesto triste, salió de la habitación.

Rosa suspiró. Lo conocía y sabía que ese gesto era de dolor, por lo que fue tras él. Al llegar al salón, Pablo le preguntó:

—¿Qué tal te va en el trabajo?

—Bien —contestó Rosa—. No puedo quejarme.

—Siempre fuiste una buena fisio.

—Gracias.

De nuevo se miraron. No sabían de qué hablar, y entonces ella preguntó:

—¿Quieres beber algo?

Él asintió.

—¿Cerveza? ¿Refresco?

Tras pensarlo, Pablo contestó con una media sonrisa:

—Cerveza.

Rosa dio media vuelta y se encaminó hacia la cocina mientras sentía cómo todo su cuerpo temblaba. Tener a Pablo cerca era una tentación, su tentación, y estaba excitada.

Una parte de ella lo odiaba. Su comportamiento había sido terrible, pero otra parte aún lo quería y lo deseaba. Abriendo la puerta de la nevera, se inclinó para coger una cerveza, y, cuando se incorporó, lo notó tras ella. Su olor. Sus manos. Su cercanía. Y, cerrando los ojos, murmuró:

—No, Pablo.

Él no se movió. Y ella, dando media vuelta, clavó los ojos en los de él, y entonces éste, enseñándole algo que llevaba en la mano, preguntó:

—¿Y esto?

Al ver el preservativo personalizado del toro, Rosa musitó en un hilo de voz:

—Eso es algo que a ti ni te va ni te viene.

Pablo no se apartó. Paseó la nariz por la de ella, y Rosa, sintiendo que las fuerzas le flaqueaban, pidió:

—No lo hagamos más difícil de lo que ya es.

Él asintió, pero, sin dejar de mirarla, murmuró:

—Te echo de menos, princesa...

¡Princesa!

Que la llamara así siempre la había vuelto loca y, cerrando los ojos, iba a protestar cuando él, posando la mano en su cintura, la atrajo hacia sí, y entonces Rosa supo que estaba perdida. Ya no podía resistir más.

El deseo que sentía por el que había sido su marido los últimos años la estaba consumiendo y, tras mirarlo a los ojos y saber que ya nada podría remediar lo que iba a pasar, acercó la boca a la de él y fue ella quien lo besó, quien lo devoró, quien lo invitó a continuar. Pablo sonrió. Aún ejercía aquel poder silencioso sobre ella y, cogiendo en brazos a la que había sido su mujer, la llevó hasta el dormitorio, donde durante horas se abandonaron al placer.

A las cinco de la madrugada, cuando él se marchó y Rosa fue a echar la llave en la puerta de entrada, cerró los ojos para después darse de cabezazos contra la misma. Acababa de tirar por la borda muchas cosas, entre ellas su autoestima y su autocontrol.

Si sus amigas o su propia madre se enteraban de lo que acababa de hacer, la llamarían de todo, y con razón. Por ello, horrorizada y furiosa, dio tres vueltas a la llave de la puerta y, enfadada consigo misma, caminó hacia su habitación. Al entrar, el olor a sexo, a Pablo, la hizo maldecir.

Pero ¿qué había hecho?

Con rabia, comenzó a quitar las sábanas que habían rozado el cuerpo de aquél y, una vez que las metió en la lavadora, regresó a su habitación. Estaba mirándose en el espejo de su baño cuando abrió el cajón y vio el patito.

Entonces sonrió y con picardía murmuró:

—De acuerdo, te he puesto los cuernos. Soy una cabrona, ¿y qué?

36

El lunes, cuando Venecia llegó a la oficinas de *Wimba Dimba*, no estaba de muy buen humor.

Lo que le había ocurrido a su hermano con el bebé había sido un duro mazazo para todos y les iba a costar digerirlo.

Tras coger un café para ella y otro para su amiga Vanessa, entró en la sala de reuniones. Como cada lunes, se reunían con el jefe para decidir los contenidos de la web.

Durante una hora propusieron temas en una lluvia de ideas y, cuando terminaron, como era de esperar, volvió a surgir el asunto de «Cabronas sin Fronteras», pero Venecia calló.

Sonrió en silencio y disimuladamente cuando Alberto comentó que le habían dicho que quien escribía el blog era un conocido productor de cine español. Según él, el productor estaba creando polémica en el blog para después rodar la película. Venecia lo escuchó sin dar crédito. Una vez que acabó Alberto, Graciela cogió el testigo y perjuró que a ella le habían dicho que era una actriz porno que residía en Badajoz. Y, de nuevo, Venecia sonrió.

Pero ¿de dónde salían todas aquellas informaciones falsas?

En cuanto terminó la reunión y el jefe se marchó no muy contento, al regresar a su sitio Venecia llamó a sus padres. Éstos estaban ya más tranquilos, habían hablado de nuevo con Álex y, al verlo más sereno a pesar de lo ocurrido, la serenidad se apoderó de todos, cosa que Venecia agradeció.

En su mesa, miró unos papeles mientras sonaba la canción *Tengo mi voz* del grupo Atacados. Necesitaba centrarse, y de pronto miró a Vanessa y cuchicheó:

—He localizado a Cabrona...

Su compañera la miró sorprendida y, cuando iba a hablar, Venecia musitó:

—¿Crees que debería decírselo al jefe?

—Sin duda. Eso te hará apuntarte un tanto. ¡Ni lo pienses!

Venecia asintió, y entonces aquélla preguntó curiosa:

—¿Quién es?

Al ver cómo su amiga la miraba, sintió pena. Vanessa tampoco podía saber que era ella y, lamentando la mentira, contestó:

—Ni es un productor de cine ni una actriz porno. Simplemente es una mujer.

Vanessa asintió y, tras mirar a su compañera, la apremió:

—Vamos, ¡ve! Dile a la secretaria del jefazo que quieres hablar con él ¡pero ya!

Venecia cogió fuerza y fue hasta el ascensor. Una vez allí, subió hasta la quinta planta y, cuando su secretaria la vio, dijo:

—Hola, Magdalena. Necesitaría hablar con el señor García.

—Está liado —repuso ella—. Ya sabes que los lunes es complicado. —Y, abriendo su agenda, la miró y dijo—: Si quieres venir mañana sobre las once y cuarto, tiene un hueco.

—Magdalena, tiene que ser hoy.

—Pues hoy, lo siento, pero no.

Estaba claro que aquélla no iba a permitirle hablar con él, así que Venecia dijo mirándola:

—Mira, vamos a hacer una cosa. Te vas a levantar, vas a entrar en su despacho y le vas a decir que Venecia quiere hablar con él sobre un tema referente al blog «Cabronas sin Fronteras».

Al oír eso, Magdalena sonrió y, bajando la voz, cuchicheó:

—¡Me encanta! Me lo pasó una amiga y me hace mucha gracia leerlo.

—Me alegra saberlo —afirmó ella.

La secretaria no se movió, y Venecia iba a hablar cuando la puerta del despacho se abrió y el señor García, tras despedirse de un hombre que salió al pasillo, dijo:

—Magdalena, ponme en comunicación con Ferran Bidasoa. Tengo que hablar con él sobre la conferencia de epidemiología que va a dar.

Aquélla asintió, y Venecia soltó tomando aire:

—Señor García, si me permite hablar un momento con usted...

—Estoy ocupado —respondió sin mirarla.

Venecia asintió y, tomando aire de nuevo, insistió:

—Sé quién es la Cabrona.

Al oír eso, él, que iba a cerrar la puerta, se paró y la miró. Venecia era una chica discreta, nada follonera con los compañeros.

—¿En serio? —preguntó el jefe con cierto gesto de desagrado.

Ella asintió, y él dijo entonces mirando a Magdalena:

—Dame cinco minutos antes de pasarme a Ferran Bidasoa. —Luego, dirigiéndose a Venecia, indicó—: Pasa.

Cuando la joven entró en el despacho del jefazo, miró a su alrededor y, después de sentarse donde él le indicaba, él se acomodó en su silla y pidió:

—Cuéntame.

Sin dudarlo, y segura de sí misma, recordando todo lo que había hablado con Silvia, Venecia le contó que la persona que escribía aquel polémico blog era amiga de una amiga suya, que había hablado con ella y que, aunque podía atraerle colaborar con ellos a través de su blog, lo que no quería era darse a conocer, sino permanecer en el anonimato.

—Imposible. Quiero saber quién es. Quiero conocerla.

Venecia negó con la cabeza.

—No. Ella quiere permanecer en el anonimato.

—Y así será. Pero quiero conocerla.

Sabía que su jefe se lo pondría difícil. Lo conocía. Pero ella, sin ceder, insistió:

—Como mucho me dijo que podía hablar con usted por teléfono. Nada más.

El jefazo lo pensó. Si aquello era cierto, no tenía nada que perder y, mirándola, dijo:

—De acuerdo. Quiero hablar con ella ahora.

—¿Ahora?

—Sí —dijo él.

Por suerte, Silvia y ella ya habían contemplado esa posibilidad, y Venecia, sacándose el móvil del bolsillo del pantalón, explicó:

—Entonces tengo que mandarle un mensaje a mi amiga para que la avise y, si ella puede, llamará.

—Esperaré —afirmó él interesado.

Venecia le escribió un wasap a Silvia y ésta, al recibirlo, dejó pasar diez minutos y luego, sin dudarlo, la llamó desde un número oculto.

Venecia contestó con el corazón a mil.

—¿Sí?

—Hola, soy Cabrona —respondió Silvia, metida en el papel—. ¿Qué querías?

Ella sonrió.

—Hola, Cabrona, soy Venecia. Tengo delante de mí a mi jefe y le gustaría hablar contigo.

—Pon el manos libres —indicó Silvia.

Venecia dejó el teléfono sobre la mesa, le dio al botoncito y musitó:

—Es ella.

El jefe, aún desconfiado, miró el móvil y, tras ver que ponía «Número oculto», saludó:

—Hola, buenos días. Mi nombre es Simón García. ¿Podría saber con quién hablo?

Al oír eso, Silvia sonrió.

—Encantada, Simón, soy Cabrona.

—¿Tal cual? ¿Sin nombre ni apellido?

—Tal cual —afirmó ella.

Desde su asiento, Venecia los escuchó mientras hablaban, negociaban. Sin duda Silvia era buena en ello y cuando, veinte minutos después, su amiga había conseguido que le pagaran al mes dos mil quinientos euros en B por cuatro entradas al mes en el blog vinculado con la revista, sonrió. ¡Aquello era como poco increíble!

—Una última cosa, Cabrona —dijo el jefazo—. Revisando las entradas, me parece bien que hables de todo un poco en tu tono mordaz, pero no puedo ignorar que las que más tráfico tienen son aquéllas en las que hablas de hombres, en especial de uno al que denominas Cancún.

Al oír eso, Venecia se tensó, y más cuando aquél añadió:

—La única condición que pongo es que dos de las cuatro entradas sean hablando del tal Cancún. Me gusta el juego que te traes con lo que cuentas, y a tus seguidores también.

Silvia, que no podía ver la cara de Venecia, no supo qué decir. Precisamente le había aconsejado todo lo contrario, y calló. Entonces, sabiendo lo que pensaba su amiga y que esperaba algo por su parte, Venecia intervino:

—Cabrona, es un buen trato, ¿no crees?

Silvia suspiró y, consciente de que aquello era una aceptación por parte de ella, repuso:

—De acuerdo. Así será.

37

—Central a uvi doce.

Al oír la llamada entrante, Carlos contestó:

—Adelante, central.

—Dirigíos al paseo de La Habana, ciento doce. Varón de cuarenta y dos años. Posible lipotimia en el interior del restaurante Brisa. Policía en el lugar.

—Recibido.

En silencio, los cuatro ocupantes de la ambulancia se dirigían a su destino cuando Susana, que conducía, le preguntó a Yolanda, la médica:

—¿Leíste el blog que te pasé?

Ella sonrió y, divertida, afirmó:

—Ni te imaginas lo mucho que me reí mientras lo hacía. Y, ya cuando leí que el exnovio le quitaba los bordes a la tortilla de patata porque se mareaba, ¡es que te juro que me meaba! Menuda cabrona es la tía que lo escribe.

Carlos y el enfermero, Ernesto, las escuchaban y, suspirando, el primero musitó:

—¿Puedo preguntaros qué gracia le veis a leer la vida de otros en sus blogs?

Yolanda sonrió.

—A mí me entretiene. Es más, yo misma tengo un blog.

—¿Tú? —Carlos se sorprendió.

La médica asintió.

—Tengo un blog en el que hablo de comida sana y saludable y cómo elaborarla. ¿No lo sabías?

—No —repuso él.

—Oye, pues pásame por wasap tu blog —pidió Susana—. Yo soy de comida basura, pero a mi novia le encantará leerlo.

Yolanda asintió, y Susana, reduciendo la velocidad, dijo al ver una aglomeración de gente en la acera junto a un coche de policía:

—Sin duda es ahí.

Carlos asintió y, cogiendo la radio, dijo:

—Uvi doce a central. Llegada al lugar de intervención. Policía en el sitio.

—Recibido, uvi doce. Valorad e informad.

—Recibido, conforme.

Una vez que la ambulancia se detuvo, todos bajaron de ella y uno de los policías explicó acercándose:

—Hay una mujer a la que le ha dado un ataque de ansiedad.

Yolanda pidió dirigiéndose a Ernesto:

—Ve e informa.

Tan pronto como Carlos y ella llegaron hasta el hombre que estaba tendido en el suelo con los pies en alto, él, mirándolo, dijo mientras sacaba algo de su maletín y se lo colocaba en el dedo:

—Buenas noches. Mi nombre es Carlos, técnico de la ambulancia; ¿cómo te llamas?

El hombre parpadeó aturdido y cuchicheó en un hilo de voz:

—Francis... co... co Burgueña Ro... Ropial.

Carlos asintió. Tenía una leve dificultad al hablar y estaba sudoroso, y le llamó la atención la comisura del labio, que la tenía ligeramente desviada hacia la derecha. Yolanda también se fijó en ello, y la camarera dijo:

—Estaba comiendo y de pronto se ha desplomado. Ha estado unos segundos inconsciente, pero enseguida ha vuelto en sí.

Carlos asintió y, tras dejar la linterna con la que le había mirado las pupilas, dijo dirigiéndose a la doctora:

—Pupilas isocóricas y normorreactivas.

—Pulso regular y fuerte. Saturación de oxígeno al noventa y uno por ciento —afirmó Yolanda.

En cuanto hicieron una rápida valoración, Susana llegó con la camilla y, tras subir al hombre a ella, el equipo lo cargó en la ambulancia. Minutos después, cuando el vehículo arrancó, Carlos informó por radio:

—Uvi doce a central. Nos dirigimos hacia el Clínico. El paciente está consciente, pero presenta cefalea hemicraneal derecha.

—Recibido, uvi doce.

38

Días después, cuando Venecia estaba sumergida en su siguiente artículo, que sería sobre los osos polares, su jefe llegó hasta ella y dijo, dejando unos papeles sobre su mesa:

—Magdalena tiene firmados los cuatro días libres que me has pedido.

Ella asintió. Tras pensarlo mucho, había decidido pedir unos días libres para irse a Nápoles, e indicó:

—¡Estupendo!

Su jefe, sin cambiar el gesto, insistió:

—Antes de irte quiero que me dejes solucionado esto. Alberto no vendrá ni hoy ni mañana, tiene a los niños malos.

—Ay, pobre —musitó ella.

A continuación, sin mirarla siquiera, el jefe se marchó y Venecia, siguiéndolo con la vista, musitó:

—Éste faltó a clase el día que enseñaron a usar la expresión «por favor».

Pero, sin querer pensar en nada más, se puso manos a la obra, cuando recibió un wasap de Carlos:

Puedes hablar.

Lo dudó. Estaba muy ocupada, pero, consciente de que un pequeño parón le vendría bien, dijo que sí y, segundos después, su teléfono sonó.

—Buenasssssssssss —saludó él.

—Buenasssssss —contestó ella.

—¿Cómo llevas el día?

Venecia miró las pilas de papeles que había sobre su mesa, y cuchicheó:

—¡A tope!

Carlos, que estaba en casa, pues el día anterior había tenido un turno de veinticuatro horas, comentó acariciando la cabeza de *Homer*:

—Me ha llamado Alfredo. Al parecer, cree que el día que Silvia lo llevó al metro se le cayó el mando a distancia de su garaje en su coche y necesita su teléfono para preguntarle.

Aquello extrañó a Venecia. Silvia no le había comentado que hubiera encontrado nada y, cuando iba a contestar, Vanessa, su compañera, le indicó por señas que se diera prisa.

—Vale —dijo agobiada—. Ahora te lo envío por WhatsApp.

—¿Nos vemos esta noche?

Venecia, que ya había quedado, respondió sin mentir:

—Tengo cena.

—¿Con las chicas?

—No. Con un amigo.

Saber aquello a Carlos lo jorobó. Tenía ganas de verla, de estar con ella. Pero, consciente como siempre de que debía andarse con pies de plomo para que ella no saliera huyendo, a pesar de que había quedado con un tío, propuso:

—Pásate por el local cuando termines. Yo estaré allí hasta que cierren.

Venecia lo pensó. Había quedado con un tatuador para cenar y su intención era hacerse un tatuaje, e indicó:

—No creo que vaya.

—¿Por qué?

Molesta por tener que dar tantas explicaciones, soltó sin ningún filtro:

—Porque ya te he dicho que tengo mis planes y punto.

Ese corte tan tajante lo molestó y, teniendo en cuenta lo que había entre ambos, contestó:

—Venecia, te dije una vez que yo no soy dueño de nadie. Así que siéntete libre de hacer o deshacer lo que quieras.

—Por supuesto. Igual que tú —replicó ella con frialdad.

Enfadado y molesto por su desfachatez, que lo estaba volviendo loco, repuso:

—Pues mira, lo haré. Te aseguro que esta noche lo haré. —Y, dicho esto, y sin ganas de discutir, pidió—: Por favor, envíame el número de Silvia. Alfredo lo espera. Adiós.

Una vez que se hubo cortado la comunicación, Venecia se quedó sorprendida. Era la primera vez que Carlos le mostraba su carácter.

¿En serio iba a quedar con otra que no era ella?

Estaba pensándolo cuando Vanessa se le acercó.

—Cuidado, ¡jefe a la vista!

Venecia asintió al oírla y, tras reenviarle a aquél el teléfono de Silvia, se guardó el móvil en el bolsillo y se centró en su trabajo. Tenía mucho que hacer.

39

Silvia trabajaba desde su casa, en la calle Alberto Aguilera.

Por los altavoces de su equipo de música sonaba la canción *Love You Anymore*, de Michael Bublé, y estaba canturreándola en su despacho cuando el móvil le sonó.

¿Te tomas un café conmigo?

Al leer aquello y no saber quién le había enviado el mensaje, directamente no contestó. Prosiguió trabajando cuando, a la una de la tarde, el móvil le volvió a sonar, y leyó:

Soy Alfredo. La hora del café ha pasado,
¿te apetece comer? Te invito.

Sorprendida por recibir ese mensaje, parpadeó.

¿Cómo había conseguido su teléfono?

Y, escribiéndole a Venecia, preguntó:

¿Me puedes explicar cómo es que
Alfredo tiene mi teléfono?

Al ver el mensaje, su amiga maldijo, pero, dispuesta a dar una explicación, la llamó.

—Regla número uno —gruñó Silvia al contestar—. No se dan los teléfonos sin preguntar.

Venecia asintió. Conocía perfectamente esa regla, e indicó:

—Lo siento. Perdóname. Pero Carlos me ha llamado, tenía prisa. Me ha dicho que a Alfredo se le había caído algo en tu coche y...

—Y tú lo has creído, ¿verdad?

Venecia asintió. Nunca había tenido la picardía de su amiga, y murmuró:

—Pues sí. ¿Para qué te voy a engañar? Soy así de tonta.

Silvia cerró los ojos. Que aquél tuviera su teléfono podía complicar las cosas.

—¿Sabes que hoy he sentido un poco el carácter de Cancún? —contó Venecia.

—No me digas que se ha enterado de lo de tu blog...

Ella sonrió.

—No, nada de eso. Resulta que quería que nos viéramos esta noche. Le he dicho que tengo cena con otro, y por primera vez la cosa se ha puesto tensa. E incluso me ha dicho que va a quedar con otra..., ¿será verdad?

Silvia, que cada vez entendía menos el juego de su amiga, musitó:

—¿Qué estás haciendo?

Venecia no contestó, y Silvia indicó:

—Sabes que soy la primera que te dice: «¡Disfruta..., vive!». Pero, por Dios..., Carlos te está demostrando que es un tío increíble, te está ayudando con lo de tu padre, te está aguantando lo indecible, ¡y tú lo estás haciendo fatal!

—¿Mañana nos vemos en casa de Rosa?

Al ver que su amiga se iba por los cerros de Úbeda, Silvia afirmó:

—Sí.

—Pues hasta mañana.

Una vez que se cortó la comunicación, Silvia cerró los ojos y movió el cuello. Su amiga la estaba cagando. La tensión se le acumulaba en las cervicales y, tras abrir los ojos, aún con el teléfono en la mano, se olvidó de Venecia y escribió:

Tengo un hambre atroz. Dime sitio y hora.

En cuanto recibió la respuesta de Alfredo, se levantó y, tras retocarse el maquillaje, cogió su bolso y se marchó. Tenía una cita con Alfredo que pensaba disfrutar y luego haría que nunca más volviera a repetirse.

40

Cuando Silvia llegó al lugar donde él la había citado, sonrió. Frente al restaurante había un hotel del que colgaba un enorme cartel que decía HABITACIONES POR HORAS, y sonriendo pensó: «Éste sabe más que los ratones colorados».

Al entrar en el restaurante lo vio sentado al fondo. Vestía con traje oscuro, como ella, y estaba mirando su tablet cuando Silvia se sentó y dijo:

—¿Qué comemos?

Alfredo sonrió al verla. Le encantaba la personalidad resolutiva y arrolladora de aquélla y, dejando la tablet a un lado, comentó:

—Es la primera vez que vengo aquí. Me lo han recomendado y dicen que se come muy bien. Así que coge la carta y elige lo que quieras.

—¿Lo que quiera?

Alfredo sonrió al oírla y, conteniendo las ganas que sentía de besar a aquella chulita, insistió mirándola:

—Te agradezco de corazón lo que hiciste el otro día por mi hija. Si no hubieras estado tú allí, la verdad, no sé cómo lo habría gestionado. Y, aunque estoy acostumbrado a bregar con las niñas, tu presencia el otro día fue esencial. Por tanto, gracias, gracias, gracias, pide lo que quieras porque invito yo.

Oír eso y sentir su mirada sincera a Silvia le tocó el corazón.

Pero ¿qué le ocurría con ese hombre?

Y, abriendo la carta que tenía frente a ella, rio para relajar el momento.

—Woooo..., prepárate.

Durante la comida hablaron de mil cosas. No hubo silencios. No hubo indecisiones. La conversación entre ellos surgía con normalidad, mientras una inquietante tensión sexual los rodeaba.

—¿Quieres más vino?

—Sí —afirmó Silvia.

Una vez que Alfredo le hubo servido, se sirvió él también y luego preguntó:

—¿Puedo ser indiscreto?

—Depende.

Él rio por su respuesta, y ella añadió:

—Si es indiscreción del tipo si llevo tanga o bragas, pues va a ser que no.

Alfredo se carcajeó. Aquella mujer era increíble, y sin apartar la mirada de ella, señaló:

—Sabes que soy viudo y con dos hijas. ¿Qué me cuentas de ti?

Silvia dio un trago a su bebida y, sin dudarlo, respondió:

—Divorciada y sin hijos.

—¿Nada más?

Ella se encogió de hombros.

—¿Qué más quieres saber?

—¿Sales con alguien?

Aquella pregunta tan íntima hizo que Silvia levantara una ceja y luego replicara, consciente de por dónde iba:

—Con todo el que se me antoja.

—Anda, ¡como yo!

—¡Qué chupi! —se mofó ella.

Alfredo asintió. Y, mirándola a los ojos, preguntó:

—¿Quién te rompió el corazón?

Sorprendida por aquella pregunta, que ningún hombre le había hecho nunca, ella no supo qué contestar, y él insistió:

—¿Por qué te escondes tras esa fachada de mujer fría a la que no le importa nada, cuando en realidad eres encantadora y cálida?

Ella sonrió al oírlo.

—¿En serio piensas eso de mí?

Alfredo asintió. Sólo le había hecho falta verla con sus hijas para saber que aquella chulita era algo más que la típica devorahombres, e indicó:

—Por supuesto que sí. Por eso quería invitarte a comer.

Durante el resto de la comida, Alfredo intentó llegar a ella. Era bueno hablando con las personas, pero Silvia era mejor. Tenía tan bien gestionada su fachada de frialdad que al final tuvo que darse por vencido.

Cuando llegó el momento de los postres, e incapaz de seguir soportando aquella tensión sexual un segundo más, ella preguntó:

—¿Qué tal si nos tomamos el postre en la acera de enfrente?

Alfredo, que no sabía a qué se refería, preguntó a su vez:

—¿No quieres tomarlo aquí? Me han dicho que el *coulant* de chocolate es fantástico.

Ella sonrió. Si se estaba haciendo el tonto, lo hacía muy bien, y cuchicheó:

—Prefiero tomarlo enfrente.

Sin entender aquellas prisas, Alfredo pidió la cuenta, pagó y, una vez que salieron, él miró alrededor y preguntó:

—¿Adónde quieres ir a tomar el postre?

Silvia miró hacia el hotel gesticulando y él, al entenderla, se quedó boquiabierto, y más cuando ella dijo:

—Tú vas a ser mi postre.

Como si de dos imanes se tratara, sus bocas se acercaron y, con una pasión desmedida, se besaron con auténtico fervor, hasta que se soltaron y él murmuró:

—Oye..., te deseo, pero...

Silvia lo besó. Quiso acallarlo, pero él, separándose de nuevo, insistió:

—Te deseo, pero más aún deseo conocerte.

—No.

—Sí.

—No.

—¿Por qué?

Segura de lo que decía, ella asintió y replicó:

—Porque soy una cabrona. No busco una relación. Y, sí, me rompieron el corazón, y quien lo hizo se esforzó tanto que dudo que quede ni un trocito de él en mi interior.

Alfredo asintió. Silvia estaba del todo equivocada y, dispuesto a conseguir de ella lo que ésta nunca imaginó, la besó en los labios e indicó:

—Yo también soy un cabrón. Tampoco busco una relación. Pero si alguien interesante se cruza en mi camino, ¿por qué no conocerlo? —Y, al ver a Silvia sonreír, añadió—: Mientras ese momento llega, será un placer ser tu postre.

Acalorada por aquello, lo miró, pero, incapaz de dar marcha atrás a algo que deseaba y que ella había iniciado, le tendió la mano, cruzaron la acera y entraron en el hotel. En cuanto se acercaron al mostrador, ella pidió sin mirarlo:

—Queremos una habitación.

—¿Día o por horas? —preguntó el recepcionista.

Silvia miró a Alfredo y, al ver su gesto guasón, iba a hablar cuando él dijo:

—Tengo bolo esta noche.

Ella asintió y, tras comprobar que eran las tres de la tarde, indicó:

—Para cuatro horas estará bien.

Minutos después, tras firmar unos papeles y pagar ella la habitación, se dirigieron hacia el ascensor. Alfredo la miró y musitó:

—No es necesario esto.

—Sí lo es para mí —afirmó ella.

Él asintió y, dispuesto a que aquélla fuera la primera de muchas veces, con una sonrisa que a Silvia le hizo temblar hasta su inexistente corazón, afirmó:

—Entonces no se hable más y pasémoslo bien.

* * *

Una hora después, tras dos asaltos, cuando ambos quedaron sobre la cama agotados, él miró el envoltorio del preservativo que ella le había dado y preguntó:

—¿Y esto de dónde lo sacas?

Silvia sonrió y, tomando aire, respondió:

—Se encargan por internet.

Divertido, él leyó: «Soy un torpedo sexual», y riendo afirmó:

—Y me lo quería perder...

Silvia sonrió. No lo pudo remediar.

Durante las siguientes tres horas, el sexo, las risas y la complicidad entre ellos fueron increíbles y cuando, agotados, salieron del hotel y vieron que ya había anochecido, Silvia iba a hablar pero Alfredo, con seguridad, la acercó a su cuerpo e indicó:

—No voy a permitirte que no quieras repetir. Y, antes de que digas nada, recuerda: estoy doctorado en luchar con dos adolescentes cabezotas y desesperantes y tengo mucho..., mucho... aguante.

Sin saber por qué, ella sonrió. Estaba claro que Alfredo la había sorprendido, y afirmó:

—Veamos hasta dónde llega tu doctorado.

41

Las clases de kárate que Elisa daba en un gimnasio de su barrio comenzaban a las diez de la mañana y terminaban a las ocho de la noche. Le gustaba su oficio. Disfrutaba enseñando a niños y a adultos y, en ocasiones, participar en algún torneo.

Desde su ruptura con Lorenzo, se había centrado más si cabía en sus clases. Estar con sus alumnos era divertido, estimulante, vital, y aquella noche, cuando la última clase acabó, se duchó como cada día en el gimnasio y, después, salió a la calle.

Sonriendo, caminaba con su compañero Julio cuando éste comentó:

—Me la presentó Luis, mi primo, en el Eclipse. Total, que nos enrollamos y tal y, a la hora de marcharnos, me dice que me acerca hasta el autobús. Yo, encantado. Vamos hasta su coche, nos montamos en él, un beso lleva a otro, la temperatura entre los dos sube y sube y, llegado el momento de eso..., me paro y le digo que no. ¡Joder! Que estábamos en plena calle Bravo Murillo. Total, que porque no quise tema se cabreó, me echó del coche, arrancó y me dejó más colgado que un perchero a las siete de la mañana.

—Eso te pasa por irte con cualquiera.

—Eso me pasa por gilipollas. Para que luego digáis que siempre somos los tíos los que vamos derechitos al tema —se mofó él y, recordando algo, añadió—: Por cierto, ¿te enteraste de lo de Mario?

—Mario, ¿qué Mario?

Julio suspiró y luego dijo con cierto pesar:

—El chico que estuvo unos meses supliendo a Berta cuando fue madre.

—¿El judoca cántabro?

Él asintió.

—Qué tío más majo —comentó Elisa al recordarlo—. ¿Qué le pasa?

—Pues que murió hace un mes.

Sin poder creérselo, ella se paró de golpe. Aquel tipo era un chaval joven, sano, deportista.

—Al parecer, le dio un derrame cerebral y no lo superó —explicó Julio.

—Ay, pobre —musitó ella, tremendamente apenada.

Sobrecogida, siguió hablando de aquél, hasta que, al llegar a una esquina, Julio continuó su camino y ella se dirigió hacia su coche. Había quedado con sus amigas.

Pensó en Mario. En su vitalidad y en lo injusta que era la vida. Era el tipo más sano que había conocido en su vida. Se cuidaba en todos los sentidos, y saber aquello la apenó. La apenó mucho y se convenció de que la vida tenía que vivirla porque un día te ocurría lo mismo que a aquél y ¡se acabó el juego!

Caminaba pensando en ello cuando vio cómo un perro levantaba la pata y meaba en la rueda de su coche.

Sorprendida, se quedó mirando al animal y dijo mientras se acercaba:

—Gracias por la regadita en la rueda.

Al oír eso, el dueño del perro tiró de él.

—¡*Rocky*, no!

Elisa suspiró y, mirando al hombre, exclamó al reconocerlo:

—¡¿Tú?!

Antonio, tan sorprendido como ella, sonrió y saludó:

—Hola otra vez.

Elisa asintió y, al recordar lo que había ocurrido el último día que se vieron, dijo dando media vuelta:

—Adiós otra vez.

Él sonrió. Estaba claro que entre ellos había cierta tensión y, cuando iba a agarrarla del brazo, ella se lo quitó de encima con un rápido movimiento y él dio un traspié.

—Para, fiera..., para... —musitó.

Elisa lo miró y, al ver que el perro estaba atento a lo que ocurría, siseó:

—Si vuelves a tocarme, te aseguro que acabarás en el suelo. Soy profesora de kárate, así que ándate con cuidadito.

Antonio sonrió y, al ver que ella no sonreía, preguntó:

—¿Hasta cuándo vamos a estar así? —Y, tras sacarse la cartera del bolsillo del pantalón, cogió algo y cuchicheó mostrándoselo—: Que conste que no lo utilicé.

Elisa, al ver el preservativo que ella le había dado, en el que ponía «*Game over*», parpadeó y, agarrándolo con toda su mala leche, gruñó:

—¡Pues lo utilizaré yo!

Y, dicho esto, montó en su coche, arrancó y, sin mirar al tipo, que con el perro la observaba boquiabierto, se marchó mientras sonaba a todo meter *Vivir mi vida*, de Marc Anthony.

¡Para chula..., ella!

Cuando llegó a casa de Rosa, sus amigas ya estaban allí. Y, mientras cenaban con los niños, Venecia dijo levantándose la manga de la camisa:

—¡Mirad lo que me he hecho!

Todas lo miraron y Pablete, abriendo mucho los ojos, murmuró:

—Halaaaaaaa, tíaaaaaaa, ¡un tatuaje!

—¡Cómo molaaaaaaaaaaa! —susurró Óscar.

Venecia sonrió y Silvia, al leer «Un deseo no cambia nada, pero una decisión lo cambia todo», cuchicheó sorprendida:

—Flor..., ¿en serio?

—Tócate los melocotones —musitó Rosa—. ¡Un tatuaje! ¡Qué locura!

La aludida asintió y, sin saber por qué, susurró:

—La vida son dos días; ¡hay que disfrutarla, ¿no?!

—A ti comienzan a faltarte algunos tornillos —replicó Elisa.

Venecia fue a contestarle, y Rosa preguntó:

—¿Ésa no es la frase que pone en la pulsera de tu madre?

—La misma —afirmó Venecia—. Siempre quise tatuármela, y ¡por fin lo hice! Se acabó el pensar las cosas mil veces, ¡hay que actuar!

Todas la miraron, pero ninguna dijo nada más.

Tras cenar con los niños y éstos marcharse a la cama, Rosa se sentó junto a sus amigas.

—¡He estrenado el patito de goma! —dijo.

Al oírla, todas la miraron y ésta cuchicheó:

—Pablo decía que los juguetes sexuales sobraban en la pareja.

—Pablo es tonto —repuso Elisa.

—Por no decir gilipollas —añadió Silvia.

—Muyyyy gilipollas —afirmó Rosa, que, sonriendo con picardía, cuchicheó—: Le he puesto de nombre al patito *Christian Potrosky*. En honor al ruso.

—Mírala ella, qué malotaaaaaaaaaa —se mofó Venecia.

—Lo creáis o no, tener a *Potrosky* sólo para mí me hace sentirme una cabrona.

Todas rieron por aquello, y Silvia dijo:

—Venecia, lo de tu blog en la revista está siendo una pasada.

—La pasada es lo que le pagan —se mofó Elisa.

—Buena negociadora que es una —indicó Silvia y, mirando a su amiga, musitó—: Por cierto, sigo esperando ese fin de semana con *spa*.

Todas volvieron a reír.

—Nunca imaginé que algo que yo escribiera pudiera ser leído con tanto éxito —dijo Venecia—. Está visto que las sensaciones y las vivencias de muchas de nosotras son parecidas, y me parece una pasada que muchas mujeres se sientan identificadas conmigo. Y más cuando participan, respondiendo y contando sus propias historias. Mi jefe está feliz..., feliz.

—Es para estarlo —afirmó Rosa—. La otra noche, con la tablet en la cama, me dieron las tantas leyendo y, como yo, te aseguro que habrá muchas.

Silvia, tan sorprendida como el resto, preguntó entonces:

—¿Leísteis la historia de la mujer que había pillado a su marido con su hermana? Se divorció de él, éste se fue a vivir con la hermana y, posteriormente, la hermana lo pilló con una prima, que se quedó embarazada.

—¡Increíble! —afirmó Elisa.

—O esa otra que contaba que su marido se lio con una de las trabajadoras de su bar. Se divorciaron. El ex se casó con la camarera, tuvieron un niño y, pasados tres años, la mujer conoce a un tipo, se enamoran, y el primer día que va a la casa de los padres de él se encuentra con que la camarera que se casó con su ex ¡es la hermana de su nuevo novio! *Mare de Déu!* Loca me quedé —musitó Rosa.

Durante un rato hablaron de las historias que muchas mujeres contaban, hasta que Elisa comentó:

—La verdad es que leer esas historias me hace ver que lo que me ocurrió a mí con el memo de Lorenzo es una verdadera tontería.

—Lo mismo pienso yo —afirmó Venecia pensando en Jesús.

Durante unos segundos permanecieron calladas, y luego esta última añadió:

—Chicas, la semana que viene quizá me vaya a Nápoles unos días y estoy pensando en decirle a Cancún que me acompañe. ¿Os parece buena idea?

Las amigas se miraron sorprendidas, y Elisa preguntó:

—¿Te estás *enconejando*?

Sin querer pensar en ello, rápidamente Venecia negó con la cabeza, y Rosa insistió:

—No me jorobes..., ¡que Elisa y yo todavía no conocemos al vikingo!

Venecia sonrió. No pensaba permitirse enamorarse de él y, sonriendo, dijo:

—El amor y yo no nos hablamos, ya lo sabéis. Y si he pensado en llevarme a Carlos a este viaje es porque en ocasiones me siento tan culpable por las cosas que escribo de él en el blog que invitarlo será como redimir mis pecados.

Las chicas se miraron y Silvia, sin querer opinar al respecto, musitó:

—Tú sabrás lo que haces. Pero el karma es el karma.

Al sentir las miradas acusadoras de sus amigas, en especial la de Silvia, Venecia gruñó:

—Te pasas media vida diciéndome que espabile y, ahora que lo hago, ¡no te parece bien!

Ella la miró. La conocía muy bien. Tarde o temprano se arrepentiría de lo que estaba haciendo.

—Venecia, piénsalo —musitó—. Lo que haces con Carlos no es tu estilo.

—¿Y cuál es mi estilo?

Silvia la miró. Tras lo de Jesús, el carácter de Venecia en lo referente a los hombres se había agriado. Lo veía cada vez que salían. Su manera de tratarlos y el modo en que se comportaba le recordaban a ella cuando le sucedió lo de Manuel. Los hombres pasaron a ser simples piezas que mover a su antojo. Y, sin ganas de discutir, musitó:

—Las verdaderas amigas estamos para decirnos la verdad, te guste o no. Y, lo siento, cielo, pero la estás cagando, y el karma te lo devolverá multiplicado.

Poniendo los ojos en blanco, Venecia sonrió y, mirando a Elisa y a Rosa, cuchicheó:

—A ésta no hay quien la entienda. Cuando eres buena con los tíos, te dice que eres tonta y, cuando eres una cabrona, te dice también que lo haces mal. ¿Qué te ocurre, Silvia?

Ella no respondió. Quizá el verse a escondidas con Alfredo y sentir que las oportunidades para ser feliz, si las dabas, existían, le estaba haciendo cambiar, y de nuevo repitió:

—El karma..., piensa en el karma, Venecia.

Se quedaron durante unos minutos en silencio hasta que el teléfono móvil de Rosa, que estaba sobre la mesa, se iluminó. Ella lo cogió para ver quién era y, al leerlo, fue tal su gesto que Venecia, mirándola, preguntó:

—¿Qué pasa?

Rosa parpadeó.

No podía hablar, y Venecia, sin entender nada, le arrebató el teléfono y leyó en voz alta:

—«Cuando quieras, repetimos lo del otro día. Adoro tu piel y cómo me pellizcas cuando te hago el amor».

Todas la miraron, mientras que Rosa no sabía dónde meterse. Nerviosa, cogió su bebida, le dio un trago y al final dijo:

—Vale..., vino a casa. Yo había estado con mi patito *Christian Potrosky* y... y, bueno..., ¡pues eso!

—¿¡«Pues eso»!? —protestó Elisa al entenderlo.

Rosa asintió, y Silvia gruñó:

—Me cago en el cariñito y en la madre que lo parió, pero ¿tú cómo eres tan tonta?

Rosa resopló. Resistirse a Pablo le fue complicado a pesar de todo lo ocurrido y, cuando iba a hablar, Venecia preguntó:

—¿En serio, Rosa? Pero ¿dónde está tu dignidad?

La aludida asintió. Se merecían todo lo que le dijeran y, convencida de su error, afirmó:

—Lo sé..., lo sé... No debería haberlo hecho, pero... pero... no lo pude resistir.

—Joder, Rosa... ¡Joder! —resopló Elisa.

Ella asintió horrorizada. Su ex rápidamente había rehecho su vida, y Venecia le reprochó:

—No sé si darte dos collejas o qué, pero ¿cómo eres tan tonta?

Tras unos segundos de confusión entre ellas, Silvia preguntó mirando a Rosa:

—¿Tú sabes cómo se llama esto?

Venecia, a quien la sangre le hervía, iba a contestar cuando Silvia indicó:

—Lo que ha hecho tu querido cariñito, querida Rosa María, se llama *benching*.

—¡¿*Benching*?! —preguntó Elisa.

Silvia asintió, y explicó:

—El gilipollas del cariñito sale con otras. Se divierte con otras. Y tú, pedazo de tonta, le permites que se meta en tu cama cuando él así lo desea.

—Soy así de tonta..., de débil —afirmó Rosa en un hilo de voz.

—Mira —continuó Silvia—, ¡espabila de una santa vez! Eso que te está haciendo el cenutrio de tu ex es un *benching* tan grande como la catedral de la Almudena. Pero ¿no te das cuenta de que eres su segunda opción?

Ella no contestó. No podía. Y Venecia murmuró:

—Rosa, así nunca dejarás de sufrir por él. Como te dijo Elisa, ¡quiérete y respétate!

La aludida asintió. Sabía que aquéllas tenían razón y, convencida, afirmó:

—Todo lo que me digáis me lo merezco. Y os prometo por mis hijos que no voy a volver a caer en los brazos de Pablo, aunque me mire con ojos de corderito.

Sus amigas asintieron y así lo esperaron, sobre todo por ella.

* * *

Esa noche, cuando Venecia llegó a su casa, tras dar un paseo a *Traviata* y ducharse, cogió su portátil y se sentó en la cama. Lo abrió y, entrando en su blog, escribió:

¿Por qué soy una cabrona?

Pues sencillamente porque durante años creía estar con el hombre de mi vida, hasta que me di cuenta de que en realidad con quien estaba era con el error de mi vida.

Comprendo que quizá para ti no sea suficiente explicación, pero he llegado al convencimiento de que quien debe tenerlo claro soy yo, y como lo tengo claro, ¡pues no hay más que hablar!

Desde que estoy sola estoy disfrutando de mi libertad, sobre todo la sexual. Incluso he vuelto a encargar más preservativos personalizados. ¡Olé por mí!

Yo antes era de las de, si estoy contigo..., SÓLO existes tú. Peroooooooo, como ahora estoy sola, ¡estoy con quien me sale del moño, porque SÓLO existo yo.

Los hombres que están pasando por mi vida son como los helados. Me gusta probar distintos sabores y eso es lo que hago, ¡probar!

Hasta el momento he conocido al inmaduro, al creído, al inestable, al culto, al tonto del culo, al llorón, al chulito piscinas, al tatuador; pero está claro que el que se lleva la palma y con el que no sé por qué repito de sabor es con Cancún. (Bueno, sí lo sé. Aunque es simple: en la cama es una máquina.)

Sinceramente, CABRONAS..., cuando estoy con él a veces lo miro y pienso: «¿De verdad existe semejante perfección?». Y, sí..., existe.

Cancún, además de sexy, posee cualidades como la paciencia y el orden, entre otras muchas, pero con la que yo me quedo es con su maestría en la cama (woooo, amiga..., es increíble). No obstante, tiene un «PERO». Mierdaaaaaaaaaaaaaaaaaa.

Y ese «pero» es que para mi gusto es Simple, Tranquilo y Manejable.

Sí..., sí..., habéis leído bien... ¡Simple, Tranquilo y Manejable!

Cancún es un STM.

¿Que por qué digo esto? Pues porque, haga lo que haga o diga lo que diga, todo le parece bien. Nunca me lleva la contraria, nunca se altera, y nunca... ¡es nunca!

¿Será que soy tan maravillosa que merece la pena soportarme?

¿O será que, en vez de sangre, tiene horchata en las venas?

Aún no lo sé, pero ¡atentas! En los próximos días pienso ponerlo a prueba y a sacarlo de sus casillas. Sólo espero que comentéis y me ayudéis a descifrar mi enigma.

¿Cómo creéis que puedo sacarlo de sus casillas?

¡Besis!

CABRONA

P. D. Paso del karma.

Según escribió eso, lo revisó y, sin dudarlo, lo subió a la red. A su jefe y a sus lectoras les encantaría.

42

A Carlos lo pilló por sorpresa la proposición del viaje a Nápoles.

Pasar cuatro días con Venecia a solas era una oportunidad maravillosa que le presentaba la vida, y no pensaba desaprovecharla. Así pues, tirando de los días que le debían en el trabajo, lo organizó sin dudarlo.

Cuando llegaron al aeropuerto internacional de Nápoles, al ver al fondo a una mujer saltando, de inmediato supuso que era Fiorella, la tía de la joven, y mirándola preguntó:

—¿Es ella?

Venecia asintió sonriendo.

—Sí.

Una vez que llegaron hasta ella, la mujer saludó en italiano.

—Mi querida Venecia Mariella del Carmen Fiorella, ¡qué bueno tenerte aquí!

—Tía, por favor —dijo ella riendo.

Tras besarse y abrazarse, Venecia, al ver cómo aquélla miraba al joven que las observaba sin moverse, se volvió y dijo en español:

—Tía, él es Carlos. Carlos, ella es mi tía Fiorella.

—Encantado de conocerla —saludó él sonriendo.

Sorprendida porque aquél hablara en castellano, la mujer preguntó:

—¿Eres español?

—Sí.

Fiorella sonrió y, mirándolo, afirmó en un perfecto español:

—Tan rubio y con esos ojos azules, pensé que eras vikingo.

—Mi padre era noruego.

Fiorella asintió y a continuación cuchicheó:

—Menudo ojo tengo. ¡No se me escapa una!

Los tres rieron por aquello, y a continuación la mujer dijo:

—Vamos. Es tarde y aún tenemos que llegar a casa.

Fiorella condujo su coche hasta que llegaron a Marechiaro, un pequeño y lindo pueblecito de pescadores situado en la costa de Posillipo.

En el trayecto, Fiorella le fue contando a Carlos que en los años sesenta el lugar fue uno de los símbolos de la Dolce Vita italiana, mientras él la escuchaba encantado.

Cuando llegaron a la casita donde vivía la mujer, tras bajar del vehículo, un enorme mastín se acercó a ellos y Venecia saludó al verlo:

—Toto! *Come sta il mio cane prezioso!*

Toto, encantado de volver a ver a Venecia, rápidamente se restregó contra ella y la joven lo besó complacida. Adoraba a aquel animal.

Una vez en la casa, mientras Carlos cargaba con las maletas, Fiorella preguntó dirigiéndose a su sobrina:

—Dormís juntos, ¿verdad?

—Tía... —Ella sonrió.

Fiorella asintió.

—Ocupad la habitación azul —y, dirigiéndose a Carlos, que entraba en la casa, indicó—: Arriba, la primera habitación de la derecha.

Tan pronto como él comenzó a subir la escalera, Fiorella lo observó con detenimiento y Venecia, divertida al verle la cara, cuchicheó:

—¡Tía!

Fiorella sonrió y murmuró:

—Cariño..., me recuerda mucho a un noviete que tuve que era islandés... ¡Otro vikingo! Incluso llevaba los brazos tatuados como él.

Ambas rieron de nuevo, y la mujer dijo:

—Yo dormiré abajo. Así tendréis más intimidad.

—¡Tía!

—Ni *tía* ni nada. Que yo también he sido joven y no me chupo el dedo. Y ahora, venga, a descansar. Es la una de la madrugada y me muero de sueño.

Venecia besó a Fiorella y se despidió de ella, y luego subió hasta la habitación donde estaba Carlos; cerró la puerta y preguntó, al verlo asomado al balcón.

—¿A que las vistas son tal y como te las describí?

Él asintió encantado con la cabeza.

Aquel lugar era precioso, perfecto. El mar estaba frente al balcón y, sorprendido, afirmó:

—Nunca imaginé un sitio tan bonito como éste.

Ella volvió a asentir feliz y, acercándose, aseguró:

—Nápoles te encantará. Es precioso.

Complacido de estar allí con ella, la agarró y la besó. Desde que Venecia había montado en el avión, su actitud había cambiado. Estaba cariñosa, mimosa, afectiva y, encantado por ello, cuando el beso acabó, preguntó:

—¿Por qué me invitaste a venir contigo?

—Porque me apeteció.

—¿A pesar de que sólo somos follamigos?

Venecia sonrió al oírlo, pero, evitando pensar en nada más, afirmó:

—Eres un follamigo muy especial.

Carlos asintió y ella, mintiendo, matizó:

—Pero no te emociones. Si tú no hubieras aceptado, se lo habría preguntado al siguiente en mi lista.

Eso hizo que la alegría de Carlos se esfumara, hasta que ella cuchicheó riendo:

—Es bromaaa...

Sin saber si bromeaba o no, Carlos la cogió entre sus brazos y, acercándola a su boca, musitó:

—Venecia Mariella del Carmen Fiorella..., me estás volviendo loco.

—Charles Haraldsson..., la locura es mutua.

Dicho eso, sus bocas se unieron en un profundo y ardoroso beso y el olor a deseo los volvió locos.

—He de desearle buenas noches a tu tía —dijo Carlos separándose unos milímetros de ella.

—Tranquilo. Ya me he despedido yo por los dos.

Él sonrió y, con una delicadeza extrema, lamió la comisura de los labios de Venecia. Cuando su caliente lengua paseó hasta su cuello, ella suspiró jadeante y musitó:

—Quiero hacerte el amor.

Encantado con lo que acababa de oír, Carlos la cogió entre sus brazos y la llevó a la cama.

Una vez allí, él le subió la falda larga que llevaba, le quitó sin demora las bragas y, en cuanto éstas volaron hasta caer sobre un sillón, Venecia lo agarró y lo hizo caer sobre ella.

Un beso..., dos..., cuatro.

El deseo que sentían era irreverente, profundo, caliente. Y cuando Venecia, tras desabrocharle el pantalón, quitárselo y deshacerse de los calzoncillos, se sentó sobre él, y preguntó mirándolo a los ojos:

—¿Dónde tienes los preservativos que te regalé?

Sin ganas de separarse de ella, y necesitando algo más, él repuso:

—Quiero sentirte.

Venecia lo miró.

Hasta el momento, siempre lo habían hecho con preservativo. Ella se cuidaba, lo mismo que él, pero como le apetecía notar el roce de su piel, asintió y, tras asir el duro pene, lo colocó en la entrada de su cálida humedad y murmuró dejándose caer sobre él:

—Sintámonos.

Aquel roce..., mientras sus cuerpos se acoplaban por primera vez sin que un preservativo los separara, fue increíble. Mágico. Perfecto.

Mirándose a los ojos, ambos jadearon, temblaron, hasta que Carlos, agarrándola de las caderas, la apretó contra sí y, en cuanto estuvieron acoplados del todo, murmuró:

—Si tú quisieras...

Gustosa lo besó. No le permitió terminar. Y dejándose llevar por el momento, movió las caderas en busca de morbo, placer y lujuria. Todo aquello, unido a Carlos, era especial. Muy especial.

Con los ojos cerrados, Venecia se acompasaba al ritmo de Carlos, mientras disfrutaba de aquel caliente momento cargado de morbo y deseo, hasta que por último el clímax se apoderó de ellos y, cuando pararon y se besaron, ella murmuró, mirándolo a los ojos con una sonrisa:

—Creo que vamos a disfrutar mucho de Nápoles.

Como ella, Carlos tenía la respiración acelerada, y, sonriendo, afirmó mientras la abrazaba:

—Estoy totalmente de acuerdo contigo.

* * *

A la mañana siguiente, cuando Venecia se despertó, estuvo observando a Carlos con curiosidad. Aquel hombre era bueno, humano, paciente, afable, afectuoso, servicial, y si a eso le sumabas que físicamente estaba cañón, ¿qué más se podía pedir?

Mientras lo miraba, oyó ruido abajo e imaginó que su tía ya estaría despierta, por lo que, tras vestirse en silencio, se dirigió a la planta inferior.

—*Buon giorno, zia.*

Fiorella sonrió al verla y, tras darle un cariñoso beso en la mejilla, dijo:

—Vamos, siéntate a desayunar. He comprado *sfogliatelle*, ¡sé cuánto te gustan!

Al oír eso, Venecia se relamió. Le encantaba aquel dulce típico de la cocina napolitana, hecho de hojaldre.

—*Mamma mia, zia* —murmuró.

Y, tras poner frente a ella un café y un platito con aquel bollo que tanto le gustaba, mientras observaba cómo comía su sobrina, Fiorella preguntó al ver su brazo:

—¿Y ese tatuaje? —Y, al leerlo, murmuró emocionada—: Oh..., ¡lo hiciste!

—Sí.

—¿Tu padre qué ha dicho?

Venecia sonrió. El día que se lo enseñó a su padre éste se horrorizó, así que cuchicheó:

—Me llamó *machorro tatuado*.

Ambas rieron, y luego Fiorella preguntó:

—¿Cómo está?

Venecia tragó y, mirándola, respondió:

—Mal..., cada día está un poquito peor.

Fiorella asintió. Por desgracia, lo de Fernando no tenía solución y, suspirando, murmuró:

—Sentí mucho lo del bebé de Alejandro. No quiero ni imaginarme su dolor.

Al pensar en ello, Venecia asintió. Su hermano y Rafael no lo habían pasado bien.

—Ha sido un palo para ellos —murmuró—. Estaban muy ilusionados con el bebé.

—Y tu padre también. Me lo contó Aurora. Ya sabes cuánto desea Fernando ese nietecito.

Venecia mejor que nadie lo sabía, y cuando iba a responder, Fiorella dijo:

—Cariño, he de contarte algo porque creo que he metido la pata.

—¿Qué ocurre?

La mujer se retiró el pelo canoso del rostro y prosiguió:

—Mira, no me voy a andar con tonterías. Ayer llamó tu madre y le solté que venías con Carlos. Creí que lo sabía pero, al ver su reacción, supe de mi error.

Venecia, al oírla, se la quedó mirando.

—No me jorobes, tía —musitó.

Fiorella asintió y, con gesto serio, susurró:

—Sí, cariño. Lo siento.

Venecia suspiró.

Que su madre supiera que Carlos estaba allí con ella suponía que al regresar le haría un tercer grado, pero como no estaba dispuesta a amargarse ni a enfadarse con su tía, repuso:

—Tranquila..., no pasa nada.

—¿Seguro?

—Segurísimo, tía..., no te preocupes.

Fiorella sonrió y, viendo cómo aquélla se calzaba otro bollito crujiente, preguntó:

—Bueno, ¿y qué me cuentas de Carlos?

—Es un amigo.

—A ver, hija..., que yo he tenido muchos amigos a lo largo de mi vida y sé de lo que hablo. No me engañes.

Al entender aquello, la joven sonrió, y aclaró:

—Con Carlos lo paso bien. Cuando estamos juntos, nos divertimos. Nos compenetramos, pero entre nosotros no cabe la posibilidad de que exista nada más.

—¿Por qué?

Venecia resopló y, evitando contar lo del blog, indicó:

—Porque yo no busco ni novio ni marido.

—A ver, cariño, entiendo lo que dices. Pero en ocasiones las mejores cosas y las personas especiales aparecen cuando menos te lo esperas, y muy tonta tienes que ser para no darte cuenta y disfrutarlas. Mira tus padres..., tuvieron una preciosa historia de amor y aquí estás tú.

Venecia sonrió.

—Lo sé, tía. Lo sé.

Fiorella asintió. La apenaba sentir que aquélla se había cerrado al amor, pero sonrió y afirmó:

—Vale, se acabó el drama, y déjame decirte que tienes un gusto excelente para los hombres. ¡Se nota que lo has heredado de tu tía!

Ambas reían por aquello cuando Carlos apareció.

—¡Buenos días!

—*Buon giorno* —saludaron Venecia y su tía.

Cinco minutos después, animado por Fiorella y por la joven, probó los *sfogliatelle* y de inmediato los adoró.

El primer día de su estancia en Nápoles, Fiorella les dejó uno de sus coches y Venecia, que sabía moverse perfectamente por aquella preciosa ciudad, se la enseñó. Comieron en una estupenda *trattoria* y después pasearon por sitios tan bonitos como la via San Gregorio Armeno, o las excavaciones de San Lorenzo.

También lo llevó a Casa Infante, en la via Chiaia, una heladería que llevaba abierta desde 1940 y donde Carlos probó el mejor helado de su vida, que llevaba por nombre *Nocciomandorlacchio.*

* * *

El segundo día fueron a los Campos Flégreos, lugar donde se halla uno de los supervolcanes más peligrosos del mundo.

Tras un nuevo beso, una caricia y un mimo, Carlos murmuró:

—Me encanta oírte hablar en italiano.

Divertida por aquello, ella susurró cerca de su boca:

—*Mi piace quando mi baci e fai l'amore con me.*

Carlos suspiró y, mirándola, musitó emocionado:

—No sé qué has dicho, pero no importa.

Venecia lo repitió divertida, esta vez en español.

—He dicho que me encanta cuando me besas y me haces el amor.

Él sonrió satisfecho. Aquella Venecia tan entregada, tan maravillosa, lo estaba volviendo, si cabía, aún más loco, y la besó. Y cuando el calentón que llevaban subió excesivamente de temperatura, separándose, rieron y él exigió:

—Cuéntame algo para que me enfríe o, como sigamos así, los *carabinieri* nos detendrán y tu tía tendrá que ir a buscarnos.

Sin tocarlo, pero sonriendo, Venecia miró a su alrededor.

—Desde 1970, el suelo de este lugar se ha levantado dos metros debido a la presión del volcán —explicó—. ¿Te vale eso para enfriarte?

Carlos la miró. Le encantaba su humor y, divertido, comentó:

—Muy buena la frase de tu tatuaje.

Entre risas continuaron con la excursión, hasta que esa tarde, al llegar a un lugar solitario de la bahía, pararon y vieron caer el sol. Abrazados y sentados sobre el capó del coche, disfrutaban del espectáculo cuando, al reconocer Venecia la canción que sonaba en la radio del vehículo, musitó:

—Qué bonita es.

—Sí. Es preciosa.

Sonaba la romántica canción *I Don't Know What Love Is*, cantada por Lady Gaga y Bradley Cooper en la película *Ha nacido una estrella*.

—Todavía no me he comprado esta banda sonora. Tengo que comprarla.

Carlos asintió y, olvidándose de todo, la besó y, sin dudarlo, le hizo el amor sobre el capó del coche.

* * *

La tercera noche, tras pasar el día junto a Fiorella por Nápoles, cuando aquélla se marchó y ellos se quedaron solos dando un paseo por la bahía de Nápoles, Venecia musitó mirando hacia el castillo:

—Si mañana tenemos tiempo, te llevaré a que conozcas el castel dell'Ovo.

—¡Estupendo! —afirmó Carlos.

A continuación, se sentaron en una terraza y degustaron una increíble pizza napolitana, mientras a escasos metros de ellos un hombre cantaba con unos músicos que lo acompañaban, y Carlos preguntó:

—¿Qué canción es?

—*Torna a Surriento*, una romántica canción napolitana.

Encantados, escucharon a aquel hombre, que, entregado al placer de cantar, disfrutaba lo que hacía. Con el rabillo del ojo, Venecia observaba a Carlos. Aquellos días con él estaban siendo el sueño que cualquiera querría vivir. Carlos era maravilloso, demasiado maravilloso para ella. Y cuando la canción terminó, aplaudieron encantados.

Minutos después, los músicos comenzaron a tocar otra canción napolitana, y Carlos, al ver a Venecia sonreír, dijo mirándola fijamente:

—Necesito preguntarte algo.

—Dime.

Con mimo, él paseó una mano por su mejilla y preguntó:

—¿Cuál es la diferencia entre Madrid y Nápoles?

—¿Diferencia de qué? —repuso ella al no entenderlo.

Carlos asintió y, tragando el helado que se estaba comiendo, insistió:

—Por qué en Nápoles estoy conociendo a una Venecia tan diferente de la de Madrid.

Ella sonrió, y él añadió:

—Aquí eres cariñosa, efusiva, mimosa y atenta, entre otras muchas cosas, y en Madrid eres esquiva, arisca y, sobre todo, muy fría conmigo.

Ella lo miró boquiabierta. No sabía que su comportamiento fuera tan exagerado, y replicó:

—¿En serio soy así?

—Te lo aseguro.

—¿Y por qué, siendo así contigo, sigues viéndome? —preguntó ella mirándolo.

Carlos sonrió. Estaba claro que, además de todo aquello, estaba ciega, y como necesitaba sincerarse con ella, afirmó:

—Porque me gustas, Venecia. Me gustas mucho.

—Oye...

—Y aunque sé que no buscas ni novio ni marido, pretendo ser aquél al que acudas cuando necesites algo.

Oír eso la emocionó.

¿Cómo podía ser Carlos tan maravilloso?

Lo miró y dijo, sintiéndose culpable por muchas cosas:

—Sé que no soy fácil.

—No, no lo eres —admitió él.

—Conocerte —prosiguió ella— ha sido una de las mejores cosas que me han pasado en los últimos meses, y no sólo por la ayuda que he recibido de tu parte para mi padre y su enfermedad, sino por otros cientos de cosas más. Sinceramente, no te merezco.

Al oírla, Carlos aprovechó el momento.

—¿Por qué no te das una oportunidad? ¿Por qué no te dejas llevar? Quizá si lo hicieras, te...

—No.

—Escúchame, Venecia: en el instante en que dejes de preocuparte por lo que va a pasar, empezarás a disfrutar de lo que está pasando.

—He dicho que no —replicó ella.

—¿Por qué?

La joven suspiró y, rascándose tras la oreja con el dedo, musitó:

—Porque no quiero volver a desilusionarme.

—¿Y quién te asegura que volverás a desilusionarte?

—¿Y quién me asegura que no será así?

—Venecia, has olvidado que vivir significa disfrutar de la vida. Vivir es buscar tu felicidad, es darle oportunidades a lo que tú creas que lo merece. Pero ¿de verdad aún no te has dado cuenta, y más con lo que le está pasando a tu padre, de que debes exprimir al máximo la vida?

La joven asintió. Y, sabiendo leer entre líneas, indicó:

—Carlos, no deseo quebraderos de cabeza, y de verdad siento si yo te los estoy dando a ti.

—Pues me los estás dando, Venecia.

—Lo siento...

Carlos sonrió y, seguro de sí mismo, insistió:

—La vida son dos días, Venecia. ¿Por qué no disfrutarla? ¿Por qué no arriesgarte? ¿Por qué no te casas conmigo?

Según dijo eso, ella lo miró y él, sonriendo, repitió:

—¿Por qué no te casas conmigo?

—Pero ¿qué dices?...

Incapaz de dejar de mirarla y de callar lo que llevaba sintiendo desde hacía tiempo, dijo:

—Sólo necesité estar contigo unos minutos el día que te conocí vestida de novia de la muerte para sentir algo muy especial por ti. Y cuando volví a coincidir contigo, te aseguro que deseé con todas mis fuerzas que te pusieras en contacto conmigo..., y así lo hiciste.

Según oyó eso, a Venecia le vinieron a la mente las palabras de su padre. Fernando siempre decía que sólo había necesitado un instante para enamorarse de Mariella, y mirando a aquél, susurró:

—Eso no puede ser, Carlos.

—Pues lo es —afirmó él. Y con seguridad añadió—: Dentro de veinte años no sé lo que voy a sentir por ti, pero ahora lo sé. Y si tú quisieras, yo...

—No sigas. Para...

—¿Por qué?

—Carlos..., pero ¿tú eres consciente de lo que estás diciendo?

Él asintió encantado.

—Sí. Acabo de decirte que estoy enamorado de ti y que, sin pensarlo, me casaría contigo. Sé que si tú dejaras a un lado esa frialdad que te empeñas en mostrar conmigo podríamos ser muy felices. La vida es demasiado corta, Venecia, ¿por qué no vivirla?

Ella resopló sin dar crédito.

Aquello que le había dicho era increíble. Tan increíble que ella negó con la cabeza y, mirándolo, sin importarle herir sus sentimientos, respondió con frialdad:

—Eso no sucederá, ni ahora, ni nunca.

Él la miró. Acababa de abrirle su corazón a la mujer que amaba, pero ésta parecía no querer escucharlo, y, aunque en un principio pensó en insistir, al final decidió callar. Era lo mejor.

Aquel viaje marcó un antes y un después en su relación. Y, cuando regresaron a Madrid y Venecia volvió a su frialdad, Carlos supo que debía cambiar o al final sufriría, y mucho, por amor.

* * *

Esa noche, después de recoger a su perra de casa de sus padres, y de que su madre le hiciera un tercer grado en referencia a Carlos, cuando llegó a su casa Venecia se sentía fatal. Los días pasados con Carlos habían sido una auténtica maravilla, pero, convencida de que aquello no podía ser, una vez que se hubo sentado ante su portátil, escribió:

Cancún o no Cancún... ¡He ahí el dilema!

Érase una vez una princesa tontusa y sonrosada que, tras ser machacada por el que creyó que era su príncipe azul, decidió convertirse en una cabrona.

¿Os suena?

A partir de ese instante, todo sapo azul, verde o rojo que pasaba por su lado era simplemente un sapo del que disfrutar, hasta que uno llamado Cancún la besó y CABRONA (oséase, yo) se lo llevó de viaje.

Cancún es divertido...

Cancún es un increíble compañero de aventuras...

Cancún es una excelente persona...

Y a Cancún ahora le tengo que parar los pies...

Pero, vamos a ver, ¿acaso un hombre y una mujer no se pueden ir juntos de viaje sólo porque sí?

¿Acaso el haber estado días juntos, comiendo, cenando, durmiendo o follando significa boda, niños, perritos y chalecito con vallita blanca?

No. La respuesta es ¡NO!

Me niego a abrirle las puertas al amor.

¿Te has encontrado en una situación similar?

Si es así, ¡cuéntamelo! Seguro que me ayudarás.

CABRONA

43

Tres días después de que Venecia regresara de su viaje a Nápoles, quedó con sus amigas para cenar en un restaurante de la Gran Vía.

La primera en llegar fue ella. Y la segunda Silvia, que, al sentarse, sonrió y dijo:

—¿Qué tal, flor?

—Bien —contestó ella—. Fiorella os manda muchos besos.

—¿Y qué tal con Carlos?

—Bien también.

—¿Sólo bien? —insistió Silvia.

Al oírla, Venecia la miró y, omitiendo la proposición de matrimonio que él le había hecho, afirmó:

—Lo pasamos bien.

Cuando el camarero les llevó algo de beber, ambas se miraron y Venecia preguntó, viendo un gesto extraño en su amiga:

—¿Te ocurre algo?

Silvia la miró. Pensó en contarle lo suyo con Alfredo, pero al final, y sin saber por qué, respondió:

—He tenido un día lioso en el despacho. Nada más.

Venecia calló y no insistió. Silvia era tremendamente hermética con sus cosas y, por mucho que lo intentara, si ella no quería hablar, no lo haría.

Cuando Elisa y Rosa llegaron, tras contarles Venecia su maravilloso viaje y darles los besos que Fiorella les mandaba, Elisa comentó abriendo la carta:

—Me muero por un *risotto* de setas.

Rosa estaba hablando con su madre por teléfono.

—Mamá, no le des más biberón a Sif. Mamá, ¡que no! —insistió.

Todas la miraron y Venecia, entendiendo el porqué de aquello, miró a sus amigas y musitó:

—Lucía está empeñada en que la niña tiene que comer más.

Silvia y Elisa sonrieron, y Rosa, terminando la conversación, dejó el teléfono sobre la mesa y señaló:

—Te digo yo que cualquier día mi madre le da una empanadilla a Sif.

Todas soltaron una carcajada, y Elisa preguntó:

—¿Los peques bien?

—Decepcionados —contestó Rosa molesta—. Como sabéis, este fin de semana habían hecho planes para estar con su padre, porque les tocaba irse con él, pero ya ves, ¡en casita que están porque a él le ha salido una convención en Bruselas de última hora!

—¿Y tú te lo crees? —preguntó Venecia.

Ella se encogió de hombros.

—Ni lo he pensado, la verdad. Él sabrá lo que hace en lo referente a sus hijos. Eso sí, me ha tocado llamar corriendo a mis padres para que se vinieran a casa para quedarse con ellos. No me fío de dejarles los tres a la pobre Davinia.

—Rosa —comentó entonces Silvia para cambiar de tema—. Hoy estás guapísima.

La aludida sonrió, y, tocándose el pelo, respondió encantada:

—Gracias, florecilla.

Consciente de lo mucho que su amiga se estaba esforzando para recuperar su vida y su cuerpo tras el divorcio y el embarazo, Venecia indicó:

—Estás increíble, Rosa, y las mechas rubias que te has dado ¡te quedan estupendas!

—¡Falta me hacían! —se mofó ella.

Durante unos minutos comentaron el cambio físico que Rosa estaba dando tras todo lo que le había ocurrido, y Elisa dijo:

—Los pantalones que compramos el otro día por internet te quedan genial; ¿ves cómo entrabas en ellos sin que explotaran?

Rosa rio. Para ella eran importantes los cambios que estaba logrando. Su vida había dado un giro de ciento ochenta grados y sabía que tenía que ponerse al día. Como había dicho su madre, ¡renovarse o morir! Y, sin duda, ella optaba por la primera opción.

De pronto, se hizo un silencio extraño entre ellas y Rosa musitó con una sonrisa:

—Uis..., ¡ha pasado un ángel!

Silvia asintió y, como necesitaba ser sincera y hablar, soltó:

—Flores..., no sé qué me pasa, pero estoy jodida.

—Si sabía yo que algo te pasaba —afirmó Venecia.

—¿Qué te ocurre? —preguntó Elisa alarmada.

Silvia resopló.

—Me estoy viendo con un viudo que tiene hijos y me gusta. Me gusta mucho, y estoy tan desconcertada ¡que ni yo misma me lo creo!

Sus amigas pestañearon boquiabiertas.

—Y lo dices así, ¡sin anestesia! —murmuró Elisa.

Era la primera vez, desde que Silvia se separó, que les hablaba de un hombre en esos términos; entonces Rosa preguntó:

—¿Y cómo tiene el pulgar?

—¡Rosa! —se mofó Elisa.

Al oír eso, Silvia contestó sorprendida:

—¿Os podéis creer que me gusta tanto que ni se lo he mirado? Eso sí, en la cama es un tigre de Bengala. Oh, Dios... Oh, Dios... Esto no me puede estar sucediendo a mí.

Todas la miraban sin saber si reír o no, y Venecia preguntó:

—¿Y dónde has conocido al viudo?

—¡Tú lo conoces!

—¡¿Yo?!

—Sí..., tú. Y es culpa tuya.

Ella parpadeó boquiabierta y, al ver que no entendía nada, Silvia dijo:

—¡Cancún!

Venecia cada vez entendía menos, y preguntó:

—¿Cancún es viudo y te gusta?

Silvia negó con la cabeza.

—No..., él no. Pero ¿cómo me va a gustar Cancún? Mira, seré de todo, pero a los churris de mis amigas los respeto.

—¿Entonces...? —quiso saber Venecia desconcertada.

Silvia suspiró.

—Alfredo.

—¡¿Alfredo?! —dijo Venecia sorprendida.

—Sí. Y, por tu culpa, por verte con Cancún, lo vi. Nos vimos ¡Nos vemos! Y ya no sólo pienso en él, sino que además nos wasapeamos mensajitos gilipollas con emoticonos horteras, y encima siento cientos de abejas en mi interior, carcomiéndome viva y jodiéndome.

Rosa y Elisa se miraron.

No conocían en persona a Cancún. Sólo sabían de él lo que Venecia les contaba y leían en su blog, y cuando Elisa iba a hablar, Silvia añadió:

—Y, por tu culpa, por haber asistido a ese ensayo, por haberle dado mi teléfono, ahora nos vemos siempre que podemos, y cada día que lo veo me gusta más y más.

—¿Ensayo? ¿Qué ensayo? —preguntó Rosa.

Venecia resopló y, consciente de que les habían ocultado cosas a sus amigas, aclaró:

—Cancún, o Carlos, es guitarrista en un grupo de pop rock, donde Alfredo, el viudo, es el cantante, y...

—¡Cantante! ¡Guitarrista!... Pero ¿os habéis vuelto locas? —gruñó Rosa.

—De remate —aseguró Silvia.

—Pero, chicas, ¡que no tenéis quince años para andar como dos *groupies*! —gruñó Elisa—. Que tenéis...

—Sabemos los años que tenemos —la cortó Silvia con rotundidad.

Elisa y Rosa se miraron sorprendidas, y la primera preguntó:

—Pero ¿qué clase de vida os pueden dar esos tipos?

—Por Dios, Elisa, ¡que sólo nos hemos acostado con ellos!

—Madre mía, no me lo recuerdes, que me pongo a mil —susurró Silvia.

Elisa meneó la cabeza al oírla.

—El artisteo y la fidelidad no van de la mano. ¡Estáis locas!

—Alfredo es abogado. Un buen abogado —aclaró Silvia.

Se quedaron en silencio, y Venecia, mirando a su descolocada amiga, preguntó:

—¿En serio que Alfredo es viudo?

—Sí.

—¿Y tiene hijos?

Silvia asintió y, suspirando, contó:

—Dos gemelas de doce años. Sonia y Macarena. Unos cielos de niñas. Y, por cierto, ya he cenado con ellas un par de veces y les encanta el picante como a mí.

Venecia, sorprendida por aquello, de lo que nunca había hablado con Carlos, no supo qué decir, y Silvia, mirando a su amiga, prosiguió:

—El día del ensayo, cuando lo llevaba al metro, recibió una llamada de su casa. Tenían un problema y, al verlo nervioso, me ofrecí a acompañarlo. Total, que llegamos y una de sus hijas, Sonia, se había encerrado en el baño. Le había venido la regla y no sabía cómo decírselo a su padre.

—Ay, pobre... —murmuró Rosa.

—Sí. —Silvia sonrió—. El caso es que hablé con ella, es un amor de niña, la tranquilicé y..., bueno, después...

—¿No me jorobes que después te acostaste con él estando sus hijas en casa? —preguntó Elisa.

Al oírla, Silvia abrió los ojos como platos y, al ver cómo sus amigas la miraban, cuchicheó:

—Pero ¿qué clase de degenerada os creéis que soy? —Venecia soltó una carcajada, y Silvia añadió—: Por supuesto que no. Me porté como me tenía que portar y, tan pronto como Sonia se tranquilizó, me despedí de ella, de Maca y del papá y me marché para mi casa.

—¿Papá? ¿Cómo que papá? —se mofó Venecia.

—Ay, Silvia..., ¡que por primera vez en muchos años creo que te estás *enconejando*! —musitó Rosa.

Silvia, al oír eso y saber lo mucho que se entregaba cuando se enamoraba, negó asustada con la cabeza.

—No, por favor. Encerradme en una mazmorra y tirarme un chusco de pan al día. No lo permitáis. —Y, sin poder callar, farfulló—: Ni os imagináis lo maravilloso que es Alfredo con las niñas. ¡Dios! Me pareció tan... tan increíble su manera de hablarles, de cuidarlas, de protegerlas, que... —Y, clavando la mirada en Venecia, siseó—: ¡Y tú tienes toda la jodida culpa! Si no te estuvieras *enconejando* de Cancún, yo no tendría que haber vuelto a ver a Alfredo y...

—No estoy *enconejada* de Cancún —la cortó ella—. Y no me culpes a mí de lo que te pasa a ti.

De nuevo, el silencio se extendió en el grupo, y luego Rosa cuchicheó:

—Uis..., ha pasado otro ángel.

Elisa sonrió.

—¿En serio nos estáis diciendo que os estáis colando de un guitarrista y un cantante? —preguntó a continuación.

Venecia y Silvia se miraron y la primera, encolerizada, musitó:

—¡Que no! Cancún es un follamigo que me sirve para mi blog. ¡Nada más!

—Sí, claro. Y por eso te lo llevas a Nápoles —replicó Silvia—. Digas lo que digas, a ti ese tipo te gusta, como a mí me gusta Alfredo. Y deberías dejar de...

—Silvia —la cortó Venecia—, en mi vida mando yo, ¿entendido?

—Vale —asintió ella—. Te doy la razón. Tú mandas. Pero ¿él

sabe lo del blog? ¿Sabe cómo lo ridiculizas? ¿Te ha autorizado a contar sus intimidades?

—No —respondió Venecia.

—Pues muy mal, flor. Muy mal. ¿Te imaginas si el caso fuera al revés? ¿Acaso a ti te gustaría que un tipo contara vuestras intimidades en plan de mofa en un blog que lee media humanidad? Acuérdate del karma..., te lo estoy diciendo y no me estás escuchando.

Rosa y Elisa se miraron, y la primera dijo:

—Ay, Venecia... Silvia tiene razón.

Molesta por todo aquello, ella no supo qué contestar. Y entonces Elisa murmuró para calmar las aguas:

—Chicas, es nuestra noche. ¿De verdad la vais a estropear discutiendo por un puñetero hombre?

Rosa resopló, Venecia calló y Silvia, mirando a Elisa, soltó:

—Mírala..., al final te estás convirtiendo en toda una cabrona.

44

Un buen rato después, cuando la armonía reinaba de nuevo en el grupo, Silvia preguntó mirándolas:

—Flores, ¿qué os apetece hacer luego?

—Cine —propuso Rosa.

—Monólogo —dijo Elisa.

La cara de Silvia era todo un poema y, meneando la cabeza, se quejó:

—¿En serio eso es un planazo para vosotras?

Venecia soltó una carcajada, pero cuando iba a hablar el móvil le vibró en el bolsillo del pantalón. De inmediato, lo sacó y leyó:

¿Cómo se presenta la noche?

Era Carlos y, mientras sus amigas debatían adónde ir, contestó:

Noche de chicas.

Al leer aquello, él sonrió. Iba de camino a atender una urgencia, y tecleó:

¿Con disfraces o sin ellos?

Venecia sonrió, y aquél escribió:

Añoro Nápoles y su magia.

La joven suspiró. Le dolía leer aquello y, con ganas de ser una cabrona, contestó:

Estás en Madrid. ¡Aclimátate!

A él le dolió su frialdad.

¿Dónde estaba la mujer cariñosa y dulce que había conocido en Nápoles?

¿Dónde se escondía la chica que decía bonitas palabras en italiano cuando le hacía el amor?

Estaba pensando en ello cuando Susana, la conductora de la ambulancia, rio mientras hablaba con Yolanda:

—¿En serio hay tíos tan tontos que se dejan pisotear de ese modo?

La médica se encogió de hombros y, bajando la voz, cuchicheó:

—La verdad, yo he conocido un par de especímenes, pero como ése, ninguno.

Carlos la miró.

—Pero ¿de qué habláis?

Susana y Yolanda siguieron charlando sin hacerle caso, hasta Ernesto, el enfermero, cuchicheó mirándolo:

—De un tal Caillú, o Cantul...

A Carlos no le sonaba de nada ese nombre, y Ernesto continuó:

—Hablan del blog ese de Cabrona. Ese que, al parecer, se pasa con los tíos una barbaridad.

Carlos suspiró. Aquello no le llamaba nada la atención y, centrándose en el frío wasap de Venecia, al final escribió:

Pásalo bien en tu noche de chicas.

Ella leyó aquello y sonrió, y Elisa preguntó:

—¿De qué te ríes?

Rápidamente guardó el móvil y, mirándola, dijo:

—Cancún.

—Buenoooooooo —musitó Rosa.

Venecia vio cómo Silvia la miraba con el rabillo del ojo y dijo sonriendo:

—Propongo pasarlo bien esta noche.

—¡Y tanto! —afirmó Rosa.

—¡Yo me apunto! ¡Quiero una noche loca! —indicó Silvia.

—¡Y yo! —Elisa sonrió.

—Chicas, ¿qué os parece ir al karaoke? —sugirió Silvia entonces.

—¡¿A cantar?! —se mofó Rosa.

Las tres amigas miraron a Silvia, y ésta indicó:

—Siempre os ha gustado.

Era cierto, aunque todas cantaban fatal; entonces ella dijo recordando algo:

—Dadme un segundo, que llamo a una clienta a la que acompañé ayer a firmar el divorcio. Si mal no recuerdo, me dijo que hoy daba una fiesta de mujeres no sé dónde y...

—¿Sin churris? —preguntó Venecia.

Silvia asintió, y Rosa cuchicheó:

—Quizá no estaría mal divertirnos nosotras solas, sin churris...

Venecia asintió no muy convencida, y Silvia contó:

—Mi clienta está en el Ahora Madrid, celebrando su divorcio con sus amigas. ¿Le digo que vamos?

—¡Venga, sí! —asintió Elisa.

Rosa sonrió, lo último que le apetecía era ligar con nadie, y cuando iba a decir algo, Venecia, la más escéptica de todas, insistió:

—Pero, vamos a ver, ¿por qué no vamos a un local con churris? ¿No veis que eso le daría emoción a la noche?

Pero sus amigas se negaron y supo que no había nada que hacer.

Cuando Silvia le confirmó a su clienta que al cabo de un par de horas pasarían por allí, guardó el teléfono y se dirigió a sus amigas.

—Perfecto. He quedado allí con ella.

—¡Qué emoción! —gruñó Venecia.

Como siempre que iban a aquella pizzería, disfrutaron del placer de comer y, cuando salieron, Rosa recibió un wasap de su madre indicándole que los niños estaban bien, y murmuró emocionada:

—Mi tropa ya está dormida. —Y, llevándose la mano a la boca, cuchicheó—: Me siento hasta culpable de no estar con ellos.

Sus amigas la miraron. Podían entender lo que aquélla decía, pero Venecia, asiéndola del brazo, contestó:

—Fuera reproches. Los niños están bien con tus padres y Davinia, y tú tienes derecho a divertirte. ¿O acaso por ser madre no puedes hacerlo?

—Lo sé... Lo sé... —afirmó Rosa convencida.

Sin ganas de dramas, Silvia indicó para animarlas:

—Venga, vayamos caminando al local y así bajamos la cena.

Encantadas, las cuatro amigas iniciaron su camino mientras charlaban alegremente de todo cuanto se les ocurría, cuando de pronto Elisa cuchicheó:

—¡Joder..., joder..., joder...!

Las demás siguieron la dirección de su mirada y de pronto vieron a Pablo, el ex de Rosa, caminando hacia ellas con una chica agarrada por la cintura. Lo miraban boquiabiertas cuando Venecia murmuró:

—Qué fuerte..., ¡estamos en Bruselas!

A Rosa se le revolvió la bilis. Saber que Pablo había dejado a un lado a sus hijos para estar con aquella mujer la ponía enferma, y Silvia, al verla, murmuró:

—Respira..., que te conozco.

La aludida se esforzó por respirar mientras se quedaba clavada al suelo. No era fácil ver aquello. Aún lo quería. Aún olía sus camisas. Pero, haciendo de tripas corazón, dijo para sorpresa de todas:

—La mentira es muy lista y se pone en contra de quien la inventa.

Sus amigas la miraron. Conociéndola, montaría un drama. Y entonces Venecia tiró de ella.

—Venga, continuemos nuestro camino.

Pero Rosa no se movió y, tomando aire, se tocó el pelo y preguntó:

—¿De verdad estoy tan mona como decís?

—Pues claro que sí —afirmó Silvia.

Y, antes de que ninguna pudiera pararla, Rosa llamó levantando la voz:

—¡Pablo!

Al oír su nombre, él dejó de mirar a la chica con la que iba para volver la vista al frente, y su gesto cambió. Dejó de sonreír.

Boquiabiertas, todas miraron a Rosa, y Venecia, entre cuchicheos, preguntó:

—¿Qué narices estás haciendo?

Pero ella no contestó y, con paso seguro, se acercó hasta él con una sonrisa y le soltó ante su expresión de desconcierto:

—Que sepas que tus mentiras las mastico, pero no me las trago.

—Rosa... —musitó Pablo al verse descubierto.

—Eso sí —añadió ella, incapaz de callar—, ten cuidado, porque los niños crecen y cualquier día tampoco se las tragarán.

Sorprendido, él asintió mientras no podía dejar de mirarla. Estaba muy guapa y, soltando a la mujer que llevaba sujeta por la cintura, comentó:

—Te veo muy bien...

Sin cambiar la expresión, a pesar del revoltijo de emociones que sentía en su interior, y más al pensar en el último día que habían estado juntos, Rosa asintió e, ignorando a la joven, que la observaba, musitó:

—Gracias. Sin duda no arañar el techo de Madrid me sienta fenomenal.

En silencio, ambos se retaron con la mirada, hasta que ella, dirigiéndose a la chica que lo acompañaba, le tendió la mano y dijo:

—Soy Rosa, la feliz exmujer de Pablo.

—Cristina —saludó ésta con frialdad.

Silvia, Elisa y Venecia se acercaron a ellos, y Pablo preguntó:

—¿Con quién están los niños?

—¿En serio eso te interesa? —preguntó ella con mofa.

Él asintió, y finalmente ella respondió:

—Con las personas que los cuidan mejor que tú y que yo, mis padres. ¿Algún problema?

Confundido por sentirse observado por cinco mujeres, Pablo negó con la cabeza.

—No. Ninguno. Es sólo que..., bueno, no esperaba encontrarte por aquí. Y, conociéndote, te suponía en casa con los niños a estas horas.

Rosa asintió.

—Sí, claro..., en casa y con la pata quebrada, ¿verdad?

Él no dijo nada, y Rosa, cogiendo fuerzas, indicó:

—Ahora soy una mujer divorciada. Es viernes. Tengo planes. Mis padres me echan una mano con los niños y voy a pasármelo bien con mis amigas. El tiempo de quedarme en casa sola, esperando a que un idiota como tú regresara, ya se acabó.

Pablo no contestó. Las respuestas de aquélla lo descuadraban, y, tomando aire, pensó qué decir cuando ella añadió, mirándose el reloj:

—Y ahora, adiós. Un placer conocerte, Cristina, y en cuanto a éste, que sepas que está sobrevalorado... Un patito de goma te dará más placer que él.

A continuación, dando media vuelta, miró a sus amigas, que no habían abierto la boca, y dijo con chulería:

—Vamos, chicas, ¡la fiesta nos espera!

Y, sin más, las cuatro se alejaron dejando a Pablo sorprendido.

—Así me gusta, ¡con un par! —Elisa rio.

—Uf..., siento que se me va a salir el corazón —musitó Rosa temblando.

—Como dijo cierto actor español —se mofó Silvia—, el tiempo pone a cada uno en su sitio, pero si mientras tanto vas enviando a alguno a la mierda, vas adelantando camino.

Todas soltaron una carcajada, y Rosa, dispuesta a que aquello no le amargara la noche, afirmó:

—Como decían los Hombres G, ¡voy a pasármelo bien!

45

Media hora después, estando ya Rosa más tranquila por el encontronazo con su ex, al entrar en el Ahora Madrid vieron un cartel que decía: FIESTA. ¡VIVA EL DIVORCIO!

Entre risas, entraron y localizaron a Rebeca, la clienta de Silvia.

Tras la típica ronda de presentaciones, besos y abrazos, pidieron unos chupitos y, cuando se los bebieron, Rebeca dijo dirigiéndose a la abogada:

—Tengo que enseñarte algo.

—¿El qué?

Rebeca se sacó el teléfono del bolsillo riendo.

—Me han pasado un blog desternillante que no te puedes perder.

—¿Cuál?

Ella lo buscó y, enseñándoselo, dijo:

—Mira, éste. Se llama «Bienvenida al club Cabronas sin Fronteras». Y no te puedes ni imaginar las risas que me echo cuando lo leo y lo clarito que habla la tía que lo escribe; ¡seguro que es divorciada!

Silvia lo miró haciéndose la sueca, y aquélla insistió:

—Por favor, ¡no sabes lo que te pierdes! Búscalo cuando llegues a casa.

—Lo haré.

—Vamos, Rebeca. Nos toca cantar —dijo entonces una mujer pasando por su lado.

Entre aplausos y vítores, aquéllas subieron al escenario y, sin dudarlo, comenzaron a canturrear, momento en el que Venecia murmuró:

—Me alegra ver que alguien lo hace peor que nosotras.

Todas rieron, y Silvia cuchicheó:

—La que estás liando, pollito...

—¿Por qué?

—Hasta mi clienta lee tu blog.

—¡No jorobes! —musitó Venecia.

—Flor..., el bicho se está haciendo grande..., muy grande..., y cuando algo se hace grande, tarde o temprano explota. No lo olvides.

Se miraban en silencio cuando Rosa, pidiendo otra ronda de chupitos, gritó, dispuesta a olvidarse del canalla que no se quitaba de la cabeza:

—¡Vivan las Cabronas sin Fronteras!

En el local se oyó un grito de guerra, y Venecia, divertida, comentó:

—Oye..., pues al final me lo voy a pasar bien y todo.

Durante horas, el grupo de mujeres lo pasó genial. Atrás habían quedado los malos momentos para muchas y otras los estaban superando.

Hablaban de sus problemas, de sus inquietudes, de sus miedos o decepciones. Si había algo que las unía era el fracaso en el amor y las ganas de vivir y salir adelante.

—Yo conozco varias de esas páginas —comentó una de las mujeres.

Muchas rieron...

Muchas sabían de lo que estaban hablando, y otra de aquéllas indicó:

—Yo he llegado a quedar con algún hombre a través de una página que se llama Adoptaunchurri.com.

—¿Adoptaunchurri? —rieron algunas.

La carcajada fue general, y Silvia asintió:

—Ehhhh, ¡conozco esa página!, y yo también he quedado con alguno. Que lo adoptara o no fue sólo cuestión de papeleo y de *feeling*.

De nuevo, todas sonrieron.

Para las más jóvenes, todo aquello era normal. Lo vivían como parte de su día a día, pero para las más maduras resultaba increíble. Sin embargo, dispuestas a experimentar y a pasarlo bien, rápidamente tomaron nota.

¿Por qué no cotillear en Adoptaunchurri?

Rosa, a la que todavía la sorprendían millones de cosas, cuchicheó, mirando a Elisa:

—*Mare de Déu!* ¿En serio Silvia adoptó a un churri?

Estaban riendo por aquello cuando la aludida se acercó a ellas y contestó:

—Más de diez. ¿Os acordáis de aquel asturiano alto, grande e increíble con el que me fui un fin de semana?

—Sí —afirmó Venecia.

—¿El esloveno aquel que jugaba al baloncesto?

—Sí —asintió Elisa.

—¿Y del taxista que fue a tu casa a buscarme? Pues todos eran de Adoptaunchurri.

—¿En serio? —preguntó Rosa.

Silvia asintió.

—El próximo día que quedemos, os apuntáis a esa página.

—¡Ni loca! —Elisa rio—. Sabes que lo virtual no llama mi atención.

—Pues, por hablar, serás tú la primera en apuntarte —repuso Silvia.

Las horas pasaban y la fiesta de mujeres no decaía.

Venecia, junto a su grupo de amigas, cantó, bailó, disfrutó. La noche estaba siendo muchísimo más divertida de lo que en un principio ninguna habría imaginado, y cuando, sedientas, se acercaron a la barra, murmuró mirando a las demás:

—Está visto que el amor es una mierda.

—¡Y tanto! —afirmó Rosa.

—Cabeza fría y corazón blindado. Hay que ser una cabrona —indicó Venecia con su segunda copa—. Así lo hacen los tíos y mira qué felices son.

—Tampoco te pases —cuchicheó Elisa.

—¿Que no se pase? —se mofó Silvia pensando en su desastrosa vida.

Rosa sonrió.

—A ver —indicó—, el amor, tal y como lo hemos conocido la mayoría de las que estamos aquí, ha terminado siendo una auténtica mierda. Pero quizá otro tipo de persona, en otro sitio sea...

—El amor, los tíos y las desilusiones son iguales en todas partes —replicó Silvia—. Querida Rosa de mis amores, el puñetero amor es igual aquí que en Sevilla, Sebastopol o Tanzania. Los cabrones lo son en todos lados, y nosotras simplemente tenemos que comportarnos del mismo modo. Como cabronas.

Rebeca, que estaba junto a ellas, comentó al oírlas:

—Mi consejo es que disfrutéis de la vida y no os cerréis a nada. Éste es mi tercer divorcio, pero sigo dándole una oportunidad al amor.

—Lo tuyo es masoquismo —cuchicheó Elisa.

—No, querida. —Rebeca sonrió—. Lo mío es vivir. Y creo que hay hombres encantadores a los que conocer y dar una oportunidad.

Todas pusieron los ojos en blanco, y ella insistió:

—No seáis tontas y vivid. La vida está para vivirla, no para pasar por ella sin disfrutarla.

En ese instante unas chicas subieron al escenario y, cuando comenzaron a cantar *Ni la hora*, de Ana Guerra y Juan Magán, ellas, encantadas, empezaron a corearla junto al resto del local.

Cada una de las mujeres que estaban en aquella fiesta tenía su propia historia, su propio desengaño, su propia superación, y, riendo, cantaron aquello de: «Hola, mira qué bien me va sola».

Cuando la canción acabó y todas aplaudieron, Rosa desapareció corriendo y Elisa comentó, bebiendo de su copa:

—¿Adónde va?

Venecia, que la había seguido con la mirada, contestó divertida:

—Se ha venido arriba con la canción y creo que va a apuntarnos para cantar.

Estaban divertidas por aquello cuando Rosa regresó.

—¡Hecho! Nos avisan para cantar nuestra canción y, chicas, no sé si sabré ser una cabrona, pero lo voy a intentar.

Encantadas, y con ganas de pasarlo bien, todas asintieron, y Silvia gritó:

—¡Viva la libertad!

—¡Vivan las cabronas! —aplaudió Elisa.

Las cuatro brindaron levantando sus copas, y en ese momento el camarero les preguntó acercándose:

—¿Vosotras habéis pedido la canción de ABBA?

Ellas asintieron y corrieron al escenario a interpretar *Dancing Queen*, su canción.

Como siempre que la cantaban, la fiesta estuvo asegurada, y mientras lo hacían veían a todo el local bailar al ritmo de aquella mágica y pegadiza canción.

46

Llegó el día de la boda de Álex.

Tras la pérdida de su bebé, una extraña tristeza se había apoderado de todos. No obstante, deseaban celebrar aquella ceremonia que tanto habían soñado y planeado, y se dispusieron a disfrutarla.

El nerviosismo en una boda era habitual, y cuando Venecia llegó a casa de sus padres, sin Carlos, pues a última hora había decidido no invitarlo, su madre gritó histérica al verla:

—¡Hoy acabo en la uci!

Fernando miró a su hija. En las últimas semanas, una extraña debilidad se había apoderado de él, y con tranquilidad cuchicheó:

—Si no lo dice..., no es ella.

—¿Papá, estas bien?

Fernando, al que el traje le sentaba muy bien, murmuró meneando la cabeza:

—Tranquila, que yo me niego a ir a la uci. —Y, observando su brazo tatuado, gruñó—: Sólo te falta ya que quieras ser camionera.

—¡Papá! —Ella rio al oírlo.

El humor de su padre siempre le había gustado, y él, mirándola de nuevo, le preguntó:

—¿Viene Fiorella?

La mirada de su padre le llegó al corazón. Ya le había dicho más de tres veces que sí, y repitió:

—Sí, papá. Allí estará.

Fernando sonrió al oírlo, y luego comentó:

—Que no se entere tu madre de que anoche saliste con Jesús o te hará un tercer grado.

A Venecia le dolió oír eso. Aquellos episodios, en los que su padre vivía más en el pasado que en el presente, cada vez eran más frecuentes, pero afirmó:

—Tranquilo, papá. Será un secreto entre tú y yo.

Diez minutos después, Venecia, junto a sus padres y Pedro, cogieron su coche y se dirigieron hacia el pueblo de Tres Cantos. La boda de Rafael y Álex se celebraría en el salón de plenos de aquel ayuntamiento y sería oficiada por un concejal.

Una vez allí, al ver a una veintena de personas esperando, Aurora sonrió y, al distinguir a su hijo entre ellos, murmuró orgullosa:

—Más guapo no puede estar.

Fernando miró a su hijo, a aquel grandullón al que había criado y que ahora era ya un hombre, y sonriendo afirmó:

—Tienes razón, Aurorita, más guapo no puede estar.

Venecia suspiró aliviada. Quería que su padre estuviera bien por él, por su madre y por Álex y, sonriendo, iba a decir algo cuando Aurora señaló:

—Ahí está Fiorella.

Una vez que Pedro hubo ayudado a Fernando a salir del coche, éste, al ver a aquella italiana a la que tanto quería, la saludó y preguntó mirando hacia atrás:

—¿Dónde está Mariella?

Fiorella miró a Aurora. Qué triste por lo que estaban pasando, y Pedro, al oírlo, dijo agarrándolo del brazo para sentarlo en la silla de ruedas.

—Fernando, ven, vamos a dar un paseo.

Luego, Pedro, tras intercambiar una mirada con Venecia, se alejó con él; la joven iba a dirigirse a su madre, pero ésta dijo:

—Tranquilas, estoy bien.

Fiorella y Venecia se miraron y Aurora, tragando el nudo de emociones que pugnaba por salir de su garganta, añadió:

—Fiorella, él está bien. No te preocupes.

—¿Y tú cómo estás? —se interesó la mujer.

Aurora sonrió. Y, consciente de su realidad, afirmó:

—Estoy bien. Hoy mi hijo se casa y estoy feliz.

Álex se acercó entonces a ellas y preguntó:

—¿Qué ocurre?

Venecia levantó las cejas y él, al entenderla, miró a su madre y murmuró abrazándola:

—Eh..., estás guapísima hoy, mamá.

Diez minutos después, Pedro se acercó de nuevo con Fernando. Todos lo miraron, y éste preguntó:

—Hijo, ¿estáis bien?

Álex sonrió.

Tras la pérdida del bebé, su padre les había dado una lección de amor incondicional a todos. Desde que habían regresado de Canadá, se preocupaba por ellos todos los días, y él, agradecido por su cambio de actitud, asintió.

—Sí, papá. Estamos bien.

Con una sonrisa de complicidad, se miraron, y el novio, al ver que su padre en ese momento estaba con él, cuchicheó:

—Bueno, en realidad, ¡estoy histérico!

—Mientras no hagas lo que hizo tu hermana el día de su boda en el último momento...

—¡Fernando! —lo riñó Aurora.

—Papá... —se mofó Venecia.

—¡Qué malvado! —musitó Fiorella con una sonrisa.

Segundos después, Rafael, junto a sus padres, se acercó hasta Álex y los suyos y, con cordialidad, se saludaron. A partir de ese día todos iban a ser familia y estaban encantados.

Mientras los padres hablaban, Venecia preguntó, dirigiéndose a su hermano y a su futuro marido:

—¿Lo lleváis todo?

Álex y Rafael sonrieron, y, conscientes de a lo que se refería, Rafael indicó:

—Azul, las corbatas. Lo nuevo, los trajes. Lo viejo, los gemelos. Y lo prestado, los pañuelitos.

—¡Perfecto! —asintió ella emocionada.

En ese instante Fernando se acercó a ellos junto a Pedro y, una vez que el cuidador se alejó para darles intimidad, se sacó un sobre del bolsillo y dijo mirando a su hijo y a Rafael:

—Esto es para vosotros.

Álex se emocionó al verlo.

—Papá, no hace falta.

Pero Fernando afirmó y, mirando a Rafael, insistió:

—Hijo, cógelo tú, que no quiero empezar a discutir con este cabezón. Y tú, machorro tatuado, eres testigo de que se lo he dado, ¿de acuerdo?

—¡Papáaaaa!

Los cuatro sonrieron por aquello y a continuación desde la sala de plenos les indicaron que debían entrar. La boda tenía que comenzar.

Cuando todos tomaron asiento, el concejal empezó a hablar. Habló de la vida, de la lucha, de la felicidad, mientras los asistentes lo escuchaban con atención. Después Venecia leyó un poema que sabía que a su hermano le encantaba y, tan pronto como terminó, a petición del concejal, también dijo unas palabras mientras la voz le temblaba a causa de la emoción.

Después de su intervención, el concejal se puso en pie y, tras levantarse también los novios, preguntó mientras éstos se cogían de las manos:

—Rafael, ¿quieres contraer matrimonio con Alejandro?

Él asintió emocionado.

—Sí, quiero.

—Alejandro, ¿quieres contraer matrimonio con Rafael?

Con la misma emoción que su amor, aquél afirmó sin dudarlo:

—Sí, quiero.

E instintivamente se pusieron los anillos con los ojos llenos de lágrimas cuando el concejal, con una bonita sonrisa, declaró:

—Rafael, Alejandro, os declaro unidos en matrimonio.

Según dijo eso, una explosión de aplausos comenzó a sonar acompañada del clásico «¡Vivan los novios!».

Los recién casados se miraron. Era su día. Era su momento. Era su amor. Acababan de casarse, y, mirándose a los ojos, se besaron sin dudarlo y, cuando salieron de la sala de plenos, los recibió una lluvia de arroz.

* * *

Aquella madrugada, tras una estupenda noche de fiesta con los recién casados, cuando Venecia llegó a su casa, escribió en su blog:

¡Que vivan los novios!

Dos personas a las que quiero mucho y que denominaré Él y Él se han casado, y yo no puedo estar más contenta y feliz por ellos.

EL AMOR NO SE ELIGE..., SUCEDE, y entre ellos ha sucedido.

Como siempre, habrá voces que dirán que el matrimonio sólo puede ser entre ELLA Y ÉL.

Que Él y Él no pueden ser.

Que Ella y Ella no tienen derechos.

PERO SÍ..., TIENEN SUS DERECHOS (y lo pongo en mayúsculas).

Lo derechos legales igualitarios deben de ser para Él y Él, para Ella y Ella, y para Ella y Él.

¿Por qué?

Pues porque, desde el instante en que nacemos, todos tenemos unos derechos, que, no sé por qué narices, otros se empeñan en toquetear y suprimir.

Entiendo que habrá personas que piensen como yo.

Y entiendo que habrá personas que no.

Simplemente, para que el mundo sea mundo y todos podamos vivir en paz en él, hay que respetar. Si yo te respeto a ti, ¿acaso no merezco también eso mismo?

Vivo en un mundo absurdo repleto de selfis y postureo, y me encantaría que mi orientación sexual te fuera indiferente, como lo es la tuya para mí.

Vivo en un mundo en el que, cuando dos personas se quieren y se respetan, deben tener la potestad de poder sellar su unión de una manera legal con todos sus derechos y obligaciones.

Vivo en un mundo en el que los niños deberían ser felices, sin importar que sus padres sean un hombre y una mujer o dos mujeres o dos hombres. Lo importante es el amor incondicional que esos niños recibirán de quienes los cuidan y los protegen para convertirlos en unas buenas personas el día de mañana.

Y, dicho esto, querida CABRONA, ¿qué opinas tú?

Dímelo. Me encantará saberlo.

CABRONA

47

Elisa regresaba tranquilamente de cenar y tomar algo con unos amigos. Mientras caminaba, pensó en coger un taxi cuando unas voces llamaron su atención. Al final de la calle había una pareja jovencita que discutía.

Curiosa, los observó durante unos segundos.

¿Cómo aquella muchacha podía permitir que el chico le gritara así?

Incómoda, prosiguió su camino cuando la voz de él volvió a llamar su atención, y esta vez, al ver cómo aquél acorralaba a la muchacha contra la pared en una actitud bastante fea, sin pensarlo, se acercó a ellos y preguntó:

—¿Ocurre algo?

Los chicos la miraron, y él respondió:

—Estoy hablando con mi novia.

Elisa se fijó en el gesto de la muchacha, estaba asustada, e insistió:

—¿Necesitas ayuda?

Tras intercambiar una mirada con aquél, la chica negó con la cabeza.

—No..., estoy... estoy con mi novio.

Elisa no se movió del sitio. Estaba claro que aquélla necesitaba ayuda. En silencio, los observó. No tendrían más de veinticinco años, y el chaval, con gesto hosco, gruñó.

—A ver, guapita, ¿qué tal si te piras y nos dejas en paz?

Elisa lo miró. Aquel macarra de barrio no tenía ni media torta.

No sabía qué ocurría entre ellos, pero lo que sí sabía era que aquél se estaba extralimitando con la muchacha, y no pensaba permanecer impasible, por lo que, mirándolo, replicó:

—No me gusta nada ni cómo le hablas a ella ni cómo me hablas a mí. —Y, después, dirigiéndose a la chica, insistió—: Eres demasiado joven para permitir que un idiota como éste te trate así. Párale los pies ¡ya!

—¡Pero ¿qué dices, guarra?! —gritó aquél empujándola.

Elisa se tambaleó y, una vez que hubo recobrado el equilibrio, soltó molesta:

—Si vuelves a tocarme, atente a las consecuencias.

Aquél soltó una risotada.

—¡Qué miedo me dasssssssss!

Su manera de moverse, hablar y actuar le hacían ver que estaba o bebido o drogado y, cuando él de nuevo iba a empujarla, Elisa se apartó y le advirtió:

—Yo que tú no lo haría.

El chico volvió a reírse, estaba descontrolado, y, Elisa ignorándolo, miró a la muchacha y dijo:

—Vente conmigo. Te llevaré a tu casa. No te quedes aquí con él.

La chica comenzó a sollozar y Elisa rápidamente intentó calmarla, sin percatarse de que su novio se alejaba. Cuando oyó un golpe, levantó la vista y, al ver que aquel troglodita había tumbado una moto que estaba allí aparcada de una patada, gritó:

—¡¿Se puede saber qué haces, imbécil?!

—Meterme donde no me importa, como haces tú.

Aquel chulo de manual se merecía dos tortazos y, cuando se acercó hasta él, dispuesta a sobarle el morro, el sonido de la sirena de la policía la detuvo.

Segundos después, del coche patrulla bajaron dos agentes y del portal de al lado salió un hombre, que dijo mirándolos:

—Os he llamado yo.

—¿Qué ocurre? —preguntó uno de los polis.

Sorprendida al reconocer a Antonio, Elisa lo miró, y el hombre explicó:

—Ese niñato estaba gritando y empujando a la muchacha. Luego ha aparecido ella para defenderla, y ese malnacido, además de insultarla e intentar agredirla, ha tirado esa moto.

Los policías enseguida miraron a Elisa y ésta asintió. De inmediato, uno de ellos exigió dirigiéndose al chaval:

—Documentación.

El chico comenzó a gritar muy enfadado. Insultó al vecino, a Elisa, a la novia, a los policías, hasta que la agresividad por lo que había tomado pudo con él y los policías tuvieron que reducirlo, esposarlo y meterlo en el coche patrulla.

Como era de esperar, el barrio se alborotó y muchos vecinos bajaron a la calle para ver qué ocurría. La mujer del hombre que había llamado a la policía bajó en bata, y junto al resto trató de consolar a la muchacha, que lloraba y lloraba.

En ese momento, Antonio se acercó a ella.

—¿Te encuentras bien?

La chica negó con la cabeza, y el policía preguntó:

—¿Cómo te llamas?

—Isabel.

Al oír el acento de la muchacha, Elisa preguntó a su vez:

—¿Eres de Madrid?

Ella negó y, mirando hacia el coche donde estaba su novio encerrado, musitó:

—Soy... de Algeciras.

—¿Dónde está tu familia?

—En Algeciras.

Antonio asintió e, intuyendo, preguntó:

—Lo conociste y te viniste a vivir con él a Madrid, ¿verdad?

Llevándose las manos a la boca, la joven asintió y murmuró:

—Lo... lo conocí por internet hace siete meses y... y yo...

Desesperada, se limpió las lágrimas que rodaban por su rostro, y entonces Antonio cuchicheó:

—Internet. ¡Qué raro!

Al oír eso, sin saber por qué, Elisa sonrió; entonces el policía preguntó:

—¿Quieres que llamemos a tus padres?

La chica, horrorizada, no supo qué contestar, pero el poli insistió:

—Isabel, ¿quieres presentar denuncia?

Al oír eso, Elisa, sin apartar la mirada de la chica, y consciente de lo que había presenciado, dijo:

—Deberías hacerlo. Tienes que pararle los pies a ese tipejo.

De nuevo, la muchacha se derrumbó y los vecinos la consolaron.

Aquel tipo de situaciones eran desesperantes, y Antonio, que estaba junto a Elisa, comentó al ver su gesto:

—Esta generación, que debería ser más lista, igualitaria y espabilada, dispara las cifras en cuanto a la violencia de género. Ni te imaginas la cantidad de adolescentes que son agredidas por sus parejas a diario. Sin lugar a dudas, algo tenemos que estar haciendo mal.

Elisa asintió al oírlo. Lo que decía era totalmente cierto, y, cuando iba a contestar, él preguntó mirándola:

—¿Se te ha pasado ya el enfado por lo que mi perro te hizo en la rueda?

Ella resopló y cuchicheó:

—¿Acaso eres como Dios y estás en todos lados?

Eso hizo que Antonio sonriera pero no respondiera. Y, sin más, volvió a acercarse a la joven y, tras alejarla de los vecinos, comenzó a hablar con ella. En silencio, Elisa escuchó. La muchacha sólo tenía diecinueve años, y estaba tan sometida al que consideraba su novio que era incapaz de contrariarlo, pero enseguida lo excusó, añadiendo que él la quería mucho.

—Isabel —dijo Antonio—, los celos, las coacciones y la dominación nunca son una demostración de amor. Créeme que es así...

—Pero yo lo quiero, y sé que él también a mí —insistió ella.

Antonio miró a Elisa, que observaba en silencio, y seguro de lo que decía indicó:

—Mira, ahora mismo estás tan enamorada de él que no ves el peligro que estás corriendo. Por mi trabajo veo cosas muy desagradables, pero, dejando de lado la parte laboral, te contaré que yo mismo viví en mi casa con mi hermana lo que tú estás viviendo en la actualidad. Hace años, ella conoció a un tipo llamado Tomás, se enamoró locamente y él la eclipsó. Eva tenía unos espectaculares ojos azules y, de pronto, se empeñó en ocultarlos tras unas lentillas marrones. Más tarde nos enteramos de que lo hacía porque Tomás la obligaba; según él, llamaban mucho la atención. La llamaba *puta*. La controlaba. Le pegaba. Su relación era tóxica, como intuyo que es ahora la tuya, pero, por suerte, Eva pidió ayuda y ahí estuvimos todos para ayudarla. Con esto te quiero decir que, si tú quieres, puedes salir de la relación tóxica que te está destrozando la vida. Hay infinidad de medios que te pueden ayudar. No vas a estar sola.

La joven sollozó y Antonio, con profesionalidad, indicó mirando a Elisa:

—Esta señorita y el vecino que nos ha llamado por teléfono te han demostrado que no estás sola. Han dado la cara por ti sin conocerte de nada. Si tú quieres, podemos llamar a tus padres para que regreses con ellos, y también puedo ponerte en contacto con personas que te pueden ayudar.

Elisa asintió y, viendo a la muchacha descuadrada por completo, insistió cogiéndola de la mano:

—Escucha lo que te dice Ant... el policía y sé lista. Somos muchos los que podemos ayudarte. Sólo tienes diecinueve años y toda la vida por delante para ser feliz. Regresa con tu familia. Recupérate. No permitas que alguien que no te merece destroce tu autoestima ni te aísle. Recupera el control de tu vida, Isabel. Y, por favor, no te sientas culpable por intentar salir de algo que te hace infeliz. En cuanto a sus chantajes, que te entren por un oído y te salgan por el otro. Tú eres fuerte y tú lo vas a conseguir.

Isabel asintió. Sabía que aquéllos llevaban razón, y, mirando a Elisa, preguntó:

—¿Vendrías conmigo a poner la denuncia?

—Por supuesto que sí.

* * *

Una hora después, tras poner la denuncia en comisaría, mientras Isabel hablaba por teléfono entre lloros, Antonio se acercó a Elisa.

—Está hablando con su familia. Mañana regresará a su casa.

—Me alegro mucho —dijo ella con una sonrisa.

Estuvieron unos minutos en silencio hasta que aquél musitó:

—Me agrada saber que recuerdas mi nombre.

Elisa sonrió.

—¿Recuerdas tú el mío?

Él arrugó el entrecejo, miró hacia los lados y, cuando vio que aquélla iba a soltarle un borderío, cuchicheó:

—¡Elisa! Por cierto, ¿lo usaste?

Divertida, ella sonrió. Sabía que se refería al preservativo y, moviendo la cabeza, musitó:

—Mira que eres tonto.

Encantado por verla sonreír, él bajó la voz y murmuró:

—Señorita, está usted faltando al respeto a la autoridad y voy a tener que detenerla.

Elisa puso los ojos en blanco, y aquél añadió:

—En cuanto a mi perro, te pido disculpas en mi nombre y en el de *Rocky* por la licencia que se tomó en tu coche. Que sepas que lleva un mes castigado sin ver Netflix ni tomar sus chuches preferidas.

Elisa volvió a sonreír.

Si algo adoraba en las personas era el sentido del humor, e indicó:

—Disculpas aceptadas. Y, por favor, que *Rocky* vuelva a ver Netflix y tome sus chuches. ¡Pobrecito!

Estaban mirándose con una sonrisa cuando apareció el compañero de aquél y dijo:

—Antonio, pelea de bandas en Lavapiés.

Él asintió y Elisa, dejándose llevar por un impulso, sacó su móvil del bolsillo y, poniéndolo ante él, dijo:

—¿Qué tal si te haces una llamada perdida?

Sorprendido por aquello, Antonio cogió el teléfono y tras llamar a su número, se lo devolvió, y ella murmuró:

—El primer paso ya lo he dado yo. El segundo corre ahora de tu cuenta.

Y, dicho eso, le guiñó el ojo y, con una seguridad que llevaba mucho tiempo sin sentir, Elisa salió de la comisaría y paró un taxi.

Esa noche, cuando llegó a su casa, sonreía de una manera especial. Sin duda había cogido de nuevo las riendas de su vida. Y pensó que conocer a alguien cara a cara, sentir su mirada, percibir su olor y ver su sonrisa era mil veces mejor que ligar por internet.

48

Pasaron más de tres meses, durante los cuales Venecia siguió viéndose con Carlos mientras escribía en el blog sin querer pensar en nada más. Él no volvió a mencionar la propuesta que le había hecho en Nápoles y, aunque quedaban a menudo y estar con ella le parecía especial, algo en él había cambiado y había empezado a salir más asiduamente con otras personas.

En ese tiempo, Elisa, sin contarles nada a sus amigas, se había permitido conocer a Antonio, el policía.

Rosa se centró en ella, en sus hijos, en su trabajo y en disfrutar en la intimidad del señor *Potrosky*.

Y Silvia se dio cuenta de que, además de la fría vida que ella llevaba, había otra más cálida y entrañable, donde un domingo al sol en El Retiro junto a Alfredo y las niñas valía mucho más que una noche de sexo ardiente con un desconocido.

Un sábado, mientras estaba en la cama tras haber pasado la noche anterior de juerga con sus amigas hasta las siete de la mañana, Venecia notó que algo mojado se paseaba por su mejilla. En varias ocasiones intentó secarse, pero la humedad continuaba, hasta que, abriendo los párpados, se encontró con los ojillos redondos de su perra *Traviata*, que le chupaba la cara para despertarla.

—Es muy tarde, ¿verdad?

Traviata rápidamente dio un ladrido y Venecia, cogiendo su móvil, lo miró y, al ver la hora que era, murmuró:

—Madre mía, las dos y media de la tarde... Vas a reventar.

Se tiró de la cama y entonces vio un brazo que asomaba por debajo de la sábana. La levantó y se encontró con Silvia, que dormía. Fue hasta el baño sonriendo, se lavó los dientes, se recogió el pelo y, tras ponerse unos vaqueros y una camiseta, cuando iba a calzarse las zapatillas de deporte, se quedó mirando su tobillo y murmuró:

—Joderrrrrrrrrr.

En ese instante, la puerta de la habitación se abrió y entró Elisa en bragas.

—¿Cómo me dejé convencer? —gruñó—. ¡¿Cómo?!

Segundos después entró Rosa en tanga y, mirándolas, cuchicheó señalándose el tobillo:

—*Mare de Déu!* ¿Esto es de verdad?

Las amigas se miraban, hasta que Silvia se sentó en la cama y Elisa, que odiaba los tatuajes, exclamó fuera de sí:

—¡¿Alguien me lo puede explicar?!

Venecia parpadeó. Las cuatro llevaban el mismo tatuaje en el tobillo, las letras «CSF». Y Silvia, sonriendo, se retiró el pelo del rostro y declaró:

—¡Perfecto! Anoche inauguramos el club.

Sin dar crédito, Venecia se tapó la boca para no reír, y Elisa, horrorizada por aquel tatuaje, protestó:

—CSF... ¡CSF! Por favor..., ¡que alguien me diga que es bolígrafo!

Silvia resopló y, mirando a su amiga, cuchicheó:

—Lo siento, flor, ¡pero no!

—Qué escándalo... ¡Yo, tatuada! —musitó Rosa parpadeando.

Enfadada, Elisa maldijo y siseó dirigiéndose a Venecia:

—¡Te odio!

Ella asintió al oírla. Recordaba haber sido la instigadora para hacerse el tatuaje la noche anterior. Ella lo había propuesto, y las demás aceptaron. Nadie obligó a nadie. Y, sin tomárselo a mal, se encogió de hombros y repuso:

—Ponte a la cola..., creo que Rosa también me odia.

La aludida, que se estaba dando aire con la mano, se sentó en la cama y dijo:

—A ver..., a ver... Tengo que inventarme algo. Cuando lo vean los niños me van a preguntar... Puedo... puedo... decir que pone «Corazón sin Fronteras», o «Chicas súper Finas»...

—O «Coches sin Fusibles»... —se mofó Venecia—. «Cacharros sin Fregar» o «Cristianos sin Fe».

Elisa rio al oírlas. Lo hecho hecho estaba y, suspirando, añadió:

—¿Qué te parece «Capilla Servicios Funerarios»?

Rosa, dentro de su horror, no sabía qué decir, cuando Venecia añadió:

—Me gusta más «Cachondas sin Frenos».

—«¡Cachonda Salvaje y Folladora!»

—¡Silvia! —protestó Rosa ante las risas de sus amigas.

Ella las miró. Estaban como verdaderas cabras, e indicó:

—Voto por «Corazón sin Fronteras».

Finalmente se pusieron todas a reír.

Lo que no les ocurriera a ellas no les ocurría a nadie; entonces Rosa, secándose las lágrimas de los ojos, murmuró:

—Siempre hablamos de hacernos un tatuaje en común.

—Pues ya lo hicimos —se mofó Silvia mirando su tobillo.

—«Cabronas sin Fronteras»..., ¡la madre que nos parió! —Elisa sonrió.

Cuando por fin consiguieron tranquilizarse, Rosa susurró mirando a Venecia:

—Estoy horrorizada. No puedo decir que pone «Cabronas sin Fronteras». Tengo treinta y seis años, no quince, y soy la madre responsable de tres hijos.

De nuevo rieron, y Venecia musitó:

—De acuerdo. Oficialmente pone «Corazón sin Fronteras». Y cuando nos pregunten diremos que en una época de nuestras vidas colaboramos con una ONG que se llamaba así y que eso nos marcó, ¿de acuerdo?

—Me gusta más «Cachondas sin Frenos» —volvió a decir Silvia.

Rosa suspiró y, sin querer escucharlas más, se levantó de la cama y dijo:

—Tengo que irme. Mi ex me llevará a los niños a casa dentro de un par de horas.

—Yo también me voy —afirmó Elisa.

Una vez que Rosa, Elisa y Silvia se vistieron, Venecia las acompañó hasta la calle con *Traviata* y, cuando aquéllas desaparecieron, la joven miró a su perra y cuchicheó:

—Es para matarnos. Con la edad que tenemos y seguimos siendo unas inconscientes.

* * *

Tras dar un paseo con la perra, cuando regresó a la casa se dio una ducha y, después comió algo para, posteriormente, tirarse en el sofá. Estaba muerta.

Su teléfono sonó de pronto. Había recibido un mensaje. Carlos.

Toc..., toc... ¿Hay alguien ahí?

Al leer aquello, sonrió y escribió:

Pero bueno, ¿tú?

Ahora el que sonrió fue él. Había estado veinticuatro horas trabajando.

Acababa de llegar a su casa y, deseoso de saber cómo estaba, respondió:

Aun a riesgo de quedarme dormido,
¿te apetece tomar un café?

Ella lo pensó un momento y luego aceptó encantada.

Veinte minutos después, tras despedirse de *Traviata*, se dirigió a casa de él.

Tras aparcar, fue hasta su portal y, una vez que Carlos le abrió el portal, Venecia, al ver el ascensor otra vez estropeado, musitó:

—Noooooooooooooo...

Con paciencia, subió los tres pisos y, cuando llegó hasta la puerta de aquél, vio que la estaba esperando con una sonrisa y una cerveza bien fresquita.

—Te la mereces.

Acalorada y sedienta, Venecia cogió la cerveza y, tras darle un trago, murmuró:

—Pero ¿aquí nunca arregláis el ascensor?

Encantado de verla allí, él la besó en los labios y repuso:

—No digas nada, pero lo rompo yo para que, cuando llegues a mi casa, estés acalorada y...

Divertida por su comentario, Venecia soltó una carcajada y, en cuanto entró en el piso, Carlos preguntó interesado:

—¿Qué tal tu noche?

Al recordarla, Venecia sonrió y, sin hablar del tatuaje que se había hecho con sus amigas, contestó:

—Garrafón, risas y buen rollo. ¡Genial!

—Y te ha faltado decir *hombres* —señaló Carlos.

—Eso no hace falta decirlo —replicó ella—. Se da por sentado.

Carlos asintió. Y, aunque la rabia le podía, calló, era lo mejor. A continuación, cogiéndola de la mano, comentó:

—Ven. Tengo algo para ti.

—¿Para mí?

Siguiéndolo, ambos entraron en el piso. En el salón, Venecia saludó a *Homer* y entonces Carlos, tendiéndole algo, indicó:

—Toma. En Nápoles me dijiste que te gustaría tenerla.

Sorprendida, Venecia cogió lo que él le tendía y, al abrirlo y descubrir que se trataba de la banda sonora de la película *Ha nacido una estrella* protagonizada por Lady Gaga y Bradley Cooper, algo en su interior se removió. Aquel detalle era muy bonito.

Pero no. No podía dejarse vencer por las emociones y, parapetándose en su estudiada máscara de indiferencia, indicó:

—Gracias..., ¡es chulo!

Ver el desconcierto en la mirada de la joven hizo que Carlos sonriera, y entonces ella preguntó:

—¿Y este regalo a qué se debe?

—Tan sólo lo vi, me acordé de ti y te lo compré.

A Venecia se le revolvió el corazón de nuevo y, mirándolo, musitó:

—A ver, Cancún...

—¡¿Qué?! —musitó él acercándose—. ¿Qué pasa?

Y, dando un paso atrás para alejarse de él, ella indicó:

—Follamigos.

—No me gusta esa palabra contigo.

—Lo tomas o lo dejas. Es lo que hay.

Carlos suspiró. Cada día estaba más cansado. Aquella mujer lo confundía. Tan pronto se lo daba todo como se lo arrebataba, y, acercándose a ella, le quitó el CD de las manos y, mostrándose indiferente para no parecer un gilipollas, dijo:

—Esto es un CD de música, no un anillo de compromiso. ¿Dónde ves la similitud?

Venecia sonrió al oír aquello, y Carlos prosiguió:

—Soy un tipo detallista y, si veo algo que a alguien que aprecio le puede gustar, no dudo en comprárselo, siempre y cuando esté dentro de mis posibilidades. —Ella asintió, y él añadió—: Pero si crees que este regalo es algo más, me lo quedo. No hay ningún problema.

—¡De eso nada! —dijo ella quitándoselo de nuevo.

Quería ser una cabrona, pero no era tonta. Y, sonriendo, ambos se miraron. La conexión entre ellos era tremendamente especial y, al ver su rostro agotado por las horas de trabajo, Venecia murmuró olvidándose de su frialdad:

—Menuda cara de cansancio tienes.

Carlos asintió. Sabía lo agotado que estaba. Los turnos de veinticuatro horas eran matadores, pero, sin medir sus palabras, soltó:

—Tenía ganas de verte.

Venecia se tensó de nuevo al oír eso, y él se apresuró a aclarar:

—Para darte el regalo, ¡señorita mal pensada!

Ambos rieron y ella, abriéndolo, sugirió:

—¿Lo escuchamos?

Carlos asintió y, cuando ella se lo entregó, lo puso en el equipo de música. Instantes después, el sonido de una guitarra comenzó a sonar y él, mirándola, comentó subiendo el volumen a tope:

—Qué buena intro.

Sonriendo, ella observó los movimientos secos y sensuales que él hacía imitando tocar la guitarra. Carlos era sexy, increíblemente sexy, y, deseando disfrutar de aquel hombre, se acercó a él y lo besó. Lo besó con deseo, con ansia, con pasión y, cuando el beso acabó y la romántica canción *I Don't Know What Love Is* empezó, al recordarle su viaje a Nápoles y la proposición que él le había hecho, murmuró:

—Olvida todo lo que ocurrió allí. ¿Entendido?

Confundido por lo que sentía hacia aquella mujer, él no se movió. No quería pensar en nada más y, cogiéndola entre sus brazos, se la llevó a su habitación, donde, con rabia, deseo y desazón, le hizo el amor, mientras la música seguía sonando no sólo en su corazón.

Dos horas después, tras una excelente sesión de sexo, cuando estaban sobre la cama desnudos, él miró su tobillo y preguntó:

—«¿CSF?» ¿Qué es «CSF»?

Venecia sonrió al oírlo y, no dispuesta a decirle la verdad, respondió:

—«Corazón sin Fronteras» —Y, antes de que siguiera preguntando, añadió—: Fue una ONG para la que colaboramos las chicas y yo hace años. Y, bueno, anoche nos dio el punto y nos lo grabamos las cuatro en la piel.

Carlos asintió. Y no preguntó más. Él mismo tenía varios tatuajes en los brazos y en la espalda. Los consideraba algo muy personal y, cuando un bostezo lo asaltó, Venecia comentó divertida:

—Vale..., vale... Mensaje recibido.

Rápidamente, él la agarró. No quería que se marchara, pero ella, mirándolo, dijo:

—Son las ocho de la tarde. Estás cansado. Mañana yo trabajo y tengo que irme.

Con pesar, él le soltó el brazo. No quería atosigarla. Sin moverse de la cama, vio cómo se vestía y, una vez que hubo acabado, murmuró:

—Sería feliz si te volvieras a desvestir.

Divertida, ella sonrió y, acercándose a él, le dio un beso en los labios.

—Duérmete. Estás agotado.

En cuanto ella se incorporó, él lo hizo también. Se puso unos calzoncillos y luego, cuando llegaron al salón, después de que Venecia achuchara al perro y al gato, se dirigió hacia el equipo de música y, ante la atenta mirada de Carlos, dijo sacando el CD:

—Me llevo mi regalo.

—Tuyo es.

Tras guardarlo en el bolso, volvió a acercarse a aquél, que la miraba con los ojos enrojecidos, y, besándolo en la punta de la nariz, dijo intentando ser fría e impersonal:

—Ahora, a dormir como un chico bueno, ¿entendido?

Carlos sonrió. Estaba agotado. Deseó preguntarle cuándo volverían a verse, pero, consciente de que hasta el momento sólo se veían siempre que a ella le apetecía, afirmó:

—Te aseguro que te voy a hacer caso.

Con una sonrisa, obvió besarlo en la boca y, tras guiñarle el ojo, ella se despidió.

—Adiós, Cancún. ¡A dormir!

Una vez que hubo salido de la casa y cerró la puerta, Carlos resopló. ¿Por qué no le había dado un beso de despedida?

Estaba acostumbrado a conocer a cientos de chicas. A *groupies* que seguían al grupo y que se morían por estar con él, y él tenía que ir a fijarse en una que tan pronto le daba una de cal como otra de arena. Estaba pensando en ello cuando notó que la gata se restregaba contra sus pies y, mirándola, murmuró:

—Como dice Alfredo, ¡qué raras sois las mujeres!

49

Al viernes siguiente, por la tarde, las chicas estaban en casa de Rosa.

—Si vierais lo guapa que está Macarena con sus mechas azules cobalto, ¡no os lo podríais creer! —comentó Silvia orgullosa—. Tan mona, ¡tan linda!

—Pareces la madre del año, Silvia. Sólo te falta decir «Mi Macarena» y «Mi Sonia» —se mofó Elisa al oírla.

La aludida sonrió. Ni ella misma se entendía.

—Al final veo que la niña lo ha conseguido —dijo Venecia sorprendida.

Silvia asintió y, mirándola, afirmó:

—La llevé a la peluquería de mi amiga Cari y se las hicieron.

—¿Su padre lo permitió? —preguntó Rosa.

—Me dijo: «¡Llévala o la mato!» —añadió Silvia.

Entre risas se contaban sus vidas cuando Elisa musitó:

—Ni te imaginas lo feliz que me siento por ti, Silvia.

—Veamos lo que dura, no las tengo todas conmigo —cuchicheó sin perder la sonrisa.

Estaban sonriendo por aquello cuando a Rosa le sonó el móvil y, sorprendida, exclamó:

—Ay, la Virgen..., ¿y esto qué es?

A lo que su amiga le enseñaba, Silvia dijo como experta en el tema:

—Tal como me pediste, te sincronicé tu perfil de la página «Tú y yo, ¿por qué no?» con el móvil para que te llegaran los avisos. Y eso es que alguien quiere contactar contigo.

Boquiabierta, Rosa no supo qué decir, y su amiga añadió:

—Vamos. Entra en la página y veamos quién te ha escrito.

Desconcertada, Rosa accedió a la página con sus claves y, cuando apareció ante ellas el perfil de un tal José Roberto, Venecia murmuró:

—Por Dios..., si parece Thor con tanto músculo.

—*Mare de Déu!* —cuchicheó Rosa.

Boquiabiertas, todas miraron las fotos que aquél tenía en su perfil.

Fotos haciendo senderismo, esquiando y, la gran mayoría, en el gimnasio, y Venecia musitó:

—Anda que no le gusta a éste exhibirse.

Entonces sonó el aviso de un wasap en su propio teléfono.

¿Nos vemos?

Era Carlos, y contestó:

Noche de chicas.

Segundos después, Venecia recibió:

Pásalo bien.

Risas. Muchas risas, hasta que Rosa, mirando la foto de otro de sus pretendientes, susurró:

—Wooooo, ¡éste me gusta! Y me pregunta si podemos conocernos.

Todas lo miraron. El tipo estaba muy bien, y Rosa leyó:

—Sergio. Cuarenta y dos años. Profesor de universidad. Ojos marrones. Pelo castaño. 1,80. Cinéfilo, lector y soltero. ¡Menudo partidazo!

—No os fieis mucho de las fotos que la gente cuelga en estos perfiles, en ocasiones dejan mucho que desear —explicó Venecia con una sonrisa.

Divertida, Silvia asintió y, mirando a su amiga, preguntó:

—¿Te apetecería conocer al profesor?

Rosa, al ver el gesto de aquéllas, sonrió y, envalentonada, dijo:

—Sí. Sin duda mi tatuaje y el señor *Potrosky* me están haciendo espabilar.

—¡Rosa María! ¡Estás convirtiéndote en toda una cabrona! —aplaudió Silvia encantada.

Finalmente, Rosa le envió un mensaje a su pretendiente y quedó con él esa noche a las once en un local llamado Wimiledia, que estaba cerca de Fuencarral. Irían las cuatro amigas y, dependiendo de las vibraciones que notaran, aquélla seguiría adelante con su cita o se irían todas de fiesta.

Tras recibir las pizzas que habían encargado para cenar, Elisa comentó:

—Madre mía, Venecia, la que tienes liada en el blog.

Ella sonrió y, cogiendo un trozo, cuchicheó:

—Me quedan sólo dos entradas más. Cuando acabe el contrato, he decidido no renovar. Mi jefe está que trina. Pero tengo claro que el blog «Cabronas sin Fronteras» acaba su andadura aquí.

—Harás bien. ¡Muy bien! —afirmó Silvia.

—Pero ¿qué dices? Si te pagan un pastizal...

Venecia asintió.

—Lo sé —dijo dirigiéndose a Elisa—. Pero en esta vida no todo es dinero.

—También es verdad —afirmó su amiga.

—No sigas, Venecia..., recuerda lo que te dijo Silvia del karma —cuchicheó Rosa. Y, recordando lo último que había leído, preguntó—: ¿En serio te encontraste con Cancún cuando estabas cenando con ese tal Domenico y el tío no te lo reprochó?

Ella asintió y, tras tragar el trozo de pizza, afirmó:

—Ni una mala cara. Ni un mal gesto. Al revés, me sonrió y me animó a pasarlo bien.

—¡Es un santo! —declaró Rosa.

—O un huevón —cuchicheó Silvia.

Venecia suspiró. Lo que había entre ella y Carlos la desconcertaba cada día más y, convencida de que aquello tenía que terminarlo, preguntó:

—¿Habéis visto la entrada que he subido hoy?

Como lobas, las tres amigas abrieron la página del blog desde su teléfono y, mientras aquélla seguía comiendo pizza, las demás leyeron:

Cine..., el que yo dije.

Cena..., donde yo elegí.

Copa..., donde yo indiqué.

El caso es que la otra noche, agotada por tener que tomar todas las decisiones importantes en nuestra cita, también decidí quedarme a dormir en su casa.

A ver, ¡quería un masaje con final feliz! (Y, oye..., lo tuve.)

En el tiempo que hace que conozco a Cancún nunca me había quedado a dormir en su casa, y hay que ver la ilusión que le hizo. Y esta mañana, cuando me he despertado, al verlo tan dormidito, tan mono, tan cucuruchi, he decidido ser buena y no molestarlo. Por ello, me he levantado de la cama y me he ido al comedor. Allí, tras saludar a sus animaletes, he encendido la tele y he visto un capítulo de «Juego de tronos». ¡Qué morbo tiene John Nieve, por favor!

Cuando ha terminado el capítulo, me he quedado mirando la estantería repleta de CD de música. Sí..., sí..., la que tiene ordenada alfabéticamente, y he pensado: «¿Cómo quedaría ordenada por colores?».

Y, ea..., me he puesto manos a la obra.

Vale..., soy una cabrona, ¡lo sé!... ¡Lo asumo!

Pero, oye..., ¡menudo tute me he dado!

Como músico y amante de la música que es, tiene más de seiscientos CD y, en cuanto he acabado, estaba mirando mi obra de arte multicolor cuando el bello durmiente ha aparecido en el salón y yo, orgullosa de mí, le he preguntado: «¿Qué te parece? Te los he ordenado por colores».

Uisss..., colores..., colores...

El color que ha empezado a cambiar ha sido el de su rostro. Tan pronto estaba rojo como azul, para pasar al verde o al anaranjado, y finalmente, de nuevo, regresar al rojo.

Pobre, ¡me ha dado hasta pena! Y yo, cabrona de mí, al ver que sólo me miraba y no respondía, he insistido: «¿No crees que así queda más bonito, divertido y colorido?».

Para matarme. A mí me hacen algo así y, como poco, le arranco la cabeza, pero él tan sólo se ha rascado la suya y por último, sonriendo como siempre, va y me suelta: «Que sepas que me voy a acordar de ti y de toda tu familia cada vez que busque un CD».

Y, ¡pispás!, ¡no ha dicho más!

Pero, vamos a ver, hombre, ¡protesta! ¡Di algo!

¿De verdad está tan colgado por mí que es incapaz de regañarme?

¿Tú qué opinas?

CABRONA

Cuando las amigas de Venecia acabaron de leer aquello, Silvia indicó mirándola:

—¿Que qué opino? Pues que eres una cabrona.

—Eso ya lo sé —se mofó ella.

Las tres amigas se miraron, y Rosa, dejando el móvil, murmuró:

—*Mare de Déu*, Venecia...

—¿No crees que te estás pasando? —preguntó Elisa.

Venecia asintió. Nadie mejor que ella sabía lo mucho que se estaba pasando con Carlos, e indicó:

—Por eso no voy a renovar. Sé que echaré en falta el dinero que me dan por subir lo que subo, pero no..., no puedo continuar con el blog.

De nuevo todas se miraron y Silvia, mofándose, musitó mientras levantaba las manos al techo:

—Gracias, Dios mío..., gracias por dejarme ver que mi amiga sigue ahí, dentro de ese cuerpo de cabrona.

A las diez, las cuatro se prepararon y, montándose en el coche de Venecia, se dirigieron hacia la calle Fuencarral. Rosa tenía una cita.

50

Una vez en el local, Rosa estaba expectante y, mientras esperaban en una mesa, tras recibir un mensaje de Alfredo, Silvia comentó sonriendo:

—Mañana voy al cine a ver *Capitana Marvel.*

—¿Vas con el churri? —se mofó Elisa.

Ella asintió.

—Y con las niñas. Quieren ver esa película.

Todas la miraron. Como siempre, con Silvia era o todo o nada, y afirmó:

—Vale, lo admito. Estoy *enconejada*, ¡no puedo mentir!

—Síiiiii —exclamó Rosa feliz.

—Va a sonar fatal lo que voy a decir —suspiró Silvia—, pero siento que ese hombre es demasiado bueno y decente para mí.

—Pero qué tonterías estás diciendo —gruñó Venecia.

Silvia asintió y, mirando a su amiga, afirmó:

—Créeme, además del loco que canta y se deja la voz en el escenario vestido con estrafalarias camisetas de colores, que suele quitarse para deleite de las asquerosas de sus *groupies*, Alfredo es también un tipo paciente, cariñoso, consecuente, equilibrado y estupendo, y yo ya sabes que soy entre regular y vamos viendo. ¡Una cabrona, vamos!

—Silvia...

—Venga, no digas tonterías —musitó Elisa.

—Es cierto, chicas. Llevo tantos años sola, haciendo lo que me sale del mismísimo, que a veces, cuando estoy con Alfredo, pienso: «Pero ¿qué estoy haciendo?».

Cada una dio su punto de vista al respecto, y entonces Elisa soltó:

—¡Estoy embarazada!

Según dijo eso, todas la miraron, y aquélla afirmó:

—De doce semanas.

Rosa, a la que las impresiones siempre le jugaban malas pasadas, al oír eso, musitó sintiendo un conocido calor:

—Ay, madre..., ¡que me estoy mareando!

—Rosa, por Dios —se quejó Silvia mirándola.

Segundos después, cuando ella les hizo saber que estaba mejor, Elisa, intentando responder a los cientos de preguntas de sus amigas, dijo como en una nube:

—Se llama Antonio. Es vasco, y policía. Posee una sonrisa maravillosa y un sentido del humor de esos que a mí me gustan. Tiene un perro llamado *Rocky* que es un amor y, chicas..., estoy *enconejada* hasta las trancas de él.

—Y embarazada —matizó Venecia, todavía estupefacta.

Elisa asintió, y Rosa murmuró:

—La Virgen... Pero ¿cómo ha ocurrido?

Al oír eso, Elisa preguntó con una sonrisa:

—¿El qué? ¿El *enconejamiento* o el embarazo?

Todas rieron, y Silvia replicó:

—Rosa de mi vida..., qué preguntas haces.

—Si no os hablé de él fue porque quería entender qué me estaba pasando antes de contároslo —dijo Elisa—. Pero, de pronto, ¡zas!, embarazo. Se lo cuento y él... —Y, parándose, abrió su bolso, sacó una cajita de él y, emocionada, añadió—: ¡Va y me pide que nos casemos!

—*Mare de Déu!* ¡Qué pedrolooooo! —exclamó Rosa.

Las chicas miraban el precioso anillo cuando Elisa, sonriendo, indicó:

—Antonio, en cuatro meses, me ha regalado lo que Lorenzo nunca se planteó.

—¡Muerta me dejas! —Silvia rio.

—Es precioso —afirmó Venecia admirándolo.

De nuevo las amigas la observaron sorprendidas y entonces Silvia, dándose aire con la mano, afirmó:

—Creo que la que se está mareando ahora soy yo.

Venecia sonrió, miró a Elisa y preguntó cogiéndole la mano:

—¿Eres feliz?

—Mucho —afirmó ella y, emocionada, añadió—: Nunca me imaginé que podría conocer a un tipo tan especial como lo es Antonio y..., bueno, ¡que me pasaría todo lo que me está pasando con él! Al final va a ser cierto eso de que en ocasiones suceden cosas bonitas cuando ni las esperas ni las buscas.

Reían felices cuando Rosa, mirando hacia la puerta de entrada del local, susurró:

—¡Wooooooooooooo, *Mare de Déu*!

Todas siguieron la dirección de su mirada. Acababa de entrar su cita. Y ella, tapándose la cara con el pelo, cuchicheó:

—¿Soy yo o la foto que ese tío tiene puesta en su perfil es de cuando hizo la comunión?

Silvia sonrió y, acostumbrada a eso, repuso:

—Te lo dije...

Rosa asintió, pero murmuró horrorizada:

—Ay, madrecita de mi vida... Pero ¿cuántos años puede tener?

—En el anuncio ponía que cuarenta y dos —dijo Elisa.

—¡En cada pestaña! —silbó Venecia.

Muerta de risa, Silvia lo miró. La verdad era que el tipo era un cuadro, y Rosa, horrorizada, murmuró:

—Por favor..., por favor..., por favor... ¡Huyamos de aquí a la de ya!

Pero lo tenían complicado. El hombre se había sentado a una mesa cerca de la puerta y, en el momento en que Rosa se levantara, la reconocería. Por ello, Silvia, que tenía más rodaje que ellas, anunció:

—Éste es el plan. Me levanto. Voy hacia él en plan lagarta. Le pregunto la hora y vosotras rápidamente pasáis por detrás de mí sin dar el cantazo y me esperáis en la calle, ¿entendido?

Las chicas asintieron y, cuando Silvia se levantó, Elisa murmuró muerta de risa:

—Desde luego, Rose Mary..., mira que eres lianta.

—¡¿Yo?! El liante es él, que pone una foto que no se corresponde con la realidad.

Venecia, que las escuchaba, sonrió y, al ver que Silvia se apoyaba en la mesa de aquél y las tapaba, indicó:

—Vamos. Es el momento.

Semiescondida entre Venecia y Elisa, Rosa se dirigió hacia la puerta, pero en su camino chocó con un camarero. La bandeja de éste cayó al suelo y el ruido atrajo las miradas de todo el mundo.

—¡Lo siento! —musitó ella.

Consciente de lo ocurrido, Silvia se movió con rapidez para tapar a Rosa y dijo en un tono cargado de sensualidad:

—Muchísimas gracias por decirme la hora. Eres muy amable. —Y, pestañeando para que aquél no le quitara el ojo de encima, preguntó—: Por cierto, llevas una americana preciosa. ¿De qué marca es?

—Emidio Tucci —afirmó él, orgulloso como un pavo.

Con el rabillo del ojo, Silvia vio que sus amigas salían del local y, sonriendo, comentó:

—Uis, he quedado con mi marido y no quiero llegar tarde. ¡Adiós!

A él le cambió la expresión, y Silvia, tras guiñarle un ojo, dio media vuelta y se marchó.

Una vez en la calle, se acercó a sus amigas y, mirándolas, gruñó:

—Pero ¿cómo sois tan torpes?

Tras decir eso, todas rieron a carcajadas y, divertidas, se alejaron de allí.

Animadas por Elisa, cogieron un taxi para ir hasta Las Vistillas, eran las fiestas de ese barrio y querían disfrutarlas.

Tras comprarse unos refrescos en un puestecillo, las cuatro amigas iban caminando cuando de pronto Elisa se detuvo. A escasos pasos de ella estaba Antonio, el poli, vestido de civil, riendo con un grupo de gente.

Al ver la expresión de su amiga, Rosa, que iba a su lado, preguntó:

—¿Qué pasa?

Elisa señaló con el dedo y, mirando a sus amigas, declaró:

—Queridas Cabronas sin Fronteras, os presento a Antonio.

Todas lo miraron. El tipo era mono. Moreno. Ojos grandes, bonita sonrisa, y Rosa cuchicheó:

—Uisss..., qué poli más sexyyyyyy.

—Tonta no eres, no... —se mofó Silvia al escanearlo.

Al ver el gesto divertido de Elisa, Venecia preguntó entonces:

—¿Sabías que estaría aquí?

Ella asintió, por eso había propuesto ir, y Silvia preguntó mirándola:

—¿Qué quieres hacer, flor?

Elisa sonrió y, tras sacar la cajita del bolso, se puso el anillo y dijo:

—Quiero presentároslo. Y quiero que presenciéis el momento en que le dé el «sí».

—¡Ay, qué nervios! —exclamó Rosa.

Elisa asintió y, sacando varios *gloss* de su bolso, preguntó:

—¿Cuál me pongo?

Venecia cogió uno y, después de que su amiga se pintara los labios y se atusara el pelo, Silvia comentó:

—Estás monísima, flor... ¡Adelante!

Elisa sonrió. Quería recordar ese momento el resto de su vida y, tras dirigir una última sonrisa a sus amigas, se volvió y lo llamó:

—Antonio.

Al oír su nombre, él miró a su alrededor y sonrió sorprendido al verla. Rápidamente se acercó a ella.

—¿Cómo sabías que estaría aquí?

Elisa le dio un beso en los labios con candor y murmuró:

—Ya sabes que soy medio bruja.

Antonio asintió divertido y ella, mirando a sus amigas, dijo:

—Chicas, os presento a Antonio. Antonio, ellas son mis mejores amigas: Rosa, Silvia y Venecia.

Él las saludó gustoso, las besó y, cuando acabó, declaró:

—Un placer conoceros. He oído hablar mucho de vosotras. De las chicas del club Corazón sin Fronteras.

Todas sonrieron divertidas, y Elisa, tomando aire, miró a Antonio y dijo enseñándole el dedo con el anillo:

—La respuesta es sí.

Él parpadeó al oírla.

Durante unos segundos, ambos se miraron y, al darse cuenta de lo que ella le estaba dando a entender, murmuró abrazándola:

—Te quiero.

—Y yo a ti.

Los enamorados se besaron encantados y, cuando sus bocas se separaron, él musitó:

—Vamos a ser muy felices.

—Más te vale —afirmó Elisa emocionada.

Conmovidas, las chicas sonrieron y Rosa, llorando a moco tendido, sollozó:

—Ay, madre..., ¡qué emoción!

Besos...

Abrazos...

Enhorabuenas...

Felicidad...

Y Antonio, rodeado por aquellas mujeres, que sonreían, dijo mirándolas:

—Chicas, ¡tenemos boda!

Un buen rato después, tras tomarse algo juntos y brindar por el enlace, cuando Elisa se marchó con su futuro marido porque estaba cansada, Silvia, todavía sorprendida por los acontecimientos, preguntó:

—¿En serio se casa?

—Ya te digo, ¡y embarazada! —se mofó Venecia.

—Nuestra Elisa se nos ha *enconejado* de un poli, ¡qué momentazo! —musitó Rosa emocionada.

El móvil le sonó a Silvia. Era Alfredo, y tras hablar unos minutos con él, dijo:

—Flores, viendo que no vamos a hacer nada interesante, si no os importa, he quedado con Alfredo en su casa para ver una película.

—¿Ahora te vas tú? —preguntó Rosa.

Venecia, al ver el gesto de su amiga Silvia, asintió. Sin duda todo estaba cambiando, y musitó:

—¡Pásalo bien!

Una vez que aquélla se hubo marchado, Rosa y Venecia se miraron y la segunda dijo:

—Otra que se ha *enconejado.*

—*Mare de Déu!* Qué plaga...

Cogidas del brazo las dos se marcharon también de allí. Caminaban por las calles de Madrid cuando Rosa, mirando a su amiga, preguntó:

—¿Me llevas a casa o cojo un taxi?

—¿No quieres que tomemos algo?

Rosa encogió el morrillo y cuchicheó:

—Casi que prefiero irme a casa y, como no están los niños, darme un bañito.

Según Venecia oyó eso, parpadeó, y Rosa, bajando la voz, susurró:

—Vale. Piensa mal y acertarás.

Divertida, su amiga soltó una carcajada.

—Vaya con el señor *Potrosky*... ¡A ver si ahora te vas a *enconejar* de él!

51

Una hora después, cuando Venecia regresaba de dejar a Rosa, no le apetecía irse a su casa. Quería tomarse algo. Por ello, decidió pasarse por el local donde sabía que estaría Carlos. Esa noche no habían tenido actuación, pero libraba del trabajo y le había dicho que estaría allí con sus amigos.

Al entrar y ver el ambientazo de siempre, sonrió.

Caminó entre la gente, lo buscó con la mirada y, al verlo sentado junto a la barra con un grupo de gente, sin querer acercarse hasta ellos, abrió el WhatsApp y escribió, mientras sonaba la canción *Siempre tú*, de Atacados:

Hola.

Carlos, al notar que el móvil le vibraba, lo miró y saludó al ver que era ella:

Muy buenas.

Sin acercarse a él, pero sonriendo, Venecia escribió:

¿Cómo se presenta tu noche?

Carlos lo pensó. Miró a la joven que estaba a su lado y tecleó:

Divertida.

Esa respuesta escamó a Venecia, que rápidamente preguntó:

¿Por qué?

Tras dar un trago a su bebida, Carlos habló con la chica que tenía sentada al lado y, a continuación, y con tranquilidad, escribió:

Siempre se conoce gente interesante.

Eso inquietó a Venecia, que no quería que conociera a nadie interesante, y mostrándose egoísta contestó:

¿Amigo o amiga?

Según leyó eso, Carlos maldijo y, sin querer hacer leña del árbol caído, respondió:

¿Importa eso?

Escondida entre la gente para no ser vista, Venecia resopló. Ella no era nadie para exigir nada. Era la primera que había mantenido las distancias con él, pero, incapaz de retener sus impulsos, escribió.

¿Noche de follamiga?

Según leyó eso, Carlos meneó la cabeza y respondió con sinceridad:

Posiblemente.

Y, sin ganas de continuar hablando con aquélla, que lo estaba volviendo loco, escribió:

Ya hablaremos mañana. Adiós.

Boquiabierta, Venecia vio cómo él se guardaba el móvil para seguir hablando con la muchacha que a su lado sonreía como una tonta. Era guapa, alta, buen cuerpo. La típica mujer que era tan guapa que te ponía enferma.

Durante unos segundos pensó qué hacer, pero al final decidió marcharse. Iba caminando hacia el exterior cuando, al mirar hacia atrás, vio cómo Carlos pasaba la mano alrededor de la cintura de aquélla y se detuvo.

De pronto, ver aquello la jorobó una barbaridad y, sin pensar, y dejándose llevar por su impulso, dio media vuelta, caminó entre la gente hasta llegar a ellos y, plantándose delante, saludó:

—Hola.

Carlos se sorprendió al verla.

¿Qué hacía ella allí?

Pero, sin moverse de donde estaba para besarla, ni tocarla, contestó lo más tranquilo que pudo:

—Hola.

Boquiabierta por su frialdad, Venecia ni siquiera parpadeó, y Carlos, tras decirle algo al oído a la joven que estaba a su lado, se levantó y pidió, dirigiéndose a ella sin rozarla:

—Ven. Sígueme.

Sin dudarlo, ella lo hizo y, cuando entraron en el almacén del local y estuvieron a solas, él preguntó mirándola:

—¿Qué haces aquí?

Venecia sentía cómo se le revolvía el estómago. Aquello que le estaba quemando por dentro eran celos, algo que llevaba años sin sentir. Muchos años.

Con Jesús los celos nunca existieron, pero, sin saber por qué, con Carlos de pronto afloraban. Y, cuando él vio que ella no contestaba, insistió:

—Mira, Venecia. No sé a...

—¿En serio piensas irte con esa chica esta noche?

Al oír eso, él parpadeó, y preguntó:

—¿En serio me estás preguntando eso? ¡Tú! —Y, molesto, explotó—: ¿Acaso te he pedido yo explicaciones cuando te he visto salir con otros, cenar con otros o quedar con otros? No, ¿verdad? Pues sólo espero lo mismo de ti.

Venecia maldijo. Si estaban así era por su culpa, e, incapaz de callar, gruñó:

—Vale. Tienes razón.

Carlos no se movió. Deseaba abrazarla. Besarla. Hacerle el amor. Pero también estaba cansado de ser él quien fuera tras ella. La relación con Venecia era tremendamente agotadora y su paciencia ya había llegado a su fin.

—Me dijiste que hoy era noche de chicas —musitó mirándola.

—Y lo era. Pero al final ellas...

—A ellas les ha salido un plan mejor y entonces tú vas y buscas tu segunda opción, que soy yo, ¿verdad?

A Venecia le dolió la claridad de sus palabras. Le gustara o no, él tenía razón; entonces Carlos sentenció:

—Pues siento decirte que tu segunda opción hoy tiene planes que no piensa alterar porque aparezcas tú.

Cada palabra que decía le dolía más y más.

Se merecía esa frialdad.

Se merecía esa indiferencia y, cuando iba a contestar, Carlos, deseoso de dejar de mirarla o al final claudicaría, añadió:

—Y ahora, si fueras tan amable de alejarte de mí, te lo agradecería.

—¿Me estás echando?

—No. Simplemente te estoy pidiendo que me des espacio. Tengo planes.

Humillada como nunca pensó que alguien la humillaría, Venecia asintió y, dando un paso atrás, siseó:

—Si me voy, dudo que volvamos a vernos.

A Carlos le dolió oír eso. Le partió el alma. Pero, harto de ir tras ella y de sentirse un segundón, instalándose en la misma frialdad que ella siempre le demostraba, indicó:

—Si así lo decides, lo aceptaré. Al fin y al cabo, aquí sólo se hace lo que tú quieres, ¿no?

A Venecia se le cayó el alma a los pies.

Cancún, su Cancún, la estaba echando de su lado.

Con sólo un desprecio, con sólo esas palabras, con sólo esa acción, se sintió fatal y fue consciente de la infinidad de desprecios, palabras y malos modos que ella le había dedicado y que él, de forma inexplicable, había aguantado.

No obstante, incapaz de revertir el momento, por lo mal que se sentía, fabricó una sonrisa y dijo:

—Adiós.

Sin mirar atrás, salió de aquel local con la última esperanza de que él fuera tras ella, pero no lo hizo. Carlos se limitó a observar cómo se marchaba sin moverse de donde estaba. No podía. Ya había hecho demasiado el idiota con aquella mujer y debía comenzar a ser egoísta con su vida.

52

Pasó un mes.

Un tortuoso mes en el que la enfermedad del padre de Venecia se agravó. Fernando, el hombre culto, sencillo e interesante, cada vez desaparecía más, y aunque era doloroso verlo, lo cuidaban con todo su amor.

En ese tiempo, la colaboración de Cabrona con la revista *Wimba Dimba* se acabó. El blog quedó parado, y el jefe intentó por todos los medios que Venecia le pasara el contacto de Cabrona. Incluso le pidió que le dijera que le duplicaba lo que le pagaban.

Sorprendida, ella lo escuchó, pero dos días después le dijo que Cabrona se negaba. Aquel capítulo de su vida estaba cerrado y no pensaba volver a abrirlo, por mucho dinero que su jefe le pusiera delante. Ya no estaba con Carlos, pero, aunque estuviera, no pensaba volver a machacarlo. Él no se lo merecía. Nunca se lo había merecido.

Dentro de su soledad, se refugió en sus amigas. En aquellas a las que la vida les había cambiado y a quienes veía contentas.

Elisa estaba feliz. Antonio y el embarazo le habían dado un bonito sentido a su vida, y ahora que preparaba la boda, mucho más. Rosa, a quien su trabajo como fisioterapeuta no paraba de darle alegrías, de pronto era una persona nueva. De ser una sumisa había pasado a ser una mujer decidida que, con esfuerzo y tesón, sacaba adelante sola a sus tres hijos. Y en Silvia, aunque seguía siendo ella, el cambio era también evidente. Había dejado de ser una cabrona para ser de nuevo la encantadora y dulce Silvia. Alfredo la mimaba. Las niñas la adoraban, y ella se dejaba adorar. Ahora daba importancia a cosas en las que antes ni siquiera pensaba, y sin duda era feliz.

En *Wimba Dimba* se organizó una cena del personal. Se marchaba un compañero y Venecia, animada por Vanessa, se apuntó. Salir estaría bien.

Cenaron en un restaurante jamaicano y, a la salida, propusieron ir a tomar algo. El grupo, animado, fue a distintos locales, donde bebieron y rieron, hasta que Vanessa sugirió ir a uno y Venecia, al oírlo, repuso:

—Ahí, mejor no.

Vanessa la miró e, insistiendo, afirmó:

—Venga, mujer, me han dicho que está bien, ¡vayamos!

Animada por el grupo, Venecia se dejó arrastrar, hasta que, veinte minutos después, al llegar frente al local, se detuvo al ver que esa noche tocaba la banda de Carlos.

Pero ¿qué hacía ella allí?

Durante varios minutos pensó si entrar o no, pero Vanessa y sus compañeros insistieron hasta la saciedad y, al final, no le quedó más remedio que entrar.

Una vez dentro, supo que esa noche se rendía tributo a los grupos españoles a cargo de la banda.

Tragando el nudo de emociones que sentía, caminó hasta la barra. Como siempre, el sitio estaba abarrotado de gente, en especial de chicas que, al ver que llevaban la camiseta del grupo, rápidamente supo que eran *groupies*. ¡Malditas *groupies*!

Una vez en la barra, Vanessa preguntó mirándola:

—¿Qué quieres beber?

—Una cerveza.

Con una sonrisa, aquélla pidió al camarero un par de cervezas y, entregándosela, comentó:

—No sé qué te pasa, ¿estás enfadada?

Venecia la miró. Su compañera no sabía nada de Carlos ni de aquel local y, suspirando, respondió:

—No, cielo. Es sólo que estoy cansada.

Vanessa sonrió y, cinco minutos después, las dos hablaban con sus compañeros.

En el grupo, Felipe, un tipo de la oficina, al ver a Venecia callada, se acercó a ella y le preguntó:

—¿Lo estás pasando bien?

Ella asintió con una sonrisa prefabricada:

—Claro que sí.

—Si te invitara otro día a cenar, ¿aceptarías? —preguntó él dando un paso hacia ella.

Venecia suspiró.

Estaba sola. Soltera. Era la dueña de su vida y decidía, pero, sin muchas expectativas, asintió:

—Por supuesto.

Eso hizo feliz a Felipe, que, agarrándola por la cintura, dijo:

—¿Qué te parece este sábado?

—Me parece perfecto.

Estaban mirándose cuando unas chicas gritaron y, al levantar la vista, Venecia vio cómo Carlos y su grupo subían al escenario. Las muchachas, enloquecidas, comenzaron a aplaudir, y Carlos les sonrió con complicidad.

En silencio y desde la distancia, Venecia lo observó, y cuando él enchufó su guitarra al amplificador y la pedalera, miró a Alfredo y, tras una seña entre ellos, comenzó el espectáculo, incomprensiblemente sonrió.

¡Eran muy buenos!

Canción tras canción fue subiendo el calor de la gente. Todos cantaban. Todos bailaban. Todos querían pasarlo bien, y The Blue Life, con su música y su marcha, lo estaban consiguiendo.

Después del bolo, una vez que los músicos bajaron del escenario, se vieron rodeados de sus fans. Aquella banda era muy querida en aquel local, y Carlos, sin saber que Venecia estaba allí, disfrutó hablando con todo el que se le acercaba. Incluidas las mujeres.

—Pero ¿qué haces tú aquí?

Al volverse, Venecia se encontró con Alfredo y se quiso morir.

No quería que Carlos supiera de su presencia y, cuando iba a hablar, Alfredo, que había ido hasta la barra a por una cerveza, preguntó:

—¿Está Silvia contigo?

—No.

Él asintió, y de pronto Carlos, que no la había visto, fue hasta donde estaba su amigo e indicó:

—Pídeme una cerveza.

Según dijo eso, sus ojos y los de Venecia se encontraron, y éste, en un tono cálido, murmuró:

—Has venido.

Ella no contestó.

Llevaban un mes sin verse y parecía toda una vida.

Aquella calidez en su sonrisa, en sus palabras, le recorrió todo el cuerpo como un gustoso calambre dulzón, hasta que de pronto Felipe, acercándose a ella, la agarró por la cintura y comentó:

—Están hablando de irnos a otro sitio más tranquilo.

El gesto de Carlos al ver aquello cambió.

Ella estaba allí, pero no por él.

Y, cuando iba a decir algo, Venecia miró a Felipe, que no se había percatado de nada, y repuso:

—Dame un segundo. Espérame en la barra, junto al resto.

Felipe le guiñó el ojo y, cuando desapareció, Alfredo señaló, levantando un dedo:

—Mejor desaparezco.

En cuanto se quedaron solos, a pesar de estar rodeados de gente, ninguno de los dos habló, hasta que al final Venecia dijo:

—La actuación ha estado muy bien.

—Gracias.

La tensión se podía cortar con un cuchillo, y Carlos, sin acercarse a ella, preguntó:

—¿Qué haces aquí?

Tan desconcertada como él, Venecia se apresuró a responder:

—Tenía una cena de trabajo y...

—¿Y no hay más locales en Madrid, que tienes que venir a éste?

—Vale. Tienes razón y...

—Pues, si tengo razón, haz el favor de desaparecer de mi vista —sentenció él.

Y, dicho eso, dio media vuelta y caminó hacia el almacén. La rabia y el desconcierto de saber que no había ido allí por él le podían.

¿Por qué con Venecia todo tenía que ser tan complicado?

Ella, al verlo alejarse, se sintió fatal. Todo era culpa suya. Si habían llegado a esa situación era única y exclusivamente por culpa suya; necesitaba su cercanía, así que caminó tras él y dijo:

—Carlos, lo siento. Soy consciente de que no me comporté bien contigo porque...

—¡Porque un gilipollas te rompió el corazón!

Verlo tan enfadado era nuevo para ella, pero él insistió:

—Porque el imbécil con el que ibas a casarte se enamoró de otra, te lo ocultó, y tú ahora eres incapaz de confiar en nadie, ¿verdad? —Venecia no se movió, y él siseó agitado—: Te aseguro que la muerte de mi ex me jodió mucho. Pero la diferencia que hay entre tú y yo es que yo me prometí a mí mismo que, si alguna vez volvía a enamorarme de alguien, me daría una nueva oportunidad. Pero tú, con tu frialdad y tu pasotismo, me has hecho daño. Mucho daño. Y ¿sabes, Venecia? En el fondo, más que por mí lo siento por ti, porque, si no cambias, si no te das oportunidades en la vida, vas a ser una grandísima infeliz. Y con esto no digo que tenga que ser yo el hombre al que le abras tu corazón. Lo que tú hagas o no con tu vida te aseguro que ya no me importa nada y...

No continuó. No pudo. Venecia se abalanzó sobre él y lo besó.

Lo besó con ganas, con deseo, con amor y, cuando decidió acabar aquella demostración de amor, al ver que él la miraba sorprendido, murmuró:

—Te echo de menos.

—¡¿Qué?! —musitó él totalmente bloqueado.

—Por favor..., por favor..., por favor..., agárrame y no me sueltes.

Desconcertado, él la observó. Nunca imaginó que algo así pudiera ocurrir, y entonces ella añadió:

—Soy una idiota. La tía más idiota que hay sobre la faz de la tierra —murmuró, sintiéndose culpable por mil cosas—. Eres maravilloso. Paciente. Caballeroso. Humano. Increíble. Y yo, como la idiota que soy, por querer ser algo que no soy, lo he jorobado todo porque... porque tengo tanto miedo de enamorarme que...

Ahora quien la besó fue él.

Oír aquello de boca de Venecia era como poco increíble y, cuando sus bocas se separaron, ella murmuró en italiano con una sonrisa:

—*Mi piace quando mi baci e fai l'amore con me.*

—Menuda cabrona estás tú hecha —susurró él mirándola.

—Y nunca mejor dicho —afirmó Venecia con convicción.

Un beso..., otro..., otro, y cuando el último acabó, Carlos susurró:

—Pellízcame para que sepa que estoy en Madrid y no en Nápoles.

Complacida de oírlo y de sentir su cariño, la joven sonrió y preguntó:

—¿Qué tal otro beso en vez de un pellizco?

—Muchísimo mejor —afirmó él encantado.

De nuevo, besos. Besos cargados de necesidad, de disfrute, y cuando el último terminó, él preguntó mirándola:

—¿Y ese que te espera fuera?

Venecia se encogió de hombros.

—Felipe es un compañero de trabajo. Nada más.

Si algo tenía claro Carlos era que no quería volver a pasar por lo mismo. Era tonto, pero no idiota y, mirándola, aclaró:

—Escúchame, si vuelvo contigo, no quiero ser tu follamigo.

—No lo serás.

—Deseo ser algo más.

—Ya lo eres, cariño..., ya lo eres —asintió ella encantada.

Sorprendido por sus palabras y porque lo hubiera llamado «cariño», Carlos parpadeó e insistió:

—¿Seguro?

—Segurísimo.

Necesitaba creerla, y así lo hizo, y luego dijo sin soltarla:

—Vayamos a mi casa.

—No.

Al oírla, él dio un respingo. Resopló y, cerrando los ojos, gruñó:

—¡Ya empezamos!

Y, cuando iba a hablar de nuevo, ella soltó:

—Vayamos a la mía.

Boquiabierto, Carlos levantó las cejas. En los meses que se habían visto con anterioridad, Venecia nunca lo había llevado a su casa. Como ella decía, era su refugio privado, y, al ver el gesto de aquél, con una sonrisa, afirmó:

—Creo que ya es hora de que conozcas a mi familia y te presente a *Traviata*.

Gustoso, y sorprendido por algo que nunca creyó que ocurriría, él sonrió y, cogiéndola de la mano, dijo:

—Será un placer conocerla.

Cinco minutos después, ambos salieron del local ante la atenta mirada de Alfredo, que, junto a Vanessa, sonreía y decía:

—Gracias. Silvia y yo te agradecemos tu colaboración.

53

Felicidad...

Estaban sentadas juntas presenciando el enlace de Elisa cuando, en voz baja, Rosa susurró entre lágrimas:

—Qué guapa está Elisa con su vestido de novia.

—Y la tabarra que nos ha dado hasta encontrar el puñetero maquillaje que buscaba —se mofó Silvia, haciéndolas reír.

Una vez que terminó la ceremonia y los invitados a la salida les lanzaron arroz y pétalos de rosas, Elisa se acercó a sus amigas con una radiante sonrisa y dijo, enseñándoles su anillo de casada:

—¡Madre mía, me acabo de casar!

Gustosas, todas la abrazaron y, cuando se separaron, Silvia afirmó:

—Estás como una puñetera cabra.

Rosa, que si en algo no había cambiado era en lo llorona que era, al ver a Elisa sonreír, cuchicheó emocionada:

—Qué contenta estoy por ti..., ¡aunque tenga el tic en el ojo!

Silvia suspiró y, mirando a Rosa, musitó:

—Venga, flor..., que se te van a despellejar los lagrimales.

—Ya sé que Carlos está trabajando —dijo entonces Elisa—. Pero ¿y Alfredo?

Silvia sonrió.

—Alfredo vendrá más tarde. Las niñas tenían una competición de natación y por nada del mundo se la podía perder.

Elisa iba a hablar de nuevo cuando su hermana Amelia llegó hasta ellas.

—Eli, tus sobrinos quieren una foto contigo —anunció.

La aludida les guiñó el ojo a sus amigas y preguntó:

—Cuando tire el ramo de novia, ¿os vais a poner?

Rosa, Venecia y Silvia sonrieron, y la última afirmó:

—Ellas, no sé, pero yo, lo más lejos posible.

Aquello las hizo reír, y entonces Elisa, requerida por su marido, indicó:

—Luego hablamos, ¿vale?

* * *

La comida que organizaron para los invitados fue exquisita.

Todos disfrutaron de ella y, cuando bailaban divertidos en la fiesta, una de las veces que Venecia se acercó a la mesa para beber un poco de agua, oyó sonar su móvil y se apresuró a cogerlo al ver que era su madre. Sonriendo, contestó mientras sonaba *La cintura*, de Álvaro Soler:

—Hola, mamá, ¿qué tal?

—Cielo...

Aquella voz no era la de su madre. Y, sorprendida, Venecia preguntó:

—Carlos, ¿qué haces con el teléfono de mi madre?

Él, que estaba en el hospital, respondió mirando a Aurora:

—Escucha, cielo. Estoy con tus padres en el hospital.

Según oyó eso, a Venecia se le borró la sonrisa, y en un hilo de voz musitó:

—¿Qué... qué pasa?

Carlos, consciente de que las noticias no eran buenas, dijo:

—Tu padre se ha caído en casa y...

La cabeza de Venecia comenzó a funcionar a mil por hora. Sabía que su madre ese día estaba sola con él. Pedro había tenido que irse a su pueblo el día anterior para solucionar un problema con su padre y, asustada, preguntó:

—¿Qué ha pasado? ¿Está bien? ¿Qué se ha hecho?

Consciente de que las noticias por teléfono nunca terminaban de entenderse bien, Carlos indicó:

—Tranquila. Tu padre está bien, pero tu madre te necesita aquí.

—¿En qué hospital estáis?

—En el Clínico.

—A... ahora mismo voy.

Sin pensar en nada más, colgó el teléfono, cogió su bolso y, sin querer jorobarle a Elisa su fiesta, se acercó a Silvia y a Alfredo y musitó:

—Tengo que irme.

Ellos la miraron extrañados, y Venecia, viendo a Elisa y a Rosa bailar, cuchicheó:

—Acaba de llamarme Carlos. Al parecer, mi padre se ha caído y está en el Clínico. Me voy para allá.

—Voy contigo —dijo Silvia de inmediato.

Venecia la paró. Sabía que si sus amigas se percataban de aquello lo dejarían todo para acompañarla y, mirándola, indicó:

—No, por favor. No podemos hacerle esto a Elisa.

Silvia maldijo. No quería que su amiga fuera sola al hospital, y Alfredo propuso:

—Iré yo.

—No —repitió ella—. Tenéis que quedaros aquí.

—¿Y qué les digo cuando me pregunten por ti? —susurró Silvia.

Con cariño, Venecia vio sonreír a Elisa y a Rosa. Por nada del mundo quería estropearles ese día tan especial, e indicó:

—Diles que se me ha roto el vestido y he ido a casa a cambiarme.

—Pero, Venecia...

—Por favor...

Finalmente, Silvia aceptó y, tras intercambiar una mirada con su chico, dijo:

—Vale. Pero cuando esto acabe te llamo y Alfredo y yo nos acercaremos a donde estés, ¿de acuerdo?

Venecia asintió y, tras darles un beso sin que sus otras dos amigas la vieran, se marchó.

54

Las horas en el hospital se hacían eternas.

Cuando Venecia llegó, se encontró con la sorpresa de que su padre, en su caída, se había roto la cadera y tenían que operarlo.

Junto a su madre estaba esperando cuando Carlos, a quien no habían podido cambiarle el turno, fue al centro a dejar a un paciente y, tras coger unos cafés, fue hasta la sala donde sabía que estarían Venecia y su madre. Al verlo entrar, ambas sonrieron y él dijo acercándose a ellas:

—Vamos, los necesitáis.

Aurora sonrió y, cogiendo su vaso, murmuró:

—Gracias, eres un sol.

Encantado, él le sonrió.

Desde que Venecia había aparecido aquella noche en el local, todo en la vida de ambos había cambiado. Ahora eran una pareja. Hacían planes juntos y sentían que lo suyo era especial.

Con cariño, Carlos miraba a su chica y a su madre cuando la puerta de la sala de urgencias se abrió y aparecieron Álex y su marido. La llamada de Carlos los había pillado en Bilbao, y Venecia, al ver el gesto descompuesto de su hermano, se apresuró a decir:

—Tranquilo, Álex. Todo está bien.

—¿Cómo está papá?

—En quirófano, con el mejor —indicó Carlos con prudencia.

Álex asintió y, tras saludar a aquél con un apretón de manos, se sentó junto a su madre para abrazarla. Aurora se dejó querer, y Carlos, mirando a Venecia, musitó:

—Tengo que volver a marcharme.

—No te preocupes.

Carlos maldijo. Había llamado a la central para que alguien le cubriera el turno, pero hasta el momento nadie había aparecido, e indicó:

—Cualquier cosa, me llamas al móvil y, si vuelvo, pasaré de nuevo a veros.

Venecia lo besó y, tras darle un abrazo, él se marchó.

Entonces Aurora, al ver la sonrisa de su hija, musitó cogiéndola de la mano:

—Soy feliz de verte feliz. Ese muchacho me gusta tanto como te gusta a ti, y por tu sonrisa sé que es especial, ¿verdad?

—Muy especial, mamá.

Darse aquella oportunidad con Carlos era lo mejor que había hecho en su vida. Ambas sonreían por lo que hablaban cuando su madre dijo:

—El otro día, cuando os marchasteis Carlos y tú de casa, tu padre me miró y me dijo: «La niña es feliz con el tatuado».

Ambas rieron. Últimamente, a Fernando se le olvidaban todos los nombres, y Venecia, sonriendo, cuchicheó:

—Cuando te fuiste a la cocina la otra noche, papá miró a Carlos y le soltó: «¿Para cuándo la boda con mi niña?».

—¿En serio tu padre preguntó eso? —Aurora rio.

Venecia asintió y, divertida, musitó:

—Lo más gracioso es que papá se cree que me engañó, pero no. Estaba muy lúcido. Lo vi en su mirada.

Ambas rieron y Aurora volvió a preguntar:

—¿Y qué respondió Carlos?

Venecia suspiró.

—Dijo: «Para cuando su niña quiera».

Madre e hija reían por aquello cuando, a las once de la noche, la puerta de la sala volvió a abrirse y aparecieron Elisa, Rosa y Silvia, junto a Antonio y Alfredo. Venecia se levantó y Elisa, al abrazar a su amiga, cuchicheó:

—No sé si matarte.

Venecia sonrió y, mirándola, dijo:

—Aquí no ibas a hacer nada, y era tu boda.

Aurora, al ver a aquellas muchachas a las que tenía tanto cariño, las saludó y, tras felicitar a Elisa, las animó a que se llevaran a Venecia a la cafetería.

* * *

Dos horas después, cuando estaban todos de nuevo en la sala, Aurora miró a Antonio y dijo al ver a Elisa bostezar:

—Llévatela de aquí. Un hospital no es un buen lugar para una embarazada.

Elisa se resistió. Quería quedarse con su amiga, pero luchar contra todos era complicado, y al final claudicó.

—Vete tú también —pidió Venecia dirigiéndose a Rosa—. Los niños podrían necesitarte.

Después de que Antonio se llevara a Elisa y a Rosa, Silvia convenció a Alfredo para que se marchara también. Luego se sentó junto a su amiga y, dándole la mano, murmuró:

—Tranquila, flor. Todo saldrá bien.

Las horas pasaban y la preocupación se acrecentaba.

Carlos regresó de nuevo al hospital y, apurando sus minutos libres, fue hasta la sala. Por suerte, estando él allí, el médico salió y, tras indicarles que la operación había ido bien, gracias a su amistad con Carlos, les prometió que podrían ver a Fernando cuando lo bajaran de quirófano.

—Vayamos a tomar unos cafés —propuso Aurora.

Todos se levantaron y, cuando caminaban por el pasillo en dirección a la cafetería, Álex, mirando a Carlos, comentó:

—Gracias por tu llamada y por estar junto a mi madre y junto a

Venecia mientras estaban solas. Qué fatalidad que esto ocurriera el día que no estaba Pedro.

—No he podido estar todo lo que yo habría querido.

—Para nosotros has estado, ¡te lo aseguro! —afirmó Álex.

Encantado de oír aquello, Carlos miró a Venecia y, al verla sonreír junto a su amiga Silvia, indicó dirigiéndose a Álex:

—Cuenta conmigo para lo que sea.

A Álex le gustó oír eso.

Por suerte, Carlos no tenía nada que ver con Jesús. Él era un tipo normal, un hombre sin las tonterías que aquél tenía en la cabeza, y, sonriendo, afirmó:

—Reconozco que me encanta saber que mi hermana está contigo. No tienes nada que ver con el atontado de Jesús.

—¿Tan tonto era? —preguntó él con curiosidad.

Álex asintió y, bajando la voz para que nadie lo oyera, afirmó:

—Muuuy tonto. Con decirte que le quitaba los bordes a la tortilla de patata porque decía que si se los comía se mareaba...

—¡¿Qué?! —Carlos rio.

Pero entonces pensó que aquello le sonaba de algo. ¿Dónde lo había oído antes?

—¡Carlos!

Al volverse, se encontró con Susana, que, mirándolo, dijo:

—¡Tenemos aviso!

Él miró a Venecia, le sonrió, ella le guiñó un ojo y, después, él se marchó. Tenía que trabajar.

55

A las ocho de la mañana, cuando terminó el servicio de veinticuatro horas de Carlos y sus compañeros, mientras tomaban un café en la sala comunitaria, Yolanda comentó con un suspiro:

—Vaya nochecita. Y nos la queríamos perder.

—Ya te digo —dijo Carlos agotado.

Acababa de recibir un wasap de Venecia, que le decía que aún estaba en el hospital acompañada por su madre y su amiga Silvia, por lo que escribió:

Voy para allá.

Se guardó el móvil en el bolsillo y Ernesto y Susana se acercaron a la mesa con varios cafés y, cuando los repartieron, ella comentó:

—Oye..., ¿tu chica no trabaja para la revista *Wimba Dimba*?

Carlos asintió. Le encantaba que se refiriera a ella como «su chica»; entonces Susana dijo:

—Si te pido algo, ¿se lo podrías preguntar?

—Claro —afirmó él echándose azúcar en el café.

Yolanda y Susana sonrieron, y la última dijo:

—Por favor, pregúntale ¿por qué el blog de «Cabronas sin Fronteras» ya no tiene nuevas entradas? ¿Qué ha pasado con Cabrona?

Carlos las miró, y Ernesto cuchicheó:

—Por Dios, chicas, ¡estáis obsesionadas con CSF!

Al oír esas siglas, Carlos sonrió, ¡qué coincidencia!, pero, sin darle mayor importancia, repuso:

—¿En serio estáis tan enganchadas a ese blog?

Yolanda y Susana se miraron, y la primera susurró:

—Hasta tú lo estarías si lo leyeras.

Carlos sonrió, y Susana indicó:

—Mira, cada vez que recuerdo que el exnovio de la Cabrona le quitaba los bordes a la tortilla de patata porque si se los comía se mareaba, ¡es que me parto!

Eso llamó de nuevo la atención de Carlos, y más cuando luego Susana comentó algo, y él preguntó:

—¿Qué has dicho?

Susana, pensando en lo que había dicho, contestó:

—Hablaba del *empanao* del novio de mi hermana.

—Sí..., pero ¿cómo lo has llamado?

Al entenderlo, ella respondió:

—He dicho que mi cuñado es un poco Cancún.

¡Cancún!

Sin llegar a comprender aquello, Carlos parpadeó, y Yolanda, sonriendo, aclaró:

—A ver, la Cabrona en su blog habla de un tío simple, conformista y manejable al que llama Cancún y...

Sin cambiar el gesto, Carlos asintió.

CSF. Bordes de la tortilla. Cancún. Demasiadas coincidencias... E, intentando mantener la calma a pesar de que en su interior un extraño volcán amenazaba con explotar, preguntó:

—¿Y decís que ese blog está en la página de la revista de mi chica?

—¡Y tanto!

Él asintió y, tras tomarse el café, anunció:

—Gente, uno que se va. ¡Descansad!

Al encaminarse hacia la puerta, Susana lo llamó y, cuando se volvió, ella dijo:

—Que no se te olvide preguntarle a tu chica lo que te he dicho del blog. ¡Acuérdate, ¿vale?!

—Me acordaré —afirmó Carlos.

Cinco minutos después, tras coger su moto y circular por las calles de Madrid, Carlos pensó que necesitaba respuestas. Quizá se estuviera equivocando, pero, tras parar la moto, sacó su móvil, y, una vez que hubo escrito en el buscador «Bienvenida al club Cabronas sin Fronteras» y éste apareció en pantalla, comenzó a leerlo y encontró lo que jamás habría imaginado.

56

Venecia charlaba con su madre y su amiga en la sala de espera del hospital. Horas antes les habían dejado ver a Fernando. Dormía, pero verlo y poder darle un beso los tranquilizó un poco a todos.

Estaban inmersas en una conversación cuando la puerta de la sala se abrió y apareció su hermano.

—Pero ¿no te ibas a quedar con Rafael?

Álex sonrió y, sentándose junto a ellas, musitó:

—Lo he llevado a casa para que él descansara. Sabiendo que vosotras estabais aquí, yo no puedo dormir.

Durante un rato, los cuatro hablaron de sus cosas, hasta que Álex, al ver a Carlos aparcar su moto desde la ventana, anunció:

—Mira quién viene por ahí.

Al volverse y comprobar de quién se trataba, Venecia sonrió. Desde donde estaba, lo vio un poco serio, pero imaginó que sería por el cansancio. Deseosa de abrazarlo, se levantó, y cuando él entró en la sala un par de minutos después, le sonrió.

Aurora, al ver la alegría de su hija, feliz, preguntó dirigiéndose a Carlos:

—¿Quieres un cafetín?

Él negó con la cabeza e, incapaz de acallar la rabia que sentía, le preguntó a Venecia:

—¿Cómo has podido?

Todos lo miraron, y él, al ver que ella no respondía, insistió:

—¿Cómo has podido ridiculizarme de esa manera? ¿Cómo has sido capaz de utilizarme como a un gilipollas? ¿Cómo te has atrevido a tratarme como a un idiota?

Aurora y Álex se miraron sin entender. ¿Qué ocurría?

Venecia y su amiga, por el contrario, lo entendieron a la perfección, y ella horrorizada musitó:

—Carlos..., vayamos a otro sitio a hablar.

—¿Carlos?... Vaya..., ¡ya no soy Cancún! ¡El gilipollas de Cancún!

—No me jodas —musitó Álex al comprender de pronto lo que ocurría.

A cada segundo más ofendido, mirando a Aurora, que no se enteraba de nada, Carlos soltó:

—¿Ya sabes que tu hija escribe un blog que firma con el nombre de Cabrona, en el que se dedica principalmente a reírse de mí y a ridiculizarme por el simple hecho de haber sido paciente con ella y haberla tratado bien? Está visto que te merecías todo lo contrario —añadió dirigiéndose a ella.

Al oír eso, Aurora musitó:

—Venecia...

La aludida, sintiéndose fatal, iba a acercarse a Carlos, pero él dio un paso atrás.

—En la vida nadie me ha humillado como tú. Durante un tiempo permití que me pisotearas, que me ignoraras, que me descolocaras, y si lo hice, si lo consentí, fue porque necesitaba demostrarte que no todos los hombres éramos como tu ex, y deseaba que tarde o temprano te fiaras de mí.

—Carlos, escúchame. Eso fue...

—Venecia —la cortó—. ¿En serio soy tan simple, idiota y conformista? ¿En serio te crees tan superior como para hablar de mí en esos términos?

—No, Carlos. —Y, apurada, explicó—: Comencé a escribir ese blog una noche y... y de pronto, sin saber por qué, se hizo viral. Mi jefe se enteró de su éxito y, sin saber que la autora era yo, permití que lo contratara para la revista y...

—¿Y a cambio de dinero todo vale?

—No...

—¿En serio me estás diciendo que lo que te han pagado merece tanto la pena como para que hables de esos hombres o de mí de la manera en que lo haces?

Venecia no supo qué responder, estaba totalmente bloqueada. Su madre, mirándola, musitó:

—Hija, por Dios, pero ¿qué has hecho?

Furioso como nunca antes en su vida, Carlos no podía apartar la mirada de ella. Lo ocurrido era surrealista y, dando un paso atrás, sentenció:

—Te creía especial. Pensé que merecía la pena conocerte e intentar estar contigo y, para ser sincero, si estoy aquí es para decirte a la cara que no eres buena persona, que no merece la pena conocerte y, por supuesto, que no quiero volver a verte en mi vida.

—Carlos...

—Olvídate de mí como yo me voy a olvidar de ti —replicó y, mirando a Aurora, musitó—: Lo siento. Siento esta escenita en un momento tan complicado. Espero que Fernando se reponga y regrese pronto a casa.

La mujer asintió con una triste sonrisa, y Carlos, dando media vuelta, se marchó dejándolos a todos sin saber qué decir. Entonces Aurora, que no entendía nada, preguntó mirando a su hija:

—¿Me puedes explicar qué ha pasado aquí?

Venecia miró a su madre. Estaba tan desconcertada que era incapaz de hablar; entonces la puerta de la sala se abrió y un hombre dijo:

—¿Familiares de Fernando Monastegui?

Todos se pusieron en pie, y el hombre indicó:

—Acompáñenme. El doctor Salinas quiere hablar con ustedes.

Aurora asió su bolso y, mirando a su hija, dijo:

—Ahora no, pero cuando regresemos a casa, quiero la verdad de lo ocurrido con Carlos, ¿entendido, Venecia?

La joven asintió, y Aurora, con el corazón a mil, dijo agarrando el brazo de Álex:

—Vamos.

Cuando su madre y él echaron a andar, Venecia seguía bloqueada. Lo que acababa de pasar con Carlos no debería haber pasado. Sabía que era culpable de haber escrito todo aquello en su momento, pero ahora...

¿Por qué tenía que ocurrir eso ahora, cuando todo entre ellos funcionaba tan bien?

¿Por qué el puñetero destino no le permitía ser feliz?

Desconcertada, pensaba en aquello cuando sintió la mano de Silvia asiendo la suya y la oyó decir:

—Venga, vamos.

Sin hablar, siguieron a Aurora y a Álex, mientras Venecia escuchaba el sonido rápido y acelerado de su corazón. No. No podía estar sucediendo aquello y, mirando a Silvia, que seguía callada, musitó:

—Dilo. Necesito que lo digas.

Su amiga suspiró y finalmente murmuró:

—Te lo dije, Venecia. Te dije que el karma te lo devolvería.

Ella asintió. Silvia tenía razón.

57

Habían pasado siete días desde que Carlos había visto a Venecia por última vez, en el hospital. Y aunque ella había intentado por todos los medios ponerse en contacto con él, éste lo impidió. Sólo le permitió hablar treinta segundos por teléfono, y fue para acabar diciéndole que se olvidara de él.

Estaba enfadado. Furioso. Se sentía tonto, engañado, burlado, se sentía fatal. Nunca imaginó que Venecia hubiera podido estar jugando de aquella manera tan sucia con él. Nunca.

En silencio, Carlos, que no tenía prisa, tras el ensayo en el local, continuó tocando la guitarra, y Alfredo, sentándose frente a él, lo escuchó.

Carlos era un buen guitarrista, pero aún era mejor persona, y el sentimiento con el que tocaba aquella pieza le demostraba lo partido que tenía el corazón.

Por norma, todo el mundo creía que los músicos eran personas frívolas de vidas descontroladas y con infinidad de infidelidades a sus espaldas.

Por norma, todo el mundo creía que eran seres vacíos e impersonales, que sólo se preocupaban por tirarse a cientos de mujeres, beber y drogarse.

Pero la realidad era muy diferente, y Carlos era un tipo excepcional. Un currante dedicado a su trabajo y, en lo personal, un tipo cariñoso, entregado y detallista; y lo ocurrido con Venecia era una putada. Una gran putada, porque él no se lo merecía.

En silencio, Alfredo disfrutó del sentimiento que su amigo ponía en aquella pieza y, cuando acabó, le preguntó:

—¿Qué tocabas?

Carlos suspiró y, mirándolo, contestó:

—*I Finally Found Someone.* —Y, al ver cómo su amigo lo observaba añadió—: Un tema que sé que le gustaba a ella.

Alfredo asintió y luego preguntó:

—¿Quieres que hablemos?

—No.

Su amigo asintió de nuevo y, convencido de que Carlos hablaría si él hablaba, comentó:

—Estoy pensando en pedirle a Silvia que se venga a vivir con las niñas y conmigo.

Según dijo eso, Carlos lo miró y, levantando las cejas, murmuró:

—¿Y qué dicen las niñas al respecto?

Alfredo sonrió.

—Ellas fueron quienes sacaron el tema anoche. Me soltaron que Silvia debería dejar de marcharse a escondidas y de madrugada de casa.

—No se les escapa una. —Carlos rio.

—Son mujeres, tío. Son más listas que nosotros.

—Las niñas se nos están haciendo mayores.

Ambos soltaron una carcajada, y Carlos cuchicheó:

—Nos conocemos desde antes de que las niñas nacieran.

—Cierto.

—He visto pasar por tu vida a cientos de mujeres que te han gustado pero a las que no has permitido entrar en tu vida por ellas. ¿Qué tiene Silvia de diferente?

Pensando en ello, Alfredo sonrió.

—Sentido del humor, positividad, cabezonería. Hace unos macarrones con queso, que ella misma llama *quemarrones* con queso, asquerosos que a todos nos horripilan, pero eso nos da igual. Silvia es pura vida, dulzura y alegría, y merece la pena disfrutarla y conocerla. Sinceramente, amigo, siento que ella es lo que siempre he querido a mi lado. Me gusta que me dé caña. Me apasiona cómo es y me encanta cómo se lleva con las niñas, aunque a veces entre las tres me saquen de mis casillas.

Carlos lo miró sorprendido y, cabeceando, musitó:

—Como diría Silvia, ¡te has *enconejado*!

Al oír eso, Alfredo sonrió y preguntó:

—¿Has vuelto a hablar con Venecia?

—No.

—¿Por qué?

—Porque no tengo nada que hablar con ella.

Su amigo suspiró, pero, incapaz de callar, dijo:

—A ver, Carlos...

—¿Has leído sus entradas en ese blog tan gracioso?

Alfredo asintió. Tras lo ocurrido, había obligado a Silvia a buscárselo, y afirmó:

—Sí, amigo. Las leí.

—¿Y cómo te sentirías tú si Silvia hubiera hecho algo parecido?

Levantándose para abrir la nevera, Alfredo cogió dos cervezas y, entregándole una a su amigo, afirmó:

—Pues fatal. No te voy a mentir.

Carlos dio un trago a su cerveza. Sabía que Alfredo pensaría lo mismo que él, y añadió:

—Fui capaz de entender que lo que le ocurrió con su ex le pusiera su mundo patas arriba. Pero ¿por qué tuvo que pagar su frustración justo conmigo? ¿Acaso todos los seres humanos somos igual de cabrones, malas personas o sinvergüenzas? Por suerte para nosotros, hay gente buena a la que merece la pena conocer y dar no una, sino mil oportunidades —siseó furioso.

—Carlos...

—Leer ese blog y saber todo lo que hizo mientras yo suspiraba por ella me ha dolido. Y me ha dolido porque, mientras otro tipo la besaba o le estaba haciendo el amor, yo seguramente estaría pensando en ella. Pero bueno, eso en cierto modo soy capaz de gestionarlo. Ella ha estado con otros al igual que yo he estado con otras. No voy a ir ahora de monje budista. Pero... que se haya mofado de mí como lo ha hecho, contando nuestras intimidades o cómo me puteaba para sacarme de mis casillas, no lo entiendo y, la verdad, tampoco lo quiero entender.

—Las mujeres son muy raras, amigo.

—Lo sé. ¡Y Venecia se lleva la palma!

—Y muy cabezotas.

—También lo sé.

En ese instante se oyeron unos golpes en la puerta del local de ensayo y Carlos, tras abrir, saludó a una chica y, mirando a Alfredo, añadió:

—Como decía cierta cabrona en su blog, ahora soy primero yo, luego yo y después también yo. ¡Buenas noches, amigo!

Una vez que aquél se marchó, Alfredo se terminó su cerveza y suspiró. Sin duda Carlos no lo iba a pasar bien.

58

Transcurrieron dos semanas más durante las cuales Venecia sólo trabajaba y luego iba directa a ver a su padre, que, tras la operación, había perdido la cabeza casi por completo. Fernando tenía pequeños momentos de lucidez, pero verlo en aquella situación les rompía el corazón a todos. Ella, junto a su hermano y a Pedro, ayudaba en todo lo que podía a su madre. Lo último que le apetecía era salir de juerga, ya se había hartado de tanta fiesta.

Ese viernes, estaba en su casa en pijama con *Traviata* viendo «Juego de tronos» en la televisión cuando sonó el timbre de la puerta y, cuando abrió, sonrió al oír:

—¡Gabinete de crisis!

Rosa, Elisa y Silvia estaban allí una vez más. Desde que lo suyo con Carlos se había acabado, no la dejaban sola ni un segundo. Se sentaron en el sofá y dejaron sobre la mesita las bebidas, las pizzas y las patatas fritas, y Venecia, mirando a Rosa, preguntó:

—¿Y los niños?

—Con mis padres. Por cierto —cuchicheó ella abriendo un táper—, mi madre te envía empanadillas.

—Dale las gracias de nuestra parte —afirmó Elisa cogiendo el recipiente.

—¿Cómo está tu padre? —preguntó Elisa.

Venecia se encogió de hombros con tristeza.

—Mal, ya lo sabéis.

Las chicas se miraron. La situación por la que estaba pasando su amiga y su familia era muy triste, y Venecia, al intuir lo que pensaban, necesitaba sonrisas, así que miró a Silvia y preguntó:

—¿Tú no tenías esta noche cine, hamburguesa y palomitas con Alfredo y las niñas?

Ella asintió, se repanchigó en el sofá y aclaró, quitándose los zapatos:

—Por supuesto. Pero eso sólo ocurrirá cuando una de mis hermanas no me necesite, y ahora me necesitas tú.

Venecia puso los ojos en blanco y, cuando miró a la embarazadísima Elisa, ésta afirmó:

—Antonio está currando. Alguien tiene que levantar el país un viernes por la noche.

Todas rieron por aquello, y Elisa exclamó sacando un sobre del bolso:

—¡Ya sé lo que es! He traído la ecografía.

Las chicas miraron el CD que sacaba del sobre y Venecia se lo quitó rápidamente de las manos y lo puso. Cuando se sentó de nuevo, Elisa pidió:

—Sube el volumen del televisor.

Segundos después comenzó a oírse el sonido acelerado de los cascos de un caballo, y Rosa musitó emocionada:

—Ay, madre..., que en breve vamos a ser uno más.

Sonriendo, las chicas se miraron, y Silvia, al ver la imagen que aparecía en la pantalla, murmuró:

—Ay, Dios..., pero ¿y esos morritos de quién son?

Como tontas, todas al unísono comenzaron a monear. Decir «Aissssssssssssss...» u «Oisssssssssssss» seguido de «¡Muero de amor!» o «¡Me lo como!» era lo normal, hasta que Elisa dijo:

—Os presento a Lara. Vuestra nueva sobrina.

—¡Una niña! —gritó emocionada Rosa y, aplaudiendo, indicó—: ¡Lara! ¡Me encanta el nombre! Y, bueno, ya sabes, todo lo de Sif irá para ella.

—¡Cuento con ello! —Elisa sonrió encantada.

Satisfechas, siguieron viendo el CD de Lara, y Venecia era consciente de que Silvia sonreía mientras tecleaba en su teléfono, por lo que preguntó:

—¿*Chorboagenda*?

Silvia negó y, enseñándole el móvil, indicó:

—Ahora sólo llevo un teléfono, no dos como antes. La *chorboagenda* ha desaparecido de mi vida y, a no ser que lo mío con Alfredo se vaya al garete, de momento no tengo la menor intención de utilizarla.

—Sé buena amiga y ¡pásamela! —requirió Rosa.

Silvia soltó una risotada y, al ver que Venecia la miraba, añadió:

—Estoy *matojeando* con Alfredo. Nos encanta escribirnos tonterías.

Venecia sonrió. El *enconejamiento* de Silvia con Alfredo era una cosa increíble. Y cuando el CD de Lara acabó, Rosa comentó mirándolas:

—Chicas, aprovecho que estamos juntas para anunciaros que tengo tantos clientes como fisioterapeuta que ya no puedo aceptar a ninguno más. Me faltan horas al día.

—¡Enhorabuena! —aplaudió Silvia.

—Al final va a ser cierto que eres buena —se mofó Elisa cogiendo otra empanadilla.

Entre risas, las amigas hablaban, comían, bebían, hasta que Rosa cuchicheó dirigiéndose a Venecia:

—No soporto verte tan mustia.

—Estoy bien.

—No, flor. Que un viernes a las diez de la noche estés en pijama no significa que estás mal, significa que ¡estás fatal!

Ella suspiró, y Elisa, mirándola, dijo:

—Como socia fundadora del club Cabronas sin Fronteras...

—Dios..., no me hables de ese club —musitó Venecia tapándose los oídos.

Las demás se miraron, y Silvia repuso:

—Eh..., eh..., eh..., que tú decidieras ponerle a tu jodido blog el nombre de nuestro club privado no es culpa nuestra. Por tanto, apechuga con el nombrecito, que encima lo tenemos todas tatuado en el tobillo.

Venecia asintió, y entonces Silvia añadió:

—Tu padre no querría verte así, lo sabes, ¿verdad?

Venecia suspiró, y Rosa insistió:

—Yo también me niego a verte a sí. Tú eres pura vitalidad y...

—Soy una mierda, eso es lo que soy.

—Venecia, no,.. —murmuró Elisa.

—He hecho daño a una persona buena. A una persona increíblemente cariñosa y amable que no se lo merecía, y cargaré con esa culpa el resto de mi vida.

—El puto karma —musitó Silvia.

—Y... y ahora que lo pienso desde la distancia, ¿por qué lo hice? ¿Por qué decidí ser una cabrona justo con él?

—Porque, aunque no te dieras cuenta, lo que te ocurrió con el idiota de Jesús te nubló la razón. Te tomaste vuestra ruptura muy bien y pagaste toda tu frustración con alguien que apareció en tu vida, sin pensar en los resultados —indicó Elisa.

—Hija..., qué bien te explicas —cuchicheó Rosa.

Venecia asintió, Elisa tenía razón.

—Me siento fatal... —susurró—, fatal..., soy lo peor..., ¡soy una mierda!

—No digas eso —lloriqueó Elisa de pronto.

Todas la miraron, y ésta, secándose las lágrimas de los ojos, sollozó:

—¡¿Qué queréis?! ¡Estoy embarazada!

Rosa se apresuró a abrazarla. Ella había pasado tres veces por aquello y, mirando a sus amigas, afirmó:

—Las hormonas son criminales..., os lo aseguro.

Se quedaron en silencio hasta que Elisa dejó de llorar y, reponiéndose, añadió:

—Muy bien. La cagada ya está hecha y, sin duda, te has dado cuenta de tu terrible error. Y ahora, ¿qué piensas hacer al respecto?

Venecia arrugó el entrecejo.

—Pues nada, ¿no crees que ya he hecho bastante?

—Pues algo tienes que hacer, la verdad —murmuró Rosa al oírla—. No sabría decirte qué, pero, oye, así no te puedes quedar. Y más si encima estás *enconejada* de él. Porque tú lo quieres, ¿verdad?

—Sí..., mucho —afirmó con un puchero.

—¡Ni se te ocurra, que lloro! —advirtió Elisa.

—Y yo. Que ya sabes que soy de lágrima fácil —musitó Rosa.

Silvia resopló al verlas y, consciente de que aquello debía terminar, miró a su amiga.

—Venecia..., ¡se acabó!, ¡reacciona! —Y, al ver cómo ésta la miraba, insistió—: ¿En serio te vas a dar por vencida? ¿De verdad que no merece la pena intentarlo otra vez? Coño, ¡que eres una cabrona! ¡Y las cabronas lo intentamos todo!

Venecia cogió entonces uno de los cojines de su sofá y se tapó la cara con él.

—Lo llamé —confesó—. Le escribí, lo perseguí... Y sólo me dijo «Olvídate de mí como yo me voy a olvidar de ti». Y luego colgó.

Las tres amigas se miraron, y Silvia preguntó:

—¿Y crees que ya se ha olvidado de ti?

Quitándose el cojín de la cara, Venecia gritó con los pelos de loca:

—¡¿Y cómo lo voy a saber?! ¿Acaso crees que se lo he preguntado?

—Pues pregúntaselo —la animó Rosa.

Venecia se levantó, caminó por el salón como una leona encerrada y, cuando se sentó ante la atenta mirada de sus amigas, cogió una empanadilla y, tras darle un mordisco, cuchicheó:

—No puedo.

—¿Por qué?

—Porque no. Estoy tan avergonzada por lo que hice que...

—Cariño —suspiró Silvia—, se acabó la autocompasión. Es momento de actuar.

—No me jorobes —gruñó ella.

Pero Silvia, dispuesta a hacer lo que fuera para intentar solucionar la mala circunstancia de su amiga, repuso:

—Cuando te ocurrió lo de Jesús, la primera que te animó a acabar con él fui yo, pero con Carlos no puedo. Lo conozco. Alfredo lo conoce. Las niñas lo conocen y todo el mundo, entre la que me encuentro yo misma, habla maravillas de él. A ver, esto es muy fácil, Venecia: o piensas tú cómo sorprender y reconquistar a ese hombre, o lo pensamos nosotras y que Dios nos pille confesadas.

Ella meneó la cabeza y Silvia, tirándole una bolsa de plástico blanca, añadió:

—Hemos traído esa camiseta para que te la pongas y te presentes ante él esta noche. ¿Qué te parece?

Sorprendida, cogió la bolsa y la abrió. Sacó una camiseta y leyó:

ADIVINA QUIÉN ESTÁ LOCA POR TI.
TE DARÉ UNA PISTA.
¡YO!

A continuación, miró a sus amigas y preguntó:

—¿Queréis que me presente delante de Carlos con esto?

—Sí —afirmó Elisa.

—¿Pretendéis que con esto llame su atención?

—Pues claro —asintió Rosa.

Venecia suspiró y Silvia, sonriendo, cuchicheó:

—Que conste que yo me hice una igualita y ni te imaginas lo burrote que se pone Alfredito cuando me la pongo.

Todas soltaron una carcajada, pero entonces Venecia indicó:

—Carlos no es Alfredo. Carlos está enfadado conmigo porque le hice algo feo y terrible, y para sorprenderlo sin duda necesitaría algo más.

—Pues piensa —insistió Rosa—. Siempre has sido de buenas ideas.

Venecia suspiró. En ese momento pensar no era su fuerte y, cuando iba a protestar, de pronto se detuvo y murmuró:

—Bueno..., quizá...

—¿Quizá, qué? —preguntó Elisa.

Venecia sonrió y, al hacerlo, Silvia musitó:

—Sí... Sí... ¡Venecia está aquí!

—Pero cuenta..., dinos —insistió Rosa.

Venecia se retiró el pelo de la cara y, mirándolas, dijo:

—¡Cardo Oscuro!

Todas parpadearon al oírla, y Rosa preguntó:

—¿Y eso qué es?

—Mi vestido de novia.

Las tres seguían boquiabiertas cuando Rosa musitó:

—¡Tócate los pies!

Silvia sonrió, y Venecia indicó a continuación:

—Carlos siempre decía que lo impresioné vestida de novia de la muerte. Es más, una vez me dijo que con ese vestido ¡ya lo tenía!

Sorprendida, Rosa murmuró:

—Pero, vamos a ver, ¿cómo te vas a presentar vestida con el vestido de novia que era para casarte con otro hombre?

—¡Es una excelente idea! —exclamó Silvia.

—No sé yo, ¿eh? —susurró Elisa.

Venecia asintió y, consciente de la filosofía de vida de Carlos y de las cosas que le había dicho en su viaje a Nápoles, explicó:

—Él siempre decía que había que vivir el presente. Que precisamente por lo que le pasó con su exnovia se había dado cuenta de que la vida eran dos días y..., cuando mi padre le preguntó cuándo nos casábamos, él contestó que cuando yo quisiera... ¿Y si le pido que se case conmigo?

Las chicas se quedaron paralizadas. Aquello sobrepasaba los planes originales, y Silvia, mirando a su amiga, musitó:

—A ver, Venecia..., céntrate.

La aludida asintió y, mirándola, repuso:

—Con Jesús tardé veinte años en decidirme y no fue por mí, fue para que mi padre me viera ir hacia el altar. Pero ¿y si esta vez lo hago por mí? ¿Y si esta vez quiero cometer la locura de casarme con un hombre que me parece maravilloso y lo que tenga que ser... será?

Rosa miró a sus amigas y luego preguntó:

—¿Qué narices le habéis echado a su bebida?

Venecia sonrió. Aquello era una locura. ¡Una auténtica locura!

Y Elisa, pensando en su propia experiencia, la animó:

—Estoy contigo, ¡hazlo!

—¡*Sensei*, pero ¿qué dices?! —protestó Silvia.

Ella asintió y, cogiendo el brazo de su amiga, leyó:

—«Un deseo no cambia nada, pero una decisión lo cambia todo». ¿Y si Venecia tiene que tomar esa decisión para que todo cambie?

Rosa y Silvia parpadearon, aquello era una auténtica locura; entonces Venecia insistió:

—Tengo que pedirle que se case conmigo.

—Madre mía..., madre mía... A ver, flor..., mírame y respira, que creo que se te está yendo la cabeza. —Y, mirando a Elisa, añadió—: ¡Y a ti también!

Pero Venecia, sonriendo, miró a su amiga Silvia e insistió:

—Él me lo pidió en Nápoles y yo le dije que no.

—¿Que te lo pidió en Nápoles? —quiso saber Elisa.

—Sí. Me dijo que estaba enamorado de mí y que se casaría conmigo sin pensarlo porque sabía que podíamos ser muy felices.

—Ay, qué monoooooooooooo —susurró Rosa.

—Y yo le dije que no. Él... él es como mi padre y mi hermano, un cagaprisas que vive el presente, y... y... yo le dije que no.

Entonces, sin tiempo que perder, se levantó y, saltando por encima de *Traviata*, fue hasta la habitación de invitados y allí abrió el armario. De él sacó la enorme caja donde tenía guardado el vestido de novia y, regresando al salón con ella, miró a sus amigas y, sonriendo por primera vez en muchos días, anunció:

—Ayudadme. ¡Voy a pedirle a Carlos que se case conmigo!

—*Mare de Déu!* Si es que no ganamos para problemas —susurró Rosa.

Emocionada como llevaba tiempo sin estarlo, Venecia insistió:

—Me lo juego todo a una carta. Si no lo conquisto con esto, os aseguro que no lo conquistaré con nada.

—Pero ¿esto no es excederse? —preguntó Silvia.

Elisa sonrió y, tras dar otro mordisco a una empanadilla, cuchicheó:

—No.

—Otra vez a dar el cante por la calle vestida de novia... —se mofó Rosa.

Todas rieron, y Elisa susurró:

—Esta vez, la embarazada soy yo.

Sin tiempo que perder, Venecia se quitó el pijama y, tras enfundarse aquel vestido de novia, que le traía recuerdos agrios por su ex pero bonitos por lo que significó para Carlos y para ella, dijo:

—Nunca pensé que me lo volvería a poner.

—Ni yo —aseguró Elisa sonriendo, al tiempo que le cerraba los botones de la espalda.

Una vez que tuvo el vestido puesto, Silvia miró a su amiga, que se calzaba unas deportivas blancas, y preguntó:

—Venecia, ¿estás segura de lo que vas a hacer?

Ella la miró, asintió e indicó:

—Sí, aunque me diga que no.

Cinco minutos después, las cuatro salían de casa de Venecia en dirección al local.

59

Durante el trayecto, de nuevo fueron el centro de todas las miradas.

La gente a su paso volvía a gritarles «¡Viva la novia!», y eso acrecentó el nerviosismo de Venecia.

¿Estaba haciendo lo correcto? ¿O de nuevo su impulsividad podía jugarle otra mala pasada?

Incapaz de pensar en nada que no fuera volver a reconquistar a Carlos, cuando llegaron a la puerta del local y Venecia vio que su grupo tocaba esa noche, sonriendo pensó: «¡Genial!».

—¿Estáis preparadas para todo? —preguntó a continuación.

Las chicas se miraron. Estaban preparadas, aunque no sabían para qué, pero, sin dudarlo, Silvia afirmó:

—¡Por supuesto!

Una vez dentro, como siempre, el ambiente las engulló. La gente reía, lo pasaba bien, y Venecia, haciéndose hueco con su pomposo vestido de novia, caminó hasta la barra y dijo al camarero, que la miró sorprendido:

—Tres gin-tonics de Puerto de Indias rosa y un zumo de piña.

—¡Qué triste! —musitó Elisa al saber que el zumito era para ella.

—Todo sea por nuestra Lara —indicó Silvia.

—También es verdad —convino ella sonriendo.

Estaban bebiendo de sus copas cuando el grupo salió a escena.

Rápidamente, las *groupies* comenzaron a chillar enloquecidas y Silvia cuchicheó con una sonrisa:

—Chillad..., chillad..., pero como se os ocurra tocar a mi chico, os arranco la cabeza.

—¡Silvia! —Rosa rio al oírla.

Venecia observó a Carlos en silencio.

Como siempre, estaba guapísimo. Su vikingo. Su chico malagueño. Su amor.

Aunque, en realidad, ¿cuándo estaba feo aquel hombre?

Enchufó su guitarra al amplificador y a la pedalera y comenzó a tocar tras una seña; a él se le unió el bajo, después la batería y, por último, Alfredo empezó a cantar.

Cuando llevaban varias canciones, Alfredo las vio y se quedó muy sorprendido al distinguir a Venecia de aquella guisa. Enseguida Silvia le guiñó el ojo y él, mirando a Carlos, vio que estaba en su mundo parapetado tras su gorra y ni cuenta se había dado de que ella estaba allí.

¿Cómo reaccionaría cuando lo supiera?

Cuarenta y cinco minutos después, una vez que el bolo acabó, como siempre, las *groupies* se abalanzaron sobre ellos. Llegaba el momento de selfis, abrazos y firma de camisetas, y Venecia, que ya se conocía todo el ritual, tras darle un último trago a su bebida, pidió dirigiéndose a sus amigas:

—Deseadme suerte.

Las chicas la miraron con cara de circunstancias y ella, sin más, se encaminó hacia Carlos.

Sonriendo, él charlaba con las muchachas que estaban a su alrededor, y cuando se volvió y se encontró con Venecia vestida así, parpadeó y, sorprendido, no supo qué decir, pero ella lo saludó con una encantadora sonrisa.

—Hola.

—Hombre... —repuso Carlos—, si está aquí la novia de la muerte.

Oír eso hizo sonreír a Venecia, y de pronto él, cambiando el gesto, dio media vuelta e, ignorándola por completo, comenzó a hablar con unas chicas.

Venecia miró a sus amigas desconcertada. No esperaba esa reacción en él. Desde donde estaban, ellas le hicieron señas con las manos, justo en el momento en que Carlos se marchaba a toda prisa.

Al ver eso, Venecia se recogió la falda abullonada de su vestido de novia. Por suerte, se había puesto las zapatillas de deporte y, con agilidad, corrió tras él. Sin percatarse de que ella iba detrás, Carlos entró en el baño de hombres para echarse agua en la nuca; ver a Venecia allí y así vestida lo había trastocado. Entonces la puerta del baño se abrió y, al verla entrar, iba a decir algo cuando un tipo que estaba allí meando exclamó:

—Eh..., ¡¿qué pasa, tía?!

—¡Tú te callas! —gruñó Venecia.

Sorprendido, Carlos intervino:

—Es el baño de hombres, ¿no lo has visto?

Ella asintió, claro que lo había visto, pero, tirando de ingenio, replicó:

—Te conocí justamente en un baño. ¿No lo recuerdas?

Carlos no supo qué responder, y ella, acercándose, añadió:

—Nuestro primer encuentro fue un desastre. El baño de mujeres estaba estropeado, por lo que utilizamos el de hombres. No había papel para secarme las manos y, con más morro que potorro, me sequé en tu camiseta. Nada comenzó bien. Todo fue un desastre a causa de mi inconsciencia y mi frialdad. Y, bueno, he pensado: ¿y si nos presentamos de nuevo? ¿Y si intentamos que esta vez todo sea diferente? —Y, sin dejar de sonreír, le tendió la mano y dijo—: Hola, me llamo Venecia, ¿y tú?

Carlos meneó la cabeza.

No pensaba caer en aquel absurdo juego y, pasando por su lado sin rozarla, siseó:

—Gracias, pero no. Ya no.

Cuando él salió del baño, Venecia resopló; sin duda no se lo iba a poner nada fácil. El tipo que estaba allí, acercándose a ella, le tendió la mano y dijo:

—Hola, soy Juan Luis.

Entonces ella dio un paso atrás mirando su mano y siseó:

—Lávatela, ¡so guarro!

Sin tiempo que perder, salió todo lo rápido que pudo del baño.

Entre la gente, era incapaz de ver a Carlos, pero Elisa, acercándose, dijo:

—Está en la barra..., a la derecha.

Rápidamente se dirigió hacia allí. Lo localizó hablando con unas chicas y, aproximándose, lo tocó en el hombro y, cuando él se volvió, insistió:

—Vale. Lo hice mal. Soy un desastre y estás muy enfadado conmigo. Pero aquí estoy, vestida para ti de novia de la muerte. Siempre te gustó y...

Carlos, al ver cómo todos los miraban, asió a Venecia del brazo y la alejó unos pasos.

—Mira, no sé qué pretendes, pero en lo que a mí respecta...

—No puedo vivir sin ti.

—Bonita canción —se mofó él.

—Te quiero, Carlos.

Él afirmó con la cabeza mientras notaba cómo todo el paladar se le resecaba, pero respondió:

—Ése es tu problema, no el mío. Mira, Venecia, lo mejor que puedes hacer es irte, porque de mí no vas a conseguir nada. Ya fui tu juguetito y no pretendo volver a serlo.

Y, dicho esto, dio media vuelta y regresó con la gente con la que estaba.

Durante más de una hora, ella intentó hablar y acercarse a él de mil maneras. No quería darse por vencida sin haberlo intentado todo, hasta que Carlos, enfadado, siseó cuando ya no podía más:

—Creo que vale ya, ¿no? ¿Acaso yo fui tan pesado contigo?

—No..., pero...

—Venecia, ¡vale ya! —sentenció él—. De acuerdo, es gracioso verte vestida de novia, pero hasta aquí ha llegado la gracia en lo que a mí respecta.

—Carlos...

—Venecia, tengo planes con otra persona.

—¿Qué persona? —preguntó ella cambiando el tono.

Carlos respiró e, inventándoselo, respondió mirando a una chica morena:

—He conocido a alguien muy especial. Alguien que me respeta y a quien tú nunca le llegarás ni a la suela del zapato, y me gustaría continuar con ella sin tener que seguir soportándote un segundo más.

—Pero, Carlos...

—Venecia —la cortó—. ¡Se acabó!

Dicho eso, él volvió a alejarse de ella para detenerse frente a la morena.

Venecia tenía el corazón paralizado.

Por su tontería, por su dejadez, por su frialdad, Carlos había conocido a alguien especial, y ahora sí que ya no tenía ninguna oportunidad. Es más, si lo quería, no debía seguir provocándolo. Él se merecía ser feliz y, si con esa mujer lo era, ella debía quitarse de en medio y no insistir más.

Estaba pensando en ello cuando Rosa se le acercó junto a Elisa y le preguntó:

—¿Cómo va la cosa?

Venecia, al ver que Carlos le daba la espalda, musitó:

—Peor no puede ir.

—Cariño —susurró Elisa con tristeza—, creo que deberíamos irnos.

Venecia asintió. Ella también lo creía, pero, mirando el escenario, de pronto dijo:

—¡Voy a cantar!

Silvia, que llegaba hasta ella en ese momento, al oírla musitó:

—Por Dios, Venecia, que lo haces fatal.

Sin darle importancia, ella se encogió de hombros y, hundida, cuchicheó:

—Mejor..., así mi fin de fiesta será recordado eternamente.

Venecia habló con quien ponía la música en el local, y cuando iba a subir al escenario, Elisa la detuvo y, mirándola, pidió:

—Ponme morritos.

—¡¿Qué?! —preguntó ella.

Elisa sacó entonces un *gloss* de su bolso y se lo enseñó.

—Déjame que te pinte los labios. Este brillo es ¡fantástico!

—... dijo lady Gloss —se mofó Silvia al oírla.

Venecia permitió que su amiga le pintara los labios, y, en cuanto acabó, tras darle un beso, la animó:

—Vamos..., ahora rompe la cristalería del local.

Ella sonrió y subió al escenario.

Nunca había subido sola a uno, siempre lo había hecho con sus amigas y, cuando el foco se centró en ella y cogió el micrófono, dio unos golpecitos y dijo:

—A ver..., a ver..., ¿se me oye?

Enseguida vio que Carlos y todo el mundo se volvía hacia el escenario y, tras tragar, saludó sonriendo:

—Hola, soy Venecia. La pringada que lleva toda la noche dando el cante en este local vestida de novia. Digamos que soy especialista en que mis chicos se enamoren de otras..., ¡qué gracia, ¿verdad?!...

El silencio inundó el local. Todos la miraban y ella tomó aire y dijo, levantando el brazo:

—Quiero dedicar esta canción a alguien que, aparte de mi padre, es una de las mejores personas que he conocido en mi vida. Y... y..., bueno..., pues eso..., esta canción es para él. Y, aunque yo me sienta como una mierda, sinceramente espero que sea feliz.

Venecia miró al que ponía la música, que estaba con Alfredo, y, cuando comenzaron a sonar los primeros acordes de *No puedo vivir sin ti*, de Los Ronaldos, Venecia se colapsó. De pronto, su mente quedó en blanco por completo.

—¿Qué le pasa? —preguntó Rosa.

Silvia maldijo y Elisa, cogiendo a sus amigas de las manos, indicó:

—Vamos. Venecia nos necesita.

Al ver aquello, Alfredo hizo que su amigo volviera a poner la canción desde el principio, momento en el que Silvia, Elisa y Rosa subieron al escenario para arropar a su amiga.

Ella sonrió al verlas y Rosa, besándola, cuchicheó:

—Ni una lágrima o te crujo.

Venecia asintió. Tragó el nudo de emociones que pugnaba por salir y, cuando Elisa, quitándole el micrófono, comenzó a cantar, respiró. Después de Elisa lo hizo Silvia y, tras ella, Rosa y, cuando llegó el estribillo, las tres la miraron y, pasándole el micrófono, por fin Venecia cantó. Fatal, pero cantó.

Desde el escenario, la joven se percató de cómo Carlos la miraba. Estaba claro que no le estaba haciendo nada de gracia verla allí, incluso odiaba que le hubiera dedicado la canción, pero el mal ya estaba hecho, rehecho y recuajado.

¿Por qué había tenido que subir al escenario?

Intentando seguir el ritmo de aquel sentido tema, las cuatro amigas cantaban, mientras Venecia, con disimulo, observaba a aquella morena tan guapa que estaba con Carlos. ¿Ella lo haría feliz?

Cuando la canción acabó, Alfredo empezó a aplaudir y Venecia, mirando a Carlos, esperó una mirada, una sonrisa, una despedida, algo, pero él, dando media vuelta, la ignoró y continuó hablando con la morena.

Tras bajar del escenario, al sentir las miradas de sus amigas, Venecia sonrió encogiéndose de hombros y dijo:

—Hasta aquí he llegado. *Game over!*

—Pero ¿le has pedido que se case contigo? —preguntó Elisa.

Venecia negó con la cabeza.

—No.

—¿Por qué? —preguntó Rosa.

Ella sonrió e, intentando tomárselo con humor, respondió:

—Porque, además de que me habría escupido, me ha dicho que

ha conocido a alguien especial y..., bueno, una tiene que saber cuándo ha de retirarse.

—¡Joder! —gruñó Silvia.

Sin saber si reír o llorar, Venecia miró a sus amigas y añadió:

—Bebamos algo para celebrar mi última cagada, y después permitidme que regrese a casa a quemar este absurdo vestido y a compadecerme de mi asquerosa vida.

—Venecia...

—Flor...

Una vez que ellas se marcharon hacia la barra, Alfredo, que había oído su conversación, al ver a Carlos dirigirse hacia la sala de ensayo, caminó tras él.

Cuando entraron, Carlos miró a su amigo y con gesto hosco preguntó:

—¡¿Qué?!

Alfredo asintió y, ladeando la cabeza, musitó:

—¿En serio?

—¿En serio, qué?

Alfredo abrió la neverita, sacó dos cervezas y, tras entregarle una, murmuró:

—¿En serio no le vas a dar otra oportunidad estando enamorado de ella?

—No.

—Carlos..., esa muchacha lo ha intentado todo. Vale..., la cagó. Hizo cosas que...

—Esa muchacha, como tú dices, me ha tratado como a un imbécil. Se ha reído de mí. Se ha mofado de... ¡Joder!, no me fío de ella.

—Te quiere tanto como tú a ella, macho, pero ¿todavía no te has dado cuenta?

Carlos no respondió, y su amigo insistió:

—Te voy a ser sincero. Yo quiero mucho a Silvia y no me imagino la vida sin ella, pero no sé si sería capaz de hacer por ella todo lo que Venecia está haciendo por ti. Y no hablo sólo de lo de esta noche.

Hablo de las llamadas, los emails, los wasaps y no sé qué más. ¡Joder, macho! Pero si hasta pensaba pedirte matrimonio esta noche.

—¡¿Qué?! —preguntó él sorprendido.

—Se lo he oído comentar a las chicas —asintió Alfredo—, y cuando le han preguntado que por qué no lo había hecho, ha respondido que porque tú has conocido a una mujer muy especial. ¿Quién coño es esa mujer especial?

Carlos no respondió y él, asintiendo, musitó:

—Lo sabía... Es mentira.

—¡¿Y a ti qué narices te importa?! —exclamó él.

Desesperado, Carlos caminó de un lado a otro del local de ensayo.

Ver a Venecia esa noche, vestida con aquel vestido, lo había descabalado totalmente, y Alfredo, al ver su estado, dejó la cerveza sobre la mesita y dijo:

—De acuerdo. Como ha dicho Venecia, ¡hasta aquí he llegado! Y, tranquilo, que por mí no se enterará de que esa mujer no existe. Tú sabrás lo que haces. Pero, recuerda, como tú me has dicho muchas veces durante estos años, la vida es para vivirla. Y desperdiciar bonitas oportunidades que pueden darte la felicidad ¡es de imbéciles!

Y una vez dicho eso, regresó al bar, donde, al ver a las chicas junto a la barra, se acercó a ellas.

60

Carlos daba vueltas como un loco.

Venecia... Venecia...

¿Qué debía hacer? Deseaba estar con ella, pero tenía miedo de que surgiera algo nuevo.

Una vuelta, y otra y otra... Estaba claro que su presencia esa noche en el local con aquel vestido de novia había abierto la caja de Pandora.

¿En serio aquella loca le iba a pedir matrimonio?

En el bar, Venecia bebía junto a la barra con sus amigas y Alfredo mientras escuchaba en silencio cómo hablaban y su mente procesaba todo lo que había ocurrido. Carlos había conocido a otra. Carlos se había enamorado de otra, y Carlos pasaba de ella.

Bien, sin duda el puto karma le estaba devolviendo multiplicadas por mil las veces que se había reído de él.

Estaba pensando en ello cuando Rosa murmuró frente a ella:

—Aisss..., Venecia.

—¡¿Qué?!

Elisa de pronto se tapó la boca con la mano, Silvia sonrió y Alfredo, mirando a la joven, que los observaba, indicó:

—Creo que deberías volverte.

Sorprendida, y sin entender, ella le hizo caso y, al ver a Carlos de pie a su espalda, no supo qué decir, pero él comenzó a hablar en un tono de voz pausado.

—Has venido con ese vestido que me vuelve loco. Me has perseguido toda la noche. Me has taladrado los oídos con esa canción. ¿Hay algo más que quisieras decir y no lo hayas hecho?

Venecia, al oírlo, asintió. Estaba enfadada consigo misma, con él, con el mundo, y mirándolo soltó:

—¡Eres un gilipollas!

—¡Venecia! —protestó Silvia mientras Alfredo ponía los ojos en blanco.

—¡La Virgen! —exclamó Elisa riendo.

—*Mare de Déu!* —se mofó Rosa.

Según oyó eso, Carlos resopló boquiabierto. Nunca sabía por dónde podía salirle aquélla y, cuando iba a responder, ella preguntó:

—¿Cómo has podido enamorarte de otra tan deprisa? Se supone que, si realmente quieres a alguien con todo tu ser, si realmente esa persona ocupa tu pensamiento, tu corazón y todo..., todo..., no puedes olvidarla con tanta facilidad. Pero tú... tú..., luego me dices a mí que...

—Es mentira.

—¿Qué?

—Te he mentido. No hay otra mujer en mi vida. Sólo estás tú.

Oír eso hizo sonreír a Venecia. Eso era lo que había ido a buscar; por eso había merecido la pena hacer el ridículo. Tras sentir un pellizco por parte de Elisa en la mano, supo que había llegado el momento de cambiar su vida tomando una decisión, así que, tras dar un paso al frente, se arrodilló ignorando a todo el mundo y, sorprendiéndolos, declaró:

—Carlos, te quiero. No sé si dentro de veinte años te querré como te quiero ahora, pero en este instante eres el amor de mi vida y, por eso, porque ahora soy yo la que está convencida de que podemos ser felices si tú quieres, te pregunto: ¿quieres casarte conmigo?

La cara de tonto de Carlos ante lo que acababa de hacer Venecia no tenía precio.

Primero lo insultaba, luego le decía que lo amaba y, por último, le pedía que se casara con él. ¡Ésa era Venecia la imprevisible!

Todo el mundo los observaba.

Todos sonreían por lo que allí estaba ocurriendo. Y, consciente de su respuesta y al ver el gesto de aquélla, sin poder evitarlo, preguntó:

—Cielo, ¿no crees que tendría que ser yo el que estuviera en tu posición?

Al oír la palabra *cielo*, ver su sonrisa y oír su tono Venecia respondió divertida:

—Igualdad, cariño..., igualdad.

Ambos rieron, y luego él se mofó:

—Tu padre no me lo perdonará.

—Si te casas conmigo, ¡mi padre te lo perdonará todo!

Y, sonriendo, se dejó abrazar por él, que la levantó en volandas y la besó. Luego, cuando el apasionado beso que todo el mundo aplaudía acabó, Carlos la miró a los ojos y contestó totalmente seguro de lo que decía:

—Venecia Mariella del Carmen Fiorella, la respuesta es sí.

Epílogo

El día amaneció precioso...

El día era soleado...

El día era especial...

La boda de Venecia y Carlos era todo un hecho, y esta vez la novia la iba a disfrutar.

A las seis de la tarde de un bonito día de septiembre, sobre la increíble playa de El Castillo, en Fuengirola, una treintena de personas emocionadas observaban cómo llegaba la novia.

Cogida del brazo de su hermano, Venecia se acercaba al palio nupcial repleto de flores multicolores que habían colocado esa tarde su madre y sus amigas frente al mar.

El vestido que llevaba, cómo no, era Cardo Oscuro, imposible cambiarlo por otro, y, divertida, Rosa cuchicheó dirigiéndose a sus amigas:

—Anda que no está amortizado el vestido ni nada.

—¡Ya te digo! —asintió Elisa llorando.

Frente al palio esperaban sentados Fernando, Aurora y Pedro. La enfermedad de Fernando, que lo llevaba al galope al olvido, impidió que él hiciera esta vez el paseíllo con su hija. Pero eso no importaba. Para Venecia era importante verlo allí y, aun en su mundo, verlo sonreír. Con eso le valía. No había qué más pedir.

Sonriendo y segura del paso que estaba a punto de dar, miró al novio. A Carlos.

A aquel hombre que apareció una noche en su vida y por el que, gracias a él, a pesar de los pesares y del puto karma, volvía a sonreír *enconejada* hasta las trancas.

Carlos no podía estar más guapo con aquel pantalón y aquella camisa de lino blanco informal, y sonreía cuando su hermano Álex cuchicheó:

—Hermanita, reconozco que tienes un gusto fabuloso.

—Lo sé —afirmó ella.

—¿Sientes alguna necesidad de anular esta boda?

—Ninguna —aseguró.

Cuando pasó cerca de su tía Fiorella, que estaba sentada con sus amigas, la mujer le dio un beso y, encantada, susurró:

—Ahora sí..., *sei molto felice.*

Venecia asintió. Nunca había imaginado estar más feliz y, tras darle un beso a su padre y otro a su madre, que estaba emocionada, cuando llegó junto a Carlos, murmuró:

—Cancún..., madre mía, ¡que nos vamos a casar!

Él sonrió y, tras darle un beso en los labios, afirmó:

—Y te voy a hacer muy feliz.

A continuación, la ceremonia dio comienzo y, veinte minutos después, cuando el sacerdote los declaró marido y mujer y todos aplaudieron felices, los recién casados se besaron con auténtico y loco amor, mientras Aurora, cogida de la mano de su marido, sonreía orgullosa.

Esa noche, en uno de los chiringuitos de la playa que era del hermano de Carlos se organizó una maravillosa cena que la treintena de invitados degustaron con ganas.

Luego, unos músicos contratados para la ocasión comenzaron a tocar una canción y Venecia, al oírla, miró a Carlos y éste comentó:

—Dijiste que a tu madre le gustaba mucho, ¿verdad?

Ella asintió emocionada. Carlos y sus detalles.

Sonaba *I Finally Found Someone*, originalmente interpretada por Barbra Streisand y Bryan Adams, y, contenta porque él lo hubiera recordado, iba a hablar cuando Carlos se puso en pie y pidió:

—¿Bailas conmigo?

Venecia aceptó gustosa.

Una vez en el centro de la pista, empezaron a bailar aquella preciosa, romántica y dulce balada ante la mirada de todos, y Carlos dijo en su oído:

—Es la segunda vez que bailo contigo esta canción. La primera, la noche que te conocí, y la segunda vez hoy. Y, lo mejor, en las dos ocasiones llevabas este vestido.

Ella sonrió. Sin duda Cardo Oscuro era muy importante para ellos; entonces Carlos preguntó:

—¿Contenta con tu boda?

—Mucho.

—¿Era lo que querías?

Venecia asintió. Siempre había deseado una boda como aquélla y, besándolo, admitió:

—Totalmente.

Sólo había pasado un mes desde que ella se había presentado en el bar y le había pedido matrimonio. Habían organizado aquella boda en un tiempo récord, y, complacida, afirmó:

—Estoy tan feliz que me casaría contigo todos los días.

—¡Pues hagámoslo! —se mofó Carlos.

Tras ese baile, los músicos siguieron amenizando la velada y, cómo no, él, junto a Alfredo y sus otros dos compañeros de banda, tocaron también alguna canción.

Un buen rato después, tras bailar como una descosida, cuando Venecia fue a la barra del chiringuito a pedir algo de beber, acercándose a ella, su madre la abrazó y preguntó:

—¿Eres feliz, mi vida?

Venecia asintió.

—Mucho, mamá, mucho.

Encantadas, veían a Álex y Rafael bailar con las niñas de Alfredo cuando se miraron y Venecia preguntó:

—¿Papá ya está en el hotel?

Aurora asintió y, sin perder la sonrisa, cuchicheó:

—Sí, mi amor. Él allí está mejor con Pedro.

—Lo sé —afirmó Venecia con cierta tristeza.

Entonces se tocó la pulsera que llevaba de Mariella, su madre biológica, y Aurora, consciente de lo que su hija podía estar pensando, dijo:

—Sé positiva, cariño, y piensa que Mariella y Fernando en ese mundo alternativo que quizá exista estarán disfrutando de esta boda tanto como yo. Estando ellos felices lo estamos nosotras, ¿no crees?

Emocionada, Venecia asintió. Y, mirando a los ojos de aquella mujer a la que adoraba por encima de muchas, muchísimas cosas, afirmó:

—Eres la mejor madre del mundo, mamá. La mejor. Y no te cambiaría por nada ni por nadie. Lo sabes, ¿verdad?

Aurora tragó el nudo de emociones que aquellas palabras le provocaban; Venecia era su niña y nunca nada cambiaría eso. Alfredo, que se acercaba con Silvia, dijo cogiendo a la mujer de la mano:

—Aurora, ¿me concedes este baile?

Ella sonrió y, de la mano de Alfredo, salió a la pista a bailar.

En silencio, Silvia y Venecia los observaron.

Verlos bailar aquel reguetón, como poco, era divertido, y estaban riendo cuando Elisa se acercó a ellas y preguntó:

—¿Quién es el guaperas que habla con Rosa?

Al mirar en la dirección de su amiga la vieron reír con un tipo alto y muy mono al que no habían visto nunca, y Venecia cuchicheó:

—Pues invitado de la boda no es.

Durante un buen rato observaron a Rosa flirtear y tocarse el pelo con coquetería, hasta que finalmente se despidió de aquél y, acercándose a ellas, suspiró:

—¡Ay, chicas!

—¿Qué pasa? —preguntó Silvia.

—Ay..., ay..., ay..., ayyyyyy, lo que no me pase a mí...

—Pero ¿qué ocurre? —insistió Venecia.

—¡Tócate los melocotones! —rio Rosa sin poder parar.

Sus amigas la miraban mientras aquélla, sin poder parar de reír, gesticulaba y decía:

—*Mare de Déu, Mare de Déu...!*

Por último, Rosa paró, señaló al tipo que se alejaba a escasos metros y exclamó:

—¡Es el ruso!

—¡¿Qué?! —preguntaron sus tres amigas al unísono.

Rosa asintió y, colorada como un tomate, afirmó:

—Ése es Christian Potrosky. El verdadero Christian Potrosky.

Todas lo miraron sin dar crédito, y Rosa, de nuevo muerta de risa, musitó:

—Bueno..., bueno..., cuando lo he visto pasar por aquí enfrente, no podía creerlo. Total, que me he dicho: «Rose Mary, como mujer independiente y cabrona que eres, puedes hacerlo», y, total, con todo mi hocico, me he dirigido hacia él y, antes de que yo abriera la boca, ¡me ha reconocido! Resumiendo: ¿quién se queda con mis niños esta noche?

Venecia parpadeó y miró a sus amigas.

—Lo siento —repuso—, pero es mi noche de bodas.

Entonces Elisa preguntó:

—A ver, Rosa, ¿no te estarás despendolando tú ahora?

Silvia sonrió. Estaba claro que la vida iba por fases y sin duda Rosa estaba comenzando a vivir la suya y, mirando a su amiga, dijo:

—Elisa y Antonio se quedarán con Sif y así van practicando. Y Alfredo y yo nos llevaremos a Pablo y a Óscar junto con las niñas. Todo solucionado.

Rosa sonrió y, feliz, murmuró:

—¡Estupendo! Y, oye, ¿sería muy loco si esta noche... pues eso?

Venecia se carcajeó.

—¿El *pues eso* es... *pues eso*?

Rosa asintió, Silvia sonrió y Elisa cuchicheó:

—Como fundadoras que somos del club Cabronas sin Fronteras, ¡disfruta de tu *pues eso*!

De pronto, por los altavoces comenzó a sonar *Dancing Queen* de ABBA. Y las cuatro, al oírla, se miraron emocionadas y Silvia exclamó:

—¡Cabronas, nuestra canción!

Y, enloquecidas, las cuatro amigas, que se adoraban, se respetaban y se ayudaban, corrieron al escenario a cantarla.

El amor y la felicidad habían llegado a sus vidas de distintas formas, y pensaban disfrutarlos tanto como aquella maravillosa y loca amistad, que, sin lugar a dudas, nunca tendría un punto final.

Nota de la autora

Definición de *cabrona*: Mujer que, independientemente de que esté o no en pareja, sabe cuidarse sola y no espera nada de nadie para evitar decepciones.

Manual para ser una perfecta CSF (Cabrona sin Fronteras):

1. Sé independiente.
2. Quiérete.
3. Respétate.
4. Controla tu ritmo de vida.
5. Ten sentido del humor.
6. Cuida tu cuerpo.
7. Cultiva tu mente.
8. Ama a quien te ame.
9. Aléjate de quien no te merece.
10. Y, por supuesto, disfruta del sexo, porque tu cuerpo es tuyo y de nadie más.

Agradecimientos

Quiero agradecer a mi madre, a mis tías y tíos y primas y primos el amor que desinteresadamente me dan todos los días. Haberlos tenido a mi lado en tiempos complicados me hace sentir muy bien porque, como suele decirse, para lo bueno ¡estás acompañada!, pero para lo malo ¡estás sola! Y, no..., en mi caso, para lo malo he estado también acompañada. Gracias..., gracias y mil veces gracias. Os quiero mucho.

Gracias a Laura y a Carlos. Nos vemos poco, casi nada, pero cuando os he necesitado, ahí habéis estado. Gracias por vuestra ayuda y, Carlos, ¡Vivan los TES!

Arturo, gracias por tus nociones de guitarra. No es que yo entienda mucho, pero al menos, ahora entre otras cosas, sé lo que es un *bending* ¡y me río cuando identifico uno! Y, por supuesto, gracias a Luis y a Iván. Ellos dos, junto a Arturo, forman el grupo Atacados, y me ha encantado volver a contar con su música para esta novela.

Silvia, Rosa, Elisa, ¡gracias! Qué decir de mis maravillosas y locas amigas, que me han servido de inspiración para escribir esta novela (aunque sus vidas reales nada tengan que ver con ella). Me habéis hecho sonreír cuando no me apetecía. Me habéis hecho saltar cuando quería estar sentada. Teneros como amigas incondicionales, sentir vuestro apoyo y vuestro cariño y disfrutar de nuestros viajes, conciertos, cenas, sobremesas o madrugadas con esos vasos de ginebra escocesa que tanto nos gusta es lo mejor de lo mejor. Con poquito somos felices, pero sin duda mi vida sin vosotras perdería mucho.

Gracias a mi amiga Esther por su amor, su tiempo, su paciencia y sus ánimos. Pensar en ti siempre me hace sonreír, especialmente si recuerdo esas madrugadas en los hoteles, donde las dos nos destrozamos de risa sobre la cama contándonos batallitas, ¿verdad? Estoy convencida de que la vida todavía nos sorprenderá con muchas batallitas más que contar y que lidiar, pero, tranquila, ¡que juntas podremos con todo!

Gracias a mis guerreras y guerreros por vuestro apoyo y vuestro amor incondicional. Teneros a mi lado y saber que puedo contar con vosotros ¡es increíble!

Y, cómo no, gracias a Sandra. Eres lo más de lo más. Mi mejor amiga. Mi mejor consejera. Mi mejor enfermera. Mi mejor TODO. Sin ti, mi vida no tendría sentido.

Muchas veces he oído decir que el verdadero amigo es aquel que sabe demostrarte cuánto te quiere tan sólo con una mirada, que da lo que tiene por ti sin importarle nada y, sobre todo, que escucha y dice las verdades, aunque a veces duelan. Pues bien..., yo tengo la suerte de contar con esos amigos. Y muchos de ellos están aquí.

Gracias de todo corazón y, como digo siempre, HEIYMA.

MEGAN

Referencias a las canciones

Lo nuestro, Warner Music Spain, S. L., interpretada por Pablo Alborán.

Fernando, Polar Music International AB, interpretada por ABBA.

Llueve alegría, Sony Music Entertainment España, S. L., interpretada por Malú y Alejandro Sanz.

Despacito, Universal Music Latino, interpretada por Luis Fonsi.

Ya no quiero ná, Universal Music Spain, S. L., interpretada por Lola Índigo.

Déjame, Warner Music Spain, S. L., interpretada por Los Secretos.

Ni tú ni nadie, Parlophone Music Spain, S. A., interpretada por Alaska y Dinarama.

Corazón partío, Warner Music Netherlands B. V., interpretada por Alejandro Sanz.

Dancing Queen, Polar Music International AB, interpretada por ABBA.

I Finally Found Someone, Sony Music Entertainment, interpretada por Barbra Streisand y Bryan Adams.

Me muero, Sony Music Entertainment México, S. A. de C. V., interpretada por Carlos Rivera.

La puerta violeta, Sony Music Entertainment España, S. L., interpretada por Rozalén.

Walking Away, Wildstar Records Limited, licensed exclusively to Sony Music Entertainment UK Limited, interpretada por Craig David.

Evergreen, CBS, interpretada por Barbra Streisand.

Shallow, Interscope Records, interpretada por Lady Gaga y Bradley Cooper.

Échame la culpa, Universal Music Latino, interpretada por Luis Fonsi y Demi Lovato.

Sin pijama, Sony Music Entertainment US Latin LLC, interpretada por Becky G y Natti Natasha.

Lo malo, Universal Music Spain, S. L. U., interpretada por Aitana y Ana Guerra.

Girls Like You, Interscope Records (222 Records), interpretada por Maroon 5.

Smooth, RCA/JIVE Label Group, a unit of Sony Music Entertainment, interpretada por Santana y Rob Thomas.

Love Never Felt so Good, MJJ Productions, Inc., interpretada por Michael Jackson y Justin Timberlake.

Electricity, Silk City IP, LLC, under exclusive license to Columbia Records and Sony Music Entertainment UK Limited, interpretada por Dua Lipa, Mark Ronson Silk City y Diplo.

No puedo vivir sin ti, Subterfuge Records, interpretada por Los Ronaldos.

Por la boca vive el pez, Dro Atlantic, S. A., interpretada por Fito & Fitipaldis.

Júrame, Warner Music Benelux B. V., a Warner Music Group Company, under exclusive arrangement with Jason Recording System Ltd., interpretada por Luis Miguel.

Love You Anymore, Reprise Records, interpretada por Michael Bublé.

Vivir mi vida, Sony Music Entertainment US Latin LLC, interpretada por Marc Anthony.

I Don't Know What Love Is, Interscope Records, interpretada por Lady Gaga y Bradley Cooper.

Ni la hora, Universal Music Spain, S. L. U., interpretada por Ana Guerra y Juan Magán.

La cintura, An Airforce1 Records Release; 2018 Triebel & Zuckowski GbR, under exclusive license to Universal Music GmbH, interpretada por Álvaro Soler.

Voy a pasármelo bien, Dro East West S. A., interpretada por Hombres G.

Otros títulos de Megan Maxwell en Booket:

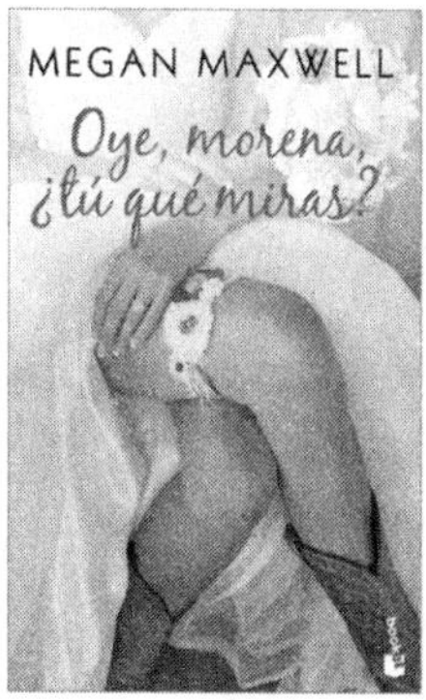

booket